KB059653

19호실로 가다

TO ROOM NINETEEN

도리스 레싱 단편선

19호실로 가다

도리스 레싱 | 김승욱 옮김

문예출판사

일러두기

∘ 이 책은 1994년 출간된 도리스 레싱의 단편집 *To Room Nineteen: Collected Stories Volume One* (Jonathan Clowes Limited)에 수록된 작품 20편 가운데 11편을 담은 것입니다. 나머지 9편은 레싱의 또 다른 단편선인 《사랑하는 습관》에 수록되어 있습니다.
∘ 옮긴이 주는 〔 〕로 표시하였습니다.

차
례

서문

 이 책에 실린 작품들은 모두 그동안 역동적이고 독자적인 삶을 경험했다. 내가 처음 이 작품들을 쓴 뒤 영어를 비롯한 여러 언어로 많이 소개된 덕분이다. 그중에서도 〈동굴을 지나서〉만큼 여러 선집에 포함된 작품은 없다. 특히 주로 어린이들을 위한 책에 많이 실렸다. 그 덕분에 이 작품과 관련된 어린이들의 편지가 자주 날아온다. 청소년들의 편지도 많다. 바닷속 바위 아래에서 헤엄을 치는 무서운 장면이 아이들에게는 남의 일처럼 여겨지지 않는 모양이다. 아니면 일종의 통과의례처럼 여겨지는 것 같기도 하다. 내가 이 작품을 쓴 것은 남프랑스에서 지켜본 아홉 살 영국 소년 때문이었다. 그 아이는 자기보다 나이 많은 프랑스 아이들의 무리에 무척 끼고 싶어 했지만 거절당한 뒤, 그들과 어울

∘ '서문'에서 언급한 〈동굴을 지나서〉, 〈사랑하는 습관〉, 〈낙원에 뜬 신의 눈〉, 〈스탈린이 죽은 날〉, 〈와인〉, 〈그 남자〉는 또 다른 단편선 《사랑하는 습관》에 수록되어 있습니다.

리는 사람이 되기 위해 스스로 도전과제를 설정하고 정복해나갔다. 그런데 며칠 뒤 프랑스 아이들 무리가 다시 나타났을 때, 그 영국 소년은 자신에게 그들이 필요하지 않다는 사실을 스스로 만족할 만큼 증명하고 난 뒤였다. 나는 원래 어린이들을 위한 이야기를 쓸 생각이 없었지만, 이 작품 덕분에 특히 어린이들을 위한 작품을 쓰는 일에 대해 많은 생각을 하게 되었다. 어린이들이 좋아하는 또 다른 작품은 《다섯째 아이》다. 이탈리아 전역의 학교에서 선발된 청소년들이 세계 여러 나라의 작품들 중에서 이 작품을 골라 상을 주었다. 이렇게 우울한 이야기가 아이들의 눈에 띌 줄 누가 알았을까?

〈사랑하는 습관〉은 에릭 포트먼이 출연한 훌륭한 한 시간짜리 텔레비전 영화로 만들어졌다. 이 작품을 쓴 것은 당시 마흔 살 즈음이던 내가 잘생긴 청년을 사랑하게 된 한편, 유명하고 나이가 지긋한 배우에게서 동시에 사랑을 받고 있었기 때문이다. 성별과 상황을 바꿔 작품을 쓰다 보면, 심리적인 추리를 즐기는 사람들을 위한 흥미로운 과제물 같은 것이 만들어진다.

〈최종 후보명단에서 하나 빼기〉는 여자들에게서 사랑을 받았지만, 남자들 또한 좋아했다는 점이 흥미롭다. 나는 이 작품을 생각하면, 이것을 쓰던 1960년대가 생각난다. 그 시대가 성적인 관습의 코미디 같은 시기였다는 생각이 점점 강해지고 있기 때문이다. 당시에는 예의 바른 행동이 무엇인지 누구도 알지 못했다. 규칙 같은 것도 전혀 없었다. 이런 적이 역사상 처음인가? 이 작품을 쓸 때 나는 화가 나 있었지만, 지금은 그때의 추억을 돌아보며 웃음을 터뜨린다. 바버라 콜스는 자신을 유혹하는 그레이엄에게 이렇게 말한다. 당신은 내게 매력을 느끼지도 않잖아요. 이 말은 그녀가 처한 상황뿐만 아니라 많은 의미를 내포하고 있다. 성적인 관계는 대부분 상대보다 한발 앞서서 상대를 지배하려는 권력 게임이기 때문이다. 매력과는 아무런 상관이 없다. 사랑, 다정한 사랑은 말할 것도 없다.

〈19호실로 가다〉 역시 많이 번역된 작품이다. 최근 홍콩의 대학에서 이 작품을 가르치던 교수가 내게 이 작품의 요점을 학생들에게(그리고 분명히 교수 자신에게도) 설명해달라고 부탁했다. 그는 이 작품을 개인의 공간을 너무나 원한 나머지 목숨까지 거는 여자의 이야기로 이해하고 있었다. 그는 개인적인 공간에 대한 욕구가 중국 문화권에서는 낯선 개념이라고 말했다(하지만 곧 상황이 바뀔지도 모르겠다. 최근 베이징의 한 여성이 버지니아 울프의 《자기만의 방》에서 영감을 받은 소설을 써서 많은 찬사를 받았다). 교수와 나의 대화에서 저 유명한 문화적 차이는 메울 수 없는 것으로 판명되었다. 사실 나도 〈19호실로 가다〉를 이해하지 못한다. 수전 롤링스가 자신이 무엇을 원하는지 단 한순간만이라도 알고 있었을 것 같지 않다. 그녀는 어딘가로 몰리고 있었다. 하지만 무엇이 그녀를 몰아붙였을까? 그녀가 죽음을 사랑한 것만은 확실하다. 하지만 이성적인 사람이 원하는 모든 것을 가진 그녀가 왜? 베를린에서 독일 학생 두 명이 내게 물었다. 지적이고 사회적으로 책임을 질 줄 아는 이 사람들이 왜 가정문제 상담가를 찾아가지 않는 거냐고. 작가인 나의 대답. 그랬다가는 독자들뿐만 아니라 내가 보기에도 경박한 이야기는 존재할 수 없게 될 겁니다. 그렇다. 그 학생들은 본인들의 지식을 뛰어넘는 근본적인 차원에서 문학적 의문을 제기하고 있었다. 그러나 그 이야기는 나 자신뿐만 아니라 우리 시대 많은 여성의 마음속에 숨겨져 있는 장소에서 흘러나온 것이다. 그렇지 않고서야 그 작품이 여성들에게 그토록 인기를 얻었을 리가 없다. 나는 하디의 작품에 등장하는 여주인공 수 브라이드헤드를 이 작품과 함께 떠올린다. 그녀는 사람들이 살아가지 않는 편을 선택할 때가 올 거라고 말한 인물이다. 올리브 슈라이너의 여주인공도 있다. 그녀는 이렇게 말했다. "난 이제 아주 질렸어. 아직 오지 않은 미래도 지긋지긋해." 일종의 도덕적 피로다. 내가 보기에 우리는 이런 감정의 파도가 밀려오는 이유를 생각만큼 잘 이해하지 못한다. 때로 나는 우리의 영리한 피임방법들이 남녀 모두의 자신감에 깊은 타격을 입힌 것이 아닌가, 달콤한 이성이 흔쾌히 받아들일 수 있는 수준보다 훨씬 더 깊고 원시적인 부분을 건드린 것이 아닌가 하는 생각이 든다.

〈낙원에 뜬 신의 눈〉은 제2차 세계대전 이후 유럽의 슬프고 겁에 질린 분위기로 가득 차 있다. 당시 나는 독일에서 이 이야기에서 등장하는 사람들과 장소들을 실제로 보고 경험했다. 이 작품에서 내가 묘사한 것과 같은 정신병원에도 가본 적이 있다. 그곳의 한 병동은 나중에《다섯째 아이》의 한 장면이 되기도 했다. 하지만 이 작품의 배경이 독일이라는 사실은 전혀 중요하지 않다. 이 작품은 유럽 영혼의 이면, 전쟁과 살육과 타락을 배양해내는 어두운 면을 다루고 있다.

〈영국 대 영국〉은 외국의 잡지와 선집에 자주 실린다. 외국인들은 우리를 보면서, 내가 이 작품을 쓸 때 본 것과 같은 것, 즉 우리 계급 시스템의 파괴적인 면을 본다. 예전에 돈커스터 근처의 광산촌에서 광부 가족의 집에 일주일 동안 머무른 적이 있는데, 그때 이 작품에 묘사한 광경들을 많이 보았다.

〈남자와 남자 사이〉는 아주 재미있는 30분짜리 텔레비전 영화로 만들어졌다. 예전에는 텔레비전 방송국들이 지금보다 더 모험을 하곤 했다.

〈옥상 위의 여자〉는 젊은 사람들에게 인기가 좋다. 이 작품도 30분짜리 영화로 만들기에 알맞다. 실제로 만들어질 뻔하기도 했다.

〈스탈린이 죽은 날〉은 옛 공산당원들이 좋아하는 작품이다. 내가 이 작품을 썼을 때, 공산당 고위인사들이 웃음을 터뜨렸다고 들었다. 그러나 공개적인 자리에서는 그들도 이 작품을 싫어하는 척해야 했다. 이 작품의 어조가 문제였다. 심각한 문제를 가볍게 다룬다는 것.

〈내가 마침내 심장을 잃은 사연〉은 내가 좋아하는 작품 중 하나지만, 다른 사람들도 반드시 좋아한다고 할 수는 없다.

〈두 도공〉은 한 번도 인기를 끈 적이 없다. 하지만 작가들은 자기가 좋아하는 작품이 독자의 사랑을 받지 않을 수도 있다는 사실을 체념하고 받아들여야 한다. 장편소설인 《어둠이 오기 전의 여름》도 이 작품처럼 연쇄적인 꿈을 바탕으로 삼았는데, 두 작품 모두 우리의 숨은 일면들을 보여준다는 점에서 내게는 매력적이고 호기심을 불러일으키는 존재다. 나는 흙먼지 날리는 광활한 벌판, 금방 쓰러질 것 같은 진흙 집, 늙은 도공이 등장하는 꿈을 10여 년 동안 계속 꾸었는데, 그 꿈들은 많은 사랑을 받은 오래된 이야기만큼이나 흥미로웠다. 본인이 아주 잘 아는 나라를 다시 찾았을 때만큼이나 흥미로웠다고 표현할 수도 있다.

〈방〉은 우리가 낮에 보는 세상 못지않게 생생한 세상을 보여준다. 내게는 그렇다. 이 세상에서는 시간이 미끄러지듯 움직이고, 한 번도 만난 적 없는 사람들이 오랜 친구만큼이나 친숙하다.

아주 짧은 이야기인 〈와인〉은 4년짜리 연애의 증류과정을 보여준다.

〈그 남자〉는 때로 여성주의자들에게서 비난을 받는다. 하지만 나는 이 작품이 많은 여자들이 남자들에게 품고 있는 진짜 감정을 보여준다고 생각한다.

1994년
도리스 레싱

최종 후보명단에서
하나 빼기

몇 년 전 바버라 콜스를 처음 보았을 때, 그가 그녀의 존재를 알아차린 것은 순전히 누군가가 "저 여자가 존슨의 새 여자야"라고 말했기 때문이었다. 하지만 은밀하고 야한 의미로 쓰는 **"아, 그거"**라는 말을 그녀에게 사용하지는 않았다. 존슨이 그 여자에게서 과연 무엇을 보았는지 궁금했다. 그때 존슨을 지켜보면서 '저 여자는 오래가지 못하겠군'이라고 생각한 기억이 났다. 존슨은 미남이었지만, 술기운에 조금 붉어진 얼굴로 어떤 여자에게 수작을 걸고 있었다. 바버라는 벽 앞에 서서 그 모습을 바라보았다. 그가 보기에는 뚱한 표정을 짓고 있는 것 같았다.

그녀의 안색은 창백하고, 몸매는 호리호리하지 않고 풍성했다. 하지만 얼굴 생김새는 그럭저럭 예쁘다고 해도 될 정도였다. 곧게 뻗은 노란색 머리카락을 한쪽에서 가르마를 타서 빗어놓은 모습이 그가 보기에는 촌스러웠다. 그녀가 무슨 옷을 입고 있는지는 눈에 들어오지 않았다. 하지만 눈은 괜찮았다. 크고 선명한 초록색 눈이 사각형으로 보였다. 눈꼬리의 살집이 재주를 부린 덕분이었다. 학생이나 젊은 교사 같은 얼굴의 에메랄드 같은 눈이 다른 여자에게 수작을 거는 연인을 지켜보다가 뚱해졌다.

나중에 가끔 지면에서 그녀의 이름이 튀어나왔다. 그녀는 무대 미술가인지 디자이너인지 하여튼 그런 계통에서 일하고 있었다.

그러다 어느 일요신문이 무대 디자인 콘테스트를 열었는데, 거기서 그녀가 우승했다. 바버라 콜스는 연극계에서 돌아다니는 '이름' 중 하나였고, 그녀의 사진도 돌아다녔다. 언제나 심각한 표정이었다. 그는 그녀가 뚱해 보인다고 생각했다.

어느 날 밤 파티장 맞은편에 그녀가 보였다. 유명한 배우와 이야기를 하는 중이었다. 노란 머리를 한쪽으로 빗어넘긴 모습은 여전했지만, 이제는 세련되게 보였다. 오른손에 낀 에메랄드 반지는 눈동자와 이 반지를 비교해보라고 일부러 권하는 것 같았다. 그는 그쪽으로 다가가서 말했다. "전에 만난 적이 있지요? 그레이엄 스펜스입니다." 자신의 말이 너무 갑작스럽게 들려서 그는 마음이 불편해졌다. "죄송합니다만, 제가 미처 기억이 나지 않네요. 안녕하세요?" 그녀가 미소를 지으며 말했다. 그러고는 배우와 대화를 이어갔다.

그는 잠시 주위에서 어른거렸지만, 그녀는 곧 어떤 무리에게 자기 집에서 술을 한잔하자고 말하면서 가버렸다. 그레이엄은 초대받지 못했다. 그녀에게는 성공의 상징처럼 보이는 일종의 자신감, 일종의 무심함이 있었다. 그때, 그녀가 친구들과 함께 멀어져가며 웃는 모습을 보면서 그는 그 말을 떠올렸다. **"아, 그거."** 그러고 나서 그는 벌써 바버라 콜스와 데이트 약속이 잡히기라도 한 것처럼 즐거운 기대를 품고 아내가 기다리는 집으로 돌아 갔다.

그는 결혼생활 20년째였다. 처음에는 폭풍처럼 고통스럽고 비극적이었다. 헤어짐, 배신, 그리고 달콤한 화해로 가득했다. 적어도 10년이 흐른 뒤에야 그는 마음과 오감으로 그토록 많은 놀라운 일들을 겪으며 살아낸 이 결혼생활이 전혀 특별하지 않다는 사실을 깨달았다. 그가 아는 사람들 대부분의 결혼생활이, 그것이 초혼이든 재혼이든 세 번째 결혼이든 상관없이, 그의 결혼생활과 똑같았다. 젊은 여자와의 진지한 연애조차 전형적이었다. 그는 그녀를 위해 아내와 이혼하기 **직전까지** 갔지만, 마지막 순간에 생각을 바꿔 그 아가씨를 실망시켰다. 그래서 항상 그녀에게 미안한 마음을 느낄 수밖에 없었다(하지만 기분이 나쁘지는 않았다). 이런 극적인 일이 자신의 상상과 달리 전혀 독특한 경험이 아니라는 사실을 깨닫고 그는 굴욕감을 느꼈다. 주위 사람들이 모두 같은 경험을 갖고 있었다. 심지어 어쩌면 다른 무리에 속한 사람들도 모두 같은 일을 겪었을 것 같았다.

어쨌든 결혼생활 10년째가 되던 무렵에 그가 많은 점들을 분명하게 깨닫고 나자, 감정적으로 모험을 추구하던 성향이 어느 정도 사라지고 결혼생활이 완전히 바뀌었다.

그의 아내는 작가로서 미래가 창창하지만 가난한 청년과 결혼했다. 그 뒤 그 미래를 위해 주로 희생한 사람은 그녀였다. 그는 그런 희생을 모르지 않았고, 고마움을 느끼지 못하는 것도 아니었다. 사실 그는 항상 죄책감을 느꼈다. 그의 책이 마침내 어느 정도 성공을 거두고, 두 번째 책이 나왔다. 천만다행으로 지금은 이 책을 기억하는 사람이 하나도 없었다. 그 뒤로 그는 라디오와 텔레비전과 서평 쪽으로 진출했다.

그는 성공이 자신의 것이 아님을 이해했다. 비록 남의 글이나 대신 써주는 하청 문사 수준은 아니었지만, 그는 예술의 변방에서 잔재주를 부려 살아가는 사람들 중 하나가 되어 있었다. 이런 깨달음의 순간이 온 것은, 어느 날 점심때 BBC 방송국 근처의 주점에 들렀을 때였다. 그는 자신과 비슷한 사람들을 만나러 이 주점에 자주 드나들었다. 사실 그 주점에 드나드는 이유가 바로 그것임을 그는 알고 있었다. 자신과 **비슷한** 사람들이 거기 있다는 것. 한 편의 멜로드라마라고 생각했던 결혼생활이 사실은 다른 사람들의 결혼생활과 똑같았음(그가 두세 명의 여자가 아니라 한 여자하고만 결혼생활을 했다는 점이 다를 뿐이었다)을 알게 되었듯이, 그가 유일무이하다고 생각했던 재능으로 작가가 되기 위해 몸부림치다가 발을 들여놓게 된 이 주점과 그 밖의 주점 대여섯 군데에서는 눈에 보이는 사람들 모두가 그와 똑같은 과거를 갖고 있었다. 그들 모두 한순간 명성을 누리게 해준 소설, 희곡, 시집을 갖고 있었다. 하지만 지금은 텔레비전 프로그램과 관련된 일을 하거나(자기들끼리 이야기할 때나 아내에게 이야기할 때는 이런 프로그램들에 대해 냉소적인 태도를 취했다) 다른 사람들의 책에 대한 서평을 썼다. 이것이 지금 그의 모습이었다. 다른 사람들의 재능으로 돈을 버는 사람. 결혼생활과 자신의 재능에 대한 이 두 번의 깨달음은 거의 같은 순간에 그를 찾아왔다. 아내가 그보다

젊고, 그녀의 말에 따르면 희곡작가로서 장래가 유망한 남자에게 가려고 그를 떠나기로 결심한 순간과도 거의 일치했다(어쩌면 이것은 우연이 아닐 수도 있었다). 어쨌든 그는 아내를 설득해서 자기 곁에 붙들어두었다. 그는 아내에게 자신이 이 시대의 T. S. 엘리엇이나 그레이엄 그린 같은 문학가가 될 수 없다는 사실을 이해해달라고 말했다. 사실 그렇게 될 수 있는 사람이 몇 명이나 되겠는가? 지독하게 신랄한 아내의 태도를 그가 더 이상 참을 수 없었으므로, 그는 아내에게 이 점을 반드시 이해시켜야 했다. 한편 아내는 그에게 술에 취해 새벽 5시에 집으로 돌아오는 버릇과 6개월마다 한 번씩 새로운 여자와 낭만적 사랑에 빠지는 버릇을 그만두라고 말했다. 그가 매번 이런 연애에 진지하게 임하면서 마치 아내에게 모자란 점이 있는 것처럼 굴었기 때문에 그녀는 비참한 기분이 되곤 했다. 간단히 말해서, 아내가 요구한 것은 좋은 남편이 되라는 것이었다(그는 아버지로서는 항상 의무를 다했다). 아내도 좋은 아내가 되기로 했다. 그렇게 해서, 두 사람의 결혼생활은 이른바 안정을 찾게 되었다.

"아, 그거"라는 말은 이제 반드시 성적인 관계를 의미하지는 않았다. 이 말의 의미가 이처럼 좀 더 성숙해졌기 때문에, 이제는 그가 부끄러워할 만한 일과 전혀 상관이 없었다. 오히려 지금 그의 모습, 그의 진정한 재능과 재주에 대한 존중을 유머러스하게 표현하는 말이 되었다. 그의 재능은 알고 보니 예술적인 것과는 거리가 멀었고, 힘들게 얻은 경험이나 감정과 관련되어 있었다. 이 말은 냉소적인 품위를 표현해주었다. '나는 나 자신에게 정직해질 수 있어'라는 주장뿐만 아니라 '나는 언제나 원하기만 하면 그 바닥에서 최고의 상대를 손에 넣었어'라는 주장을 그 자신에게 증명해주는 말이었다.

그는 그 바닥을 주시하며 예술이나 정치 쪽에서 유명한 여자들을 찾아보았다. 사진들을 찾아보고, 떠도는 소문들에 귀를 기울였다. 그리고 그 여자들의 연기나 춤이나 연설을 일부러 찾아가서 보았다. 그는 그들에 대해 딱히 순진하지만은 않은 이미지를 구축했다. 그리고 조용히 연줄을 동원해서 자신이 겨냥한 여자를 만나거나, 아니면 아주 자연스레 그녀와 만날 기회가 생길 때까지 기다렸다(이런 경우가 더 많았다. 기회를 기다리는 도박꾼의 즐거움을 느낄 수 있기 때문이었다). 그런 기회는 조만간 반드시 생기게 마련이었다. 그는 공개적인 장소에서 그녀와 둘이 있는 모습을 몇 번 남들에게 노출했다. 문제될 것이 없는 일이었다. 그가 직업상 남녀를 불문하고 유명한 사람들을 접대해야 하는 위치에 있기 때문이었다. 아내에게는 항상 그런 만남을 직접 말해주었다. 이 여자와 잠깐 사귀었을 수는 있지만, 그보다는 그냥 사귀는 척할 때가 더 많다고. 물론 자신을 부러워하는 다른 사람들을 보며 기분이 좋아지지 않은 것은 아니었다. 예를 들어 그는 문제의 여성을 데리고 남성 동료들이 드나드는 주점에 일부러 들르곤 했다. 하지만 그가 가장 기쁨을 느낄 때는, 그가 그녀를 얼마나 잘 이해하고 있는지 그녀가 깨닫고 깜짝 놀라는 순간이었다. 그는 똑똑한 여성과 자신 사이에 이런 분위기를 조성하며 즐거워했다. 말로 하지 않아도 많은 의미가 오가고 섹스는 거의 중요하지 않게 여겨지는, 즐거운 공모자가 된 것 같은 분위기.

그가 이런 관계를 맺기로 계획한 여자들의 명단에 바버라 콜스도 올라갔다. 서두를 필요는 없었다. 다음 주, 다음 달, 다음 해의 언젠가 그들은 파티에서 만나게 될 것이다. 런던에서 유명인사들의 세계는 아주 좁았다. 그들은 작은 물고기처럼 돌아다니며 서로 코를 맞대고, 지느러미로 추파를 던지다가 다시 꿈틀꿈틀 멀어졌다. 그러다 그가 바버라 콜스와 부딪히는 날, 그녀와 잠자리에 들지 말지 결정하면 될 터였다.

그동안 그는 사방에 귀를 기울였다. 하지만 새로 알게 된 사실은 많지 않았다. 그녀에게는 남편과 아이들이 있었지만, 남편은 배경으로 밀려나 있는 것 같았다. 아이들은 귀엽고 예의 발랐다. 다른 집 아이들과 똑같았다. 사람들 말로는 그녀가 바람을 피웠다고 했다. 하지만 그가 만나본 남자들 여러 명이 그녀와 친해 보이기는 했어도 그들이 그녀와 잤는지는 확실하지 않았다. 아무도 직접적으로 그녀와의 관계를 자랑하지 않았기 때문이다. 그들은 그녀의 친구들, 일, 집, 그녀가 주최한 파티, 그녀가 누군가에게 찾아준 일자리 등을 그녀와 함께 입에 올렸다. 사람들은 그녀를 좋아하고 존중했다. 그레이엄 스펜스는 자신이 그녀를 선택했다는 사실에 우쭐해졌다. 그 남자들과 똑같은 어조로 "바버라 콜스가 그 무대세트에 대한 내 의견을 묻기에 내가 아주 솔직하게……"라고 말하는 날이 기다려졌다.

그러다 우연히 마주친 어떤 청년이 바버라 콜스에 대해 자랑을 늘어놓았다. 그는 그녀와 위대한 사랑을 했다고 주장했다. 그것도 최근에. 그는 이 일을 많은 사람이 알고 있다고 말했다. 그레이엄은 이 젊은이의 성격이 마음에 들지 않는다는 이유로 무척 기분이 나빠졌음을 깨닫고, 상상 속에서 자신이 그녀에게 이미 마음을 많이 주었음을 알게 되었다. 잭 케너웨이라는 이름의 이 청년은 최근 잡지 편집자로 성공을 거둔 인물이었다. 순전히 건방지고 뻔뻔한 성격만으로 성공을 거두는 젊은이가 대도시에는 사람들 생각만큼 드물지 않다. 재능이나 감각은 별로 없지만, 그에게는 뻔뻔함이 매력이었다. "그래, 난 성공할 거야. 내가 그렇게 결정했으니까. 그래, 내가 멍청한지도 모르지. 하지만 내 결점도 모를 만큼 멍청하지는 않아. 그래, 나는 성공할 거야. 성실성과 기타 등등을 갖춘 당신 같은 사람들이 나 같은 사람들의 가능성을 전혀 믿지 않으니까. 당신들은 겁쟁이라 나를 막지 못해. 그래, 난 이미 당신들이 어떤 사람인지 알아냈어. 난 성공할 거야. 난 용기 있는 사람이니까. 파렴치하게 굴 용기뿐만 아니라, 그런 행동을 솔직하게 말할 용기도 있어. 게다가 당신들은 내게 감탄하지. 틀림없어. 그렇지 않다면 날 막아섰을 테니까……." 젊은 잭 케너웨이는 바로 이런 사람이었다. 그레이엄은 충격을 받았다. 잭 케너웨이는 키가 크고 감상적인 젊은이였으며, 어둡게 녹아내리는 듯한 미남이었다. 또한 그는 무성애자거나 동성애자임이 분명했다. 그런데 이 청년이 바버라 콜스에게 호의를 얻었다고, 아니 사랑을 얻었다고 자랑했다. 그녀가 정신병자를 좋아하는 정신병자가 아니라면, 잭 케너웨이가 누구보다 뛰어난 거짓말쟁이라고 봐야 했다. 아니면 그녀가 아무하고나 자는 사람이거나. 그레이엄은 흥미가 동했다. 그래서 바버라 콜스에 대한 그의 이야기를 더 들어보려고 잭 케너웨이를 저녁식사에 초대했다. 두 사람이 아주 가까운 사이임은 분명했다. 그렇지 않고서야 둘이 함께 식사를 하고, 극장에 가고, 시골에서 주말을 보내는 일이 그렇게 많을 리가 없었다. 그레이엄 스펜스는 바버라 콜스의 비밀스러운 맥박에 손가락을 갖다 댄 것 같은 기분이었다. 그녀를 만나기 위해 기다려야 한다는 사실을 더 이상 참을 수가 없어서 그는 자리를 마련하기로 했다.

하지만 일부러 애쓸 필요가 없었다. 그녀가 다시 뉴스에 등장했기 때문이다. 다행한 일이었다. 그녀는 역사극 무대를 성공적으로 마쳤고, 곧바로 현대극 무대를 만들었으며, 그다음에는 히트 뮤지컬 공연에 참여했다. 세 작품에서 모두 무대세트가 사람들의 입에 오르내렸다. 그레이엄은 신문과 텔레비전에서 인터뷰를 보았다. 모두 그녀가 완전히 다른 양식의 무대를 쉽사리 창조해낸다는 점에 초점을 맞추고 있었다. 하지만 물론 가장 중요한 것은 그녀가 여성이라는 점이었다. 그 점이 짜릿함을 더해주었다. 어느 날 그레이엄 스펜스에게 라디오에서 그녀와 30분 동안 인터뷰를 해달라는 제의가 들어왔다. 그는 그녀에게 물어볼 질문들을 공들여 정리했다. 사람들이 그녀에 대해 하는 말을 바탕으로 삼았지만, 무엇보다 자신의 여자경험과 본능을 참조했다. 인터뷰는 밤 9시 30분에 예정되어 있었다. BBC에서 보낸 편지에는 "미스 콜스와 서로 미리 친해질 수 있게" 그녀가 지금 일하고 있는 극장에 6시까지 가서 그녀와 함께 방송국으로 오라고 적혀 있었다.

그는 6시에 무대로 통하는 문 앞에 서 있었다. 하지만 미스 콜스는 아직 준비가 되지 않았다며 조금만 기다려달라는 전갈을 보냈다. 그는 그곳에서 잠시 어른거리다가 맞은편 주점으로 가서 재빨리 술을 한 잔 마시고 왔다. 그런데도 미스 콜스는 나타나지 않았다. 그래서 그는 사람들의 목소리, 망치소리, 웃음소리를 길잡이 삼아 무대 뒤편으로 향했다. 조명이 형편없어서 그곳에서 일하던 사람들은 그를 보지 못했다. 연출가인 제임스 포인터가 바버라의 어깨를 한 팔로 안고 있었다. 그는 새로 명성을 얻은 연출가였으며, 태평해 보이는 젊은 미남이고, 머리가 좋다는 평판이 있었다. 바버라 콜스는 위아래가 붙은 어두운 파란색 작업복 차림이었다. 납작하게 쭉 뻗은 머리카락이 자꾸만 얼굴로 흘러내려서 그녀는 에메랄드 반지를 낀 손으로 계속 머리를 넘겼다. 두 사람은 가까이 붙어 서 있었다. 무대 인부인 젊은 남자 세 명이 받침대 뒤편에 있고, 받침대 위에는 스케치와 도면이 있었다. 그들은 스케치들을 자세히 살피는 중이었다. 바버라가 따뜻한 에너지가 넘치는 목소리로 말했다. "그러니까 내 생각에는 우리가 **이걸** 이렇게 하면…… 알겠어, 제임스? 어떻게 생각해, 스티븐?" 그러자 그녀가 스티븐이라고 부른 남자가 말했다. "음, 자기 생각이 뭔지 알겠어. 하지만 혹시……" "당신 생각이 옳아, 뱁스." 연출가가 말했다. 바버라는 스케치 한 장을 스티븐에게 들어 보이며 말했다. "봐, 내가 보여줄게." 그들 모두, 그러니까 다섯 명이 모두 일에 열중해서 앞으로 몸을 기울였다.

문득 그레이엄은 참을 수가 없었다. 자신이 마음속 깊은 곳까지 큰 충격을 받았음을 알 수 있었다. 그는 무대에서 벗어나 음침한 통로에서 벽에 등을 기대고 섰다. 분장실로 통하는 통로였다. 그의 눈에 눈물이 가득 차올랐다. 미숙하고 타협을 모르고 멋지고 자기중심적이던 스무 살 때 모습과 지금 자신의 모습이 얼마나 다른지 실감이 났다. 저기서 함께 일하며 서로 농담을 주고받고 논쟁하는 사람들. 그래, 그는 저런 분위기를 오랫동안 맛보지 못했다. 그들은 서로의 작업을 공평하게 존중하는 마음, 자신과 서로에 대한 자신감으로 한데 묶여 있었다. 그들은 하나로 뭉쳐서 세상과 맞서고 있는 것 같았다. 그들은 세상을 경멸하고 무시하지는 않았지만, 세상을 가늠하고 이해하며 죽을 때까지 싸우려고 했다. **자신들**의 신념과 **그것**이 상징하는 바를 존중하는 마음에서. 그가 그런 소속감을 느낀 것은 아주 오래전의 일이었다. 그는 또한 방금 자신이 바버라 콜스의 가장 자연스러운 모습, 함께 일하는 사람들과 편안하게 있는 모습을 보았음을 깨달았다. 그 순간, 냉소적으로 늙어버린 눈꺼풀에서 눈물이 말라가던 그 순간, 그는 바버라 콜스와 자기로 결심했다. 그것은 그에게 꼭 필요한 일이었다. 그는 오로지 이 결심을 위한 의지로 불타오르며 문을 통과해 다시 무대로 나갔다.

다섯 사람은 여전히 함께 있었다. 바버라는 길고 광택이 나는 파란색 천을 무대 인부인 스티븐의 어깨에 걸쳐보고 있었다. 스티븐이 천을 걸친 자신의 모습을 이리저리 보여주자 다른 사람들이 지켜보았다. "어때, 제임스?" 바버라가 연출가에게 물었다.

"지저분한 초록색이 이미 있으니까 내 생각에는⋯⋯." 제임스는 전혀 확신이 서지 않는 표정이었다. "글쎄, 뱁스, 글쎄⋯⋯."

이때 그레이엄이 앞으로 나서서 바버라 옆에 섰다. "그레이엄 스펜스입니다. 전에 만난 적이 있죠?" 바버라는 이번에도 사교적인 미소를 지으며 말했다. "어머, 죄송하지만 제가 미처 기억이 안 나네요." 그레이엄은 이미 아는 사이인, 아니 오래전부터 적어도 몇 번 만난 사이인 제임스에게 고갯짓으로 인사했다. 하지만 제임스도 그를 기억하지 못하는 모양이었다.

"BBC에서 나왔습니다." 그레이엄이 바버라에게 말했다. 이번에도 생각과 달리 너무 불쑥 말한 것 같았다. "어머, 죄송해요, 죄송해요. 까맣게 잊고 있었어요. 인터뷰 약속이 있는데." 바버라가 사람들에게 말했다. "스펜스 씨는 기자예요." 그레이엄은 기자라는 말에 냉소하며 살짝 미소를 지었다. 하지만 바버라의 시선은 그를 향하고 있지 않았다. 그녀는 일을 계속했다. "오늘 밤에 결정하자. 스티븐이 옳아." 그녀가 말했다. "그래, 내가 옳아." 스티븐이 말했다. "바버라 말이 맞아, 제임스. 지저분한 초록색이 사방에 있으니 파란색이 필요해." "제임스, 제임스, 왜 말이 없어?" 바버라가 말하면서 그레이엄의 앞을 지나쳐 제임스에게 다가갔다. 그러다 그레이엄을 다시 기억해내고는 미안한 표정을 지었다. "죄송해요. 우리가 전부 의견이 달라서요. 아, 그렇지." 그녀가 그레이엄에게 돌아섰다. "한번 봐주세요. 우리는 이미 이 일에 너무 열중하고 있어서요⋯⋯." 제임스가 웃음을 터뜨리자 무대 인부들도 함께 웃었다. "안 돼, 뱁스." 제임스가 말했다. "스펜스 씨가 어떻게 의견을 말할 수 있겠어. 방금 들어오셨는데. 우리가 결정해야 해. 자, 내일 아침까지 시간을 주지. 모두 집에 돌아갈 시간이야. 지금쯤 아마 6시는 됐을걸."

"7시가 다 됐습니다." 그레이엄이 주도권을 쥐고 나섰다.

"설마요!" 바버라가 과장되게 말했다. "세상에, 어떻게 그런 일이, 그럴 수가, 내가 이런 짓을 하다니……." 그녀는 어이없는 웃음을 터뜨렸다. "정말 죄송해요, 스펜스 씨. 이제 와서 어쩔 수도 없겠지만요."

그들은 다시 웃음을 터뜨렸다. 자기들끼리 통하는 농담임이 분명했다. 그레이엄은 모험을 걸어보기로 하고 마치 연출자가 되기라도 한 것처럼 단호하게 말했다. 사실은 그녀를 대하는 제임스 포인터의 태도를 흉내 낸 것이었다. "아뇨, 미스 콜스, 난 용서하지 않을 겁니다. 거의 한 시간 동안이나 기다렸다고요." 바버라는 인상을 찌푸리더니 웃으며 그의 말을 인정했다. 제임스가 말했다. "봐, 뱁스, 다들 당신을 이렇게 대해야 하는 건데. 우리가 당신 버릇을 망쳤어." 그가 그녀의 뺨에 입을 맞추자, 그녀도 그의 양 뺨에 입을 맞췄다. 무대 인부들은 자리를 떴다. "저녁 시간 즐겁게 보내, 뱁스." 제임스가 자리를 뜨며 이렇게 말하고는 그레이엄에게 고갯짓으로 인사했다. 그레이엄은 기쁨을 감추기가 힘들었다. 자신이 용기를 내서 바버라에게 단호하고 거만하게 굴었기 때문에 이제는 몇 시간 동안 머리를 써서 작전을 펼치는 수고를 할 필요가 없었다. 술 몇 잔과 저녁식사 한 번, 아마이런 저녁시간 두세 번 정도를 절약하게 된 셈이었다. 바버라 콜스에게 "아니, 용서하지 않겠소. 당신이 날 기다리게 만들었으니까"라고 말할 수 있는 남자로 자리매김했기 때문에.

바버라가 말했다. "금방 올게요……." 그러고는 앞장서서 걸어갔다. 통로로 나간 뒤 그녀는 작업복을 벽의 고리에 걸었다. 머리로는 다른 생각을 하고 있는 것 같았다. 하지만 그가 자신을 지켜보는 것을 깨닫고 사람 좋게 웃어 보였다. 그는 그것이 그녀가 무대 인부는 물론 심지어 제임스에게도 지어주던 미소임을 깨닫고 의기양양해졌다. 그녀가 다시 말했다. "잠깐만요……." 그러고는 무대 옆 사무실 쪽으로 가서 무대 도어맨과 의견을 나눴다. 뭔가 문제가 있는 모양이었다. 그레이엄은 다시 한번 모험을 걸었다. "무슨 일입니까? 내가 도울 수 있는 일인가요?" 마치 자기가 나서면 정말로 도울 수 있는 것처럼. "그게……." 바버라가 미간을 찌푸리며 말하더니 도어맨에게 시선을 돌렸다. "아뇨, 괜찮을 거예요. 가볼게요." 바버라가 그레이엄에게 다가왔다. "무대 세트 절반은 리버풀에, 나머지 절반은 여기 있기 때문에 조금 소란이 있었어요. 하지만 곧 잘 풀릴 거예요." 그녀는 편안히 서서 동료 대 동료로 그와 이야기를 나눴다. 모두 아주 훌륭하다고 그는 생각했다. 하지만 두 사람이 극장의 특별한 분위기에서 거리로 나서면 좋지 않은 순간이 찾아올 것이다. 그레이엄은 또다시 결정을 내리고, 그녀의 팔을 단단히 잡으며 말했다. "뭐든 일을 시작하기 전에 술부터 한잔합시다. 지금은 밖에서 시간을 보내기에 적당하지 않아요." 그녀의 팔에서 저항이 느껴졌지만 그의 손을 벗어나지는 않았다. 비가 내리고 있어서 다행이었다. 그는 그녀에게 권위적으로 지시를 내렸다. "아니, 그 주점이 아니에요. 모퉁이를 돌면 더 좋은 곳이 있소." "하지만 나는 이 주점이 좋아요." 바버라가 말했다. "우리가 항상 가는 곳이에요."

"그래, 물론 그렇겠지." 그레이엄은 혼자 중얼거렸다. 그 주점에는 무대 인부들이 있을 것이다. 제임스 역시 있을 가능성이 높았다. 그러면 그레이엄은 바버라와의 접점을 잃어버릴 터였다. 다시 **기자**가 되어버리겠지. 그는 그녀를 단단히 붙잡고 위험에서 벗어나 모퉁이를 두 번 돌아서 아무렇게나 고른 주점에 들어갔다. 재빨리 안을 둘러보니 아는 얼굴이 없었다. 사실 연극계 사람이 있을 수도 있지만, 적어도 바버라의 얼굴에서는 아무것도 읽을 수 없었다. 그녀는 맥주를 먹겠다고 했지만 그는 스카치 더블을 주문해주었다. 그녀는 그냥 받아들였다. 이제 예비 게임에서 벌써 10여 라운드를 이긴 셈이었으므로, 그는 느긋하게 생각에 잠겼다. 뭔가 마음에 걸리는 것이 있었다. 뭐지? 그래, 아까 무대 뒤에서 보았던 광경, 바버라와 제임스 포인터가 함께 있던 모습이었다. 그녀가 제임스와 사귀고 있는 건가? 만약 그렇다면 일이 훨씬 더 힘들어질 터였다. 그레이엄은 두 사람이 함께 있던 모습을 떠올리며 놀라울 정도로 강한 질투를 느꼈다. '**아, 그거.**' 그는 자리에 앉아서 그녀를 바라보며, 그렇게 그녀를 바라보는 자신을 보고 있었다. **차분하게 감상하듯이 여자를 바라보는 남자.** 그는 여자가 그것을 느끼고 반응을 보이기를 기다리는 중이었다. 바버라는 주점 안을 자세히 살피고 있었다. 벨트를 매게 되어 있는 하얀 모직 정장은 제복처럼 아주 도발적이지 않은 것은 아니었다. 납작하게 가라앉은 노란 머리카락은 일을 마치고 급히 쓸어넘긴 탓에 단정하지 않았다. 깨끗하고 하얀 피부에 혈색이 전혀 돌지 않아서 피곤해 보였다. 지금은 그리 흥미를 돋우는 모습이 아니라고 생각하면서도 그레이엄은 그녀가 고개를 돌려 자신을 볼 때를 대비해서 감상하듯 바라보는 자세를 계속 유지했다. 고개를 돌렸을 때 그녀가 보게 될 모습이 무엇인지 그는 알고 있었다. 그가 단지 '따뜻하고 상냥한' 눈빛만을 믿고 있는 것은 아니었다. 그 눈빛은 그녀가 그에게서 받게 될 인상을 강화해주는 도구에 불과했다. 그의 검은 머리는 살짝 하얗게 세어 있었다. 헐렁하고 부피가 큰 옷은 남성적이었다. 눈에서는 유머와 식견이 엿보였다. 그는 안정적이고 믿을 만한 사람, 누군가의 남편이자 아버지 같은 이미지를 걱정한 적이 한 번도 없었다. 여자들은 이런 이미지에서 오히려 안도감을 느낀다는 사실을 그는 알고 있었다.

마침내 고개를 돌린 바버라가 거의 사과하듯이 말했다. "자리에 좀 앉아도 될까요? 하루 종일 무거운 것들을 끌고 다녀서요." 그녀는 구석에 빈 의자 두 개가 있는 것을 이미 봐두었다. 그도 그 의자들을 보았지만 내키지 않았다. 이미 다른 사람들이 앉아 있는 테이블이었기 때문이다. "그럼, 앉아야지요, 당연히!" 두 사람은 의자에 앉았다. 바버라가 말했다. "잠시 실례할게요." 화장을 해야 한다는 사실을 기억해낸 모양이었다. 그는 그녀가 멀어지는 모습을 지켜보며 짜증이 났다. 그녀는 지쳐 있었다. 그가 그것을 이해하고 그녀를 보호해줄 수도 있었을 것이다. 그녀와 하루 종일 함께 일한 사람들이 있을 그 첫 번째 주점에 들어갔더라면, 그녀가 화장을 해서 자신을 꾸며야 한다는 생각을 하지 않았을 것이다. 그렇게 꾸며낸 모습은 외부인을 위한 것이었다. 지금까지 그녀는 그레이엄을 외부인으로 생각하지 않았다. 그가 극장에서 함께 일하는 사람 중 하나처럼 보이려고 모험을 했기 때문이다. 하지만 이제 그는 기회를 날려버렸다. 그녀가 무장을 하고 돌아왔다. 머리카락을 매끈하게 빗어내린 그녀는 더 이상 무방비하지 않았다. 눈에도 화장이 되어 있었다. 눈썹에는 손을 대지 않았다. 속눈썹을 검게 칠한 눈부신 초록색 눈 위에 연한 황금색 눈썹이 있었다. 그 대조가 좋아 보인다고 그는 생각했다. 하지만 그가 "당신 뺨에 얼룩이 묻은 것 알아요? 아이고, 이런!" 하고 말하면서 오빠처럼 손으로 그녀의 머리카락을 넘겨줄 수 있는 순간은 사라져버렸다. 주의하지 않으면, 아예 출발점으로 돌아가버릴 수도 있었다.

그가 말했다. "당신의 에메랄드가 아주 영리하네요." 그는 그녀의 눈을 향해 미소를 지었다.

그녀는 예의 바른 미소를 지으며 말했다. "그냥 우연히 갖게 된 거예요. 제 할머니에게서 물려받았죠." 하지만 그녀는 손을 얼굴 옆에서 가볍게 움직이며 계속 미소를 지었다. 누가 칭찬을 했을 때 그녀는 자주 이런 반응을 보였다. 모두 사교적인 반응이었다. 완전히 사교모임에 참석한 것 같은 자세가 된 것이다. 그녀가 말했다. "방송 녹음 시각이 9시 반이라고 하지 않았어요?"

"친애하는 바버라, 아직 두 시간이 남았어요. 술을 한두 잔 더 마신 다음에 내가 당신에게 두어 개쯤 질문을 던질 겁니다. 그러고 나서 스튜디오로 가서 방송을 마치면 돼요. 그다음에 편안하게 저녁을 먹읍시다."

"저녁을 지금 먹었으면 좋겠는데요. 선생님이 괜찮으시다면요. 점심을 못 먹어서 엄청 배가 고파요."

"아, 그래요, 물론이오." 그는 화가 났다. 제임스에게 진심으로 질투를 느끼면서 놀랐듯이, 지금은 화가 나서 마음의 균형을 잃었다. 나중에 조용한 곳에서 오랫동안 저녁식사를 하며 친밀한 분위기를 확실히 굳힐 생각을 하고 있었는데. "그 잔을 다 마시면 나랑 같이 노츠로 갑시다." 노츠는 비싼 곳이었다. 그는 그 이름을 말하면서 그녀를 흘깃 보았다. 그녀가 말했다. "혹시 버틀러즈라는 곳을 아세요? 음식도 맛있고 여기서 가까워요." 버틀러즈는 좋은 식당이고 값도 쌌다. 그는 그녀가 그곳을 좋아하는 것에 좋은 점수를 주었다. 하지만 반드시 노츠에 가야 했다. "아가씨, 택시를 타면 노츠에 금방 갈 수 있어요. 걱정할 것 없소."

바버라는 고분고분 일어섰다. 그녀의 태도를 보고 그는 자신이 형편없는 실수를 저질렀음을 알 수 있었다. 그녀는 속으로 이런 생각을 하고 있을 것이다. '괜찮아, 원래 저런 사람이야. 하자는 대로 하고 일이나 빨리 끝내버리면 돼……'

그레이엄은 자신의 술을 꿀꺽 마시고 그녀를 따라가 문간에서 그녀의 팔을 잡았다. 그의 손에 잡힌 그녀의 팔은 예의 발랐다. 밖에는 가랑비가 내리고 있었다. 택시가 보이지 않았다. 그는 오늘 운이 나빴다. 두 사람은 아무 말 없이 거리 끝까지 걸어갔다.

거기서 바버라가 골목 안쪽을 흘깃 들여다보았다. '버틀러즈'라는 간판이 있는 곳이었다. 하지만 그녀는 그 이름을 그가 다시 떠올리지 않게 자신의 시선을 감췄다. 지금 그녀는 모든 것을 그에게 맡기고 있었다. 아까 극장에 있을 때처럼 동료 같은 분위기를 서로 공유하는 일은 다시 없을 것 같았다.

두 사람은 노츠까지 반 마일(약 800미터)을 걸었다. 택시는 없었다. 그녀는 대화를 시도했다. 지친 그녀를 이끌고 빗속에서 반 마일을 걸으며 그가 혹시 곤혹스러워할까 봐 하는 행동임을 그는 알 수 있었다. 그녀는 연극, 극장설계와 관련된 몇 가지 이론에 대해 이야기했다. 그는 "그래요, 그래요"라고 말하는 자신의 목소리를 몇 번이나 들었다. 그는 노츠에 대해 생각했다. 식당 안에서 그는 수석 웨이터를 따로 불러 1파운드를 쥐어주고 특별한 부탁을 했다. 수석 웨이터는 두 사람을 귀퉁이 자리로 안내했다. 커다란 잔에 담긴 스카치가 나오고, 메뉴판이 펼쳐졌다. "자, 아가씨, 여기까지 끌고 와서 미안하오." 그가 말했다. "그렇게 걸어온 것이 헛된 일이 아니어야 할 텐데."

"어머, 멋진 곳인걸요. 저도 좋아하는 곳이에요. 다만……." 그녀는 말을 끊었다. 갈 길이 아주 멀었다. 그녀는 그에게 미소를 지으며 잔을 들었다. "여기는 제가 아주 좋아하는 곳이에요. 여기까지 저를 일부러 데리고 와주셔서 기뻐요." 피곤해서 힘이 빠진 목소리였다. 모든 것이 끔찍했다. 그도 알고 있었다. 그는 어떻게 자신의 위치를 회복할 수 있을지 생각했다. 그동안 그녀는 메뉴판을 손가락으로 짚으며 음식을 주문했다. 수석 웨이터가 주문을 받았다. 하지만 그레이엄은 잠깐만 기다리라는 몸짓을 했다. 그녀가 식사를 하기 전에 스카치가 효과를 발휘하기를 바랐다. 하지만 그녀는 그의 몸짓을 보고 짜증스러운 기색이나 질책하는 기색 없이 앞으로 몸을 기울여 참을성 있게 말했다. "그레이엄 씨, 부탁이에요. 제가 정말 배가 고파요. 술에 취한 저를 인터뷰하실 생각은 아니죠?"

"지금 여기 사람들이 최대한 빨리 음식을 내놓고 있는 거요." 그는 그녀가 탐욕을 부리고 있다는 듯이 말했다. 그는 수석 웨이터에게도 바버라에게도 시선을 주지 않았다. 그녀와의 접점에서 점점 더 멀어지면서 그는 차가운 결의가 속에서 자라나는 것을 느꼈다. 의식적인 의지의 작용과는 거리가 있는 듯한 그 결의는 이러했다. 무슨 일이 있어도, 오늘 밤을 새우는 한이 있더라도, 반드시 아침이 오기 전에 그녀의 침대에 들어가리라. 지금 눈앞에 있는 작고 창백한 얼굴과 커다란 초록색 눈을 보면서 그는 처음으로 자신의 품에 안긴 그녀의 모습을 상상했다. 그가 "**아, 그거**"라고 말한 건 벌써 몇 주 전의 일인데도, 그녀를 관능적인 의미로 상상한 것은 지금이 처음이었다. 그 상상이 너무 강렬해서 그는 그녀를 흘깃 보고 곧바로 음식을 가져오는 웨이터들에게 시선을 돌려야 했다.

"이렇게 반가울 수가." 바버라가 말했다. 금방 유쾌함과 친밀감을 되찾은 목소리였다. "정말 다행이에요. 이렇게 감사한 일이……." 그녀는 일부러 과장된 말을 하며 재미있어 하고 있었다. 음식이 늦어진다는 말에 촌스러운 태도를 보인 그를 편안하게 해주려는 노력임을 그는 알 수 있었다(그녀가 굴복한 적이 없음을 깨닫고 그는 굴욕감 때문에 그녀가 싫어졌다). "노츠의 모든 신들에게 감사해야겠어요." 그녀가 계속 말을 이었다. "5분 안에 음식을 먹지 못했다면 난 정말 죽었을 거예요." 이 말과 함께 그녀는 나이프와 포크를 들고 스테이크를 공략하기 시작했다. 그는 그녀와 함께 미소를 짓고 포도주를 따르면서, **이번**의 친밀함은 함부로 던져버리지 않겠다고 생각했다. 그는 그녀가 허기를 솔직하게 드러내며 음식을 먹는 모습을 지켜보았다. '관능적이군. 저 여자가 관능적일지 아닐지 한 번도 생각해본 적이 없는 게 이상해.'

"자." 바버라가 허기를 어느 정도 달랜 뒤 의자에 등을 기대고 앉으면서 말했다. "이제 일을 시작하죠."

그가 말했다. "내가 아주 신중하게 생각해봤소. 당신에게 어떻게 이야기할까 하고. 내가 보기에 가장 먼저 해야 할 일은, 진부한 관념에서 벗어나는 거예요, 미스 콜스. 여자가 일에서 이렇게 다재다능한 모습을 보이는 것이 얼마나 대단한 일이냐는 식의…… 당신도 동의하겠지요?" 이것이 그의 비장의 한 수였다. 텔레비전으로 그녀를 보면서 그는 그녀가 이런 종류의 말에 정중한 미소를 짓는 것을 보았다(오늘 밤에 그가 아주 많이 본 그 미소이기도 했다). 그 미소에 담긴 뜻은 이러했다. '좋아요. 당신이 **그렇게** 멍청하게 굴겠다는데 내가 뭘 어쩌겠어요?'

바버라가 웃음을 터뜨리며 말했다. "정말 다행이네요. 스펜스 씨도 똑같은 소리를 할까 봐 걱정했어요."

"다행이오. 당신은 식사해요. 이야기는 내가 할 테니."

그는 미리 세심하게 준비한 대로 그녀가 훌륭하게 보여준 다양한 양식의 무대에 대해 이야기했다. 하지만 직접적으로 그것들을 언급하지는 않고, 작품에서 드러나는 그녀의 폭넓은 경험과 복잡한 성격에 찬사를 보냈다. 그녀는 아무런 내색도 하지 않고 계속 음식을 먹다가 마침내 질문을 던졌다. "그럼 그걸 어떻게 소개할 계획이세요?"

그는 자신이 계획한 말을 그녀에게 기습적으로 내놓을 생각이었다. 이를테면 이런 식으로. "미스 콜스, 성취에 비해 놀라울 정도로 젊고(서른 살이던가? 서른두 살?) 게다가 몹시 매력적인 여성……." "영화배우 마리 칼레타와 비견될 만한 여성이라고 말한다면 사람들이 감을 잡을 수 있지 않겠소……." 칼레타는 강렬하고 거친 금발 여성이었으며, 학식이 높다고 알려져 있었다. 하지만 그는 자신이 결코 이런 말을 입에 담을 수 없음을 이제 알 수 있었다. 그랬다가는 그녀가 서늘한 표정을 지을 것 같았다. 그녀가 말했다. "흔히들 하는 말은 전부 잊어버리는 게 어떨까요? 저의 다양한 재능이 어쩌고저쩌고……." 그는 짜증이 나서 몸에 힘이 들어가는 것을 느꼈다. 이 말이 비난이 아니라는 점이 특히 짜증스러웠다. 그녀는 그에게 짜증을 낼 가치도 없다고 생각하고 있었다. 이미 그에 대한 평가를 마친 것이다. '이 사람은 이런 식의 아부를 이용하는 남자야. 그러니까…….' 그녀가 하다못해 "왜 하지 않겠다고 약속한 소리를 정확히 되풀이하는 거예요?"라는 말조차 하지 않은 것에 그는 더욱 화가 났다. 그녀는 예의 바른 태도로 철벽을 두르고, 그의 멍청함을 간신히 참아주고 있다는 태도를 감추려고 애썼다.

그녀가 말했다. "어차피 무대 디자이너는 자신에게 주어진 작품의 무대를 디자인하는 게 일이에요. 예를 들어 조니 크랜모어 같은 무대 디자이너를 라디오나 텔레비전에 출연시켜서 '당신은 정말 다재다능하군요. 지난달에는 자바를 배경으로 한 뮤지컬 무대를 맡더니 이번 달에는 아일랜드 노동자들이 등장하는 현대극을 맡다니요'라고 말하는 사람이 있을까요?"

그레이엄은 화를 억눌렀다. "친애하는 바버라, 미안합니다. 내 말이 그런 소리로 들릴 줄은 몰랐어요. 그럼 우리가 라디오에서 무슨 얘기를 할까요?"

"아까 여기 식당으로 걸어오면서 제가 말한 것이 있죠? 사적인 얘기는 제외하면 안 되겠느냐고요."

이제 그레이엄은 거의 공황상태에 빠졌다. 하지만 천만다행으로 그는 웃음을 터뜨리며 그 상태에서 벗어날 수 있었다. 바버라가 웃으면서 이렇게 말한 덕분이었다. "제 말을 한마디도 안 들으셨군요."

"그래요, 듣지 않았소. 피곤하다는 당신을 그렇게 많이 걷게 해서 당신이 화를 낼까 봐 무서웠거든."

두 사람은 함께 웃었다. 아까 극장에 있을 때로 돌아간 것 같았다. 그는 앞으로 몸을 기울여 그녀의 손을 잡고 입을 맞췄다. 그리고 이렇게 말했다. "아까 했던 얘기를 다시 해봐요." 속으로는 이렇게 생각했다. '젠장, 이제 저 여자가 성실하고 지적인 여자처럼 굴겠지.'

하지만 그는 자신이 멍청했음을 알고 있었다. 스무 살 때의 자신, 아니 서른 살 때의 자신까지도 잊어버리고 있었다. 사람이 어떤 아이디어에 대한 열정만으로 살 수 있음을 잊고 있었다. 그녀는 새로운 연극, 새로운 양식의 연극에 대한 자신의 생각(그녀와 함께 일하는 사람들의 생각도)을 이야기하면서 아까 극장에서 스케치와 도면을 놓고 동료들과 이야기하던 모습으로 돌아갔다. 편안하고, 격의 없고, 가볍게 수다를 떠는 듯한 태도. 이것이 바로 자기 삶의 숨결인 아이디어에 대해 이야기하는 태도라는 사실을 그는 떠올렸다. 그녀의 아이디어들은 상당히 훌륭했다. 그녀에게 동의하는 것이 어떤 식으로든 조금이라도 의미가 있다고 믿었다면, 그녀의 열정이 조금이라도 의미가 있다고 믿었다면, 그는 동의했을 것이다. 하지만 적어도 그것이 열쇠임을 알았으므로, 그는 자신이 무엇을 해야 하는지 깨달았다. 길어야 30분을 넘지 않는 대화 끝에 두 사람은 다시 두 명의 전문가로 돌아가 서로 공감하는 아이디어들에 대해 이야기했다. 자신도 한때 이런 것에 열중하던 시절이 있었다는 기억이 그에게 떠올랐기 때문이다. '언제지? 내가 이런 열정을 품을 수 있었던 시절로부터 몇 년이 흐른 거지?'

마침내 그가 말했다. "친애하는 바버라, 지금 내게 불가능한 일을 요구하고 있다는 걸 아시오? 이 프로그램을 진행하는 마거릿 루옌은 반드시 당신에게서 사적인 이야기를 이끌어낼 생각이에요. 그 가엾은 여자의 머리에는 진지한 생각이 하나도 없소."

바버라는 미간을 찌푸렸다. 그는 그녀의 손에 자신의 손을 얹고, 왜 인상을 찌푸리느냐며 놀렸다. "아냐, 잠깐, 날 믿어요. 우리가 꾀를 써봅시다." 바버라가 빙긋 웃었다. 사실 마거릿 루옌은 모든 것을 그레이엄에게 맡기고, 미스 콜스에 대해서는 한마디도 한 적이 없었다.

"그 사람들은 별로 똑똑하지 않아요." 그가 말했다. "뭐, 신경쓸 것 없소. 우리가 방법을 찾아내서 원하는 대로 하면 돼요. 그러고 나면 그냥 기정사실이 돼버리는 거지."

"감사합니다. 마음이 놓이네요. 선생님이 저를 인터뷰하게 돼서 다행이에요." 이제 그녀는 긴장을 풀었다. 위스키, 음식, 포도주, 그리고 무엇보다도 마거릿 루옌에 맞서 그와 한편이 되었다는 사실 때문이었다. 모두 쉽게 잘 풀릴 것 같았다. 두 사람은 커피를 마시며 질문 대여섯 개를 준비한 뒤, 빗속에서 택시를 타고 방송국으로 향했다. 그는 그녀를 소유하고 무릎 꿇리겠다는 차가운 욕구가 사라졌음을 깨달았다. 이제는 오늘 저녁의 일정이 끝난 뒤 그녀의 뺨에 입을 맞추고, 아내가 기다리는 집으로 돌아가는 자신의 모습이 그려질 정도였다. 그녀에게 느끼는 동료의식이 몹시 유쾌했다. 그가 알지도 못하던 상처의 통증을 줄여주는 향유 같았다. 그것은 그가 어쩔 수 없이 '**기자**'라는 단어의 의미를 제대로 받아들였을 때 생긴 상처였다. 바버라와 함께라면 연극계의 현황과 자금상황, 정부의 어리석은 정책, 속물근성 등에 대해 한없이 이야기를 나눌 수 있을 것 같았다.

방송국에 도착한 뒤 그는 바버라와 함께 웃으며 스튜디오에 들어설 수 있도록 신경을 써서 농담을 던졌다. 일부러 마거릿 루

엔과 대화를 나누지 않고 곧바로 인터뷰가 시작되게 하고, 스튜디오에 초록색 불빛이 켜지는 순간부터 목소리에서 편안하고 친숙한 느낌이 나지 않게 했다. 인터뷰 중에도 사적인 느낌이 나지 않게 신경을 썼다. 인터뷰가 끝난 뒤 마거릿 루옌이 흡족한 얼굴로 다가왔지만, 그는 그녀를 옆으로 끌고 가서 미스 콜스가 피곤해서 곧장 집으로 가고 싶어 한다고 말했다. 바버라의 눈에는 그가 다른 종류의 인터뷰를 기대하던 프로듀서를 달래는 것처럼 보일 것이 확실했다. 그는 그녀의 손을 잡아 자신의 옆구리에 딱 붙인 채 그 자리를 떴다. "아이고, 우리가 해냈소." 그가 말했다. "마거릿 루옌은 뭐가 어떻게 된 건지 어리둥절하고 있을걸."

"고마워요." 바버라가 말했다. "모처럼 양식 있는 얘기를 나눌 수 있어서 정말 즐거웠어요."

그는 그녀의 입에 가볍게 키스했다. 그녀도 미소를 지으며 키스를 돌려주었다. 이제 그는 이 분위기를 다시 망가뜨릴 필요가 없다고 확신했기 때문에 이쯤에서 참을 수 있었다.

"이제 두 가지 선택지가 있소." 그가 말했다. "내 클럽으로 가서 술을 한잔하거나, 아니면 내가 당신을 집까지 데려다주고 당신이 내게 술을 한잔 대접하거나. 어차피 당신 집이 우리 집으로 가는 길목에 있으니까."

"어디 사세요?"

"윔블던." 사실 그가 사는 곳은 하이게이트였다. 하지만 그녀의 집이 풀럼에 있어서 그는 또다시 모험을 했다. 그녀가 사실을 알게 될 무렵이면, 두 사람은 그의 잔꾀를 웃어넘길 수 있는 사이가 될 터였다.

"잘됐네요." 바버라가 말했다. "그럼 저를 집까지 데려다주세요. 제가 내일 일찍 일어나야 하거든요." 그는 아무 말도 하지 않았다. 택시 안에서 그는 그녀의 손을 잡았다. 그녀의 손이 묵직하게 느껴졌다. 그가 물었다. "제임스가 당신을 노예처럼 부리고 있소?"

"스펜스 씨가 제임스를 아시는 줄은 몰랐어요. 제임스는 그렇지 않아요."

"나랑 아주 친한 사이는 아니오. 함께 일하는 동료로 어떤 사람이오?"

"훌륭하죠." 바버라가 즉시 대답했다. "함께 일하면서 그만큼 즐거운 사람이 없어요."

그의 마음속에서 질투심이 왈칵 솟았다. 그래서 자신의 입을 막을 수 없었다. "제임스와 사귀는 사이요?"

바버라가 그게 당신이랑 무슨 상관이냐고 말하는 듯한 시선으로 그를 바라보았다. "아뇨, 그렇지 않아요." 그녀가 말했다.

"제임스는 아주 매력적이지." 그가 당신도 다 알지 않느냐는 듯 키득거리며 말했다. 그녀가 아무 말도 하지 않자, 그는 고집스럽게 말을 이었다. "내가 여자라면 제임스와 사귀었을 거요."

그녀가 아무 대답도 하지 않아도 괜찮을 것 같았지만, 그녀는 입을 열었다. "제임스는 유부남이에요."

그레이엄의 기분이 단번에 치솟았다. 그녀가 이렇게 멍청한 말을 한 것은 처음이었다. 기가 막힐 정도로 멍청해서…… 그는 코웃음처럼 웃음을 터뜨리고 한 팔로 그녀를 감싸며 키스했다. "내 귀여운 뱁스."

그녀가 말했다. "왜 뱁스라고 해요?"

"그건 제임스만 부를 수 있는 이름인가? 무대 인부들도 부르던데?" 그는 자신의 입을 억제할 수 없었다.

"그건 일터에서만 불리는 이름이에요." 그가 팔로 감싼 그녀의 몸이 딱딱하게 굳어 있었다.

"그럼, 내 귀여운 바버라……." 그는 그녀에게서 뭔가 설명이 나오기를 기다렸지만, 그녀는 아무 말도 하지 않았다. 그리고 곧 담뱃불을 붙인다는 핑계로 그의 품에서 빠져나갔다. 그가 담뱃불을 붙여주었다. 무슨 수를 써서라도 그녀를 눕히겠다는 결의가 다시 돌아와 있었다. 택시가 그녀의 집 앞에 도착했다. 그가 재빨리 말했다. "자, 바버라, 이제 나한테 커피 한잔과 브랜디를 대접하면 돼요." 그녀는 머뭇거렸다. 하지만 그는 택시에서 내려 택시비를 지불하고, 그녀를 위해 문을 잡아주었다. 집 안에는 불빛이 전혀 없었다. 그가 말했다. "아이들이 깨지 않게 아주 조용히 있어야겠군."

그녀가 천천히 고개를 돌려 그를 바라보았다. 그리고 그의 말 속에 숨은 진짜 질문에 단조로운 목소리로 대답했다. "남편은 집에 없어요. 아이들은 친구 집에 갔고요." 그녀가 앞장서서 대문으로 갔다. 작은 집이었다. 별로 예쁘지 않은 작은 집들이 있는 단지 안의 주택. 작고, 밝고, 아늑한 복도에서 그녀가 말했다. "가서 커피를 끓여 올게요. 그거 드시고 댁으로 돌아가세요. 내가 아주 피곤하거든요."

달라진 그녀의 태도가 그에게 크게 다가왔다. 그녀와 동료의식을 느끼면서 마음이 약해진 탓이었다. 그는 빠른 말투로 지껄였다. "나한테 화가 났군. 부탁이니 마음 풀어요. 내가 잘못했소."

그녀는 차갑게 거리를 지키며 미소를 지었다. 천장의 작은 전등 불빛에 그녀의 멋진 눈이 보였다. '초록색' 눈이라지만 사실은 개암 색, 초록색 점들이 있는 갈색, 심지어 파란색일 때가 있다. 잡티가 있고, 색이 자꾸 변하는 경우도 있다. 바버라의 눈은 깨끗한 초록색이었다. 그런 눈은 한 번도 본 적이 없었다. 마치 깊은 바닷물 같은 눈이었다. 마치…… 음, 에메랄드 같았다. 여름날 잎이 무성한 나뭇가지 깊은 곳의 선명한 초록색 같았다. 그녀가 깎아지른 절벽 위를 올려다보듯이 그에게 미소를 지었다. 그 눈에 어둠이 깃드는 것이 보였다. 어둠이 선명한 초록색을 집어삼켰다. 그녀가 말했다. "전혀 화나지 않았어요." 마치 지루해서 하품을 하는 것 같은 목소리였다. "차를 가져올 테니…… 저기 계세요." 그녀는 고갯짓으로 하얀 문을 가리키고는 자리를 떴다. 그는 아주 깔끔하고 길쭉한 하얀 방으로 들어갔다. 한쪽 구석에 좁은 침대가 있고, 탁자 위에는 스케치와 연필이 잔뜩 흩어져 있었다. 벽에는 색색의 견본 조각들이 압정으로 꽂혀 있었다. 둥글고 나지막한 탁자와 작은 의자 두 개가 있는 공간은 이 작업실의 휴식공간이었다. 그는 생각했다. '아내한테 이런 방이 있다면 나는 싫을 것 같은데. 바버라의 남편은 어떨지……?' 지금까지 그는 그녀와 그녀의 남편을 연관지어 생각하지 않았다. 그녀의 아이들도 생각하지 않았다. 그녀가 손에 프라이팬을 든 모습이나, 더블베드에 아늑하게 누운 모습은 상상이 잘 가지 않았다.

밖에서 무슨 소리가 들렸다. 그는 벽난로 선반에 한 팔을 기대고 황급히 자세를 정돈했다. 그녀가 작은 쟁반을 들고 들어왔다. 커피 잔, 유리잔, 브랜디, 커피 주전자가 쟁반에 놓여 있었다. 그녀는 멍한 표정이었다. 그레이엄은 기분이 좋아졌다. 십중팔구 그녀가 그와 함께 있는 것을 편안하게 생각한다는 뜻 같았다. 그는 조금 피곤하다는 사실을 깨달았다. 그렇지, 그녀도 피곤할 것이다. 그래서 저렇게 멍한 표정을 짓고 있는 거였다. 초저녁에 그녀의 피곤한 상태를 이용하지 못해 기회를 잃었던 것이 기억났다. 이제는 그가 똑똑하게 군다면…… 그녀는 막 커피를 잔에 따르려는 참이었다. 그는 단호한 손길로 그녀의 손에서 커피 주전자를 빼앗고 고갯짓으로 의자를 가리켰다. 그녀는 미소를 지으며 그의 지시에 따랐다. "좀 낫네." 그는 이렇게 말하고 나서 커피를 따르고, 브랜디를 따랐다. 그리고 탁자를 그녀 쪽으로 끌었다. 그녀는 그를 지켜보았다. 그는 그녀의 손을 잡아 입을 맞추고 토닥거리다가 부드럽게 놓아주었다. 그래, 잘했어. 그는 속으로 생각했다.

이제부터가 문제였다. 그는 그녀에게 가까이 다가가고 싶었지만, 그녀는 기가 막히게 작은 의자에 꼭 맞게 앉아 있었다. 팔걸이도 있는 의자였다. 만약 그가 그녀 옆의 바닥에 앉는다면……? 아니, 덩치가 커서 안심이 되는 남자인 그에게 무심한 몸짓이라든가 격의 없는 자세 같은 것은 있을 수 없었다. 바버라를 의자에서 덥석 들어 침대에 내려놓으면? 그는 커피를 마시면서 속으로 계획을 짰다. 그래, 그녀를 침대로 데려갈 것이다. 하지만 아직은 아니었다.

"그레이엄." 그녀가 잔을 내려놓으며 말했다. 그녀가 그를 너그럽게 참아주는 듯한 표정을 짓고 있는 것이 짜증스러웠다. "그레이엄, 난 30분 뒤에 자고 싶어요."

이 말을 하면서 그녀는 이 상황이 재미있다는 듯이 빙긋 웃어 보였다. 남자와 여자가 이런 식으로 서로 작전을 펼치는 것이 아주 우습다는 듯이. 그도 어느 정도는 동감이었다. 그래서 하마터면 그녀와 함께 웃어버릴 뻔했다. (그는 며칠 뒤에야 혼자 외쳤다. "세상에, 그런 실수를 하다니. 그때 그 농담에 동조했어야지. 그게 나의 결정적인 실수였어.") 하지만 그는 웃을 수 없었다. 구부러지지 않는 자존심 때문에 얼굴이 굳었다. 그가 음모를 꾸미는 모습을 그녀가 지켜봤기 때문이 아니었다. 재미있는 농담을 던지는 듯한 그녀의 태도 덕분에 그 부분은 크게 부담이 되지 않았다. 하지만 자신의 뜻을 관철하고 말겠다는 결심이 되살아나서, 그가 그녀를 소유할 작정이라는 점이 문제였다. 그는 집으로 돌아가지 않을 것이다. 하지만 열쇠 꾸러미를 손에 쥐고 있으면서도, 어떤 열쇠를 골라야 하는지 모르고 있는 것 같은 기분이 들었다.

그는 바버라의 맞은편에 놓인 작은 의자를 들고, 커피 탁자를 옆으로 옮겼다. 그리고 그 의자에 앉아 앞으로 몸을 기울이고, 그녀의 양손을 잡았다. "바버라 양, 날 그렇게 너무 빨리 보내려고 하지 말아요. 부탁이오." 문제는, 저녁 내내 아무 일도 없었기 때문에 그가 지금 이런 어조로 이런 말을 하는 것이 뜬금없다는 점이었다. 소박하고 품위 있는 인간이 다른 인간에게 간청하는 듯한 태도. 그는 앞으로 몸을 기울이고, 커다란 손으로 그녀의 작은 손을 덥석 집어삼킨 자신의 모습을 보았다. 열심히 호소하는 듯한 자신의 표정을 인식했다. 그리고 방금 자신의 말이 진심이었음을 깨달았다. 그가 지금 느끼는 심정을 그대로 표현한 말이었다. 그는 이곳에 그녀와 함께 있고 싶었다. 그녀가 그것을 바라고 그를 그녀의 동료, 함께 예술을 하는 사람으로 봐주었으면 싶었다. 그에게는 이런 것이 절실했다. 하지만 그녀는 놀랐다기보다 신기한 것을 보는 듯한 표정으로, 비평가처럼 거리를 유지한 채 그를 살피고 있었다. 그의 귀에 자신의 목소리가 들렸다. "내가 제임스라면 어떻게 하겠소?" 불만스러운 목소리였다. 그녀의 눈빛이 갑자기 어두워지더니, 그녀가 말했다. "그레이엄, 가시기 전에 커피를 좀 더 드시고 싶으세요?"

그가 말했다. "난 오래전부터 당신을 만나고 싶었소. 당신을 아는 사람들과 내가 아는 사이인 경우가 많거든."

그녀는 앞으로 몸을 기울여 자신의 잔에 브랜디를 조금 더 따르더니, 두 손으로 감싼 잔을 가슴에 대고 의자에 등을 기댔다. 기묘한 몸짓이었다. 그녀가 양손으로 소중하게 잡고 있는 잔이 그녀 자신인 것 같았다. 오랫동안 고통을 겪으면서 인내한 사람의 몸짓. 그는 그녀를 언급했던 여러 남자들을 떠올렸다. 잭 케너웨이가 생각나서 당황하다가 말했다. "예를 들어, 잭 케너웨이도 있고."

그녀의 눈에 반짝 감정이 나타났다. 무슨 감정이지? 그는 그 감정을 신중히 시험해보려고 말을 이었다. "지난주에 잭과 함께 저녁식사를 했는데…… 아, 순전히 우연이었소! 그때 잭이 당신 이야기를 했어요."

"그래요?"

오래전 그녀가 뚱해 보인다고 생각했던 기억이 났다. 지금은 방어적으로 보였다. 그녀가 미간을 찌푸렸다. 그가 말했다. "사실 저녁 내내 거의 당신 이야기만 했소."

그녀는 숨찬 목소리로 짧게 말했다. 그는 그것이 분노의 목소리임을 깨달았다. "그 사람이 무슨 말을 했을지 아주 잘 상상이 가네요. 그런데 설마 내가 그 사람 이름을 듣고 즐거워할 거라고 생각한 건……." 그녀는 중간에서 말을 끊었다. 그녀가 그에게 분노하고 있음을 그는 깨달았다. 그녀가 경멸하는 수준으로 그가 그녀를 억지로 끌어내린 탓이었다. 하지만 그도 그런 수준의 사람이 아니었다. 모든 것이 그녀 탓이었다, 그녀 탓! 그는 여자 앞에서 이렇게 일이 뜻대로 되지 않았던 적이 있었는지 기억이 나지 않았다. 줄 위에서 휘청거리는 듯한 기분이 또 들었다. 그는 잭 케너웨이를 제대로 이용해보려고 말을 이었다. "물론 잭은 매력적인 사람이지만, 남자답다고는 할 수 없지."

그녀는 브랜디 잔을 가슴 앞에 소중히 들고 말없이 그를 바라보았다.

"물론 외모에 완전히 속아 넘어갈 수도 있겠지만." 그는 치명적인 실수라는 것을 알면서도 계속 그녀를 탐색하는 것을 멈출 수 없었다.

그녀는 아무 말도 하지 않았다.

"당신이 잭 케너웨이와 아주 대단한 연애를 하고 있다던데, 알고 있소?" 그가 소리쳤다. 이 말을 믿는 바보들에게 재미있는 충고를 던지는 것처럼.

"나도 그렇게 들었어요." 그녀가 잔을 내려놓았다. 그리고 일어서서 그에게 이만 가달라는 기색을 내비쳤다. "그럼, 이만." 그는 이성을 잃고 한 걸음 앞으로 다가서서 그녀를 무턱대고 품에 안고는 신음하듯이 소리쳤다. "바버라!"

그녀는 이리저리 얼굴을 돌리며 그의 키스를 피했다. 그는 그녀가 환자를 살피는 의사 같은 표정을 짓고 있는 것을 언뜻 보았다. 그는 그녀의 목에 입술을 대고 다시 신음하듯 "바버라"를 외친 뒤 반응을 기다렸다. 그녀가 어떻게든 행동을 취해야 할 터였다. 몸부림을 쳐서 빠져나가든, 아니면 그에게 응답하든. 그녀는 아무것도 하지 않았다. 한참 만에 그녀가 말했다. "세상에, 그레이엄!" 이 상황이 재미있는 모양이었다. 이번에도 그녀는 함께 즐거워하라고 그에게 권하고 있었다. 하지만 만약 그가 그녀의 농담에 동조한다면, 그녀를 소유할 기회가 사라질 것이다. 그는 그녀의 입술을 자신의 입술로 꽉 막아버렸다. 그녀는 그를 떨어뜨리려는 듯 입김을 불었을 뿐, 이렇다 할 반항을 하지 않았다. 물속에서 입김을 불며 웃어대는 여자처럼, 그녀는 그의 입술 공격에 맞섰다. 그녀가 웃을 때마다 물살이 퍼지고, 그녀는 고개를 옆으로 돌렸다. 반쯤은 짜증스럽고, 반쯤은 재미있어 하는 것 같았다. 그가 계속 키스를 퍼붓자, 그녀는 작은 파도를 피하듯이 얼굴과 고개를 이리저리 움직였다.

이렇게 시작된 일은, 그가 나중에 생각해보았을 때 그의 인생에서 가장 창피한 일이 되었다. 그 순간에도 그는 자신의 어리석음에 대한 분노를 그녀에게 돌렸다. 그는 거의 30분 동안 그녀를 안고 있었다. 그녀의 키가 훨씬 작아서 그가 고개를 숙여야 했기 때문에 나중에는 목이 아팠다. 그는 그녀를 단단히 붙잡았다. 양쪽 허벅지로 그녀의 양다리를 좌우에서 압박하고, 양팔을 옆구리에 단단히 붙였다. 그녀는 머리만 빼고 온몸을 꼼짝도 할 수 없었다. 그의 입술이 그녀의 입술을 억지로 열고, 혀가 그 안으로 들어가 꿈틀거렸다. 그래도 그녀는 가만히 있었다. 그는 자제력을 잃었다. 머리로 이 우스꽝스러운 장면을 지켜보면서도, 그는 이대로 계속 나아가겠다고 다짐했다. 곧 그녀의 몸이 틀림없이 그를 원하며 부드러워질 터였다. 그는 자신이 그녀를 놓아주었을 때, 그녀가 어떤 표정으로 자신을 바라볼지 두려워서 여기서 멈출 수 없었다. 시간이 갈수록 그녀가 더욱더 미워졌다. 그녀가 우울한 표정으로 그 초록색 눈을 뜨고 있는 모습을 언뜻언뜻 보면서, 지금까지 저 '보석 같은' 눈만큼 싫은 것을 본 적이 없다는 생각이 들었다. 불쾌한 눈이었다. 이제는 설사 그녀가 그를 원하게 되었다 해도 그가 그 사실을 알 수 없다는 생각이 문득 들었다. 그녀가 꼼짝도 할 수 없는 상태이기 때문에. 그는 그녀가 1인치(약 2.5센티미터)쯤 몸을 움직일 수 있게 조심스레 힘을 풀었다. 그녀는 여전히 얌전했다. 마치 욕망에 미친 남자에게 반항하는 건 오히려 남자를 자극할 뿐이라는 말을 어디서 읽거나 들은 것 같다고 생각하며 그는 그녀를 비웃었다. 자기도 모르게 그는 이런 생각을 하고 있었다. '멍청한 암소 같으니. 내가 너한테 매력을 느껴서 이러는 줄 알아? 하기야 너는 건방진 년이니 그럴 만도 하지!'

이것이 얼마나 정신 나간 헛소리인지 문득 깨달은 그는 팔과 다리를 풀고, 그녀의 입안에서 혀를 거둬들였다. 그녀는 손등으로 입을 닦으며 뒤로 물러나서, 방금 일어난 일을 믿을 수 없다는 듯 멍한 표정으로 서 있었다. 그를 기다리며 벼르고 있던 창피함이 그를 거의 집어삼킬 기세였지만, 그는 분노를 동원해 그 순간을 뒤로 미뤘다. 그녀는 이 순간에도 농담처럼 들리는 말투로, 해명하듯 말했다. "제정신이 아니군요, 그레이엄. 어떻게 된 거예요? 취했어요? 취한 것 같지 않은데. 나한테 매력을 느끼는 것도 아니잖아요."

증오심 때문에 피가 머리로 솟구쳐서 그는 다시 그녀를 움켜쥐었다. 이번에는 그녀가 단호히 고개를 비틀었기 때문에 그는 그녀의 입술에 닿을 수 없었다. 그가 그녀의 뺨이든 목이든 입술이 닿는 곳에 키스를 퍼붓는 동안 그녀는 차분하게 같은 말을 되풀이했다. "그레이엄, 놓아줘요, 제발 놓아줘요, 그레이엄." 그녀는 계속 이 말을 되풀이하고, 그는 계속 그녀를 쥐어짜며 입을 맞추고 혀로 핥았다. 이렇게 밤을 새울 수도 있을 것 같았다. 이 것은 순전히 의지력의 싸움이었다. 그는 생각했다. '진짜 남자 같은 여자가 아니라면, 지금쯤 자기 몸을 생각해서라도 굴복해야지!' 하지만 그는 확신했다. 그녀가 곧 저 침대에서 자신의 품에 안길 거라고. 그는 그녀를 놓아주고 말했다. "난 오늘 당신이랑 잘 거야. 당신도 알지?"

그녀는 벽난로 선반을 한 손으로 짚고 몸을 지탱했다. 얼굴이 창백했다. 그가 하도 핥아대서 화장이 모두 지워진 탓이었다. 그녀가 아주 다른 사람이 된 것 같았다. 작고 무방비해 보였다. 커다란 입술은 창백하게 색을 잃었고, 초록색 눈동자는 색이 번져서 가장자리가 금색으로 보였다. 이제야 그는 몇 시간 전 자신이 느껴야 하는 기분이 무엇이었는지 처음으로 깨달았다(확실히 그녀는 그가 이런 기분을 느낀다고 생각했을 것이다). 축축하게 젖은 그녀의 작은 얼굴을 보면서 그는 친밀감을 느꼈다. 육체의 친밀감, 애정, 관능을 느꼈다. 마치 그녀가 자신의 혈육, 자신의 누이 같았다. 그녀를 소유하려는 의지가 아니라 그녀를 향한 욕망이 느껴졌다. 그래서 자신이 벌인 웃기지도 않는 일이 창피했다. 이제 그는 자신의 오감이 시키는 대로 그녀를 침대로 데려가고 싶은 생각뿐이었다.

그녀가 말했다. "이제 내가 어째야 할까요? 전화로 경찰을 부를까요?" 그녀가 여전히 자신을 짓밟은 남자를 대하듯 뚱하고 냉담한 태도로 말하는 것에 그는 상처를 받았다. 그녀는 그를 제대로 봐주지 않았다.

그녀가 말했다. "아니면 이웃들이 다 듣게 소리를 지를까요? 그걸 원해요?"

가장자리가 금색으로 변한 눈이 거의 새까맣게 보였다. 그 눈에 깃든 권태의 그림자가 그만큼 깊었다. 그녀는 너무 지루하고 지쳐서 금방이라도 바닥에 쓰러질 것 같았다. 그것이 그의 눈에도 보였다.

그가 말했다. "난 당신이랑 잘 거야."

"어떻게 그걸 원할 수 있어요?" 이성적이고 점잖은 질문이 그에게 던져졌다. 그녀는 그가 대답해줄 것이라고 믿는 듯했다. 그녀가 말했다. "내가 그걸 원하지 않는다는 걸 당신은 알아요. 그리고 당신은 사실 일이 어떻게 되든 별로 개의치 않는다는 걸 내가 알고요."

그는 충격을 받아서 다시 촌놈이 되었다. 촌뜨기처럼 굴던 놈이 이제는 존재하지 않는다는 사실을 깨닫지 못할 만큼 머리가 나쁜 여자였다니. 그가 그녀를 원하는 마음을 보여주었으니 그녀는 거기에 반드시 응답해야 한다는 사실을 깨닫지 못하는 여자였다니.

한 손으로 몸을 지탱하고 서 있는 그녀는 아주 작았다. 지칠 대로 지친 얼굴은 하얗게 질렸고, 도저히 믿을 수 없는 일이 일어났다는 표정을 짓고 있었다. 그녀는 너무 어이가 없어서 이대로 몸을 돌려 자리를 뜰 참이었다. 그는 그것을 알 수 있었다. "내가 진심이 아닌 것 같아?" 그는 이를 갈며 그녀에게 물었다. 그녀가 몸을 움직였다. 곧 자리를 뜰 것처럼. 그의 손이 멋대로 뻗어나가 그녀의 손목을 움켜쥐었다. 그녀는 미간을 찌푸렸다. 그의 다른 손이 그녀의 다른 손목을 움켜쥐었다. 그의 몸이 그녀에게 다가들어 또 그녀를 끌어안고 압박하려 했다. 하지만 그전에 그녀가 말했다. "세상에, 싫어요. 그 일을 또 처음부터 겪으라니. 그래요, 알았어요."

"그게 무슨 소리야? 알았다니?" 그가 다그쳤다.

그녀가 말했다. "나랑 같이 자요. 됐죠? 그 일을 다시 겪으니 차라리 그게 낫겠어요. 얼른 끝내죠?"

그는 히죽 웃으며 침묵 속에서 말했다. "아니, 귀여운 것, 그럴 수는 없지. 네가 무슨 말을 하든 나랑은 상관없어. 난 지금 널 가질 거고, 그게 전부야."

그녀는 어깨를 으쓱했다. 거기에 드러난 경멸과 피로는 그에게 아무런 영향을 미치지 못했다. 이제 다시 그녀에 대한 증오심이 엄청나게 커져서, 그녀를 원하는 마음이 누군가를 죽여버리고 싶은 마음과 비슷해진 탓이었다.

그녀가 옷을 벗었다. 마치 혼자서 잠자리에 들 준비를 하는 사람 같았다. 재킷, 치마, 페티코트. 그녀는 하얀 브래지어와 팬티 차림으로 서 있었다. 여름에 갈색으로 탄 피부가 아직 남아 있는, 탄탄한 아가씨 같았다. 그는 노란 머리카락을 느슨하게 늘어뜨리고 벗은 몸으로 서 있는 갈색 피부의 여자에게 순간적으로 애정을 느꼈다. 그녀가 침대에 누웠다. 초록색 눈은 점잖게 호소하듯 그를 바라보았다. '정말로 할 생각인가요? 꼭 해야 되겠어요?' 그는 눈빛으로 대답했다. '그래, 꼭 해야 되겠어.' 그녀는 벽 쪽으로 시선을 돌리며 소리 없이 자신의 뜻을 전했다. '내 쪽에서는 전혀 욕망을 느끼지 않는데도 굳이 날 취하고 싶다면 마음대로 해요. 그러고도 창피하다는 생각이 들지 않는다면.' 그는 창피하지 않았다. 그녀를 향한 증오의 불꽃을 계속 유지하고 있기 때문이었다. 그가 창피를 느끼지 않게 지켜주는 것이 바로 그 증오심밖에 없다는 사실은 그도 아주 잘 알고 있었다. 그는 옷을 벗고 침대로 들어가 그녀 옆에 누웠다. 그러면서 그는 당신은 지루한 남자라고 열심히 표현하고 있는 여자를 자신이 강간하려 한다는 사실을 깨달았다. 그러자 그의 신체 일부가 완전히 고개를 숙였다. 그것은 슬픔에 젖어 그를 질책하는 기색이 역력했다. 조금 전만 해도 그가 그녀를 기쁘게 해줄 수도 있을 만큼 그것은 누이를 향해 뻗어 있었으니까. 그는 그녀 옆에 누워서 몰래 자신의 것을 북돋우려 애쓰며 팔꿈치로 몸을 괴고 그녀를 향해 몸을 기울여서 자유로운 손으로 가슴을 만졌다. 그의 손길에 그녀가 이를 가는 것이 보였다. 이런 법석을 피운 끝에 그가 능력을 잃었다는 사실을 적어도 그녀가 알지는 못할 것이다.

그는 자신을 흥분시키려고 다시 그녀를 꽉 안았다. 그녀는 그의 것이 작게 쪼그라든 것을 느끼고 몸을 비틀어 그에게서 벗어나 일어나 앉더니 이렇게 말했다. "누워요."

그녀는 조금 전까지 누워서 생각을 해보았다. '이 일을 빨리 끝내려면 저걸 다시 키우는 수밖에 없어. 그렇지 않으면 밤새 이자를 견뎌야 할 거야.' 그는 그녀를 향한 증오심 덕분에 뛰어난 통찰력을 얻었다. 그래서 그녀가 무슨 생각을 하는지 잘 알 수 있었다. 그녀는 빨리 이 일을 **끝내겠다**는 일념으로 참을성이라는 스위치를 켠 상태였다. 그는 똑바로 누웠다. 그녀는 그의 옆에 쪼그리고 앉았다. 천장의 불빛이 그녀의 갈색 어깨 위에서 꽃을 피우고, 납작하게 가라앉은 머리카락이 얼굴로 쏟아졌다. 하지만 그녀는 그의 얼굴을 보려고 하지 않았다. 권태에 지치고 솜씨가 노련해진 아내 같았다. 아니, 매춘부 같기도 했다. 그녀는 그에게 손을 쓰면서 그를 기쁘게 해줄 준비를 갖췄다. 그래, 관능적인 여자야. 그는 속으로 생각했다. 아니, 그런 여자가 될 수 있겠어. 그동안 그녀는 영 말을 안 듣던 그의 살덩이의 고집을 꺾는 데 성공했다. 그것은 그가 그녀에게 욕망을 품을 수도 있다는 부드러운 증거였다. 그녀는 그를 향한 경멸에서 우러나온 차가움을 유지하며 손을 썼다. 그리고 그가 '좋아, 이 정도면 됐어. 이제 이 여자를 제대로 가져야지'라고 생각한 순간, 그녀가 그를 사정하게 만들었다. 그를 재촉하고 속인 것은 모종의 술수가 아니었다. 겉으로 훤히 드러난 그녀의 속내, 즉 '그래, 이자는 이것밖에 안 되는 놈이야'라는 속내가 그에게 패배감을 안겨주었다.

그녀는 뜻대로 성공을 거둔 뒤 조금 더 상황을 살피다가 벗은 몸으로 일어섰다. 그녀의 사타구니와 겨드랑이의 황금색 털은 지루함에 지친 초록색 눈과는 상당히 다른 말을 그에게 하고 있었다. 그녀는 그를 바라보며 자신이 무슨 생각을 하는지 표정으로 빤히 드러냈다. '무슨 남자가 이런……?' 그는 그녀가 어깨를 살짝 움직이는 것을 지켜보았다. 어깨를 으쓱이려다가 아주 조금 억제한 것 같은 동작이었다. 그녀가 밖으로 나간 뒤 수돗물 흐르는 소리가 들렸다. 곧 그녀가 하얀 실내용 가운을 입고 들어왔다. 손에 노란 수건을 들고 있었다. 그녀는 수건을 그에게 건넨 뒤, 그가 수건을 사용하는 동안 예의 바르게 시선을 돌렸다.

"이제 집으로 돌아갈 건가요?" 그녀가 희망을 품고 물었다. 지금 이 시점에.

"아니." 그는 이제 그녀와 또 싸움을 시작해야 할 것이라고 확신했지만, 그녀가 그의 옆에 누웠다. 그의 몸에 손을 대지는 않았다(그녀의 몸이 그의 몸을 싫어하는 것이 느껴졌다). 그는 속으로 생각했다. '그래, 귀여운 것. 하지만 밤은 아직 많이 남았어.' 그가 소리 내어 말했다. "난 오늘 밤에 널 제대로 가질 거야." 그녀는 아무 말 없이 누운 채로 하품을 했다. 그러고는 그를 위로하듯이 한마디 했다. 어쩌면 그때 그가 순전히 놀란 마음에 대놓고 웃음을 터뜨릴 수도 있었을 것이다. "사랑을 나눌 분위기를 만들기는 좀 힘든 상황이었던 것 같은데요." 그녀는 그를 **위로**하고 있었다. 그래서 그는 그녀를 미워했다. 창녀 같으니. 내가 이 여자를 억지로 침대에 눕혔고, 이 여자는 날 원하지 않아. 그래도 날 기쁘게 해줘야 할 것 아니야. 매춘부답게. 하지만 그녀를 증오하면서도 그는 성적인 상황에서 관대함을 발휘하던 버릇 때문에 그녀에게 장단을 맞췄다. "그건 내가 너한테 좋은 마음을 품고 있기 때문이야……. 어쨌든 여자 천 명 중 한 명을 내 품에 안은 거니까."

잠시 침묵이 흘렀다. "천 명?" 그녀가 조심스레 물었다.

"천 명의 특별한 여자."

"영국에서요 아니면 전 세계에서요? 선택기준은 뭐죠? 머리? 미모?"

"뭐든 뛰어난 점이 있기만 하면 돼." 그는 그녀에게 찬사를 바쳤다.

"음." 한참 만에 그녀가 말했다. "내가 올라 있다는 후보명단이 정말로 존재해야 할 텐데요. 적어도 당신이 무례한 거짓말을 한 게 아니라는 걸 보여주기 위해서라도."

그는 대답하지 않았다. 졸음이 밀려오는 것을 느꼈기 때문이다. 그는 계속 자면 안 된다고 중얼거렸지만, 서서히 눈을 뜨고 보니 아침이었다. 8시경. 바버라는 없었다. 그는 속으로 생각했다. '세상에! 집사람한테 뭐라고 하지? 바버라는 어디 있는 거야?' 그는 어젯밤의 우스꽝스러운 꼴을 떠올리고 창피해서 하마터면 쓰러질 뻔했다. 하지만 곧 분노를 되살려 속으로 생각했다. '바버라가 여기 내 옆에서 잔 게 아니라면 내 그 여자를 용서하나 봐라…….' 그는 조용히 일어나 앉았다. 온 집 안을 뒤져 그녀를 찾아낸 뒤 그녀를 소유할 생각이었다. 그때 문이 열리더니 그녀가 들어왔다. 그녀는 초록색 정장을 차려입고, 머리를 깔끔히 정리하고, 눈 화장도 한 모습이었다. 손에는 커피 쟁반을 들고 있었다. 그녀는 침대 옆에 쟁반을 내려놓았다. 그는 살이 늘어지고 털이 숭숭 난 자신의 커다란 몸을 의식했다. 이불이 반쯤 내려가 있었다. 그는 저렇게 차려입은 저 여자 앞에서 알몸으로 침대에 누우면 안 된다고 속으로 되뇌었다. 그가 말했다. "무슨 가운 같은 것 있나?" 그녀는 아무 말 없이 그에게 수건을 건네며 말했다. "욕실은 왼쪽에서 두 번째예요." 그녀가 밖으로 나갔다. 그는 수건을 몸에 두르고 뒤를 따랐다. 이 집의 모든 것이 유쾌하고 친밀했다. 능률적인 그녀의 작업실과는 전혀 달랐다. 그는 그녀가 어디서 잤는지 알아내고 싶었다. 가장 먼저 보이는 문을 열었더니 부엌이었다. 그녀가 갈색 질그릇 접시를 오븐에 넣고 있었다. "다음 문이에요." 바버라가 말했다. 그는 두 번째 문을 바삐 지나쳐서 세 번째 문을 열었다(최대한 소리가 나지 않기를 기원했다). 침구가 가득한 벽장이었다. "여기예요." 바버라가 뒤에서 말했다.

"그래, 그건 알았는데, 당신은 어디서 잤지?"

"그게 당신이랑 무슨 상관인데요? 위층 내 방에서 잤어요. 자, 당신 볼일이 다 끝났으면 이제 그만 가줘요. 난 극장에 나가봐야 하니까."

"내가 데려다주지." 그가 곧바로 말했다.

그리고 다시 그녀의 눈이 변하는 것을 보았다. 죽을 만큼 지루하다는 듯, 어둠이 빛을 집어삼켰다. "내가 데려다줄 거야." 그가 고집스럽게 말했다.

"난 혼자 가는 편이 좋은데요." 그녀는 이렇게 말하고 나서 빙긋 웃었다. "그래도 굳이 데려다주고 싶다면야. 그리고 극장에서 당신은 꼭 안으로 들어가려고 하겠죠. 제임스랑 다른 사람들이 다 볼 수 있게. 그래서 날 데려다주겠다고 하는 거죠?"

그는 그녀를 증오했다. 순전히 그녀의 뛰어난 머리 때문에. 그녀는 언제나 그의 속내를 알아차렸다. 어제 처음 만났을 때부터 그가 그녀를 향해 작업을 거는 것을 한순간도 빠지지 않고 지켜보았다. 하지만 그는 통제할 수 없는 일종의 운명 또는 내적인 충동 때문에 감상적으로 말을 이었다. "이런, 적어도 당신을 일터까지 데려다주고 싶은 마음은 진짜라는 걸 알 텐데."

"그럴 리가요." 그녀는 그의 거짓말을 대놓고 지적했다. 그리고 그의 옆을 지나쳐 그가 밤을 보낸 방으로 갔다. "난 10분 뒤에 나갈 거예요." 그녀가 말했다.

그는 서둘러 샤워를 했다. 그가 돌아와 보니 작업실은 이미 깨끗이 정리되어 있었다. 침대도 깔끔해서 밤의 흔적은 하나도 보이지 않았다. 그녀가 그에게 가져다주었던 커피도 보이지 않았다. 그는 그녀에게 커피를 청하고 싶지 않았다. 곧바로 거절당할까 봐 두려웠다. 게다가 그녀는 이미 외투를 입고, 겨드랑이에 핸드백까지 낀 채로 나갈 준비를 모두 마친 상태였다. 그는 아무 말 없이 현관으로 향했다. 그녀가 조용히 그 뒤를 따랐다.

그녀의 세포 하나하나가 그에게 보내는 신호가 훤히 보였다. '아, 하느님, 이 촌뜨기를 이제 떼어버릴 수 있어!' 정말 헤픈 년이라고 그는 생각했다.

택시가 왔다. 차 안에서 그녀는 그에게서 최대한 멀리 떨어져 앉았다. 그는 아내에게 무슨 말을 할지 생각했다.

극장 앞에서 그녀가 말했다. "괜찮다면 전 여기서 내릴게요." 이것은 간청이 아니었다. 간청을 하기에는 그녀의 자존심이 너무 높았다. "내가 안까지 바래다줄 거야." 그가 말했다. 그녀가 무슨 생각을 하는지 훤히 보였다. '좋아. 뜻대로 해주고 이자한테 창피를 줘야지.' 그는 반드시 그녀를 안으로 데리고 들어가 동료들에게 넘겨줄 생각이었다. 그녀가 자신의 뒤통수를 칠까 봐 걱정스러웠다. 하지만 그녀는 그의 뜻대로 따라줄 생각인 것 같았다. 무대로 통하는 문 앞에서 그녀가 도어맨에게 말했다. "이 분은 스펜스 씨예요, 톰. 기억나요? 어젯밤에 만났죠?" "좋은 아침이에요, 뱁스." 도어맨은 이렇게 말하면서, 정중하게 그레이엄을 살펴보았다. 그것이 그의 임무였다.

바버라는 문을 열고 그가 들어갈 수 있게 잡아주었다. 그는 안으로 먼저 들어가서 그녀가 들어올 수 있게 문을 잡아주었다. 두 사람은 넓고, 지저분하고, 조명이 형편없는 공간으로 함께 걸어 들어갔다. 그녀가 큰 소리로 외쳤다. "제임스, 제임스!" 남자의 목소리가 앞쪽에서 들려왔다. "이쪽이야, 뱁스. 왜 이렇게 늦었어?"

두 사람의 눈앞에 극장 안의 풍경이 펼쳐졌다. 조금 어둑하고, 조용했다. 아침 일찍부터 청소부가 움직이는 소리뿐이었다. 어딘가 가까운 곳에서 진공청소기 소리가 작게 들렸다. 무대 인부 두 명이 파란색과 초록색 나선형이 그려진 무대 배경막을 올려다보고 있었다. 제임스는 객석을 등지고 서서 담배를 피웠다. "늦었어, 뱁스." 그가 다시 말했다. 그리고 그녀의 등 뒤에 서 있는 그레이엄을 보고 고갯짓으로 인사했다. 바버라와 제임스는 키스로 인사를 나눴다. 바버라가 한 음절, 한 음절 천천히 말했다. "어젯밤에 만난 스펜스 씨 기억나?" 제임스가 고개를 끄덕였다. '안녕하세요?'라는 뜻이었다. 바버라는 그와 나란히 서서 파란색과 초록색의 배경막을 함께 올려다보았다. 곧 바버라가 다시 그레이엄에게 시선을 돌려 소리 없이 물었다. '이제 이 정도면 충분하지 않아요?' 그는 지루해서 뚱한 표정을 짓고 있는 그녀의 눈을 보았다.

그가 말했다. "잘 있어요, 뱁스. 잘 있어요, 제임스. 나중에 전화할게요, 뱁스." 아무 대답이 없었다. 그녀는 그를 무시했다. 그는 천천히 걸음을 옮기면서 두 사람이 무슨 말을 하는지 귀를 기울였다. 예를 들면 이런 말 같은 것. "뱁스, 세상에, 저 사람이랑 뭘 한 거야?" 아니면 그녀가 이런 말을 할 수도 있었다. "그레이엄 스펜스가 왜 왔는지 궁금해? 설명해줄게."

그레이엄은 무대 인부들 옆을 지나갔다. 그들은 그를 알아보지 못했다. 틀림없었다. 그때 마침내 바버라에게 말하는 제임스의 목소리가 들렸다. "이건 아니야, 뱁스. 당신이 저런 색조의 파란색을 사랑하는 건 알지만, 한번 더 자세히 봐. 그래, 착하지⋯⋯." 그레이엄은 무대에서 나와 사무실 앞을 지나갔다. 도어맨이 사무실 안에 앉아 신문을 읽다가 고개를 들어 꾸벅 인사하고는 다시 신문으로 시선을 돌렸다. 그레이엄은 택시를 잡으러 가면서 속으로 생각했다. '뭔가 그럴듯한 핑계를 생각해낸 뒤에 집에 전화를 걸어야겠어.'

다행히 그날 집에 가지 않아도 되는 핑계가 있었다. 신작 소설을 발표한 젊은 남자를 저녁에 (텔레비전에서) 인터뷰해야 한다는 것.

옥상 위의
여자

그해 6월, 태양이 뜨겁게 이글거리던 때의 일이었다.

세 남자가 옥상에서 일하고 있었다. 지붕 연관이 너무 뜨겁게 달아오르자, 그들은 물을 뿌려 식히자는 아이디어를 냈다. 하지만 물에서 김이 피어오르더니, 곧 물이 지글지글 끓었다. 세 남자는 이 옥상 아래의 어떤 아파트로 들어가 그 집 여자에게서 달걀을 구해 여기서 구워 저녁으로 먹어도 되겠다고 우스갯소리를 했다. 2시가 되자 바꿔 끼우려던 홈통에 손도 댈 수 없었다. 그들은 더운 나라 사람들은 이럴 때 어떻게 하는지 추측해보았다. 혹시 달걀을 구하는 김에 주방용 장갑도 빌려오면 어떨까? 세 사람 모두 더위에 익숙하지 않아서 머리가 조금 어지러웠다. 그들은 겉옷을 벗고, 서로 다닥다닥 붙어서 폭이 1피트(약 30센티미터)쯤 되는 굴뚝 옆 응달로 들어갔다. 두툼한 양말과 장화를 신은 발이 햇빛을 받지 않게 주의하는 것도 잊지 않았다. 넓이가 몇 에이커쯤 되는 옥상 너머로 멋진 풍경이 펼쳐졌다. 멀지 않은 곳에서 어떤 남자가 갑판 의자에 앉아 신문을 읽고 있었다. 그때 그 여자가 보였다. 50야드〔약 45미터〕쯤 떨어진 굴뚝들 사이에서. 그녀는 갈색 담요 위에 엎드려 있었다. 검은 머리, 붉게 달아오른 탄탄한 등, 옆으로 펼친 양팔이 보였다.

"다 벗었는데요." 스탠리가 짜증스러운 목소리로 말했다.

나이가 마흔다섯 살쯤으로 가장 많은 해리가 말했다. "그런 것 같군."

열일곱 살인 톰은 아무 말도 하지 않았지만, 들떠서 히죽거리고 있었다.

스탠리가 말했다. "저 여자 저러다 신고당하지."

"아마 아무도 못 볼 거라고 생각하는 거겠죠." 톰이 고개를 한껏 쭉 빼면서 말했다.

이때 여자가 계속 엎드린 채로 두 손을 등 뒤로 돌려, 쥐고 있던 스카프 양 끝을 하나로 묶더니 일어나 앉았다. 가슴에는 빨간 스카프를 묶었고, 아래에는 짧은 빨간색 비키니 하의를 입고 있었다. 오늘이 햇빛을 받은 첫날이라 그녀의 피부는 빨갛게 달아올랐을 뿐 아직 하얀색이었다. 그녀는 앉은 채 담배를 피웠다. 스탠리가 늑대의 울부짖음 같은 휘파람을 불어도 시선을 들지 않았다. 해리가 말했다. "마음이 작은 놈들은 작은 걸로도 즐거워하지." 그는 작업을 해야 하는 곳을 향해 걸어갔다. 여전히 타는 듯이 뜨거웠다. 해리가 말했다. "잠깐 기다려. 내가 그늘을 만들 테니까." 그는 채광창을 통해 건물 안으로 사라졌다. 이제 해리도 없겠다, 스탠리와 톰은 여자에게 최대한 가까이 다가가 그녀를 엿보았다. 그녀가 자리를 옮겼기 때문에, 보이는 것이라고는 담요 위로 쭉 뻗어 있는 분홍색 두 다리뿐이었다. 두 사람이 휘파람을 불며 소리를 쳤지만 다리는 움직이지 않았다. 해리가 담요 한 장을 가지고 다시 나타나 소리쳤다. "이리 와." 짜증스러운 목소리였다. 스탠리와 톰이 힘들게 걸어 그에게 다가가자 그가 스탠리에게 말했다. "네 신부는 어쩌고?" 스탠리는 석 달쯤 전에 결혼한 신랑이었다. 스탠리가 코웃음을 치며 말했다. "제 마누라가 뭘요?" 간섭하지 말라는 뜻이었다. 톰은 아무 말도 하지 않았지만, 그의 머릿속에는 알몸이나 다름없는 여자의 모습이 가득했다. 해리가 아래층의 친절한 여자에게서 빌려온 담요를 텔레비전 안테나 대부터 줄줄이 늘어선 굴뚝까지 걸쳤다. 그러자 세 사람이 같이 끼워야 하는 홈통 부분에 그늘이 만들어졌다. 하지만 그늘이 자꾸만 움직여서 담요를 조정하느라 일을 제대로 할 수 없었다. 마침내 더위가 한풀 꺾이자 세 사람은 허비한 시간을 메우려고 일에 속도를 냈다. 처음에는 스탠리, 그다음에는 톰이 여자를 보려고 옥상 끝까지 갔다 왔다. "이제 똑바로 누워 있어." 스탠리가 이렇게 말하면서 익살을 부리자 톰이 킬킬거리며 웃었다. 해리는 너그럽게 빙긋 웃었다. 톰은 여자가 아까 그대로 움직이지 않았다고 보고했지만, 그것은 거짓말이었다. 그는 자신이 본 것을 혼자만 간직하고 싶었다. 그녀가 작은 빨간색 하의를 엉덩이 위로 돌돌 말아 내리는 광경. 나중에는 하의가 작은 삼각형 모양이 되었다. 그녀는 그렇게 온몸을 드러낸 채 똑바로 누워 있었다. 기름을 바른 몸이 번들거렸다.

다음 날 아침, 그들은 옥상에 올라오자마자 그녀를 보러 갔다.

그녀는 벌써 담요에 엎드려 양팔을 벌리고 있었다. 몸에 걸친 것은 작은 빨간색 하의뿐이었다. 밤새 피부가 갈색으로 변해 있었다. 어제는 진홍색으로 달아오른 하얀 피부였는데, 오늘은 갈색이었다. 스탠리가 휘파람을 불었다. 그녀는 자다가 깼는지 화들짝 놀라서 고개를 들어 그들이 있는 쪽을 똑바로 바라보았다. 햇빛이 눈을 찌르자 그녀는 눈을 깜박이고 다시 쏘아보다가 고개에서 힘을 뺐다. 그녀의 무심한 태도에 스탠리와 톰과 나이 많은 해리까지 셋이서 모두 휘파람을 불어대며 소리를 질렀다. 해리는 젊은 두 친구를 놀리며 흉내를 낸 것이었지만, 한편으로는 화가 났다. 자기를 지켜보는 세 남자에게 무심하기 짝이 없는 여자 때문에 세 사람 모두 화가 났다.

"나쁜 년." 스탠리가 말했다.

"우리한테 건너오라고 했어야죠." 톰이 킬킬거리며 말했다.

해리는 마음을 가다듬고 스탠리에게 말했다. "만약 저 여자가 유부녀라면, 남편이 그런 걸 좋아하겠어?"

"세상에." 스탠리가 말했다. "만약 내 아내가 저렇게 누구나 훤히 볼 수 있는 곳에 누워 있다면 내가 곧 말리겠죠."

해리가 빙긋 웃으며 말했다. "자네 아내도 지금 이 순간에 저렇게 일광욕을 하고 있을지 누가 알아?"

"그럴 리가 없어요. 우리 집 옥상은 아니에요." 아내가 안전하다는 생각에 스탠리는 기분이 좋아졌다. 세 사람은 일을 시작했다. 하지만 어제보다 더 더운 날씨였다. 세 사람의 상급자인 매슈에게 말해서, 옥상 작업은 더위가 가신 뒤로 미루자는 이야기가 여러 번 나왔다. 하지만 그 말을 실천하지는 않았다. 이 넓은 아파트 단지의 지하에도 할 일이 있기는 했지만, 여기 옥상에서는 자유를 느낄 수 있었다. 길거리나 건물 안에 갇혀 있는 평범한 사람들과는 수준이 달라진 것 같았다. 그날 훨씬 많은 사람이 정오 무렵 한 시간 동안 여기저기 옥상으로 올라왔다. 결혼한 부부들은 갑판 의자에 나란히 앉았고, 스타킹을 신지 않은 여자들의 다리는 진홍색으로 달아올랐다. 조끼 차림인 남자들의 어깨도 붉게 변했다.

그 여자는 계속 담요 위에 누워 몸을 이리저리 뒤집었다. 세 사람이 무슨 짓을 하든, 그녀는 그들을 무시했다. 해리가 부족한 나사못을 가지러 갔을 때 스탠리가 말했다. "여기야." 그녀가 있는 곳은 그들이 있는 곳과 20피트(약 6미터)쯤 떨어진 다른 건물군에 속해 있었다. 옥상 난간으로 기어 올라가서 굴뚝에 매달린 채 살금살금 걸어가면 더 가까이 갈 수 있다는 뜻이었다. 그동안 커다란 부츠가 여기저기서 미끄러졌지만, 두 사람은 마침내 그녀를 가까이에서 곧바로 내려다볼 수 있는, 작게 튀어나온 사각형 지붕 위에 다다랐다. 그녀는 앉아서 담배를 피우며 책을 읽고 있었다. 톰은 포스터나 잡지 표지에 나오는 여자 같다고 생각했다. 등 뒤로 파란 하늘이 펼쳐지고, 두 다리를 쭉 뻗은 모습이 그랬다. 그녀의 뒤쪽 옥스퍼드 거리의 신축건물 공사현장에서 커다란 크레인 한 대가 검은색 팔을 건물 옥상들 위로 크게 휘둘렀다. 톰은 자신이 그 크레인을 조종해서 팔을 움직여 그녀를 집어 든 뒤, 하늘을 휙 가로질러 자기 옆에 떨어뜨리는 모습을 상상했다.

그들은 휘파람을 불었다. 그녀가 두 사람을 올려다보았다. 냉정하고 초연한 시선으로. 그리고 다시 책을 읽었다. 두 사람은 또 화가 났다. 아니, 스탠리는 화가 났다. 그는 햇볕에 달아오른 얼굴을 분노로 일그러뜨리며 계속 몇 번이나 휘파람을 불었다. 그녀가 다시 시선을 들게 만들고 싶었다. 톰은 휘파람을 불지 않았다. 기분이 들떠서 히죽거리며 스탠리 옆에 서 있었다. 속으로 여자에게 '나는 이 사람이랑 달라요'라고 말하기라도 하는 것처럼 미안한 표정이었다. 어젯밤 그는 잠들기 전에 이 미지의 여자를 생각해보았다. 그때 그녀는 그에게 다정했다. 그는 여자를 조롱하며 휘파람을 불어대는 스탠리 옆에서 그 다정하던 모습을 떠올렸다. 그리고 몇 피트 떨어진 곳에 있는, 건강한 갈색 피부의 무심한 여자를 지켜보았다. 그 여자가 있는 옥상과 이곳 사이의 빈틈 아래쪽에는 길이 있었다. 톰은 낭만적이라는 생각이 들었다. 두 산의 꼭대기에 각각 올라와 있는 것 같았다. 하지만 그때 해리의 고함소리가 들려오자 두 사람은 일하던 곳으로 돌아갔다. 스탠리는 정말로 화가 나서 얼굴이 딱딱하게 굳어져 있었다. 톰은 계속 그를 보면서 왜 저 여자를 저렇게 미워하는지 모르겠다고 생각했다. 그는 이미 그녀를 사랑하고 있었다.

그들은 담요로 응달을 만들려고 움직였다. 하지만 오늘도 역시 거의 4시가 되었을 때에야 제대로 일을 시작할 수 있었다. 세 사람 모두 기진맥진했다. 다들 날씨에 대해 투덜거리고 있었다. 특히 스탠리는 기분이 최악이었다. 일을 마치고 짐을 챙기기 전에 세 사람은 오늘도 그 여자를 보러 갔다. 그녀는 엎드려서 잠들어 있는 것 같았다. 엉덩이를 가린 진홍색 삼각형 천 조각만 빼면, 몸 뒤편의 맨살이 모두 드러나 있었다. "난 양심적으로 저 여자를 경찰에 신고해야겠어요." 스탠리가 말했다. 그러자 해리 가 대꾸했다. "너 왜 그래? 저 여자가 너한테 뭘 했다고?"

"그러니까, 저 여자가 내 아내라고 생각해보세요!"

"하지만 아니잖아요, 안 그래요?" 톰은 해리도 자신과 마찬가 지로 스탠리의 태도를 불편하게 여긴다는 것을 알고 있었다. 평 소 스탠리는 머리가 잘 돌아가고 일손이 빠르며 우스갯소리도 많이 하는 좋은 사람이었다.

"어쩌면 내일은 좀 덜 더울지도 모르지." 해리가 말했다.

그렇지 않았다. 오히려 더 더웠다. 일기예보에 따르면 이런 날 씨가 계속 이어질 거라고 했다. 옥상에 올라오자마자 해리는 여 자가 나와 있는지 보러 갔다. 톰은 스탠리가 여자를 보러 갔다가 공연히 화를 내는 걸 막으려고 해리가 선수를 쳤음을 깨달았다. 해리에게는 톰과 나이가 같은 아들이 있었다. 그래서 톰은 해리 를 믿고 우러러보았다.

해리가 돌아와서 말했다. "안 나왔네."

"틀림없이 그 여자 남편이 한소리 했을 거예요." 스탠리가 말 했다. 해리와 톰은 서로 시선을 교환하며, 새 신랑의 등 뒤에서 빙긋 웃었다.

해리가 지하실에서 일하게 해달라고 말해보자는 제안을 했다. 그리고 바로 그날 허락을 받았다. 일을 마치고 짐을 챙기기 전에 스탠리가 말했다. "가서 바람 좀 쐬고 오죠." 해리와 톰은 스탠리를 따라 옥상으로 올라가면서 또 미소를 교환했다. 톰은 해리가 스탠리에게서 그 여자를 보호해주려고 올라가는 거라고 굳게 믿었다. 5시 30분경이었다. 차분한 햇빛이 옥상을 환히 비췄다. 옥스퍼드 거리의 커다란 크레인이 여전히 사람들 머리 위에서 검은 팔을 휘둘렀다. 여자는 옥상에 없었다. 그런데 난간 뒤에서 하얀 것이 펄럭이더니 여자가 일어섰다. 하얀 실내용 가운에 허리띠를 맨 차림이었다. 십중팔구 하루 종일 옥상에 있었을 것이다. 다만 세 사람 눈에 띄지 않게 옥상의 다른 곳에 있었을 뿐. 스탠리는 휘파람도 불지 않고 말도 하지 않았다. 여자가 허리를 굽혀 종이, 책, 담배를 줍고 나서 담요를 접어 팔에 걸치는 모습을 지켜보기만 했다. 톰은 생각했다. '나 혼자라면 저쪽으로 건너가서…… 뭐라고 말하지?' 밤마다 꾸는 꿈 덕분에 그는 그녀가 상냥하고 다정한 사람이라는 사실을 알고 있었다. 혹시 그녀가 톰에게 자기 아파트로 가자고 청하지 않을까? 혹시……. 그는 여자가 채광창 아래로 사라지는 것을 지켜보았다. 그때 스탠리가 날카로운 목소리로 여자를 조롱하며 고함을 질렀다. 여자가 화들짝 놀랐다. 하마터면 아래로 떨어질 뻔한 것 같았다. 그녀는 떨어지지 않으려고 주위의 뭔가를 꽉 잡았다. 그녀가 들고 있던 물건들이 아래로 떨어지는 소리가 났다. 그녀가 화난 얼굴로 세 사람을 똑바로 바라보았다. 해리가 농담처럼 말했다. "미끄러운 사다리에서는 조심해야지, 아가씨." 톰은 스탠리에게서 그녀를 구해주려고 해리가 그런 말을 한 것을 알았지만, 그녀는 알 리가 없었다. 그녀는 미간을 찌푸린 채로 사라졌다. 톰은 혼자 속으로 기뻐했다. 그녀가 화내는 대상이 자신이 아닌 다른 두 사람이라는 사실에.

"비라도 좀 오지." 스탠리가 파란 저녁 하늘을 바라보며 앙심을 품은 목소리로 말했다.

다음 날도 구름 한 점 없었다. 세 사람은 지하실에서 일을 마치기로 했다. 회색 시멘트로 된 지하실에서 배관을 수리하고 있자니, 뜨거운 더위 속에서도 축제처럼 들뜬 런던의 분위기에서 소외된 것 같았다. 점심때 세 사람은 바람을 쐬려고 위로 올라갔다. 하지만 부부들과 셔츠나 조끼 차림의 남자들만 있을 뿐, 그녀는 보이지 않았다. 평소에 엎드려 있던 곳에도, 어제 있던 곳에도 없었다. 해리까지 세 사람 모두 이리저리 돌아다니며 굴뚝들 사이와 난간 너머를 살펴보았다. 뜨겁게 달아오른 지붕 연판이 손가락에 닿자 따끔따끔했다. 그녀는 어디에도 없었다. 세 사람은 조끼와 셔츠를 벗어 가슴을 드러냈다. 뜨거운 발바닥에 땀이 나는 것이 느껴졌다. 세 사람은 그 여자 이야기를 하지 않았다. 하지만 톰은 또 혼자가 된 것 같았다. 어젯밤 그녀는 그에게 자기 아파트로 가자고 청했다. 커다란 아파트에는 하얀 카펫이 깔려 있고, 침대 머리판은 푹신하게 속을 넣은 하얀 가죽이었다. 그녀는 아주 얇은 검은색 네글리제 차림으로 톰을 상냥하게 대했다. 그 기억을 떠올리자 목이 메는 것 같았다. 그녀가 옥상에 없는 것에 배신감이 느껴졌다.

일을 마친 뒤 세 사람은 다시 옥상에 올라왔지만, 여전히 여자는 보이지 않았다. 스탠리는 내일도 이만큼 더우면 더 이상 일하러 나오지 않을 거라고 계속 말했다. 하지만 다음 날에도 세 사람 모두 일터에 나왔다. 오전 10시쯤 기온이 24도 가까이 올라가더니 정오가 되기 훨씬 전에 거의 27도가 되었다. 해리는 상급자에게 가서 이런 더위에 지붕 연판 작업을 하는 건 불가능하다고 말했다. 하지만 상급자는 세 사람에게 달리 시킬 일이 없다면서 이 일을 해야 한다고 말했다. 정오에 세 사람은 말없이 서서 그녀가 있던 옥상의 채광창이 열리는 모습을 지켜보았다. 곧 그녀가 하얀 실내복 가운 차림으로 나타났다. 담요 꾸러미를 들고 있었다. 그녀는 진중한 표정으로 세 사람을 보더니 그들에게 보이지 않는 곳으로 걸어갔다. 톰은 기뻤다. 다른 사람들이 그녀를 볼 수 없을 때면, 그녀가 더욱더 자신의 것이 된 것 같았다. 세 사람은 조끼와 셔츠를 벗고 있다가 다시 입었다. 피부가 햇볕을 더이상 견디지 못할 것 같았다. "저 여자 피부는 무슨 코뿔소 가죽인가 봐." 스탠리가 홈통을 잡아당기며 투덜거렸다. 세 사람은 일을 멈추고 굴뚝 뒤의 응달에 앉았다. 어떤 여자가 맞은편 창가에 나타나서 노란색 화분에 물을 주었다. 꽃무늬 여름 원피스를 입은 중년 여자였다. 스탠리가 그녀에게 말했다. "물은 우리한테 더 필요해요." 여자가 빙긋 웃으며 말했다. "그럼 빨리 주점으로 내려가지 그래요. 곧 문을 닫을 텐데." 그녀는 가벼운 농담을 몇마디 더 주고받다가 손을 흔들며 웃는 얼굴로 사라졌다.

"저쪽 레이디 고디바(11세기경 영국에서 백성들을 위한 세금인하를 호소하기 위해 알몸으로 시위를 한 영주 부인)하고는 다른데." 스탠리가 말했다. "저렇게 웃으면서 수다도 떨어주잖아."

"형이 저 **아주머니**한테는 휘파람을 안 불었잖아요." 톰이 질책하듯 말했다.

"애 말하는 것 좀 보게." 스탠리가 말했다. "그러는 너는 휘파람 안 불었어?"

톰은 정말로 휘파람을 분 적이 없는 것 같았다. 휘파람을 분 사람은 해리와 스탠리뿐인 것 같았다. 그는 계획을 세우는 중이었다. 일이 끝나면 일부러 뒤에 남아 있다가 어떻게든 그녀에게 건너갈 계획이었다. 일기예보에 따르면 더위가 한풀 꺾일 거라고 했으니 톰은 서둘러야 했다. 하지만 혼자 남을 기회가 없었다. 해리와 스탠리는 4시에 일을 끝내기로 했다. 모두 탈진한 탓이었다. 두 사람이 아래로 내려갈 때, 톰은 재빨리 난간을 올라가 굴뚝을 잡고 더 높은 곳으로 몸을 끌어올렸다. 그녀가 똑바로 누워서 무릎을 세우고 눈을 감고 있는 것이 언뜻 보였다. 갈색 피부의 여자가 햇빛 속에 축 늘어져 있었다. 그는 발이 미끄러져서 소란스럽게 아래로 떨어졌다. 스탠리가 뭘 보았느냐고 눈으로 물었다. "그 여자는 내려가고 없어요." 톰이 말했다. 자신이 스탠리에게서 그녀를 지켜준 것 같았다. 그녀는 틀림없이 그에게 고마워할 것이다. 그녀와 자신 사이에 유대감이 생긴 것 같았다.

다음 날 세 사람은 옥상 아래 층계참에 서 있었다. 더위 속으로 올라가기가 싫었다. 해리에게 담요를 빌려준 여자가 나와서 그들에게 차를 권했다. 그들은 반갑게 그 제안을 받아들여 그 집 부엌에 한 시간 정도 둘러 앉아 수다를 떨었다. 프리쳇 부인이라고 이름을 밝힌 여자의 남편은 비행기 조종사였다. 서른 살 가량

의 말쑥한 금발 여성인 그녀는 날렵하게 잘생긴 스탠리에게 눈
길을 주었다. 두 사람이 서로 우스갯소리를 주고받는 동안 해리
는 구석에 앉아 너그러운 표정으로 지켜보았다. 하지만 스탠리
에게 유부남이라는 사실을 잊지 말라고 표정으로 일깨워주는 것
도 잊지 않았다. 톰은 자유자재로 농담을 주고받는 스탠리가 부
러웠다. 스탠리가 프리쳇 부인과 엮인다면, 옥상 위의 그 여자와
자신의 로맨스는 안전하겠다는 생각도 들었다.

"더위가 한풀 꺾인다고 하지 않았어요?" 스탠리가 뚱한 얼굴
로 말했다. 햇빛을 향해 올라가는 것을 더 이상 미루면 안 되는
시각이었다.

"더위가 싫어요?" 프리쳇 부인이 물었다.

"어떤 사람들한테는 좋겠죠." 스탠리가 말했다. "아무것도 안
하고, 어디 해변에라도 온 것처럼 저 위에 누워 있는 사람이라면.
부인은 저기 올라간 적 있어요?"

"한 번 있어요." 프리쳇 부인이 말했다. "하지만 더럽던데요. 너
무 덥기도 하고."

"네, 맞는 말씀이에요." 스탠리가 말했다.

세 사람은 시원하고 깔끔한 아파트와 상냥한 프리쳇 부인을
뒤로하고 옥상으로 올라갔다.

올라가자마자 그녀가 보였다. 세 남자는 그녀를 바라보았다.
사람을 벌주는 것 같은 이 햇빛 속에서 편안해 보이는 그녀에게
화가 났다. 그때 스탠리의 표정을 본 해리가 말했다. "자자, 하다
못해 일하는 시늉이라도 해야지."

세 사람은 난간 옆에서 자리를 이탈한 홈통을 떼어내고 새 것으로 교체해야 했다. 스탠리가 두 손으로 홈통을 잡고 당기다가 욕설을 내뱉으며 허리를 폈다. "시팔." 그러고는 굴뚝 밑에 앉아 담배에 불을 붙였다. "시팔." 그가 말했다. "우리가 무슨 도마뱀이라도 되는 줄 알아? 손이 온통 물집투성이야." 그는 벌떡 일어나서 저편으로 넘어가 두 사람을 등지고 섰다. 그리고 손가락을 입 양편에 집어넣고 날카롭게 휘파람 소리를 냈다. 톰과 해리는 쪼그리고 앉아서 그를 지켜보았다. 두 사람에게는 여자의 머리와 갈색 어깨 끄트머리만 간신히 보였다. 스탠리가 다시 휘파람을 불었다. 그러고는 발을 구르며 다시 휘파람을 불고, 여자에게 고함을 질러댔다. 얼굴이 시뻘겋게 상기되어 있었다. 몹시 화가 난 것 같았다. 그가 발을 구르고 휘파람을 부는데도 여자는 움직이지 않았다. 꿈쩍도 하지 않았다.

"미쳤나봐요." 톰이 말했다.

"그러게." 해리가 마뜩잖은 표정으로 말했다.

그러다 느닷없이 결단을 내렸다. 톰은 저 여자 때문에 추문이나 귀찮은 일이 벌어지는 걸 막으려고 내린 결정이라고 확신했다. 해리가 일어서서 방수 천에 공구들을 싸기 시작했다. "스탠리." 그가 지휘관처럼 말했다. 처음에 스탠리는 그 소리를 듣지 못했다. 그러자 해리가 다시 말했다. "스탠리, 이제 그만 짐 싸고 내려가자. 내가 매슈에게 말할게."

스탠리가 돌아왔다. 뺨이 얼룩덜룩 달아오르고, 눈빛이 이글거렸다.

"더 이상은 못 참아." 해리가 말했다. "하루 정도면 더위가 꺾일 거야. 내가 매슈한테 가서 우리 모두 일사병에 걸렸다고 말해야겠어. 매슈가 싫어하더라도 어쩔 수 없지." 이번에는 해리도 기분이 상한 것 같았다. 몸집이 작고 유능하며 머리가 반쯤 하얗게 센 가정적인 남자, 언제나 당황하는 법이 없는 그가 정말로 평정을 잃은 목소리로 말했다. "얼른 가자고." 그는 옥상의 사각형 구멍 안으로 들어가 조심스럽게 사다리를 밟으며 내려갔다. 그 뒤를 이어 스탠리가 내려갔다. 여자에게는 눈길 한번 주지 않았다. 그다음 차례는 톰이었다. 너무 들떠서 심장이 목구멍에서 뛰는 것 같았다. 그는 뒤를 한번 돌아보며 속으로 그녀에게 약속했다. '기다려요. 곧 갈게요.'

길로 나온 뒤 스탠리가 말했다. "집에 갈게요." 그는 이제 하얗게 질려 있었다. 정말로 일사병에 걸린 것 같았다. 해리는 저쪽의 어느 아파트에서 배관수리를 하고 있는 상급자를 만나러 갔다. 톰은 뒤로 빠져서 방금 나온 건물이 아니라 여자가 누워 있던 건물로 들어갔다. 그가 곧장 위로 올라가는데, 그를 막는 사람이 하나도 없었다. 열린 채광창에 철제 사다리가 연결되어 있었다. 그가 밖으로 나와 보니 여자에게서 2야드(약 1.8미터)쯤 떨어진 곳이었다. 여자가 일어나 앉아서 양손으로 검은 머리를 쓸어 넘겼다. 가슴에는 스카프가 단단히 매어져 있고, 그 주위로 갈색 살이 불룩 튀어나와 있었다. 갈색 다리가 매끈했다. 그녀는 소리 없이 그를 바라보았다. 소년은 멍청하게 히죽거리면서 그녀가 자신을 다정하게 대해주기를 기다렸다.

"원하는 게 뭐야?" 여자가 물었다.

"나는…… 나는…… 당신이랑 친해지고 싶어요." 그는 히죽거리며 더듬더듬 그녀에게 간청했다.

두 사람은 서로를 바라보았다. 호리호리한 소년은 들떠서 얼굴이 빨갛게 달아올랐고, 거의 벌거벗은 여자는 심각한 표정이었다. 조금 뒤 여자가 아무 말 없이 소년을 무시한 채 갈색 담요 위에 다시 누웠다.

"햇빛을 좋아하죠?" 소년이 번들거리는 여자의 등을 향해 물었다.

아무 대답이 없었다. 톰은 당황했다. 꿈에서는 그녀가 그를 품에 안고, 머리를 쓰다듬고, 자신이 왕처럼 당당하게 앉아 있는 침대로 평생 처음 맛보는 술을 가져다주었는데. 자신이 지금 무릎을 꿇고 앉아서 그녀의 어깨와 머리카락을 어루만진다면, 그녀가 그를 바라보며 꽉 안아줄 것 같았다.

그가 말했다. "당신한테는 햇빛이 괜찮은 거지요?"

그녀가 고개를 들고, 작은 두 주먹으로 턱을 받친 뒤 말했다. "가." 하지만 그는 움직이지 않았다. "잘 들어." 그녀가 힘들게 화를 억누르며 느릿느릿 차분하게 말했다. 그를 바라보는 그녀의 얼굴은 화를 내는 것도 지친다는 표정이었다. "비키니 입은 여자를 보고 들뜬 거라면, 6페니짜리 버스를 타고 리도로 가보지 그래? 이렇게 옥상까지 힘들게 올라오지 않아도, 거기에는 비키니 입은 여자들이 수십 명이나 있어."

그녀는 그를 이해하지 못했다. 그는 속이 상해서 얼굴이 창백해졌다. 그가 더듬더듬 말했다. "난 당신이 좋아요. 계속 지켜봤는데……."

"고마워." 여자는 이렇게 말하고 나서 고개를 다시 눕히며 그를 외면했다.

그녀는 누워 있고 그는 서 있었다. 그녀는 아무 말도 하지 않았다. 그냥 그를 없는 사람으로 취급했다. 그는 아무 말 없이 몇 분 동안 가만히 서서 생각했다. '내가 계속 있으면 저 여자도 결국 뭔가 말을 해야 할 거야.' 하지만 몇 분이 지나도 그녀는 반응이 없었다. 등과 허벅지와 팔에 힘이 들어갔을 뿐이었다. 그녀는 그가 가기를 기다리며 긴장하고 있었다.

그는 하늘을 올려다보았다. 열기 속에서 태양이 빙빙 돌고 있는 것 같았다. 자신이 동료들과 함께 일하던 옥상도 바라보았다. 그곳에서 열기가 아지랑이처럼 가늘게 떨고 있는 것이 보였다. '저런 데서 일을 하라고 하다니!' 정당한 분노가 그의 머리를 가득 채웠다. 여자는 여전히 움직이지 않았다. 뜨거운 바람 한 줄기가 검은 머리카락을 살짝 건드리자 머리카락이 무지갯빛으로 반짝였다. 어젯밤 꿈에서 그가 어루만지던 머리카락이었다.

그녀에 대한 분노가 마침내 그의 발을 움직여 사다리를 내려가게 했다. 그는 건물 계단을 내려와 거리로 나갔다. 그리고 그녀를 증오하며 술에 취했다.

다음 날 일어나 보니 하늘이 회색이었다. 비를 품은 회색 하늘을 보며 그는 못된 생각을 했다. '그래, 하늘이 당신 버릇을 고쳐놓았군, 그렇지? 아주 제대로 고쳐놓았어.'

세 남자는 일찍부터 서늘하게 식은 지붕 연판 작업을 했다. 축축한 가랑비가 내리는 옥상에 햇빛을 받으러 올라오는 사람은 없었다. 검은 지붕이 빗물로 미끄러웠다. 날이 시원해졌으니 서두르면 오늘 안에 일을 끝낼 수 있을 것 같았다.

내가 마침내
심장을 잃은 사연

내가 칼을 들어 가슴 옆쪽을 갈라 심장을 꺼내서 내버렸다고 말하기는 쉽다. 하지만 안타깝게도 그것은 말처럼 쉬운 일이 아니었다. 다른 사람들과 마찬가지로 나도 그렇게 하고 싶다는 생각을 자주 한다. 하지만 현실은 내가 생각했던 것과 달랐다.

그날 나는 남자 두 명과 각각 점심을 먹고 차를 마셨다. 점심을 함께 먹은 남자는 나와 (대략) 4년 하고 12분의 7년을 같이 산 사람이었다. 그가 새로운 상대를 찾아 떠났을 때, 나는 2년 동안, 아니 3년이었나, 하여튼 그동안 반쯤 죽은 사람처럼 지냈다. 심장이 돌덩이처럼 무거워져서 그걸 몸에 지니고는 돌아다닐 수가 없었다. 가뜩이나 그것 말고도 사람 몸에는 무거운 것이 많은데. 그러다가 나는 힘들지만 천천히 자유를 찾았다. 내 심장은 내 첫사랑에게 수천 가지 애착을 소중히 품고 있었다. 하지만 다른 관점에서 보면, 그는 나의 두 번째 **진정한** 사랑(아버지가 첫 번째였다) 또는 세 번째 사랑(친오빠 다음으로)이라고 하는 편이 옳을지도 모르겠다.

노래 가사 그대로였다.

내가 평생 동안 사랑한 남자는 셋뿐.
아버지, 오빠, 그리고 내 인생을 가져간 남자.

하지만 특별한 통찰력 없이 그냥 타인의 시각으로 바라본다면, 그 남자는 열세 번째(이게 정확한지는 잊어버렸다)로 보일지도 모른다. 내면의 감정이 말하는 진실을 무시한다면. **진지한** 사랑과 헤어지고 새로이 **진지한** 사랑을 만나기 전에 몇 년 동안 수십 명을 사귈 수도 있기 때문이다. 하지만 그런 사람들은 **중요하지 않다**.

이런 식으로 세상을 바라보면 불행한 사람이 여럿 생겨난다. 나한테는 별로 중요하지 않은 존재가 다른 사람에게는 중요할 수도 있기 때문이다. 하지만 이 어려움을 극복할 방법은 없다. **진지한** 사랑은 인생에서 가장 중요한 일 또는 거의 가장 중요한 일이기 때문이다. 어쨌든 대부분의 사람들은 **진지한** 사랑을 찾아 헤맨다. 어떤 사람과 매우 진지한 감정을 나누고 있을 때도 우리는 혹시 우연히 만난 낯선 사람이 훨씬 더 진지한 상대가 될지도 모른다는 생각에 한쪽 눈의 8분의 1쯤으로 다른 곳을 바라본다. **진짜** 상대를 만날 때까지 수많은 사람들을 맛보고, 시험하고, 홀짝거리고, 표본검사를 해볼 권리가 있다는 주장에 대해 우리 모두 전적으로 동의한다. 함께 어울리는 사람들 사이에서 이렇게 서로를 맛보고 시험하는 것이 십중팔구 두 번째로 중요한 행위라고 해도 지나친 말은 아닐 것이다(첫 번째로 중요한 행동은 돈 벌기이다). 또는 이런 식으로 표현해볼 수도 있을 것이다. "이 일에 대해 정말로 진지하다면, 뭔가가 찰칵 맞아떨어져서 마침내 앞으로 나아갈 준비가 될 때까지 만나는 모든 사람과 계속 잠자리를 한다."

말하다 보니 처음 주제에서 멀어져버렸다. 내가 점심을 함께 먹은 남자(A라고 부르자)를 내 첫사랑으로 생각했다는 것. 지금도 그 생각은 변하지 않았다. 비록 프로이드는 아버지를 A로, 오빠를 B로 보아야 한다고 주장하지만, 그렇다면 나의 (진정한) 첫사랑을 C라고 부르면 된다. 하지만 이런 의문을 품는 사람도 있을 것이다. "그럼 두 번의 결혼과 그 많은 연애는 다 무엇인가?"

그것들이 다 무엇이냐고? 나는 그들을 **진정으로** 사랑하지 않았다. A를 사랑하듯이 사랑하지 않았다.

나는 그와 점심을 함께 먹었다. 그리고 정말 우연으로 B와 차를 마셨다. 여기서 B는 나의 **두 번째** 진정한 사랑이지, 내 오빠가 아니다. 다섯 살 때부터 열다섯 살 사이에 내가 사랑했던 어린 소년들도 아니다. 열다섯 살을 돌이킬 수 없는 지점으로 (멋대로) 지정한다면 그렇다는 말이다……. 확실히 '돌이킬 수 없는 지점'이라는 표현 자체가 세간의 관념에 상당히 용감하게 반항하는 말이긴 하다.

A와 B 사이에 나는 상당히 많은 연애를 했다. 여러 표본을 시험했다고 해도 될 것이다. 하지만 그것들은 중요하지 않다. 나는 B와 감정이 **찰칵 하고 맞아떨어져서** 폭발하듯이 불이 붙었다. 하

지만 A와 찰칵 하고 마음이 맞았을 때만큼은 아니었다. A에게 차인 뒤로 내 마음이 멍들어 뚱하니 남을 의심하게 되었기 때문이다. 게다가 A와 나를 묶어주던 여러 가지 유대와 애착을 하나씩 끊어내야 한다는 문제가 아직 남아 있었다. 하지만 B와 나는 한동안 불붙은 집처럼 타올랐다. 그리고 곧 불행이 찾아왔다. 내 심장이 또 내 가슴을 무겁게 짓눌렀다.

> 내 가슴의 이것이 돌덩이라면, 돌덩이라면,
> 그것을 뽑아내고 자유로워질 텐데…….

A와 점심을 먹고 B와 차를 마셨다. 내 인생의 귀한 시간 10년을 함께 가져간 두 남자였다(그사이에 시험 삼아 사귀었던 상대들은 포함시키지 않았다). 공정성을 위해 덧붙이자면, 그들은 또한 내게 (강렬하고 많은) 기쁨만큼 슬픔(오, 주님, 주님)도 주었다. 같은 날 오후에 두 사람을 차례로 만나면서 이런저런 이야기를 즐겁게 나누는 동안 내 심장은 추억에 젖어 살짝 두근거렸을 뿐이다. 추억이라는 물고기가 긴 낚싯대 끝을 문 것처럼…….

요약하자면, 그날의 만남은 유익했다.

특히 그날 저녁 내가 C, 아니 C가 될 가능성이 있는 사람을 만나기로 되어 있기 때문에 더욱 그러했다. 하지만 나는 C를 지나치게 강조하고 싶지 않다. 사실 그가 어떻게 생겼는지도 잘 기억나지 않는다. 진정한 상대를 만날 때까지 맛을 보거나 시험한, 중요하지 않은 사람들을 자세히 기억할 수는 없는 법이다. 어쨌든 그가 C일 가능성이 남아 있었다. 어쩌면 우리가 **찰칵 하고 마음이 맞을 수도** 있었다. 나는 그 사람이 바로 내가 찾던 그 사람인지도 모른다고 생각하고 있었다(우리 모두에게 아주 자주 있는 일이다). (나는 '**어쩌면 그 사람이 진지한 상대일지도 몰라**'라는 말 대신, 일부러 여성잡지들이 사용하는 '그 사람'이라는 표현을 썼다.)

그래서 나는 창가에 서서(그때의 분위기와 상황을 상세히 설명하고 싶다) 거리를(그레이트 포틀랜드 거리) 내다보며 이런 생각을 하고 있었다. A와 B와의 연애 또는 경험을 후회할 생각은 꿈에도 없지만(사랑을 한 번도 해보지 못한 것보다는 사랑을 하다가 잃어버리는 편이 더 낫다), C가 될지도 모르는 사람과 함께 보낼 저녁을 기대하던 마음이 다소 허망해졌다고. A와 B 모두 내게 믿을 수 없을 만큼 강한 고통을 주었는데, C와의 만남을 기대할 이유가 있을까? 차라리 최대한 빨리 도망쳐야 하지 않을까.

그때 내 시각이 상당히 부정확하다는 생각이 퍼뜩 들었다. 상황을 바라보는 나의(혹시 '우리의'라고 말해도 될까?) 시각은 누구나 반드시 찰칵 하고 마음이 맞아떨어질 만큼, 바람직하거나 공감이 가는 특징들을 지닌 A 또는 B 또는 C 또는 D를 찾으려고 노력해야 한다는 것이었다. 달리 표현하자면, 물을 담은 접시처럼 자신 위에서 상대가 둥둥 떠다닐 수 있게 해주는 사람을 찾아야 한다는 것이다. 하지만 현실은 전혀 그렇지 않았다. 사람들은 옆구리에 불타는 창 같은 것을 하나 꽂은 채 돌아다니며 그것을 뽑아줄 누군가를 기다린다. 사람들은 상처처럼 고통스러운 어떤 것을 다른 누군가와 함께 나누고 싶어 안달하고 있다.

나는 이 진실의 순간에 내가 어떤 모습인지 상당히 분명하게 인식했다. 나는 (3층) 창가에 서 있고, A와 B(나의 감정을 가장 높은 곳까지 올려놓은 사람들만 언급했다)는 과거가 되었다. 이런 말을 해도 되는지 모르겠지만, 나는 다소 매력적인 여성이었다. 원숙미가 사실은 앞으로 다가올 노화의 슬픈 전조라는 사실을 누구보다 먼저 인정하지만, 어쨌든 원래 매력을 지니고 있었다. 내가 그동안 시험하고 맛본 상대의 숫자가 그 증거다……. 나는 그렇게 서서 머리를 빗고, 옷을 차려입고, 입술을 다시 칠하고, 눈화장을 하며 C가 될 수도 있는 사람과 보낼 저녁을 기다렸다. 마거릿 거리(아마 여기가 맞을 것이다)를 내려다보는 또 다른 창가에서는 C가 서서 머리를 빗고, 세수하고, 면도하며 미소를 지었다. 매력적인 남자(내 생각에는 그렇다)인 **그**는 이런 생각을 하고 있었다. '혹시 그녀가 D일까?'(그가 어떤 상징체계를 사용했는지 모르니까 A나 3이나 %라고 생각했을 수도 있다.) 우리는 서로 다른 곳에서 정확히 똑같은 상태로 기분 좋은 기대를 품고 있었다. 그리고 우리 둘의 심장 또한 분홍색으로 두근거리며 기쁨과 고통을 모두 받아들일 준비를 갖추고 있었다. 우리는 자신의 심장을 꺼내 눈덩이처럼 또는 크리켓 공처럼 서로를 향해 던질 참이었다. 아니, 더 정확히 말하자면, 피를 흘리는 커다란 상처 같은 심장이라고 해야 할 것이다. "내 상처를 받아." 하지만 이런 순간에 사람들은 "**내** 상처를 받아줘. 제발 **내** 옆구리의 창을 뽑아줘"라고 말하지 않는다. 전혀. 그저 자신의 창을 제거할 수 있을 것이라고 기대할 뿐이다.

나는 전화를 걸어야 한다고 마음을 정했다. C! 재담꾼들은 자기들끼리는 귀찮아서 우스갯소리를 하지 않는다는 거 알아요? 그냥 농담 1, 농담 2라고만 말하면 다들 상황에 맞춰 박장대소를 하거나 킬킬거리거나 키득거린대요……. 상대가 어떻게 웃는지를 보고 그 사람이 말하려고 했던 것이 농담 C(b)인지 농담 A(d)인지 추측하는 식으로 게임 방식을 거꾸로 뒤집을 수도 있고요……. C, 이 비유가 우리에게도 유익한 것 같아요(나는 그에게 이렇게 말하는 상상을 했다). 우리 서로의 말을 액면 그대로 받아들이고, 상대의 상처를 핥아주는 일은 하지 말기로 해요. 자신의 심장은 그냥 자신이 갖고 있자고요. 생각해봐요, C. 얼마나 어리석은 일이에요. 우리가 서로 각자의 창가에 서서 두근거리는 심장을 꺼내 손에 들고 있는 게…….

하지만 이 순간에 나는 사과를 하며 수화기를 내려놓을 수밖에 없었다. 내 왼손 손가락들이 뭔가 크고 가볍고 미끄러운 것을 향해 밖으로 뻗어나가는 느낌이 들었기 때문이다. 그때의 느낌을 제대로 묘사하기가 힘들다. 내 손은 크지 않고, 내 심장은 A와 점심을 먹고 B와 차를 마시고 C와의 만남을 기대하면서 부풀어 있는 상태였다……. 어쨌든 내 손가락들은 조금 크고 가벼운 듯한 미지의 것을 감싸려고 필사적으로 뻗어나갔다. 그래서 나는 C에게 잠깐만 실례할게요 하고 말한 뒤 아래를 내려다보았다. 그랬더니 내 손에 내 심장이 쥐어져 있었다.

나는 거기서 대화를 끝내는 수밖에 없었다.

우선, 자주 갈망하던 일을 그토록 쉽게 해냈다는 사실을 깨달으면 마음이 차분해지지 않는다. 나는 그 일을 해내려고 노력하지 않았다. 원하던 일을 순전히 우연으로 손에 넣는 것은…… 그런 일은 전혀 기쁘지 않다. 성취감도 없다. 그래서 내 심장을 통째로 보게 된 것, 아니 더 정확히 말하자면 내가 심장이 없는 사람이 되어서 어쨌든 그 망할 물건을 제거하게 된 것, 그리고 하필 그 어색한 순간에 어쩌면 C일 수도 있는 남자와 상상 속의 전화 통화를 한창 하던 상태라는 것, 이 모든 것이 꽤 짜증스러웠다.

그리고 가슴속에서 막 뽑혀 나와 피를 흘리고 있는 심장은 그리 보기 좋은 광경이 아니었다. 나는 이것을 자세히 설명할 생각이 전혀 없다. 그때 나는 경악했을 뿐만 아니라 당혹스러웠다. 그 세월 동안 내내 사랑하며 두근거리던 물건이 바로 저것이라니. 전에 내가 어떤 상상을 했더라도, 이제는 보기 싫었다.

문제는 그것을 없애는 방법을 모른다는 것이었다.

그냥 쓰레기통에 버리면 간단하지 않느냐고 여러분은 말할 것이다.

나도 실제로 그렇게 하려고 해보았다. 이 물건을 자세히 살피며 거의 죽을 것처럼 당혹스러움을 느낀 뒤, 쓰레기통으로 걸어가 내 손가락에서 그 물건을 떨어뜨리려고 했다. 그런데 그것이 움직이지 않았다. 내 손가락에 달라붙어 있었다. 크고 빨갛고 박동하며 피를 흘리는 혐오스러운 물체, 내 심장이 내 손가락에 달라붙어 있었다. 이제 어떻게 해야 하나. 나는 의자에 앉아 담배에 불을 붙였다(성냥갑을 무릎 사이에 고정하고 한 손으로 불을 붙였다). 그리고 심장이 달라붙은 손을 의자 옆으로 내밀어 그것이 양동이 안으로 뚝뚝 피를 흘리게 하면서 생각했다.

　내 손의 이것이 돌덩이라면, 돌덩이라면,
　나무 위로 던질 수 있을 텐데…….

　담배를 다 피운 뒤 나는 알루미늄 호일을 조심스레 펼쳤다. 요리할 때 음식을 싸는 그 호일이었다. 그것으로 나는 내 심장의 크기에 맞춰 일종의 덮개를 만들었다. 반드시 시급하게 필요한 일이었다. 첫째, 그것이 심하게 아팠다. 살과 갈비뼈의 보호 속에 40년을 보낸 물건이니 공기를 견디기 힘들었을 것이다. 둘째, 톰이든 딕이든 해리든 이 방에 누군가가 들어와 이 꼴을 보게 만들 수 없었다. 셋째, 나도 이 물건을 오래 바라볼 자신이 없었다. 그것을 보고 있으면 수치심이 마음을 가득 채웠다. 알루미늄 호일은 효과적이었다. 사실 조금 놀라울 정도였다. 상당히 자유자재로 움직일 수 있었기 때문에, 이제 내 손바닥 위에 놓인 심장이 세련되게 보였다. 반짝이는 은빛 물질로 감싼 둥근 구球 같았다. 이 물건과 균형을 맞추려면 다른 손에 홀笏〔왕이 왕권의 상징으로 드는 지팡이〕이라도 들어야 할 것 같은……. 하지만 사실 그 물건은 전혀 멋지지 않았다. 달리 표현할 길이 없다. 나는 알루미늄 호일로 감싼 심장과 내 손을 스카프로 덮었다. 그러고 나니 조금 마음이 놓였다. 이제 내 손을 자르지 않고 심장을 완전히 제거하는 방법을 찾아낼 때까지 손을 다친 척하는 것이 관건이었다.
　나는 C에게 전화를 걸었다(이번에는 상상이 아니었다). 이제는 결코 C가 될 수 없는 남자였다. 내 손가락에 아주 단단히 달라붙은 심장의 박동과 가느다란 떨림을 세세하게 느끼며 나는 이제 이 남자를 만나는 아름다운 경험이 불가능해졌다는 생각에 체념하고 슬퍼했다. 나는 침을 꿀꺽 삼키고, 독감에 걸렸다는 멍청한 거짓말을 늘어놓았다. 그는 뻣뻣하게 굳어서 잔뜩 화를 냈지만, 그 감정을 세련되게 숨겼다. 나라도 그랬을 것이다. 그는 감정을 숨기려고 우스갯소리를 던지면서도, 열심히 고른 마지막 말에 작은 가시를 하나 끼워 넣었다. 나는 통화를 마친 뒤 다시 의자에 앉아 생각에 잠겼다.

나는 그렇게 앉아 있었다.

이제 어떻게 해야 하나?

나는 그렇게 앉아 있었다.

이제 나흘을 건너뛰려고 한다. 어느 모로 보나 반드시 필요한 일이다. 내 심장이 뛰는 순간을 하나도 빼놓지 않고 모든 기억을 세세히 늘어놓을 수는 없지 않은가. 애당초 그러려고 이 이야기를 시작한 것 같으니 애석하기는 해도, 그냥 간단히 말하겠다. 나는 커튼을 치고, 수화기를 전화기 옆에 내려놓고, 불을 켜고, 반짝이는 호일 덩어리에서 스카프를 벗겨내고, 호일도 벗겨내고, 심장을 자세히 살폈다. 세기적인 경험의 5분의 2쯤 되는 분량을 내가 소화해야 할 것 같았다. 그런데 첫날 밤이 다 지나기도 전에 나는 형용하기 어려운 상태가 되었다⋯⋯.

내 살갗에서 신경을 뽑아낼 수 있다면

94

빨간 그물을 재빨리 바다에 펼쳐 물고기를 잡을 텐데…….

넷째 날이 끝나갈 무렵 나는 완전히 지친 상태였다. 나의 의지력과 욕망을 아무리 동원해도 심장을 단 한 치도 움직일 수 없었다. 오히려 이제는 단순히 내 손가락에 달라붙기만 한 것이 아니라, 손가락과 손바닥의 살을 향해 점점 자라고 있었다.

나는 그것을 다시 알루미늄 호일과 스카프로 감싸고, 불을 끄고, 블라인드를 올리고, 커튼을 열었다. 오전 10시경, 런던의 평범한 날이었다. 덥지도 춥지도 맑지도 흐리지도 비가 내리지도 화창하지도 않은 날. 거리의 광경은 흥미로웠지만 딱히 아름답지는 않았으므로, 나는 거리를 바라본다기보다는 그냥 다른 생각을 하면서 뭔가가 내 시선을 끌기를 기다리고 있었다.

그때 갑자기 딱딱딱 하는 소리가 점점 커지고 날카로워지고 선명해졌다. 나는 그 소리의 주인을 보기도 전에, 그것이 인도를 걷는 하이힐 소리임을 알아차렸다. 하지만 망치로 돌을 깨는 소리일 가능성도 있었다. 그 소리의 주인인 여자가 내 창문 맞은편에서 빨리 걸어갔다. 그 여자의 하이힐이 바닥을 어찌나 세게 밟는지, 거리의 모든 소음이 그 딱딱딱-챙 하는 소리에 흡수되어 버리는 것 같았다. 그녀가 그레이트 포틀랜드 거리 모퉁이에 이르렀을 때, 런던 비둘기 두 마리가 하늘에서 대각선으로 몹시 빠르게 훅 내려왔다. 마치 그녀를 죽이려고 발사된 탄환 같았다. 그런데 녀석들은 그녀를 보고 휙 방향을 꺾으며 다시 위로 올라갔다. 그사이에 그녀는 모퉁이를 돌아갔다. 이 광경을 글로 적는

데는 시간이 걸리지만, 사실 대략 2초 동안 벌어진 일이었다. 여자의 몸이 하이힐을 통해 길바닥을 쾅쾅 때리면서 직각으로 꺾인 모퉁이를 돌아가고, 비둘기들은 또 급히 방향을 꺾어 허공을 빠르게 가로질렀다. 물론 아무 의미도 없는 일이었다. 아무 의미도. 여자는 거리 저편으로 사라져버렸고, 하이힐은 계속 딱딱 소리를 냈으며, 비둘기들은 내 창턱에 내려앉아 구구거리기 시작했다. 모든 것이 사라졌다. 그 놀랍도록 정확한 소리와 동작의 조화가. 하지만 그 일은 분명히 일어났다. 나는 그 광경을 보며 즐거움과 흥분을 느꼈다. 이 세상에서 내가 걱정할 일은 전혀 없는 것 같았다. 그때 손가락에 달라붙은 심장이 상당히 느슨해진 것을 깨달았다. 스카프와 알루미늄 호일로 감싸놓았기 때문에 그것을 완전히 털어버릴 수는 없었지만, 그것이 거의 떨어져 있었다.

내 맥박이나 심장박동을 40년 동안 일일이 분석하면서 가만히 앉아 있던 것이 실수임을 이제 알 수 있었다. 나는 완전히 잘못된 길을 걷고 있었다. 나의 빨갛고, 씁쓸하고, 기뻐하는 심장을 내 살에 영원히 붙여놓는 것이…….

하! 내가 끝난 것 같아! 네 생각에는…….
잘 봐. 내가 심장을 분노의 그물로 감싸
핸드볼처럼 던질 거야.
벽으로, 얼굴로, 난간으로, 우산으로, 비둘기의 등으로…….

아니, 그런 건 전혀 소용이 없었다. 그래봤자 일이 악화되기만

할 뿐이었다. 그보다는 나 자신을 놀라게 해야 했다. 조금 전 여자와 비둘기를 보면서, 그 날카로운 하이힐 소리와 비단 같은 날갯짓 소리를 들으면서 내가 깜짝 놀랐듯이.

나는 외투를 입고, 스카프로 감싼 뭉툭한 팔을 가슴 앞으로 올렸다. 사람들은 내 모습을 보고 "손이 왜 그래요?"라고 말할 것이다. 그러면 나는 "문에 손가락을 찧었어요"라고 대답할 것이다. 나는 거리로 나갔다.

그렇게 많은 사람 사이를 걷는 것은 쉬운 일이 아니었다. 다들 '저 여자 손이 왜 저래?'라고 생각할까 봐 걱정하는 중이었으니 더 힘들었다. 그 생각 때문에 의식하지 않고 자연스럽게 걷기가 힘들었다. 게다가 내 손가락에 붙은 심장이 떨고 박동하면서 내게 상황을 자꾸만 일깨워주었다.

밖으로 나오기는 했지만 이제 어떻게 해야 할지 알 수 없었다. 누굴 만나서 점심을 같이 먹을까? 아니면 공원을 정처 없이 돌아다닐까? 아니면 옷을 한 벌 살까? 나는 라운드 연못에 가서 혼자 한 바퀴 돌기로 했다. 나흘 동안 잠 한숨 자지 못해 피곤했다. 나는 옥스퍼드 서커스에서 지하철역으로 내려갔다. 한낮이라 사람들이 북적거렸다. 나는 어색했지만, 당연히 걱정할 필요가 없었다. 분명히 말하지만, 여러분이 런던에서 알몸으로 거리를 걸어도 뒤를 돌아보는 사람은 하나도 없을 것이다.

나는 에스컬레이터를 타고 내려가며 반대편에서 올라오는 사람들의 얼굴을 바라보았다. 내가 항상 하는 일이다. 그러면서 저 사람들과 내가 이런 식으로 우연히 만난 것이 얼마나 기묘한 일인지, 우리가 아마 다시는 만날 일이 없을 것이며 설사 만나더라도 지금 이렇게 스쳐갔다는 사실을 모를 것이라고 생각하면 얼마나 기분이 이상한지 생각했다. 이것도 내가 항상 하는 일이다. 나는 북적거리는 플랫폼으로 가서 언제나 그렇듯이 사람들의 얼굴을 바라보았다. 그리고 지하철에 올랐다. 사람들이 가득했지만 빈자리가 있었다. 러시아워만큼 사람이 많지 않았는데도, 모든 자리에 임자가 있었다. 나는 내 자리에 등을 기대고 눈을 감았다. 너무 피곤해서 조금 자야 할 것 같았다. 막 꾸벅꾸벅 잠이 들려는데 어떤 여자의 목소리가 들렸다. 거의 연설하는 것 같은 목소리였다.

"황금 담배 케이스, 그것 참 좋네요, 그렇죠, 황금 케이스, 그래요……."

왠지 눈을 번쩍 뜨게 하는 목소리였다. 내 자리 맞은편, 여덟 명쯤 떨어진 곳에 젊어 보이는 여자가 앉아 있었다. 싸구려 초록색 천으로 만든 외투를 입고, 손에는 장갑을 끼지 않았으며, 발에는 굽 낮은 갈색 구두를 신고, 다리에는 라일실〔질긴 무명실〕로 짠 스타킹을 신었다. 확실히 가난해 보이는 옷차림이었다. 요즘 이런 옷차림을 한 여자는 보기 드물다. 하지만 내 눈길을 끈 것은 그녀의 자세였다. 그녀는 좌석에서 반쯤 몸을 비튼 자세로 앉아서 왼쪽 어깨 너머를 바라보고 있었다. 그 시선이 곧바로 닿은 곳이, 내 옆에 앉은 노인의 배였다. 하지만 그녀는 그 배를 보고 있지 않았다. 그녀의 젊은 눈은 어느 곳도 바라보지 않고, 자신의 내면을 들여다보고 있었다.

북적거리는 열차 안에서 그녀는 완전히 혼자였다. 그래서 생각만큼 당황스럽지 않았다. 나는 주위를 둘러보았다. 사람들은 각자 성격에 따라 미소를 짓거나 서로 시선을 교환하거나 윙크를 하거나 그녀를 무시했다. 하지만 그녀는 우리 모두를 전혀 의식하지 않았다.

그녀가 갑자기 몸을 세워 방향을 돌려서 똑바로 앉았다. 그리고 맞은편 좌석을 바라보며 입을 열었다.

"아, 그렇게 생각하는군요, 그렇게 생각해요, 그렇게 생각하죠, 그래요, 내가 그저 집에서 당신을 기다릴 거라고 생각해요, 하지만 그녀에게는 황금 케이스를 주고……."

그녀는 가느다란 몸을 시계처럼 돌려서, 옅은 색 머리카락으로 감싸인 조붓한 얼굴을 왼쪽 어깨 너머로 비스듬히 올려놓았다. 그리고 또 남자의 배만 멍하니 바라보기 시작했다. 남자는 불편한 미소를 짓고 있었다. 나는 몸을 앞으로 기울여 나와 같은 줄에 앉은 사람들의 시선을 따라갔다. 그 여자의 맞은편에 앉은 젊은 남자도 똑같이 불편한 표정이면서도 단호히 재미있는 척하고 있었다. 그렇게 해서 우리 모두 그녀를 바라보았다. 젊고, 호리호리하고, 창백한 모습으로 자기만의 불행한 드라마를 만들고 있는 여자. 그녀는 우리의 존재를 전혀 의식하지 않고 자신의 생각을 소리 내어 말하고 있었다. 그리고 이렇다 할 조짐이나 이유도 없이, 정거장과 정거장 사이에서, 그러니까 열차가 본드 거리에서 멈추는 바람에 꿈을 방해받지도 않은 상태에서, 그녀가 다시 앞으로 펄쩍 뛰더니 몸을 앞쪽으로 비틀고 맞은편 좌석을 향해 말을 걸었다(조금 전의 젊은 남자는 이미 내리고, 반백의 머리를 구불구불하게 다듬은 말쑥하고 당당한 여성이 그 자리에 앉아 있었다).

"이제 난 알아요, 그렇죠, 당신이 아주 기쁜 표정으로 함박웃음을 지으며 들어오면 나는 알아요, 그렇죠, 당신이 굳이 말하지 않아도 나는 알아요, 내가 그 여자한테 말했어요, 말했어요, 그 사람이 당신에게 황금 담배 케이스를 준 걸 안다고……."

여기서 그녀는 아까처럼 충동적으로 말을 멈췄다. 아니 스스로 억제한 것 같기도 하고, 그냥 기운이 다 떨어진 것 같기도 했다. 어쨌든 그녀는 몸을 반쯤 돌려서 그 배, 아까 그 배를 또 빤히 바라보았다. 그 중년 남자가 여전히 그 자리에 있었다. 하지만 열차가 마블 아치 역에 서자 그 남자가 내리면서 객실을 향해, 아니 그 안에 타고 있는 사람들을 향해 너그러운 척 희미하게 웃는 얼굴로 말했다. "여러분도 틀림없이 알겠지만, 이 가엾은 여자는 미친 사람처럼 남을 빤히 바라보고 있어요……."

그의 자리는 계속 비어 있었다. 마블 아치 역에서 아무도 타지 않았고, 빈자리가 나기를 기다리며 서 있던 두 사람은 그 자리에 앉아 그녀의 시선을 받고 싶은 마음이 없었다.

우리는 모두 부드러운 얼굴로 앞만 바라보며 앉아서, 그 가엾은 여자가 미쳤으며 사실 우리가 어떻게든 조치를 취해야 한다는 사실을 서로 모르는 척했다. 하지만 나는 속으로 저 여자에게 무슨 말을 해야 할지 고민했다. '부인, 당신은 미쳤어요. 내가 집까지 데려다줄까요?' 아니면 '가엾게도, 그러지 말아요. 그래봤자 아무 소용없어요. 그냥 그 사람이랑 헤어져요. 그러면 그 사람도 정신을 차리겠죠⋯⋯.'

그런데 보라. 그녀의 내부에 있는 모종의 메커니즘에 따른 휴식시간이 끝난 뒤, 그녀는 다시 몸을 돌려 말쑥하고 당당한 여성에게 말했다. 그 여성은 그녀가 던진 비난의 말을 완벽한 자제력으로 받아냈다.

"그래, 나는 알아요! 그래요! 그럼 내 신발은, 내 신발은, 그 여자는 황금 담배 케이스를 받았는데, 그 더러운 년은 황금 케이스를⋯⋯."

말을 멈추고, 몸을 비틀어, 빤히 바라본다. 자기 옆의 빈자리를. 놀라웠다. 불행이 그 모습 그대로 얼어붙은 듯 보존된 광경이었으니까. 이것을 어떻게 표현할 수 있을까? 열정이 없는 열정. 우리는 실체화된 불행을 목격하고 있었다. 개인적인 비극의 정수, 그러니까 **비극**을 바라보고 있었다. 거기에 감정은 전혀 없다. 그녀는 **비난** 또는 **사랑의 배신** 또는 **부정**不貞을 연기하는 여배우 같았다. 대사를 외워서 제대로 읊는 데만 신경을 쓸 뿐, 그 외에는 아무것도 할 생각이 없는 여배우.

그녀가 반쯤 몸을 비튼 자세로 앉아서 열차 좌석의 솜털이 난 볼품없는 초록색 덮개만 빤히 바라보든, 아니면 똑바로 앉아서 맞은편 좌석의 말쑥한 여성에게 비난을 쏘아대든, 항상 그 자리에서 못 박힌 듯 꼼짝도 하지 않는 것 같은 느낌이 들어서 무서울 정도였다. 우리가 무서운 것이 바로 그 점이었다. (만약 내면의 메커니즘이 힘을 모두 잃는다면) 그녀가 몸을 비튼 자세로든 똑바로 앉은 자세로든 아니면 그 중간의 어정쩡한 자세로든 그대로 굳어서 영원히 침묵할 수도 있을 것 같았다. 우리 모두 그녀가 그런 자세로 영원히 굳은 모습을 상상할 수 있었다. 마치 껍데기만 남은 여자가 미리 정해진 과정을 거치는 모습을 우리가 지켜보고 있는 것 같았다.

그 여자는 사실상 그 자리에 존재하지 않았다. 거기에 존재하는 것이 **무엇**인지, 그녀가 어떤 사람인지는 알 수 없었다. 하지만 그녀의 여위고 부드럽고 작은 얼굴이 지금 자신이 표현하고 있는 감정을 모두 잊어버리고 미소 짓는 모습을 쉽게 상상할 수 있었다. 그녀는 자신이 마블 아치 역과 퀸스웨이 역 사이를 달리는 지하철 열차 안에 있다는 사실을 몰랐다. 자신의 남편인지 연인인지 알 수 없는 상대를 여러 사람 앞에서 비난하고 있다는 사실도, 우리가 그녀를 바라보고 있다는 사실도 몰랐다.

우리는 그녀를 보면서 당혹감과 수치심을 느꼈다. 그녀와는 전혀 상관없는 감정이었다…….

스카프와 알루미늄 호일 아래에서 내 손가락에 갑자기 번개가 떨어진 것 같은 느낌이 들더니, 내 심장이 떨어져 나왔다.

나는 그것을 서둘러 내 손바닥에서 떼어냈다. 혹시 그것이 또 손가락에 들러붙으려 할지도 모르니까. 나는 스카프를 벗겨내고, 완벽하고 세련되게 다듬어진 심장, 밸런타인데이 카드에 그려진 은색 하트처럼 생긴 심장을 내 무릎 위에 균형을 맞춰 놓았다. 물론 카드 위의 하트와 달리 내 심장은 삼차원이었다. 딱히 무해하다고 할 수는 없지만 예술적인 이 심장은, 내가 이미 말했듯이, 몹시 볼품없었다. 열차 안의 사람들이 이제 그 가엾은 미친 여자가 아니라 나와 심장을 바라보며 즐거워하는 것이 보였다.

나는 일어나서 그녀가 앉아 있는 곳까지 네댓 걸음을 걸어가 알루미늄 호일로 감싼 심장을 옆의 빈자리에 놓았다. 그녀가 빤히 바라보는 자리에.

그녀는 처음에 아무 반응도 보이지 않았지만, 곧 안도감과 완전히 연극적인 슬픔을 담은 신음인지 중얼거림인지 모를 소리를 내며 앞으로 몸을 기울여 그 반짝이는 심장을 들어 품에 안고 앞뒤로 몸을 흔들었다. 심지어 그것에 뺨을 기대기까지 했다. 그러면서 그 심장 너머로 남편을 바라보며 이렇게 말하는 듯한 표정을 지었다. "내가 뭘 얻었는지 봐. 이제 당신과 그 담배 케이스는 상관없어. 나한테는 은색 하트가 있어."

나는 일어섰다. 열차가 노팅힐 게이트 역에 도착했기 때문이다. 기쁜 얼굴로 축하한다는 듯 고개를 끄덕이며 미소 짓는 사람들을 뒤에 남겨둔 채, 나는 플랫폼으로 나가서 에스컬레이터를 타고 거리로 향했다. 그리고 거리를 걸어 공원으로 갔다.

심장이 없었다. 심장이 없었다. 이 얼마나 행복한 일인가. 이런
자유라니…….

저 소리 들려요? 그래요, 웃음소리.
내가 웃는 소리예요. 그래요. 나예요.

한 남자와
두 여자

스텔라의 친구인 브래드퍼드 부부는 여름을 보내기 위해 에섹스에서 싼 오두막을 한 채 구했다. 스텔라는 그곳으로 그들을 만나러 갈 예정이었다. 그들을 보고 싶었다. 하지만 영국 오두막에는 틀림없이 문제가 있을 것 같았다(브래드퍼드 부부도 실망했을 것이다). 지난여름 스텔라는 남편과 함께 이탈리아를 돌아다니다가 카페에서 브래드퍼드 부부를 만났다. 두 사람은 스텔라 부부와 마음이 통했다. 모두 서로에게 호감을 느꼈기 때문에 넷이서 몇 주 동안 함께 돌아다니며 식사와 숙박을 같이했다. 런던으로 돌아온 뒤에도 예상과는 달리 우정이 사라지지 않았다. 그 뒤 원래 해외 출장이 잦은 스텔라의 남편이 또 외국으로 떠났고, 스텔라는 잭과 도로시 부부를 남편 없이 혼자 만났다. 그녀가 만날 수 있는 사람은 아주 많지만, 가장 자주 만나는 사람은 브래드퍼드 부부였다. 그들은 각자의 아파트에서 돌아가며 일주일에 두세 번씩 만났다. 함께 있으면 편안했다. 왜 그럴까? 우선, 그들은 모두 예술가였다. 분야는 달랐지만. 스텔라는 벽지와 여러 물건들의 디자이너로 명성을 얻고 있었다.

브래드퍼드 부부는 진짜 예술가였다. 남편은 채색화를 그리고, 아내는 드로잉을 했다. 두 사람은 지중해 인근의 싼 곳을 찾아 영국을 떠나 있을 때가 많았다. 두 사람 모두 잉글랜드 북부 출신이며, 미술학교에서 처음 만나 스무 살 때 결혼했다고 했다. 그 뒤 두 사람은 영국을 벗어났다가 이곳이 필요해져서 되돌아왔다가 다시 벗어나기를 반복했다. 오랫동안 예술가들 특유의 리듬에 맞춰 영국을 필요로 하다가, 증오하다가, 사랑했다. 정말로 가난한 시기에는 파스타나 빵이나 밥에 포도주와 과일과 햇볕만으로 살았다. 스페인 남부의 마요르카, 이탈리아, 북아프리카 등지에서.

프랑스인 비평가 한 사람이 잭의 작품을 본 뒤, 그는 갑자기 성공한 화가가 되었다. 파리와 런던에서 차례로 열린 전시회에서 그는 돈을 벌었다. 1년쯤 전에는 10기니나 20기니를 받던 그림이 이제는 수백 파운드에 팔렸다. 이로 인해 시장의 가치체계에 대한 그의 경멸이 더욱 깊어졌다. 스텔라는 한동안 브래드퍼드 부부와 자신을 이어주는 유대감이 바로 이 점이라고 생각했다. 그녀와 마찬가지로 그들 역시 새로운 세대의 예술가(시인, 극작가, 소설가도 포함)였다. 그들은 상업성을 냉정하게 경멸한다는 공통점을 지니고 있었다. 그들은 자기들만의 모임에서 자기들끼리 점심식사를 하고 자기들만의 살롱에서 자기들끼리 파벌을 짓는 구세대와는 아주 달랐다(그들이 느끼기에는 그랬다). 그들에게는 성공을 위해 서로 묵인해주는 속물적인 분위기가 없었다. 스텔라의 성공도 순전히 우연 덕분이었다. 그녀가 자신에게 재능이 없다고 생각하는 것은 아니지만, 그녀와 비슷한 재능을 지닌 다른 사람들은 그녀만큼 환영받지도, 작품이 잘 팔리지도 않았다. 그녀는 브래드퍼드 부부처럼 마음이 통하는 사람들과 함께 있을 때 상업성에 대해 이야기하며 서로를 양심의 척도로 삼아 어디까지 굴복해야 할지, 무엇을 포기해야 할지, 이용당하지 않고 이용하는 법은 무엇인지, 즐거움에 중독되지 않고 즐기는 법은 무엇인지 의논했다.

물론 도로시 브래드퍼드는 그들과 똑같은 입장에서 이야기할 수 없었다. 아직 '발견'되지 않았기 때문이다. 그녀는 아직 '돌파구'를 찾지 못했다. 안목이 있는 소수의 사람들이 그녀의 유난히 섬세한 드로잉 작품들을 사주었다. 그녀의 작품에는 도로시 본인을 잘 알지 못하면 이해하기 어려운 힘이 있었다. 하지만 그녀는 잭처럼 커다란 성공을 거두지 못했다. 그래서 두 사람의 결혼생활에도 긴장된 분위기가 있었지만 대단하지는 않았다. 두 사람 모두 '상업적인 시장'이 멋대로 내미는 보상을 경멸하고 있었으므로, 그것이 긴장을 억제해주었다. 하지만 긴장이 존재하는 것은 분명했다.

전에 스텔라의 남편이 이런 말을 한 적이 있었다. "음, 난 이해할 것 같은데. 당신과 나 사이랑 비슷해. 당신은 창조적이지. 그 말이 무엇을 의미하든. 하지만 난 그저 별 볼 일 없는 방송기자일 뿐이야." 그의 말에 감정이 맺혀 있지는 않았다. 그는 훌륭한 기자였다. 게다가 가끔 좋은 단편영화를 만들 기회도 얻었다. 그래도 그와 스텔라 사이에는 그런 느낌이 있었다. 잭과 그의 아내 사이와 비슷했다.

얼마 뒤 스텔라는 브래드퍼드 부부와의 관계에서 다른 것을 발견했다. 브래드퍼드 부부는 오랜 세월 외국에서 가난 때문에 서로를 의지하며 살아온 덕분에 밀접한 유대감으로 묶여 있었다. 진정 서로를 사랑하는 부부라는 사실을 두 사람을 보기만 해도 알 수 있었다. 지금도 그랬다. 스텔라의 결혼도 진정한 결혼이었다. 그녀는 이런 면에서 서로 공통점이 있기 때문에 브래드퍼드 부부와 함께 보내는 시간이 즐겁다는 사실을 알 수 있었다. 두 쌍의 부부 모두 강하고 열정적이고 재능 있는 사람들이었다. 그들이 공유하고 있는 경쟁심은 그들을 약화시키지 않고 오히려 강화시켰다.

스텔라가 이 점을 깨닫는 데 그토록 오랜 시간이 걸린 것은, 브래드퍼드 부부를 보며 그녀 자신의 결혼생활을 생각하게 된 탓이었다. 그때 그녀는 마침 결혼생활을 그냥 당연한 것으로 받아들이면서, 때로는 기운이 빠진다는 생각까지 슬슬 하던 참이었다. 그녀는 브래드퍼드 부부를 보면서, 자신이 남편을 만난 것이 얼마나 행운인지, 자신들이 모두 얼마나 행운아인지 깨달았다. 결혼생활의 불행은 전혀 없었다. (친구들에게서 자주 볼 수 있는) 한쪽이 다른 쪽의 희생자가 되어 분개하는 결혼생활이 아니었다. 외부인들이 공감한다고 나타나거나, 불평등한 싸움을 벌이는 한쪽의 동맹이 되어 나타나는 일도 없었다.

네 사람은 다시 이탈리아나 스페인으로 떠날 계획을 짜고 있었다. 하지만 스텔라의 남편이 외국으로 떠나고, 도로시가 임신했다. 그래서 대신 에섹스의 오두막을 구하게 되었다. 차선책으로는 형편없었지만, 그래도 아기가 태어난 뒤 적어도 1년 동안은 고향에서 지내는 편이 좋을 것이라고 모두 동의했다. 스텔라는 잭의 전화를 받고(그는 도로시가 굳이 전화하라고 고집을 부렸다고 말했다), 그 오두막이 마요르카나 이탈리아가 아니라 겨우 에섹스에 있다는 사실에 대해 서로 동정을 주고받았다. 잭은 원래 이번 주말에 돌아올 것 같던 스텔라의 남편이 또 한 달 동안 돌아올 수 없게 되었다는 연락을 보낸 것에 대해서도 스텔라에게 연민을 표시했다. 아마도 베네수엘라에 문제가 생긴 모양이었다. 스텔라는 별로 외롭지 않았다. 남편이 결국은 돌아올 것이라는 사실을 알기 때문에 혼자 있어도 상관없었다. 게다가 그녀 자신도 만약 베네수엘라에서 '문제'를 해결하기 위해 한 달을 보낼 기회가 생긴다면 망설이지 않을 터였다. 그러니 이건 공평하지 않잖아…… 공평함이야말로 우리 관계의 특징인데. 그래도 그녀가 브래드퍼드 부부의 집에 갈 수 있다는 건 좋은 일이었다. 그들과 함께 있을 때면 그녀는 언제나 꾸밈없는 모습을 그대로 내보일 수 있었다.

그녀는 한낮에 열차를 타고 런던을 떠났다. 에섹스에서는 구할 수 없는 살라미, 치즈, 양념, 포도주로 무장한 채였다. 해가 빛났지만 날이 특별히 따뜻하지는 않았다. 비록 7월이라 해도 오두막에 난방설비가 있으면 좋겠다는 생각이 들었다.

기차에는 사람이 없었다. 작은 역은 온통 초록색뿐인 풍경 속에 발이 묶여 있는 것 같았다. 그녀는 먹을 것이 가득 든 가방들을 주렁주렁 들고 기차에서 내렸다. 짐꾼과 역장이 유심히 보다가 그녀를 도와주려고 다가왔다. 그녀는 키가 큰 편이고, 금발이며, 체구도 다소 큰 편이었다. 뒤로 당겨 묶은 부드러운 머리카락 몇 가닥이 삐져나와 있었다. 크고 파란 눈은 무력해 보였다. 옷은 그녀가 디자인한 천으로 만든 것이었다. 엄청나게 커다란 초록색 이파리들이 그녀의 몸 전체를 뒤덮고, 무릎께에서 펄럭거렸다. 그녀는 자신을 도와주러 달려오는 남자들에게 익숙했으므로 미소를 지으며 서 있었다. 자신을 즐기는 남자들을 그녀도 즐겼다. 그녀는 풍경을 감상하며 잭이 기다리고 있는 울타리까지 그들과 함께 걸었다. 잭은 자그맣고, 다부지고, 가무잡잡한 남자였다. 그는 청록색 여름셔츠 차림으로 파이프 담배를 피우며 빙긋 웃는 얼굴로 그녀를 지켜보았다. 두 남자는 그녀를 또 다른 남자에게 넘겨주고 휘파람을 불며 다시 일을 하러 갔다.

잭과 스텔라는 입을 맞춘 뒤 서로 뺨을 댔다.

"먹을 것이 왔군." 잭이 그녀에게서 꾸러미들을 받아들며 말했다. "먹을 것이 왔어."

"여긴 어때? 장 보는 것 말이야."

"채소는 괜찮은 것 같아."

잭은 이런 면에서 여전히 북부 사람이었다. 낯선 사람들에게 무뚝뚝하다는 점에서. 수줍음이 많은 성격은 아니었다. 그저 어릴 때부터 말하기를 즐기는 법을 배우지 못했을 뿐이었다. 그가 스텔라의 허리를 팔로 살짝 끌어안았다가 놓으며 말했다. "굉장해, 스텔, 굉장해." 두 사람은 서로를 반가워하며 걸었다. 스텔라는 잭과 함께, 그녀의 남편은 도로시와 함께 있는 이런 순간에 소리 없이 서로에게 전하는 말이 있었다. '내가 지금 남편과 결혼하지 않았다면, 당신이 지금 아내와 결혼하지 않았다면, 당신과 아주 기쁘게 결혼했을 텐데.' 네 사람이 나누는 우정에서 이런 순간은 작지 않은 기쁨이었다.

"여기가 마음에 들어?"

"싼 값에 구한 곳이니까."

이 말에는 평소처럼 짧게 말하는 버릇 외에 다른 의미가 숨어 있었다. 스텔라는 그를 흘깃 보았다. 그가 미간을 찌푸리고 있었다. 두 사람은 나무 밑에 세워둔 자동차를 향해 걷고 있었다.

"아기는 어때?"

"그 망할 놈이 잠을 안 자. 우리가 지쳐서 나가떨어지겠어. 그 녀석은 잘 지내고 있지만."

아기는 생후 6주였다. 아기를 낳는 것은 확실히 굉장한 일이었다. 부부가 아기를 잉태해서 무사히 낳는 데 몇 년이 걸렸다. 도로시는 독립적인 여성들이 대개 그렇듯이, 아기에 대해 양면적인 감정을 갖고 있었다. 게다가 나이도 서른을 넘겼기 때문에 이미 굳어진 생활방식이 있다고 투덜거렸다. 이 모든 것, 그러니까 아기와 관련된 어려운 문제들과 도로시의 망설임이 합쳐져서 도로시 자신의 표현대로 "어떤 망할 말이 사육장 울타리를 없애버릴지 고민하는 것 같은" 분위기가 만들어졌다. 임신 중에 도로시는 부드럽고 통통 튀는 목소리로 이렇게 말하곤 했다. "사실 나는 아기를 원하지 않는 게 아닐까? 어쩌면 엄마가 되는 건 나한테 맞지 않는 일인지도 몰라. 어쩌면…… 만약 그렇다면…… 어떻게……?"

그녀가 말했다. "최근까지도 잭이랑 나는 임신을 당연히 재앙으로 여기는 사람들이랑 항상 같이 있었어. 그런데 지금은 어린 아기들을 키우면서 베이비시터를 둔 사람들만 주위에 있는 거야…… 어쩌면…… 만약에……."

잭이 말했다. "아이가 태어나면 당신도 지금보다 기분이 나아질 거야."

한번은 도로시가 혼자 한참 동안 속상한 마음을 털어놓은 뒤 잭이 이런 말을 한 적도 있었다. "그만하면 됐어, 됐어. 도로시." 그는 주도권을 쥐고 그녀의 말을 막아버렸다.

두 사람은 차에 올라탔다. 얼마 전에 구입한 중고차였다. '그들'(일반적으로 그들의 적인 언론)은 '우리'(돈을 번 예술가나 작가)가 '번드르르한 차를 사기를' 기다린다는 것이 브래드포드 부부의 지론이었다. 두 사람은 의논 끝에, 비싼 차로 인해 괴롭힘을 당할 가능성이 있다면 그런 차를 살 필요가 **없다**는 결론을 내렸다. 대신 중고차를 사기로 했다. 잭은 **그들**에게 만족감을 안겨줄 생각이 없는 모양이었다.

"사실은 그냥 걸어가도 돼." 잭이 좁은 길을 쏜살같이 달리며 말했다. "하지만 당신이 장을 봐온 것이 있으니 이편이 낫지."

"아기 때문에 힘들다면 요리할 시간이 별로 없겠는데." 도로시는 요리를 아주 잘했다. 그런데 잭의 대답에서 또 묘한 분위기가 느껴졌다. "지금 우리가 아주 좋은 음식을 먹는다고 할 수는 없지, 확실히. 당신이 저녁을 만드는 게 어때, 스텔? 우린 맛있는 먹이는 사양 안 해."

도로시는 누구든 자기 부엌에 들어오는 것을 몹시 싫어했다. 남편이 몇 가지 특별한 일을 할 때만 예외였다. 그래서 방금 잭의 말이 놀라웠다.

"사실 도로시가 완전히 지쳤어." 잭이 말을 이었다. 스텔라는 그가 미리 경고하고 있음을 알아차렸다.

"그래, 피곤한 일이긴 하지." 스텔라가 위로하듯이 말했다.

"당신도 그랬어?"

'**그랬어**'라는 말은 단순히 '지쳤다'는 뜻 외에 훨씬 더 많은 의미를 품고 있었다. 스텔라는 잭이 정말로 불편한 상황임을 이해했다. 그녀는 일부러 농담을 하듯이 말했다. "당신이랑 도로시는 항상 나더러 백 년 전 일을 기억해내라고 하지. 어디 보자……."

그녀는 열여덟 살에 결혼해서 곧바로 임신했다. 그리고 남편에게 버림받았다. 그녀는 곧 필립과 결혼했는데, 그에게는 전처가 낳은 아이가 하나 있었다. 이 두 아이, 그러니까 이제 열일곱 살이 된 그녀의 딸과 스무 살이 된 그의 아들은 함께 자랐다.

그녀는 혼자 아이를 키우던 열아홉 살 때의 자신을 떠올렸다. "우선 난 혼자였지. 그러니까 상황이 달랐어. 내가 기진맥진했던 게 기억나. 그래, 그때 나는 확실히 툭하면 짜증을 내고 비이성적으로 굴었어."

"맞아." 잭이 마뜩잖은 시선으로 그녀를 잠시 바라보았다.

"괜찮아, 걱정 마." 그녀가 대답했다. 잭이 소리 내어 말하지 않은 것들에 대해 그녀가 이렇게 소리 내어 대답할 때가 많았다.

"그래." 잭이 말했다.

스텔라는 병원에서 갓 태어난 아기와 함께 있는 도로시를 보았을 때를 생각했다. 도로시는 예쁜 잠옷을 입고 침대에 앉아 있었다. 아기는 그 옆의 요람에 있었고, 잭은 안절부절못했다. 요람과 침대 사이에 서서 커다란 손을 아들의 배에 얹고 있었다. "그만 좀 닥쳐라, 이 쬐끄만 놈아." 그가 투덜거렸다. 그러더니 마치 항상 하던 일처럼 아들을 들어 올려서 어깨에 기대게 하듯이 안았다. 그리고 도로시가 양팔을 벌리자 잭은 아이를 그녀에게 안겨주었다. "엄마한테 가고 싶어서 그래? 그럴 만도 하지."

그 편안한 광경, 아빠와 엄마가 함께 있는 광경을 보니, 적어도 스텔라의 눈에는 도로시가 몇 달 동안이나 고민했던 일이 전부 터무니없는 헛소리처럼 보였다. 도로시는 남들이 다 기대하는 말을 패러디하듯이 한마디 했다. 하지만 그 말에는 진심이 담겨 있었다. "저렇게 예쁜 아기는 본 적이 없어. 왜 일찍 아이를 낳지 않았나 몰라."

"오두막에 다 왔어." 잭이 말했다. 앞쪽에 노동자들이 주로 사는 작은 오두막이 보였다. 초록색 잎이 무성한 나무들과 초록색 풀밭이 사방을 에워싸고 있었다. 집은 하얀색이었으며, 반짝이는 창문 네 개가 있었다. 한쪽 옆에 헛간처럼 보이는 건물이 하나 있었는데, 알고 보니 온실이었다.

"집 주인이 토마토를 길렀어." 잭이 말했다. "지금은 훌륭한 스튜디오 역할을 하고 있지."

자동차가 나무 밑에서 정지했다.

"잠깐 스튜디오에 들렀다 가도 될까?"

"좋을 대로 해." 스텔라는 천장이 유리로 덮인 긴 헛간 안으로 들어갔다. 런던에서 잭과 도로시는 같은 스튜디오를 썼다. 지중해를 돌아다닐 때도 오두막이든 헛간이든 스튜디오로 적합한 건물을 함께 썼다. 두 사람은 항상 나란히 작업했다. 도로시가 사용하는 구역은 깔끔하고 세련된 모습이었지만, 잭의 구역에는 커다란 캔버스들이 어수선하게 놓여 있었다. 그는 지저분한 곳에서 작업했다. 스텔라는 지금도 그렇게 정겨운 모습이 연출되고 있는지 살펴보려고 했다. 그때 잭이 뒤따라 들어오면서 말했다. "도로시는 아직 공간을 마련하지 못했어. 함께 작업하던 때가 그리워."

온실은 아직 부분적으로 온실의 모습을 간직하고 있었다. 식물들이 놓인 받침대가 한쪽 끝에 있었다. 잎이 무성하고, 내부 온도는 따뜻했다.

"해가 한창 높이 떴을 때는 이 안이 무지하게 덥지만, 그래도 쓸 만해. 도로시가 가끔 폴을 데려오지. 어렸을 때부터 온화한 기온에 익숙해져야 한다고."

도로시가 반대편 끝에서 들어왔다. 아이는 없었다. 몸이 예전 상태로 돌아간 것 같았다. 그녀는 몸집이 작고 머리카락이 검었으며, 팔다리는 섬세했다. 얼굴은 하얗고, 입술은 진홍빛이지만 조금 얼룩덜룩하고, 눈썹은 검게 반짝이지만 조금 휘어져 있었다. 그러니까 그리 예쁘지는 않았지만 생기 있고 극적으로 보였다. 그녀와 스텔라는 서로 순간을 공유하며 대조적인 서로의 모습을 비교하고 기쁨을 얻었다. 한 사람은 덩치가 아주 크고 말랑말랑한 금발이고, 다른 한 사람은 생기 있고 머리카락이 검었다.

도로시가 새어 들어온 햇빛의 빛기둥 사이를 통과하며 다가오다가 멈춰 서서 말했다. "스텔라, 와줘서 기뻐." 그러고는 다시 몇 걸음 떨어진 곳까지 다가와 서서 두 사람을 바라보았다. "둘이 함께 있는 모습이 보기 좋네." 그녀는 미간을 찌푸렸다. 두 문장 모두 왠지 무겁고 과장된 느낌이 났다. 스텔라가 말했다. "잭이 무슨 작업을 하고 있는지 궁금했거든."

"아주 좋지?" 도로시가 이젤 위의 새 캔버스를 보려고 다가오며 말했다. 캔버스에는 햇빛을 받아 매끈하게 반짝이는 갈색 바위들, 푸른 하늘, 파란 물, 반짝이는 빛 속에서 헤엄치는 사람들이 그려져 있었다. 남쪽에 있을 때 잭은 도로시가 "흙과 검댕과 불행"이라고 묘사한 그림을 그렸다. 그 말은 두 사람이 공통적으로 경험한 어린 시절의 풍경을 표현하는 말이기도 했다. 하지만 잭은 영국에 있을 때는 이런 그림을 그렸다.

"마음에 들어? 좋지?" 도로시가 말했다.

"아주 마음에 들어." 스텔라가 말했다. 그녀는 잭이 겉으로 내보이는 모습, 즉 맨체스터 같은 곳에서 순식간에 공장 노동자들 무리 속으로 모습을 감춰버릴 수도 있는 작고 과묵한 모습과 이런 그림에 나타나는 밝고 관능적인 모습 사이의 대조가 항상 즐거웠다.

"넌 어때?" 스텔라가 물었다.

"아기를 낳고 나니 내 안의 창의성이 전부 죽어버렸어. 임신했을 때와는 완전히 달라." 도로시가 말했다. 하지만 투덜거리는 기색은 없었다. 임신 중에 그녀는 미친 듯이 작업에 매달렸다.

"가엾게 생각해." 잭이 말했다. "녀석은 이제 막 태어났잖아."

"글쎄, 그게 무슨 상관이야." 도로시가 말했다. "그게 바로 웃기는 점이야. 그게 무슨 상관이냐고 내가 **생각한다는 점.**" 그녀가 단조롭고 무심한 말투로 말했다. 잭과 스텔라를 또다시 조금 떨어진 거리에서 바라보며 고민에 잠긴 것 같았다. "둘이 같이 있는 모습이 보기 좋아." 그녀가 말했다. 또 조금 거슬리는 말투였다.

"음, 차 한잔 어때?" 잭이 말했다. 그러자 도로시가 곧장 말을 받았다. "자동차 소리를 듣고 내가 차를 끓여두었어. 안에서 마시는 게 나을 것 같아서. 해가 났는데도 그리 따뜻하지 않거든." 그녀가 앞장서서 온실을 나섰다. 그녀의 하얀 마 원피스가 저 위의 유리창에서 마름모꼴로 반사된 노란 빛 속에서 흩어졌다. 스텔라는 잭의 그림 속에서 헤엄치는 사람들의 팔다리가 햇빛 속으로 녹아 사라지듯이 표현된 것을 떠올렸다. 이 두 사람의 작품을 보면 항상 서로의 존재나 서로의 작품이 연상되었다. 모든 면에서 그들은 정말로 결혼한 부부다웠고, 몹시 가까운 사이였다.

거친 풀밭을 가로질러 작은 오두막의 문까지 가는 동안 스텔라는 도로시의 말이 옳았음을 충분히 깨달을 수 있었다. 햇빛이 비치는데도 기온이 정말로 싸늘했다. 안에 들어가니 전기히터 두 개가 켜져 있었다. 원래 아래층에는 방이 두 개 있었는데, 잭과 도로시가 벽을 없애서 방을 하나로 만들었다. 천장이 낮고, 바닥은 돌로 되어 있고, 온통 흰색으로 칠해진 방이었다. 자주색 격자무늬 테이블보를 덮은 탁자가 창문 근처에 놓여 있었다. 꽃을 피운 덤불과 나무들이 깨끗한 유리창을 통해 보였다. 아름다웠다. 그들은 히터를 조절한 뒤, 유리창을 통해 영국의 시골풍경을 잘 볼 수 있는 자리에 앉았다. 스텔라가 아기를 찾아 두리번거리자 도로시가 말했다. "뒤쪽 유모차에 있어." 그러고는 곧 말을 이었다. "스텔의 아기도 많이 울었어?"

스텔라는 웃으면서 다시 말했다. "열심히 기억을 뒤져볼게."

"당신은 경험이 많으니까 우리한테 가르침을 줄 수 있을 거야." 잭이 말했다.

"내 기억으로는, 한 석 달 동안 애가 작은 악마처럼 굴었던 것 같아. 이유는 나도 모르겠고. 그러다 갑자기 얌전해졌어."

"석 달이 빨리 지나가면 좋겠네." 잭이 말했다.

"이제 6주 남았어." 도로시가 말했다. 무심하고 나른하게 찻잔을 나눠주는 태도가 스텔라에게는 낯설게 보였다.

"견디기가 힘들어?"

"내 평생 지금만큼 좋았던 적이 없어." 도로시가 마치 비난을 받기라도 한 것처럼 곧장 대답했다.

"아주 좋아 보여."

도로시는 조금 피곤해 보일 뿐이었다. 스텔라는 잭이 왜 미리 경고를 해줬는지 알 수 없었다. 혹시 저 나른한 태도, 자신에게만 몰두하는 것 같은 느낌을 말한 걸까? 도로시의 생기 있는 모습과 활발한 지성이 드러나는 다정하고 적극적인 태도가 예전만큼 강하게 드러나지 않았다. 그녀는 공기를 채운 의자에 깊숙이 앉아 모호한 미소를 띠고 있고, 잭이 이런저런 일들을 처리했다.

"내가 곧 아이를 데려와야겠다." 도로시는 햇볕이 잘 드는 뒤편 마당 쪽의 침묵에 귀를 기울이며 말했다.

"그냥 놔둬." 잭이 말했다. "녀석이 조용할 때가 별로 없잖아. 편안히 앉아서 담배라도 한 대 피워."

그가 담배에 불을 붙여주자, 도로시가 여전히 모호한 표정으로 그것을 받아 들었다. 그리고 눈을 반쯤 감은 채 연기를 내뱉었다.

"필립한테서 연락은 있었어?" 도로시가 물었다. 예의상의 질문이 아니라 갑자기 고집을 부리는 것 같은 태도였다.

"당연히 있었지. 전보를 받았대." 잭이 말했다.

"난 스텔의 기분을 알고 싶어." 도로시가 말했다. "기분이 어때, 스텔?" 이렇게 말을 하는 동안에도 도로시는 줄곧 아기에게서 무슨 소리가 나지 않는지 신경을 쓰고 있었다.

"무슨 기분?"

"필립이 돌아오지 않았잖아."

"돌아올 거야. 겨우 한 달 늦어진 건데." 스텔라는 이 말을 하면서 자신의 목소리에 날이 서 있음을 깨닫고 깜짝 놀랐다.

"들었지?" 도로시가 잭에게 말했다. 날 선 목소리가 아니라 진심으로 하는 말이었다.

스텔라는 두 사람이 자신과 필립에 대해 이야기한 적이 있음을 보여주는 이 증거를 보고, 처음에는 기뻤다. 이렇게 좋은 친구

두 사람이 자신을 이해해주는 것은 기쁜 일이었으니까. 하지만 잭의 경고가 떠오르자 곧 마음이 불편해졌다.

"듣다니, 뭘?" 그녀가 미소를 지으며 도로시에게 물었다.

"이제 그만해." 잭이 순간적으로 고집과 분노를 드러내며 아내에게 말했다.

도로시는 남편의 지시를 받아들여 잠시 가만히 있었지만, 곧 참을 수 없어진 것 같았다. "남편이 그렇게 다른 곳에 가 있다가 돌아오는 게 참 좋은 일인 것 같다고 생각했어. 잭이랑 나는 결혼한 뒤로 한 번도 떨어진 적이 없는 거 알아? 10년이 넘었어. 성인 두 사람이 그 긴 시간 동안 내내 샴쌍둥이처럼 붙어 있는 게 조금 끔찍한 것 같지 않아?" 도로시는 스텔라를 향해 진심으로 울부짖으며 호소하듯이 말을 맺었다.

"아니, 굉장한 일 같은데."

"스텔은 그렇게 오랫동안 혼자 있어도 괜찮아?"

"**그렇게** 오랫동안은 아니지. 1년에 두세 달인데. 물론 그렇게 좋지만은 않아. 그래도 난 혼자 있는 걸 즐기려고 해. 진심으로. 하지만 우리가 항상 함께 있어도 역시 즐거울 거야. 난 너희 두 사람이 부러워." 스텔라는 남편 없이 또 한 달을 보내야 하는 자기 자신에 대한 연민 때문에 눈이 촉촉이 젖은 것을 깨닫고 깜짝 놀랐다.

"그럼 필립은?" 도로시가 다그치듯 물었다. "필립은 어떻게 생각해?"

스텔라가 말했다. "글쎄, 아마 가끔 이렇게 떠나 있는 걸 좋아할걸. 맞아. 필립은 친밀한 순간들을 좋아하고 즐거워하지. 하지만 나처럼 편안하게만 여기지는 않는 것 같아." 스텔라는 지금까지 이런 말을 해본 적이 없었다. 이런 생각을 해본 적이 없었기 때문에, 도로시의 채근을 받은 뒤에야 이런 생각을 하게 된 자신에게 짜증이 났다. 하지만 지금은 절대 짜증을 낼 수 없었다. 정확히 어떤 상태인지는 알 수 없지만, 아무튼 지금 도로시의 상태를 감안하면 그랬다. 스텔라는 뭔가 지침을 달라는 듯이 잭을 흘깃 보았지만, 그는 파이프로 고집스럽게 담배를 피우느라 여념이 없었다.

"음, 난 필립이랑 비슷해." 도로시가 선언하듯 말했다. "잭이 가끔 어디 다른 곳에 가 있으면 정말 좋을 것 같아. 밤이고 낮이고 허구한 날 잭이랑 같이 갇혀 있는 것 같아서 숨이 막혀."

"그거 고맙네." 잭이 짧지만 기분 좋게 대답했다.

"아냐, 진심이야. 성인 두 사람이 단 1초도 서로의 시야를 벗어나지 않는다는 건 좀 굴욕적이야."

"글쎄." 잭이 말했다. "폴이 좀 크면 당신이 한 달 정도 돌아다니다 와. 그러면 내가 고마운 존재라는 걸 알게 되겠지."

"내가 당신의 고마움을 몰라서 이러는 게 아니야. 절대로 아니야." 도로시가 말했다. 고집스럽다 못해 거의 거슬리는 말투였다. 초조해서 열이 오른 것 같았다. 나른하던 모습은 거의 사라지고, 팔다리가 움찔거렸다. 게다가 이제는 아기가 제 이름을 언급한 아빠의 목소리를 들었는지 울기 시작했다. 잭이 아내보다 먼저 일어서면서 말했다. "내가 데려올게."

도로시는 아기를 달래는 잭의 움직임에 귀를 기울이며 앉아 있었다. 잭은 능숙한 솜씨로 아기를 어깨에 기대게 한 모습으로 돌아와 의자에 앉은 뒤 아기를 가슴께로 내렸다. 그리고 말했다. "자, 어른들이 이야기를 하셔야 하니까 너 조금만 더 얌전히 있어야 한다." 아기는 신생아 특유의 깜짝 놀란 표정으로 아빠의 얼굴을 올려다보았다. 도로시는 의자에 앉아 두 사람을 바라보며 미소 짓고 있었다. 스텔라는 그녀의 초조한 모습, 자꾸만 뚝뚝 끊어지던 동작이 사실은 아기를 안고 싶은 갈망을 뜻하는 것이었음을 깨달았다. 아기의 몸이 자신에게 닿기를 원하는 것 같았다. 잭도 그것을 느낀 것 같았다. 스텔라는 그가 일어나서 아기를 아내의 품에 미끄러지듯 넘겨준 것이 결코 의식적인 행동이 아니라고 맹세라도 할 수 있었다. 서로 아무 말도 하지 않는데도 그는 그녀의 욕구를 알아차리고 곧바로 일어나 그녀에게 원하는 것을 안겨주었다. 남편과 아내 사이의 이 본능적인 대화를 보면서 스텔라는 남편이 몹시 그리워졌다. 그래서 그와 남편을 이토록 자주 떼어놓는 운명에게 화가 났다. 필립이 보고 싶어서 가슴이 아팠다.

한편 도로시는 가슴에 부드럽게 아기를 안고, 그 작은 두 발을 손에 쥐고서 기분이 좋아진 것 같았다. 스텔라는 그 모습을 바라보며 까맣게 잊고 있던 것을 떠올렸다. 딸이 아주 작은 아기였을 때 그녀와 딸 사이에 강렬하게 존재하던 신체적인 유대감. 엄마의 얼굴을 올려다보느라 목 위에서 흔들거리는 아기의 작은 머리를 도로시가 쓰다듬는 것을 보며 스텔라는 그 유대감을 느꼈다. 저렇게 작은 아기와 함께 있으면 마치 사랑에 빠진 것 같은 기분이 들던 것이 기억났다. 그동안 잊고 있거나 사용하지 않던 온갖 본능들이 깨어났다. 그녀는 담배에 불을 붙이고 마음을 다스렸다. 도로시를 부러워하는 대신, 그녀가 아기와 나누는 사랑을 함께 즐기기로 마음을 정했다.

태양이 나무들 사이로 떨어지면서 유리창을 비췄다. 노랗고 하얀 빛이 눈부시게 번득이며 방 안으로 들어왔다. 특히 하얀 원피스를 입은 도로시와 아기가 그 중심에 있었다. 스텔라는 햇빛이 부서지는 물속에서 하얀 팔다리로 헤엄치는 사람들을 묘사한 잭의 그림을 또 떠올렸다. 도로시는 손으로 아기의 눈을 가려주며 꿈꾸듯이 말했다. "이건 남자랑 같이 있는 것보다 훨씬 더 좋아, 그렇지, 스텔? 남자보다 훨씬 더 좋지?"

"음…… 아니." 스텔라가 웃으며 말했다. "장기적으로는 그렇지 않아."

"스텔이 그렇다면야. 스텔이 가장 잘 알겠지……. 그래도 난 상상이……. 말해봐, 스텔. 필립은 다른 곳에 가 있을 때 바람을 피워?"

"세상에!" 잭이 벌컥 화를 냈지만, 곧 마음을 다스렸다.

"응, 틀림없이 그럴 거야."

"그래도 괜찮아?" 도로시가 아기의 발을 손바닥으로 사랑스럽게 감싸고 물었다.

이제 스텔라는 기억을 떠올릴 수밖에 없었다. 그런 일에 신경을 쓰고 쓰다가 그냥 받아들이기로 한 것을. 이제 그녀는 그런 일에 신경 쓰지 않았다.

"아예 생각을 안 해." 그녀가 말했다.

"음, 나도 신경 쓸 것 같지 않아." 도로시가 말했다.

"나한테 그걸 알려줘서 고맙네." 잭이 자기도 모르게 퉁명스러운 목소리를 냈다. 하지만 곧 웃음을 터뜨렸다.

"그럼 스텔은? 필립이 없을 때 바람을 피워?"

"가끔. 그리 심각한 건 아니야."

"있잖아, 잭이 이번 주에 부정을 저질렀어." 도로시가 아기를 향해 빙긋 웃으며 말했다.

"그만해." 잭이 진심으로 화를 냈다.

"아니, 그만할 수 없어. 왜냐하면 내가 그래도 상관없다고 생각하는 게 진짜로 끔찍하니까."

"당신이 상관할 필요도 없는 일이야." 잭은 스텔라에게 시선을 돌렸다. "저기 벌판 건너편에 레이디 이디스라는 멍청한 계집이 살아. 진짜 예술가들이 동네에 들어와 살게 됐다고 온통 흥분해서 난리였지. 그나마 도로시는 운이 좋았어. 아기를 핑계 삼을 수 있으니까. 하지만 난 어쩔 수 없이 그 여자가 연 그 웃기는 파티에 가야 했다고. 술이 강처럼 흐르고, 죄다 웃기지도 않는 사람들뿐이고, 그런 사람들이 소설에 나오면 다들 작가가 너무 헛소리를 써놨다고 할 거야……. 어쨌든 12시가 지난 다음의 일은 잘 기억이 나지 않아."

"어떻게 된 일인지 알아?" 도로시가 말했다. "난 아기한테 젖을 먹이고 있었어. 엄청 이른 새벽이었는데, 잭이 침대에서 벌떡 일어나 앉더니 이렇게 말했어. '세상에, 도로시, 지금 막 기억났어. 내가 그 멍청한 년이랑 잤어. 그 집 소파에서, 레이디 이디스랑.'"

스텔라는 웃음을 터뜨렸다. 잭은 코웃음 같은 웃음소리를 냈다. 도로시도 웃었다. 마음껏 키득거리며 즐거워했다. 그러다 진지하게 말했다. "하지만 요점은 그게 아니야, 스텔라. 내가 눈곱만큼도 상관하지 않는다는 게 요점이야."

"네가 상관할 필요가 없잖아." 스텔라가 말했다.

"잭이 그런 짓을 한 게 처음이란 말이야. 그러니까 내가 상관해야 되지 않아?"

"너무 확신하지 마." 잭이 기운차게 담배를 뻐끔거리며 말했다. "너무 자신하지 말라고." 하지만 그것이 그냥 하는 말이라는 것을 도로시도 알고 있었다. 그녀가 말했다. "정말로 내가 상관해야 되는 것 아니야, 스텔?"

"아니. 너와 잭의 관계가 이렇게 좋지 않았다면 신경을 썼겠지. 필립과 내가……." 눈물이 얼굴을 타고 흘러내렸다. 스텔라는 눈물을 감추지 않았다. 이 사람들은 그녀의 좋은 친구였다. 게다가 도로시의 지금 상태를 감안하면 이 눈물이 나쁘지 않다는 것을 본능적으로 알 수 있었다. 그녀가 코를 훌쩍거리면서 말했다. "필립이 집에 돌아오면 하루나 이틀 동안 우리는 항상 별로 중요하지 않은 일에 대해 불꽃을 튀기면서 싸워대. 하지만 사실은 내가 바람을 피운 필립에게 화를 내거나 아니면 그 반대의 경우라는 걸 우리 둘 다 알고 있지. 그러고는 잠자리에서 화해하는 거야." 스텔라는 이런 행복의 순간을 한 달 동안 미뤘다가 또 즐거운 싸움을 하게 될 것을 생각하며 슬프게 울었다.

"아, 스텔라." 잭이 말했다. "스텔……." 그가 일어서서 손수건을 꺼내 눈가를 닦아주었다. "자자, 필립이 곧 돌아올 거야."

"응, 나도 알아. 그냥 너희 둘이 함께 있는 모습이 워낙 보기 좋아서 너희와 있을 때면 항상 필립이 그리워."

"음, 우리가 함께 있는 게 보기 좋아?" 도로시가 깜짝 놀란 목소리로 말했다. 잭은 아내에게 등을 돌린 채 스텔라를 향해 허리를 숙인 자세로 경고하듯 얼굴을 한 번 찌푸리고는 허리를 세우고 돌아섰다. "6시가 다 됐어. 폴한테 젖을 먹여야지. 스텔라가 저녁식사를 만들어줄 거야."

"그래? 너무 좋다." 도로시가 말했다. "부엌에 없는 게 없어, 스텔라. 남이 보살펴주는 게 정말 좋아."

"내가 우리 저택을 안내해주지." 잭이 말했다.

2층에는 작은 하얀색 방 두 개가 있었다. 하나는 도로시 부부와 아기의 물건들이 놓여 있는 침실이고, 다른 하나는 온갖 물건이 꽉꽉 들어차 있는 창고였다. 잭은 여분의 침대에서 커다란 가죽 폴더를 집어 들고 말했다. "이걸 한번 봐, 스텔." 그는 그녀에게 등을 돌리고 창가에 서서 엄지로 파이프에 담배를 채우며 마당을 내다보았다. 스텔라는 침대에 앉아 폴더를 펼치자마자 탄성을 질렀다. "도로시가 이걸 언제 그린 거야?"

"임신 마지막 석 달 동안. 나도 처음 봤어. 계속 차례로 이런 작품을 쏟아내더라고."

연필 드로잉이 2백여 점이나 되었다. 모두 두 육체가 온갖 형태로 균형을 잡고 있는 모습이었다. 두 육체의 주인은 잭과 도로시였으며, 대부분 옷을 입지 않은 상태였다. 하지만 모두 그런 것은 아니었다. 놀라운 작품들이었다. 도로시의 실력이 정말로 훌쩍 성장했음을 보여줄 뿐만 아니라, 대담하고 관능적인 모습을 표현하고 있다는 점에서도. 이 작품들은 두 사람의 결혼생활에 대한 일종의 성가 또는 찬양이었다. 잭과 도로시의 본능적인 친밀함과 조화가 서로를 향하거나 서로에게서 멀어지는 모든 동작 속에 드러나 있었다. 심지어 두 사람이 함께 있지 않을 때에도 마찬가지였다. 이 그림들은 솔직하고 차분하고 의기양양하게 그 친밀감과 조화를 축하하고 있었다.

"아주 강렬한 작품도 있지." 잭이 말했다. 북부의 노동계급 출신 청년이던 그의 모습이 순간적으로 되살아나 청교도적인 발언을 했다.

하지만 스텔라는 웃음을 터뜨렸다. 그 점잔 빼는 말투 속에 자부심이 숨어 있었으니까. 외설적인 모습을 묘사한 일부 드로잉에 대한 자부심이었다.

마지막 몇 작품에서는 여자의 몸이 임신으로 부풀어 있었다. 그 그림에서는 남편에 대한 그녀의 신뢰가 엿보였다. 남편의 몸이 그녀의 몸을 좌지우지하며 강하고 자신 있는 자세로 서 있거나 누워 있었다.

맨 마지막 그림에서 도로시는 남편을 등지고 서서, 양손으로 크게 부풀어 오른 배를 받치고 있었다. 잭의 양손은 그녀의 어깨를 보호하듯 감쌌다.

"굉장한 작품들이야." 스텔라가 말했다.

"그래, 정말 그렇지."

스텔라는 웃으면서 애정을 담아 잭을 바라보았다. 그가 이 작품들을 보여준 것은 아내의 재능에 대한 자부심 때문만은 아니라는 것을 이제 알 수 있었다. 그는 이 그림들을 이용해서 스텔라에게 도로시의 지금 상태를 너무 심각하게 받아들이지 말라고 말하고 있었다. 또한 잭 자신이 기운을 북돋는 방법이기도 했다. 스텔라가 충동적으로 말했다. "그럼 다 괜찮은 거지?"

"뭐? 아, 그렇지, 무슨 말인지 알겠어. 그래, 괜찮은 것 같아."

"그거 알아?" 스텔라가 목소리를 낮췄다. "도로시는 당신한테 충실하지 못했다는 생각에 죄책감을 느끼고 있는 것 같아."

"뭐?"

"그러니까, 아기 때문에 말이야. 그래서 그런 거야."

잭은 곤혹스러운 얼굴로 시선을 돌려 스텔라를 바라보다가 천천히 미소를 지었다. 아까 도로시가 남편과 레이디 이디스의 일을 웃어넘길 때처럼, 잭의 미소에도 제멋대로 상황을 이해하고 받아들이는 듯한 느낌이 풍부하게 깃들어 있었다. "그런 것 같아?" 두 사람은 함께 웃었다. 웃음을 참을 수 없다는 듯이 큰 소리로.

"뭐가 그렇게 재미있어?" 도로시가 소리쳤다.

"네 그림이 너무 훌륭해서 웃는 거야." 스텔라가 소리쳤다.

"그래, 정말 좋지?" 하지만 곧 도로시의 목소리가 기가 막히다는 듯 잦아들었다. "그런데 말이지, 내가 어떻게 그것들을 그렸는지 상상이 안 가. 다시 그런 걸 그릴 수 있을 것 같지도 않아."

"아래층으로 가자." 잭이 스텔라에게 말했다. 두 사람이 함께 내려가 보니 도로시가 아기에게 젖을 먹이고 있었다. 아기는 온몸으로 젖을 먹었다. 엄마의 가슴과 씨름하며, 도로시의 통통하고 예쁜 젖가슴을 주먹으로 콩콩 두드렸다. 잭은 그 둘을 내려다보며 환하게 웃었다. 스텔라는 도로시의 모습에서 고양이를 연상했다. 노란 눈을 반쯤 감고서, 자기 옆구리에서 젖을 빠는 새끼고양이들을 바라보며 앞발 하나를 쭉 뻗은 고양이. 그 앞발에서 발톱이 저절로 모습을 드러내 카펫을 긁어 작게 찍찍 찢어지는 소리를 내고 있었다.

"넌 야만적인 생물이야." 스텔라가 웃으며 말했다.

도로시가 작고 활기찬 얼굴을 들어 빙긋 웃었다. "응, 맞아." 그리고 그녀는 기운이 넘치는 아기의 머리 너머로 조금 떨어진 곳에 차분하게 서 있는 두 사람을 바라보았다.

스텔라는 돌로 지어진 부엌에서 저녁을 만들었다. 추위 때문에 잭이 히터를 가져다주었다. 스텔라는 자신이 고생하며 가져온 좋은 식재료를 사용했다. 요리에는 시간이 조금 걸렸다. 세 사람은 커다란 나무식탁에 앉아서 천천히 음식을 먹었다. 아기는 자고 있지 않았다. 아기가 바닥의 쿠션 위에서 몇 분 동안 불만스러운 소리를 내자 잭이 아기를 잠깐 안고 있다가 아까처럼 엄마에게 건네주었다. 아기 엄마가 아기를 가까이 품고 싶어 하는 것을 느꼈기 때문이다.

"원래 애가 울게 내버려둬야 하는 건데." 도로시가 말했다. "하지만 굳이 그럴 필요가 뭐 있어? 여기가 아랍이나 아프리카였으면 등에 꽁꽁 묶어서 업고 다녔을걸."

"그것도 아주 좋은 방법이지." 잭이 말했다. "내 생각에는 아이들이 너무 일찍 태어나는 것 같아. 열여덟 달쯤 엄마 배 속에 있는 편이 두루두루 더 좋을 텐데 말이지."

"여자들이 가엾지도 않아?" 도로시와 스텔라가 동시에 말했다. 잭까지 세 명이 모두 웃음을 터뜨렸다. 하지만 도로시가 아주 진지한 표정으로 말했다. "하지만 나도 그런 생각을 했어."

한참 동안 천천히 식사하는 내내 좋은 분위기가 지속되었다. 밖에서는 햇빛이 어스름해지면서 날이 서늘해졌다. 세 사람은 집 안에서도 여름날의 황혼 녘이 더 짙어지게 램프를 켜지 않았다.

"난 금방 가봐야 돼." 스텔라가 유감스럽다는 듯이 말했다.

"어머, 안 돼, 더 있다가 가!" 도로시가 지나칠 정도로 강하게 말했다. 잭과 도로시를 긴장하게 했던 그 모습이 갑자기 되살아나 있었다.

"식구들이 전부 필립이 올 거라고 생각했거든. 그래서 휴가를 떠났던 애들이 내일 밤에 돌아올 거야."

"그럼 내일까지 있다가 가. 스텔라가 **필요해**." 도로시가 골을 내며 말했다.

"그럴 수 없어." 스텔라가 말했다.

"내 평생 다른 여자가 내 부엌에서 요리를 하면서 나를 돌봐주기를 바라는 날이 올 거라고는 생각도 못했는데, 지금 내 기분이 딱 그래." 도로시가 말했다. 금방이라도 울 것 같은 표정이었다.

"뭐, 나로 참아줘야 할 것 같은데." 잭이 말했다.

"괜찮겠어, 스텔?"

"괜찮다니, **뭐가**?" 스텔라가 조심스럽게 물었다.

"잭이 매력적인 것 같아?"

"아주 매력적이지."

"그럴 줄 알았어. 잭, 스텔라가 매력적인 것 같아?"

"글쎄." 잭이 씩 웃으면서 말했다. 하지만 그와 동시에 스텔라에게 조심하라는 신호를 보냈다.

"좋았어!" 도로시가 말했다.

"이거 삼각관계야?" 스텔라가 웃으며 말했다. "그럼 우리 필립은? 필립은 어떻게 되는 거야?"

"뭐, 필립이라면 나도 괜찮아." 도로시가 예리하게 뻗은 검은 눈썹을 한데 모아 미간을 찌푸리며 말했다.

"그럴 만도 하지." 스텔라는 잘생긴 남편을 떠올렸다.

"딱 한 달 동안이야. 필립이 돌아올 때까지." 도로시가 말했다. "있잖아, 우린 이 한심한 오두막을 버릴 거야. 애당초 영국에 남아 있겠다고 결정한 것 자체가 미친 짓이었어. 우리 셋이 짐을 꾸려서 아기를 데리고 스페인이나 이탈리아로 가는 거야."

"그게 다야?" 잭이 말했다. 그는 담배 파이프를 안전판으로 이용해서 한사코 기분 좋은 모습을 유지하고 있었다.

"그래, 난 일부다처제에 찬성하기로 했어." 도로시가 선언하듯이 말했다. 그녀는 앞섶을 열고 또 아기에게 젖을 먹이고 있었다. 이번에는 아기가 편안히 안겨서 조용히 젖을 먹었다. 도로시는 아기의 머리를 부드럽고 부드럽게 어루만졌다. 하지만 그녀의 목소리는 점점 높아져서 두 사람에게 자신의 뜻을 강요했다. "전에는 그걸 절대 이해할 수 없었는데, 이제는 이해하겠어. 내가 첫 번째 아내가 될게. 두 사람은 나를 보살펴줘."

"또 다른 계획도 있어?" 잭이 이제는 화를 내며 물었다. "당신은 그냥 가끔 들러서 스텔라와 내가 어떻게 하고 있는지 지켜보겠다고? 그런 거야? 아니면 우리한테 언제 그걸 해도 되는지 우아하게 허락이라도 해주겠다는 건가?"

"어머, 두 사람이 뭘 하든 나는 상관하지 않을 거야. 그게 중요해." 도로시가 한숨을 내쉬며 말했다. 하지만 쓸쓸해 보였다.

잭과 스텔라는 서로를 보지 않으려고 주의하면서 가만히 앉아 기다렸다.

"어제 신문에서 어떤 기사를 읽고 충격을 받았어." 도로시가 편안하게 말했다. "한 남자와 두 여자가 여기 영국에서 같이 살고 있다는 거야. 두 여자 모두 그 남자의 아내래. 스스로 그 남자의 아내라고 생각한대. 첫 번째 아내가 아기를 낳고, 젊은 아내가 남편이랑 자고…… 어쨌든 그런 것 같았어. 행간을 읽어보니."

"행간을 읽는 건 그만두는 게 어때?" 잭이 말했다. "당신한테 전혀 좋은 일이 아닌 것 같은데."

"아냐, 난 그러고 싶어." 도로시가 고집을 부렸다. "내 생각에 우리 결혼제도는 터무니없어. 아프리카나 그런 데 사는 사람들이 우리보다 나아. 우리보다 분별이 있다고."

"스텔라와 사랑을 나눴다 해도 나는 당신을 떳떳이 볼 수 있어." 잭이 말했다.

"맞아!" 스텔라가 짧게 웃으며 말했다. 생각과는 달리 분노가 깃든 웃음이었다.

"그래도 난 상관하지 않을 거야." 도로시는 이렇게 말하고 나서 울음을 터뜨렸다.

"도로시, 이제 됐어, 그만해." 잭은 이렇게 말하고 일어나 기계적으로 젖을 빨고 있는 아기를 들어 안았다. 그리고 말을 이었다. "잘 들어. 당신은 곧바로 2층으로 가서 자. 이 어린 녀석은 지금 배가 빵빵하게 찼으니 몇 시간 동안 잠을 잘 거야. 틀림없이."

"난 안 졸려." 도로시가 흐느끼며 말했다.

"그럼 내가 수면제를 갖다줄게."

그러고 나서 수면제 수색이 시작되었지만 어디서도 수면제를 찾을 수 없었다.

"우리랑 똑같아." 도로시가 통곡하며 말했다. "여기엔 하다못해 수면제도 없어……. 스텔라, 제발 여기 있어줘, 제발. 왜 안 된다는 거야?"

"스텔라는 곧 떠날 거야. 내가 역까지 바래다줄 거야." 잭은 이렇게 말하고 나서 유리잔에 스카치를 따라 아내에게 건넸다. "이걸 마셔. 이제 그만 좀 해. 나도 점점 질리려고 하니까." 진저리가 난다는 듯한 목소리였다.

도로시는 얌전히 스카치를 마신 뒤 휘청거리며 의자에서 일어나 천천히 계단을 올라갔다. "아기 울리지 마." 그녀가 2층으로 모습을 감추면서 지시했다.

"아, 이 멍청한 여자야." 잭이 도로시의 뒤통수를 향해 소리쳤다. "내가 언제 애를 울렸어? 자, 잠깐만 안고 있어." 그가 스텔라에게 아기를 넘기며 이렇게 말하고는 2층으로 뛰어 올라갔다.

스텔라는 아기를 안았다. 아까 도로시가 다른 여자의 품에 안긴 아기를 보고 사납게 소유욕을 드러내는 바람에 불편해진 이후로 처음 아기를 안는 것 같았다. 스텔라는 꾸벅꾸벅 졸고 있는 아기의 작고 빨간 얼굴을 내려다보며 부드럽게 말했다. "아이고, 너 때문에 아주 난리도 아니다, 그렇지?"

잭이 2층에서 소리쳤다. "잠깐 올라와 봐, 스텔." 스텔라는 아기를 안고 2층으로 올라갔다. 도로시는 스카치 때문에 졸린 표정으로 침대에 누워 있고, 침대 옆 스탠드 불빛이 그녀의 반대편으로 돌려져 있었다. 도로시가 아기를 보았지만, 잭이 스텔라에게서 아기를 받아 안았다.

"잭이 나더러 멍청한 여자래." 도로시가 미안한 표정으로 스텔라에게 말했다.

"괜찮아. 곧 괜찮아질 거야."

"그렇겠지. 스텔라가 그렇게 말한다면. 알았어. **난** 잘래." 도로시가 고집스럽고 슬픈 목소리로 작게 말했다. 그리고 몸을 돌려 두 사람을 등졌다. 하지만 마지막으로 히스테리를 부리듯이 이렇게 말했다. "둘이 함께 역까지 걸어가는 게 어때? 아름다운 밤이잖아."

"그럴 테니까 걱정 마." 잭이 말했다.

도로시는 힘없이 키득거렸지만 뒤를 돌아보지는 않았다. 잭은 잠든 아기를 조심스럽게 침대에 내려놓았다. 도로시에게서 1피트(약 30센티미터)쯤 떨어진 곳에. 도로시가 갑자기 꿈틀거리며 다가오자, 작고 반항적인 그녀의 하얀 등과 담요로 꽁꽁 감싼 그녀의 아들이 대조를 이루었다.

잭이 스텔라를 향해 눈썹을 치떴다. 하지만 스텔라는 엄마와 아기를 바라보고 있었다. 그녀의 기억들이 그녀의 마음을 다정하고 따뜻하게 채웠다. 이렇게 예쁘고 귀한 것을 갖고 있는 이 여자가 무슨 권리로 남편과 친구를 괴롭힌 건가? 무슨 권리로 남편과 친구의 호의를 믿고 그렇게 굴었나?

이런 생각에 깜짝 놀란 스텔라는 아래층으로 내려와 마당으로 나가는 문 앞에 서서 눈을 꾹 감고 눈물을 참았다.

맨살이 드러난 팔에 온기가 느껴졌다. 잭의 손이었다. 눈을 뜨자 잭이 걱정스러운 표정으로 그녀를 향해 고개를 숙이고 있는 것이 보였다.

"내가 지금 당장 당신을 저 덤불 속으로 끌고 간다면 도로시한테 아주 제대로……."

"날 끌고 갈 필요는 없을걸." 그가 말했다. 지금 상황에 맞게 농담처럼 들리는 말이었지만, 거기에 깃든 그의 진심이 두 사람을 위험스럽게 감싸는 것이 느껴졌다.

따뜻한 그의 손이 미끄러지듯 그녀의 등을 가로지르며 살짝 힘을 가하자 그녀는 그를 향해 돌아섰다. 두 사람은 뺨이 서로 맞닿을 정도로 가까이 서 있었다. 살갗과 머리카락에서 나는 체취가 따뜻한 풀과 이파리 냄새와 뒤섞였다.

스텔라는 생각했다. '이제부터 벌어질 일은 도로시와 잭과 아기를 저 멀리 하늘까지 날려버릴 거야. 내 결혼생활도 끝날 거고. 내가 모든 걸 박살내는 거야.' 거의 억제할 수 없을 만큼 즐거워졌다.

그녀는 도로시, 잭, 아기, 남편, 반쯤 성인이 된 두 아이가 모두 흩어져, 폭발 뒤의 잔해처럼 하늘에서 아래로 떨어지는 모습을 그려보았다.

잭의 입술이 그녀의 뺨을 따라 입을 향해 움직이자 그녀의 온몸이 기쁨 속에 녹아버렸다. 그때 감은 눈꺼풀 속에서 담요로 꽁꽁 감싼 아기가 보였다. 그녀는 몸을 뒤로 빼며 힘껏 소리쳤다. "망할 도로시, 젠장, 젠장, 정말 죽여버리고 싶어……"

잭도 폭발하듯 분노한 목소리로 나직하게 말했다. "당신들 둘다 나빠! 두 사람 목을 전부 꺾어버리고 싶네……."

두 사람의 얼굴은 1피트〔약 30센티미터〕거리로 떨어져 있었다. 두 사람의 눈에서 적의가 번들거렸다. 만약 스텔라가 그 무기력한 아기의 모습을 보지 않았다면, 지금쯤 잭과 부둥켜안고 있었을 것이다. 두 대의 발전기처럼 애정과 욕망을 뿜어내고 있었겠지. 그녀는 메마른 분노로 부들부들 떨면서 혼자 중얼거렸다.

"이러다 기차 놓치겠어." 그녀가 말했다.

"내가 당신 겉옷을 가져올게." 그는 텅 빈 마당에 그녀를 무방비하게 내버려두고 안으로 들어가버렸다.

다시 밖으로 나온 그는 그녀의 몸에 손이 닿지 않게 겉옷을 걸쳐주면서 말했다. "서둘러. 내가 차로 데려다줄게." 그는 앞장서서 자동차로 향했다. 그녀는 거친 잔디밭 위를 얌전히 따라갔다.
정말로 아름다운 밤이었다.

방

상자 같은 작은 방 네 개가 있는 이 아파트에 처음 들어왔을 때, 침실은 벽난로가 있는 벽만 빼고 연분홍색이었다. 벽난로가 있는 벽에는 화려한 분홍색과 파란색 벽지가 발라져 있었다. 나무로 마감한 부분들은 진하다 못해 거의 검게 보이는 자주색이었다. 이런 색의 페인트는 웨스트엔드에 있는 대형 인테리어 상점에서 구할 수 있으며, 페인트 상표명은 빌베리다.

내가 들어오기 전에 이 아파트에는 두 여자가 살았다. 돈이 거의 없었는지, 카펫 여기저기에 구멍이 나 있고, 벽을 장식한 것은 여행 포스터뿐이었다. 위층 여자 말로는, 두 여자가 밤새 파티를 열 때가 많았다고 했다. "하지만 나는 파티의 소음이 좋았어요. 살아 있는 소리가 좋아요." 비난하는 말투였다. 내가 파티를 자주 열지 않기 때문에. 두 여자는 이 아파트의 전통에 따라, 이사 가는 곳의 주소를 남겨두지 않았다. 지난 몇 년 동안 초인종이 울려서 나가보면 사람들이 "앵거스 퍼거슨이 여기 살지 않습니까?" "메이트랜드 일가의 집이 아닌가요?" "다울런드 부인의 집이 아니에요?" "케이츠비 부부의 집인 줄 알았는데요"라고 말하는 일이 자주 있었다. 그들이 이름을 댄 사람들은 모두 예전에 이 아파트에서 살다가 이사 가는 곳의 주소를 남기지 않고 떠나갔다. 그 밖에도 그런 사람들이 많을 것이다. 나는 그들에 대해 아무것도 모른다. 이 건물에 사는 다른 사람들도 마찬가지다. 개중에는 여기서 오랫동안 산 사람들이 있는데도.

나는 분홍색이 너무 두드러지는 것 같아서 몇 번 시행착오를 겪은 끝에 하얀색으로 결론을 내렸다. 자주색, 그러니까 빌베리로 칠한 나무 마감재는 그대로 두었다. 먼저 나는 회색 커튼을 샀다가, 그다음에는 파란색 커튼을 샀다. 내 침대는 창가에 있다. 책상도 있다. 원래 나는 거기서 글을 쓸 생각이었지만, 언제나 종이들이 너무 지저분하게 흩어져 있다. 그래서 나는 거실이나 부엌 식탁에서 글을 쓴다. 그래도 침실에서 보내는 시간이 많다. 침대는 독서, 생각, 아무것도 안 하고 가만히 있기에 가장 좋은 곳이다. 여기는 내 방이다. 여기서 나는 살아 있는 기분이 든다. 비록 모양은 형편없고, 아무리 봐도 볼품없는 것들이 있는 방이지만. 예를 들어, 벽난로는 울퉁불퉁하게 불룩 튀어나온 모양이고, 장식이 있는 검은색 쇠로 만들어져 있다. 전에 살던 여자들은 벽난로에 손을 대지 않고, 그 안에 작은 가스히터를 넣어 사용했다. 무겁고 보기 싫은 벽난로가 자꾸만 내 시선을 끈다. 나는 천장에서부터 이어진 패널을 어두운 자주색으로 칠해서, 벽난로와 그 위의 작고 두꺼운 선반이 묻히게 만들었다. 밤이 되면 검은색으로 보이는 짙은 자주색으로 벽 전체를 칠할 수는 없었으므로,

패널 양편에는 터무니없는 색깔의 벽지가 그대로 남았다. 분홍색과 파란색 새장에 갇힌 새들처럼 밝은색의 사람 모양이 그려진 벽지다. 이제는 벽난로가 눈에 덜 거슬리지만, 나는 가스히터로 불을 켠다. 단단한 정사각형 모양의 청동색 가스히터는 예전에 살던 아파트에서 가져온 것인데, 거기서는 그리 형편없어 보이지 않았다. 하지만 이 아파트에는 전혀 어울리지 않는다. 그래서 벽 전체가 서로 어울리지 않는 것들로 엉망이 되고 말았다.

내 침대 옆의 다른 벽도 엉망이긴 마찬가지다. 침대 위에 2, 3피트(약 60, 90센티미터) 너비로 불규칙하게 울룩불룩 부풀어 오른 부분이 있다. 누군가가(앵거스 퍼거슨일까? 메이트랜드 일가? 다운랜드 부인?) 갈라져 떨어지는 회벽 조각들을 다시 붙이려다가 엉망으로 만들어놓았기 때문이다. 회칠 전문가가 저런 몰골을 만들어놓았다면 그냥 넘어갈 수 없었을 것이다.

하지만 전체적으로 이 벽은 내 눈에 즐거움을 안겨준다. 내가 예전에 살던 집의 얼룩덜룩한 하얀 벽이 생각나기 때문이다. 혹시 내가 이 방에 하얀색을 칠하기로 한 것은 예전 집의 그 울룩불룩한 하얀 벽을 여기 런던에서 재현하고 싶었기 때문일까?

천장은 그냥 천장이다. 평평하고, 하얗고, 아무 장식도 없다. 회칠로 마감한 가장자리는 이 방에 비해 너무 묵직해서 금방 떨어질 것 같이 보인다. 이 건물 전체가 튼튼하고 볼품없어 보이지만, 사실은 싸구려로 지은 건물이라 전혀 튼튼하지 않다. 예를 들어 벽을 두드려보면 속이 텅 빈 소리가 난다. 회칠한 부분도 벽지를 벗겨내면 곧바로 점점이 떨어져 나오기 시작한다. 마치 모래로 지은 벽을 벽지가 지탱하고 있는 것 같다. 위층에서 나는 소리도 전부 들린다. 위층에는 생기 있는 소리를 듣는 게 좋다고 말한 노부인이 남편과 함께 살고 있다. 그녀는 스웨덴 사람인데, 학생들에게 스웨덴어를 가르치는 일을 한다. 옷도 예쁘게 입을 줄 알고, 성격 또한 사랑스럽고 점잖은 노부인인 것 같다. 하지만 사실은 제정신이 아니다. 그 집 문 안쪽에는 특별 주문한 묵직한 잠금장치 네 개가 달려 있다. 빗장도 있다. 내가 그 집 문을 두드리면 그녀는 안에서 4인치(약 10센티미터) 길이의 체인을 건 채로 문을 열고 내가 자신을 공격할 생각이 없음을 먼저 확인한다. 집 안 풍경은 깔끔함과 질서 그 자체다. 그녀는 하루 종일 청소와 집 안 정리에 매달린다. 아파트에서 더 이상 정리할 것이 없어지면 그녀는 계단에 공고문을 붙인다. "누구든 이 계단에 쓰레기를 버리면 당국에 신고하겠어요!" 그러고 나서 건물 안의 모든 아파트를 차례로 찾아가(똑같이 생긴 아파트 여덟 채가 층층이 쌓여 있다) 비밀 얘기라도 하는 것처럼 말한다. "물론 저 공고문은 이 댁과 관련이 없어요."

그녀의 남편은 수출회사에서 일하기 때문에 집을 자주 비운다. 남편이 돌아올 때가 되면 부인은 신부처럼 공들여 차려입고 얼굴을 붉히며 그를 마중 나간다. 그가 여행에서 돌아온 날 밤에는 내 머리 위 천장에서 침대 삐걱거리는 소리가 들린다. 두 사람이 키득거리는 소리도 들린다.

두 사람은 질서정연하게 살아가는 부부다. 매일 밤 11시면 잠자리에 들고, 매일 아침 9시에 일어난다. 내 인생에는 겉으로 드러나는 질서가 없으므로, 나는 두 사람이 내 위층에서 사는 것이 마음에 든다. 가끔 늦게까지 일하다 보면, 두 사람이 일어나는 소리가 들린다. 그러면 나는 잠을 자면서 또는 비몽사몽 상태로 줄곧 생각한다. '좋았어. 또 하루가 시작된 거야, 그렇지?' 그러고 나서 나는 두 사람의 발소리와 찻잔이 덜거덕거리는 소리가 섞여 있는 반￦ 무의식 상태로 다시 빠져든다.

밤에 잠을 자는 것보다 오후에 자는 편이 더 흥미롭기 때문에 나는 오후에 잔다. 가끔 부인도 낮잠을 잘 때가 있다. 나는 그녀와 내가 위아래 층에서 반듯이 누워 있는 모습을 생각한다. 마치 우리가 선반을 한 칸씩 차지하고 누운 것 같다.

점심을 먹고 나서 침대에 눕는 것은 전혀 느닷없는 일이 아니다. 먼저 지나친 자극, 몸이 조금 아픈 것 같은 기운, 심한 피로감 등으로 인한 혼란이나 긴장이 마음속에 느껴져야 한다. 그러면 나는 방을 어둡게 하고, 전화벨 소리에 깨는 일이 없게 문을 모두 닫는다(하지만 멀리서 희미하게 들리는 전화벨 소리는 꿈을 만들어 내는 반가운 존재가 될 수도 있다). 그러고 나서 그 혼란이나 긴장을 유지한 채 조심스레 침대에 눕는다. 이렇게 잠드는 것이 내 일에 도움이 된다. 무슨 글을 써야 하는지, 어디서 실수를 저질렀는지를 잠이 알려주기 때문이다. 지나치게 많은 사람을 만났을 때 찾아오는 불안과 초조에서도 나를 구해준다. 나는 항상 미지의 세계로 들어가는 긴 여행에 대한 흥미를 안고 오후에 꿈나라로 향한다. 그렇게 선잠이 들어서, 깨어 있는 상태에서는 설명하기 힘든 곳으로 이끌려 간다.

하지만 어느 날 오후에 나는 기묘한 여행을 경험하지 못했다. 내 일에 유용한 정보도 얻지 못했다. 그날의 잠은 평소와 크게 달라서 나는 한동안 내가 깨어 있는 줄 알았다.

나는 다양한 색조의 파란색으로 된 커튼이, 살짝 자줏빛을 띠고 움직이는 그림자를 드리운 어두컴컴한 방에 누워 있었다. 밖에서 사람들이 분주하게 움직이는 오후였다. 창문 아래 시장에서 나는 소리, 사람들이 화가 나서 고함을 지르는 소리, 싸우는 소리, 남자와 여자의 목소리가 들려왔다. 나는 벽난로를 바라보며 정말 보기 싫게 생겼다고 생각했다. 도대체 어떤 사람이 저렇게 끔찍한 모양의 검은 쇳덩어리를 일부러 저기에 가져다놓았는지 궁금했다. 물론 거기에 색칠을 한 사람은 나지만. 내게 여유가 있든 없든, 청동색의 사각형 가스히터를 없애버리고 더 예쁜 걸 사야겠다는 생각이 들었다. 그런데 청동색 사각형이 사라지고, 검은색의 작은 쇠 격자가 보였다. 그 안에서 작은 불꽃이 연기를 피워 올렸다. 연기가 방으로도 흘러나와 눈이 아팠다.

방이 달라져 있었다. 나 자신에게서 떨어져 나온 것 같아서 등골이 서늘해졌다. 벽지는 전체적으로 음침한 갈색이었지만, 자세히 살펴보니 갈색이 도는 노란색 이파리와 갈색 줄기를 표현한 작은 무늬가 보였다. 얼룩이 여기저기 있었다. 천장은 연기 때문에 누르스름하게 반짝였다. 창문에는 분홍색이 도는 갈색 커튼 몇 개가 걸려 있었는데, 하나가 찢어져서 끝이 아래로 늘어져 있었다.

나는 침대에 누워 있지 않았다. 방 맞은편의 벽난로 앞에 앉아서 침대와 창문을 바라보고 있었다. 밖에서는 날카롭게 고함을 지르며 싸우는 소리가 계속 들려왔다. 추워서 몸이 떨리고 눈에 눈물이 고였다. 작은 쇠 격자 안에서 반짝거리는 작은 석탄 세 덩이가 쓸쓸하게 연기를 피워 올렸다. 발밑에는 쿠션인지 접은 코트인지 모를 것이 놓여 있었다. 방이 훨씬 더 커 보였다. 그래, 방이 커 보였다. 갈색 니스칠을 한 나무상자가 나지막한 침대 옆에 놓여 있었다. 침대는 내 것보다 족히 1피트(약 30센티미터)는 더 낮아 보였다. 침대 발치에 빨간색 군용담요가 펼쳐져 있었다. 벽난로 양편에 조금 안으로 움푹 들어간 공간에는 나무선반들이 위에서부터 아래로 죽 달려 있고, 선반마다 개켜놓은 옷, 낡은 잡지, 도자기 그릇, 갈색 찻주전자 등이 놓여 있었다. 모두 가난한 분위기를 풍기는 물건들이었다.

나는 방에 혼자 있었지만, 옆집에 다른 사람이 있었다. 뭔가 소리가 들려올 때마다 나는 두려워졌다. 위층에서 들려오는 웃음소리는 내게 적대적이었다. 스웨덴에서 온 그 노부인이 웃고 있는 건가? 누구랑? 부인의 남편이 이렇게 갑자기 돌아왔다고?

나는 결코 달랠 수 없을 것 같은 외로움으로 우울해졌다. 날 위로하러 와줄 사람이 하나도 없는 것 같았다. 나는 앉아서 침대를 바라보았다. 그 위에 펼쳐진 빨간색 싸구려 담요를 보니 누가 아픈 것 같았다. 나는 연기 때문에 목구멍이 따가워서 코를 훌쩍거렸다. 나는 아이였다. 그리고 전쟁이 있었다. 전쟁과 관련된 어떤 것. 꿈인지 기억인지 알 수 없는 이 장면은 전쟁과 관련되어 있었다. 하지만 **누구의 기억**인지? 나는 다시 내 방으로 돌아왔다.

나는 내 침대에 누워 있고, 위층과 옆집은 조용했다. 아파트 안에서 나는 혼자였다. 부드럽게 살랑거리는 어두운 파란색 커튼을 바라보고 있었다. 마음속에 불행이 가득했다.

나는 예쁘게 꾸며놓은 침실을 나와 차를 끓였다. 그리고 침실로 돌아가 커튼을 열어서 빛이 들어오게 했다. 가스히터를 켜자 히터가 뜨겁고 빨갛게 달아오르면서 추웠던 기억을 날려 보냈다. 나는 성능 좋은 청동색 가스히터 너머의 격자 안을 들여다보았다. 그 안에 석탄이 놓였던 것은 아주 오래전의 일임을 나는 알고 있었다.

나는 꿈에서 다시 그 방으로 돌아가보려고 했다. 그 방이 이 방 아래에 있는지, 옆에 있는지, 이 안에 있는지, 누군가의 기억 속에 있는지는 알 수 없었다. 무슨 전쟁이었을까? 그 춥고 가난한 방의 주인은 누구지? 겁에 질려 있던 그 아이에 대해서도 더 알아내고 싶었다. 남자인지 여자인지 모를 그 아이는 아주 작았을 것이다. 방이 그렇게나 커 보였으니까. 지금까지 내 시도는 계속 실패했다. 어쩌면 저기 밖에서 벌어지는 싸움이…… 싸움이 **뭘**? 싸움이 왜?

영국 대
영국

"이제 떠나야겠어요." 찰리가 말했다. "짐도 다 싸뒀어요." 그는 어머니가 나서지 못하게 하려고 여행가방을 미리 확실하게 준비해두었다. "아직 좀 이르잖아." 어머니가 반박했다. 하지만 어머니는 벌써 빨갛게 변한 손을 맞부딪혀 물기를 털어내려고 애쓰면서 아들에게 작별인사를 하려고 돌아섰다. 아들이 아버지를 피해 일부러 일찍 떠나려는 것을 그녀는 알고 있었다. 하지만 그때 뒷문이 열리더니 손턴 씨가 들어왔다. 찰리는 아버지를 꼭 닮았다. 키가 크고, 지나치게 마르고, 뼈대가 크다는 점에서. 늙은 광부인 손턴 씨는 허리가 구부정했고, 머리카락은 반백의 솜털처럼 변했으며, 푹 꺼진 뺨은 석탄 구덩이 같았다. 찰리는 아직 젊었다. 머리카락은 멋들어진 금발이고, 눈은 기민했다. 하지만 스트레스 때문에 눈 밑이 검게 변해 있었다.

"혼자 오셨네요." 찰리는 반가워서 다시 앉을 것 같은 자세를 취하며 자기도 모르게 말했다. 하지만 아버지는 혼자가 아니었다. 안에서 마당으로 새어나간 불빛 속에 세 남자가 서 있는 것이 보였다. 찰리는 조용히 말했다. "저는 가볼게요, 아버지. 크리스마스 때까지 안녕히 계세요." 사람들이 모두 비좁은 부엌으로 들어왔다. 그들이 함께 몰고 온 유쾌한 분위기가 찰리에게는 개인적인 원수 같았다. 그의 오른쪽 어깨 뒤쪽 어딘가에서 항상 잠복하고 있는 유령 같았다. "그래, 꿈꾸는 탑으로 돌아가는구나." 한 남자가 고갯짓으로 잘 가라고 인사하며 말했다. "학문의 전당으로 가는 거지." 다른 남자가 말했다. 두 사람 모두 빙글빙글 웃고 있었다. 적의는 없었다. 부러운 기색도 없었다. 하지만 이런 모습 때문에 찰리는 가족들과 동떨어진 사람이 되었다. 남은 한 명의 남자가 마을에서 가장 똑똑한 아이 찰리를 향해 마지막으로 한마디를 던졌다. "크리스마스 때 이리로 돌아올 거냐 아니면 이제 귀족이니 백작이니 하는 사람들과 동등해졌으니 거기서 그 사람들이랑 놀 거냐?"

"크리스마스 때 돌아올 거야." 어머니가 날카롭게 말했다. 어머니는 사람들에게 등을 돌리고, 종이봉지에 든 감자를 한 알씩 그릇에 넣었다.

"어쨌든 하루 정도는 있을 거예요." 찰리가 어머니의 다그침에 얌전히 대답했다. "천한 일을 하는 사람들하고는 그 정도만 같이 있어도 충분하지." 마지막에 말을 던졌던 남자가 고개를 끄덕이며 말했다. 마치 '바로 그거야!'라고 말하는 것 같았다. 그는 말을 마친 뒤 고개를 젖히고 안도한 표정으로 고함을 내질렀다. 아버지와 다른 두 남자가 그와 함께 너털웃음을 터뜨렸다. 어린 레니가 서두르라는 듯 찰리를 밀어내자 찰리는 급히 뒷걸음질을 쳤다. 어머니는 밀고 밀리는 두 아들을 향해 고개를 끄덕이며 빙긋 웃었다. 찰리가 집에 돌아온 것은 거의 1년 만이었다. 아버지와 남자들은 웃음을 멈추고 서서 그가 떠나기를 기다렸다. 그들의 진지한 눈은 찰리가 오랜만에 돌아왔다는 사실을 기억한다고 말하고 있었다.

"너랑 시간을 많이 보내지 못해서 미안하구나." 손턴 씨가 말했다. "하지만 너도 사정을 알 거다."

손턴 씨는 노조 사무총장을 지낸 뒤 지금은 노조 위원장으로 활동하고 있었다. 그는 지금까지 광부들의 대표로 10여 가지 직책을 거쳤다. 그가 마을을 걸을 때면 뒷문 앞에 서 있던 남자나 앞치마를 두른 여자가 그를 불렀다. "잠깐만요, 빌." 그리고 그를 쫓아왔다. 저녁마다 손턴 씨는 아이들이 텔레비전에 넋을 놓고 있는 동안 부엌이나 거실에 앉아 연금, 배상요구, 작업규칙, 수당, 서류작성 등에 대해 조언해주고, 사람들의 고충을 들어주었다. 찰리가 기억하는 한, 손턴 씨는 그의 아버지라기보다 마을의 아버지였다. 손턴 씨는 함께 온 세 광부가 거실로 들어간 뒤 아들의 어깨에 한 손을 얹고 말했다. "반가웠다." 아버지는 고개를 끄덕하고 나서 동료들의 뒤를 따라갔다. 그리고 거실 문을 닫으며 아내에게 말했다. "차 한잔 끓여주겠어?"

"아직 차 한잔 할 시간은 있잖니, 찰리." 어머니가 말했다. 이제 굳이 서둘러 나갈 필요가 없지 않느냐는 말이었다. 이웃 사람들이 더 찾아올 것 같지는 않았으니까. 찰리는 그 말을 듣지 않고, 더러운 감자를 바라보았다. 어머니는 한 손으로 흙 묻은 감자를 들어 수도꼭지에 갖다 대면서, 다른 한 손은 주전자를 향해 뻗었다. 찰리는 비옷과 여행가방을 가지러 가면서 자꾸만 속에서 잔소리를 해대는 목소리에 귀를 기울였다. 그는 그 내면의 목소리가 싫었지만, 바깥의 원수들에게서 자신을 보호해주는 유일한 존재가 바로 그 목소리라는 생각도 들었다. '아버지가 사과하는 걸 도무지 참을 수가 없어. 나랑 시간을 많이 보내지 못해서 미안하다니. 아버지가 지금의 모습이 아니었다면, 그러니까 마을의 그 누구보다 뛰어난 사람이 아니었다면, 유일하게 우리 집만 책다운 책을 갖고 있지 않았다면, 내가 지금처럼 옥스퍼드에 다닐 수도 없었겠지. 학교에서 성적을 올릴 수 없었을 테니까. 그러니 아버지의 행동에는 장단점이 있어.' 장단점이 있다는 말이 그의 내면에서 으스스하게 메아리쳤다. 그는 속이 불편해졌다. 그가 딛고 선 땅이 흔들리는 것 같았다. 어머니가 앞에 서 있는 것을 본 뒤에야 시야가 맑아졌다. 어머니는 이러쿵저러쿵 평가를 내리지 않는 시선으로 빈틈없이 그를 바라보고 있었다. 어머니가 말했다. "애야, 너 안색이 별로 안 좋은데." "전 괜찮아요." 찰리는 서둘러 말하고 어머니에게 입을 맞췄다. "동생들이 오면 제 인사를 대신 전해주세요." 그가 밖으로 나가자 레니가 뒤를 따랐다.

두 사람은 비좁고 활기차고 밝은 불이 켜진 부엌 50개 정도를 말없이 지나갔다. 갱도에서 돌아온 광부들이 차를 마시러 들어가는 바람에 여기저기서 부엌문들이 열렸다 닫혔다. 두 사람은 50채가 넘는 집 앞을 또 말없이 지나갔다. 모든 집의 앞쪽은 어두웠다. 마을의 활기는 지금도 부엌에 모여 있었다. 싸구려 석탄으로 피운 불길이 하루 종일 포효하는 곳. 마을은 이제 국영회사가 된 기업이 1930년대에 건설한 곳이었다. 정확히 똑같이 생긴 주택이 2천 채. 집 앞쪽의 마당은 모두 똑같이 공들여 가꿨지만, 정작 분주히 움직이는 곳은 뒷마당이었다. 거의 모든 집에 텔레비전 안테나가 있었다. 그리고 모든 굴뚝에서 검은 연기가 쏟아져 나왔다.

버스 정류장에서 찰리는 고개를 돌려 마을을 바라보았다. 이제 낮게 가라앉은 검은 덩어리처럼 보이는 마을에 무뚝뚝한 불빛들이 줄무늬처럼 흩어져 있었다. 그는 그 불빛들 속에서 자기 집을 찾아보려고 했다. 속으로는 자기 집은 정말 좋아하지만, 이 마을은 싫다는 생각을 했다. 마을의 모든 것이 그의 신경을 긁었다. 하지만 자기 집 부엌에 들어서는 순간, 온기가 그를 맞이했다. 그날 아침에 그는 현관 앞 계단에 서서 회색 도로 양편에 늘어선 회색 집들을 바라보았다. 볼품없는 회색 가로등과 회색 비슷한 색을 띤 산울타리, 그리고 그 너머의 회색 광산과 깔끔한 검은색 도형처럼 생긴 광산 입구.

그렇게 서서 그는 머릿속에서 설교를 늘어놓는 지겨운 목소리를 들었다. '아름다운 거라고는 하나도 안 보이네. 물건이든 건물이든 하나도 없어. 모든 게 못생기고 형편없고 촌스러워. 전부 불도저로 밀어버리고 사람들의 기억 속에서도 지워버려야 돼.' 심지어 영화관도 하나 없었다. 우체국 하나, 그리고 그 옆에 붙은 도서관 하나. 로맨스 소설과 전쟁 소설들이 거기에 비치되어 있었다. 광부들이 술을 마실 수 있는 클럽이 두 개. 그리고 텔레비전. 이것이 2천 가구의 사람들을 위한 편의시설이었다.

반면 손턴 씨는 현관 계단 앞에 서서 마을을 바라보며 자부심에 찬 미소를 지었다. 그리고 아이들에게 큰 소리로 이렇게 말했다. "너희는 이 광산촌이 옛날에 어땠는지 모르지? 상상도 안 갈 거다. 완전히 빈민가였어. 하지만 우리가 그걸 싹 바꿔놨지……. 그래, 춤을 추거나 영화를 보려면 돈커스터까지 가야겠지. 너희가 생각하는 거라곤 그런 것뿐이니까. 이 모든 걸 너무 당연하게 생각해. 우리 때는……."

그래서 찰리는 집에 올 때 이 마을에 대한 신랄한 비판이 입 밖으로 나오지 않게 주의했다. 무엇보다도 아버지에게 상처를 입힌다면 자신이 참을 수 없을 것 같았다.

젊은 광부들이 버스를 타러 왔다. 어깨를 말쑥하게 재단한 옷을 입고, 모자를 비스듬하게 쓰고, 어깨에 스카프를 두르고 있었다. 그들은 레니에게 인사를 건넨 뒤, 이 낯선 남자가 누구냐는 듯이 바라보았다. 레니가 말했다. "우리 형이에요." 그들은 고갯짓으로 인사하고는 재빨리 버스에 올랐다. 그들은 버스 2층으로 갔고, 레니와 찰리는 아래층 앞좌석으로 갔다. 레니는 젊은 광부들과 비슷한 모습이었다. 튼튼한 천으로 만든 모자를 쓰고 멋들어진 스카프를 두른 모습이 그랬다. 레니는 땅딸막하고 튼튼했다. 손턴 씨는 "탄광에 딱 맞는 몸"이라고 말했다. 하지만 레니는 돈커스터의 주조공장에서 일했다. 갱도에는 들어가지 않을 거라면서. 그는 어렸을 때 밤마다 아버지의 기침소리를 들었다. 그래서 갱도에는 들어가지 않을 생각이었다. 하지만 아버지에게는 이런 말을 한 적이 없었다.

레니는 스무 살이었다. 주급 17파운드를 받는 그는 3년 전부터 사귀던 아가씨와 결혼하고 싶어 했다. 하지만 큰 형이 대학을 마칠 때까지는 결혼할 수 없었다. 아버지는 지금도 막장에서 석탄을 캤다. 나이가 있으니 지상에서 일해야 마땅하지만, 막장에 들어가면 매주 4파운드를 더 벌었다. 사무실에서 일하는 누이는 교사가 되고 싶어 했지만, 집안의 여윳돈은 모두 찰리에게 들어갔다. 그가 옥스퍼드에서 공부하는 데 1년에 200파운드가 추가로 들었다. 식구들 중에 찰리를 위해 희생하지 않은 사람은 아직 학교에 다니는 여동생과 어머니뿐이었다.

버스를 탄 지 30분쯤 지났을 때, 찰리는 레니가 할 말에 대비해서 온몸에 힘을 주었다. 레니의 말에 저항해야 했기 때문이다. 하지만 집에 올 때는 생각이 달랐다. '적어도 레니하고는 이야기를 해볼 수 있을 거야. 레니한테는 솔직히 말할 수 있어.'

레니의 말투는 농담조였지만, 눈은 애정과 걱정을 담고 형의 얼굴을 살피고 있었다. "그래 무슨 일로 여기까지 와주신 거야, 찰리 형? 형이 이번 주에 온다고 했을 때 다들 얼마나 놀랐는지 알아?"

찰리는 성난 목소리로 말했다. "이제 그놈의 귀족들이라면 진저리가 나."

"응?" 레니가 재빨리 대답했다. "하지만 형이 **그 사람들**한테 신경 쓸 필요는 없잖아. 그 사람들이 형을 일부러 찔러낸 것도 아니고."

"그건 나도 알아."

"엄마 말이 맞아." 레니가 또다시 근심스러운 시선으로 조심스럽게 형을 흘깃 보며 말했다. "형 안색이 안 좋아. 무슨 일이야?"

"시험에 통과하지 못하면 어쩌지?" 찰리가 단숨에 말했다.

"응? 그게 무슨 소리야? 형은 학교에서 언제나 1등이었잖아. 언제나 최고였다고. 그런데 그런 걱정을 왜 해?"

"가끔 시험에 떨어질 것 같은 생각이 들어." 찰리가 힘없이 말했다. 하지만 그런 생각에 너무 빠져들지 않은 것이 다행이라는 생각이 들었다.

레니는 형을 다시 살펴보았다. 이번에는 숨기지 않고 솔직하게. 그리고 어깨를 으쓱했다. 하지만 그 모습은 어쩌면 다가올 수도 있는 패배 앞에서 어깨를 웅크리는 것에 가까웠다. 그는 커다란 두 손을 무릎 위에 놓고, 웅크린 모습으로 앉아 있었다. 비판이 섞인 미소를 살짝 띠면서. 찰리를 비판하는 것이 아니었다. 절대로. 인생을 비판하는 미소였다.

찰리는 죄책감 때문에 고통스럽게 뛰는 심장을 안고 이렇게 말했다. "상황이 그렇게 나쁘지는 않아. 난 시험에 통과할 거야." 그의 내면에 자리 잡은 적이 부드럽게 말했다. '난 통과할 거야. 그리고 어느 출판사에서 다른 코흘리개들이랑 세련된 일을 하게 되겠지. 아니면 어딘가의 사무원이 되거나. 아니면 교사가 될 수도 있어. 가르치는 데는 재주가 없지만 그게 무슨 문제야? 아니면 기업체의 관리직으로 취직해서 레니 같은 사람들을 부리게 될 수도 있어. 하지만 웃기는 건, 앞으로 몇 년 동안 내가 버는 돈보다 레니의 봉급이 더 많을 거라는 점이야.' 그의 오른쪽 어깨 뒤에 자리 잡은 적이 놀리듯이 종을 울리며 읊조렸다. '옥스퍼드 대 3학년인 찰리 손턴이 오늘 아침 가스가 가득 찬 원룸에서 시체로 발견되었다. 그동안 과로했다고 한다. 사인은 자연사.' 적은 무례하게 혀를 내밀고 커다란 소리를 내며 찰리를 조롱한 뒤 조용해졌다. 하지만 적은 찰리의 반응을 기다리고 있었다. 찰리도 그것을 느꼈다.

레니가 말했다. "의사한테 진찰은 받아봤어, 찰리 형?"

"응. 나더러 마음을 편안히 먹으래. 그래서 집에 온 거야."

"너무 열심히 노력하다가 죽어버리면 무슨 소용이야."

"아냐, 그렇게 심각하지는 않아. 의사는 그냥 마음을 편안히 먹으라는 말만 했어."

레니의 표정은 여전히 심각했다. 찰리는 레니가 집에 가서 어머니에게 뭐라고 말할지 알 것 같았다. "찰리 형한테 무슨 걱정이 있나 봐요." 그러면 어머니는 (얇게 저민 감자를 끓는 기름에 넣으면서) 이렇게 말할 것이다. "가끔 찰리를 보면 이렇게 고생할 필요가 있나 생각하는 것 같더라. 게다가 찰리도 네가 자기와는 달리 돈을 벌고 있다는 걸 아니까." 어머니는 레니와 조심스럽게 시선을 교환한 뒤 다시 말할 것이다. "여기에 와서 보내는 시간이 찰리에게는 힘들 거야. 모든 게 다르잖니. 그런데 여길 떠나서 그쪽에 가면 또 모든 게 다르고."

"걱정 마세요, 엄마."

"걱정 안 해. 찰리는 잘할 거야."

내면의 목소리가 걱정스럽게 물었다. '어머니가 대체로 옳다면, 마지막에 한 말도 옳겠지. **내가 정말로 잘해낼까?**'

그러자 오른쪽 어깨 뒤의 적이 말했다. '어머니는 자식에게 가장 좋은 친구지. 어머니는 그 무엇도 허투루 넘기는 법이 없어.'

작년에 찰리는 주말 동안 제니를 데리고 집에 내려온 적이 있었다. 그가 어떤 멋진 사람들과 어울리는지 궁금해하는 가족들의 호기심을 풀어주기 위해서였다. 제니는 가난한 목사의 딸로 책을 좋아했으며, 다소 깐깐한 성격이기는 해도 좋은 여자였다. 그녀는 자신이 잘난 척하지나 않을까 지켜보는 가족들 사이에서 주말 동안 복잡한 상황을 쉽게 잘 헤쳐나갔다. 나중에 손턴 부인이 손가락으로 아픈 곳을 누르며 말했다. "좋은 아가씨더라. 너한테 딱 맞는 어머니 같았어. 정말로." 이것은 제니가 아니라 찰리를 비판하는 말이었다. 찰리는 책임감 있어 보이는 레니의 옆얼굴을 부럽게 바라보며 혼잣말을 했다. '그래, 이 녀석은 남자야. 학교를 졸업했을 때 이미 남자가 됐어. 나는 아직 아기나 마찬가지지. 내가 두 살 위인데도.'

찰리는 집에 올 때마다 이 사람들, 그의 가족들이 진지하다는 것을 무엇보다 강하게 느꼈다. 반면 그가 시험에 통과할 경우 함께 어울리게 될 사람들은 진지하지 않았다. 그에게는 믿을 수 없는 사실이었다. 그에게 잔소리를 늘어놓는 내면의 목소리는 이런 생각을 매번 후딱 처리해버렸다. 오른쪽 어깨 위의 적은 그것을 수백 가지 방법으로 패러디했다. 가족들도 사실을 믿지 않았다. 그들에게 찰리는 자랑스러운 아들이었다. 하지만 찰리는 식구들의 말과 행동에서 언제나 느낄 수 있었다. 그들이 자신을 보호하고 있음을. 그들이 자신을 지켜주고 있음을. 게다가 그들은 그에게 필요한 돈을 모두 내주고 있었다. 그의 아버지는 찰리의 나이 때 벌써 8년차 광부였다.

레니는 내년에 결혼할 것이다. 벌써부터 가정을 이루고 싶다는 얘기를 하고 있었다. 하지만 찰리는 (시험에 통과한다면) 취직을 위해 이리저리 뛰어다니며 남들의 비위를 맞춰야 할 것이다. 세상에 널리고 널린 옥스퍼드대 학부 졸업생으로서.

버스가 돈커스터에 도착했다. 비가 내리고 있었다. 버스는 곧 레니의 여자친구 도린이 일하는 곳 앞을 지나갈 것이다. "넌 여기서 내리는 게 낫겠다." 찰리가 말했다. "비가 내려서 돌아가는 길이 쉽지 않을 텐데." "아냐, 괜찮아. 역까지 형을 바래다줄게."

아직 5분쯤 더 가야 했다. "나는 형이 엄마를 그렇게 대하면 안될 것 같아." 레니가 마침내 본론을 꺼냈다.

"난 어머니한테 아무 말도 안 했어." 찰리는 자기도 모르게 중산층의 목소리를 냈다. 농담할 때 빼고는 식구들 앞에서 쓰지 않으려고 주의하는 목소리였다. 레니가 놀라움과 비난이 섞인 눈으로 형을 흘깃 보며 말했다. "그래도 엄마는 다 느끼고 계셔."

"웃기는 소리." 찰리의 언성이 차츰 높아졌다. "어머니는 하루종일 부엌에 서서 식구들 변덕을 다 맞춰주잖아. 아니면 다른 집 안일을 하거나 그 망할 석탄을 들고 하루에도 몇 번씩……." 지난번 크리스마스 연휴 때 찰리는 집에 와서 어머니를 도우려고 낡은 유모차 틀에 양동이를 고정해주었다. 그런데 오늘 아침에 보니 그 유모차가 망가져서 뒷마당에 버려져 있는 것을 보았다. 양동이에 빗물이 가득 차 있었다. 아침식사를 마친 뒤 레니와 찰리는 셔츠 차림으로 식탁에 앉아 어머니를 지켜보았다. 부엌문이 뒷마당을 향해 열려 있었다. 손턴 부인은 가로세로가 각각 9인치(약 22센티미터)와 10인치(약 25센티미터)인 삽날이 달린 삽을 들고 마당의 석탄창고에서 부엌을 거쳐 거실까지 계속 왔다 갔다 했다. 한 번씩 안으로 들어올 때마다 삽 위에 석탄이 조금 담겨 있었다. 어머니가 석탄창고에서 부엌과 거실로 오가는 횟수를 찰리가 세어보니 서른여섯 번이었다. 어머니는 삽을 양손으로 잡고 창처럼 앞으로 내민 자세로 흔들림 없이 걸었다. 단호한 표정으로 미간에 힘을 주고 있었다. 찰리는 양팔에 고개를 묻고 소리 없이 웃어댔다. 하지만 나중에 레니가 경고하듯 바라보는 것을 느끼고는 어깨를 들썩이는 것을 그만두었다. 그리고 곧 아무렇지도 않은 얼굴로 고개를 들었다. 레니가 말했다. "그럼 왜 엄마한테 그렇게 구는데?" 찰리가 말했다. "난 아무 말도 안 했어." "어쨌든 엄마는 화가 났어. 형이 언제나 생각을 겉으로 드러내니까." 찰리가 아무 대꾸도 하지 않자 레니가 말을 이었다. "늙은 개한테 새로운 재주를 가르칠 수는 없어." "늙었다니! 어머니는 아직 쉰 살도 안 됐어!"

찰리는 조금 전에 하던 이야기를 이어갔다. "어머니는 노인처럼 굴고 있어. 별것도 아닌 일로 자신을 혹사하고 있다고. 일을 질서 있게 정리해서 한다면, 어머니가 지금 하는 일들을 모두 두어 시간 만에 끝낼 수 있을 거야. 아니면 한 번만이라도 우리한테 일을 시키든지."

"그럼 엄마가 남는 시간에 뭘 할 것 같아?"

"어머니 자신을 위해서 뭔가를 할 수 있겠지. 책을 읽든지, 친구들을 만나든지."

"엄마는 다 눈치채고 있어. 지난번 형이 떠난 뒤에 엄마가 울었어."

"**뭐라고?**" 찰리는 죄책감에 정신을 차릴 수 없을 지경이었다. 하지만 잔소리를 늘어놓는 내면의 목소리가 적절하게 치고 들어왔기 때문에, 찰리는 그 목소리를 통해 말할 수 있었다. "우리한테는 어머니를 무슨 하인처럼 대할 권리가 없어. 베티는 음식이 맛이 있네 없네 떠들어대고, 아버지는 이런 음식이 싫네 좋네 잔소리를 늘어놓는데 어머니는 부엌에 서서 우리 비위를 맞춰주잖아. 하인처럼."

"어젯밤에 고기에 기름이 붙은 게 싫다고 엄마 거랑 바꾼 사람이 누구더라?" 레니가 말했다. 웃는 얼굴이었지만 나무라는 기색이 역력했다.

"그래, 나는 다른 식구들이랑 똑같이 굴었을 뿐이야." 찰리가 말했지만, 마치 거짓말을 하는 것 같았다. "그런 모습을 보면 내가 화가 나거든." 이번에는 진심 같았다. 그리고 타이르듯이 말을 이었다. "마을 여자들은 전부 그런 걸 당연하게 받아들이고 있어. 누군가가 여자들의 일을 질서 있게 정리해서 여자들이 가끔 반나절 정도 쉴 수 있게 해줘도 여자들은 그걸 모욕으로 받아들이겠지. 일을 그만두질 못해. 어머니를 봐. 어머니는 일주일에 두세 번씩 돈커스터에 와서 과자 포장하는 일을 하잖아. 그런데 따지고 보면 돈을 버는 게 아니라 오히려 손해를 보고 있어. 버스비를 내야 하니까. 그래서 내가 어머니한테 그런 얘기를 했더니 어머니는 '나도 밖에 나가서 바람을 좀 쐬고 싶어서 그래'라고 하는 거야. 바람을 쐬다니! 망할 공장에서 과자 포장하는 일이나 하면서. 하루 저녁 시내에 나가서 좀 즐겁게 놀아도 되잖아. 과자를 포장하는 노동을 하면서 어떻게든 대가를 치러야 한다는 생각 같은 건 하지 말고. 게다가 그 일을 하면서 오히려 손해를 보고 있는데. 도무지 말이 안 돼. 여자들도 사람이야, 안 그래? 그냥……."

"그냥 뭐?" 레니가 화를 내며 물었다. 찰리의 장광설을 듣는 동안 그의 입술에는 점점 힘이 들어가고, 눈은 가늘어졌다. "역에 다 왔네." 그가 다행이라는 듯이 말했다. 두 사람은 젊은 광부들이 소란스레 차에서 내릴 때까지 기다렸다. "버스 정류장까지 내가 바래다줄게." 찰리가 말했다. 두 사람은 어둡게 번들거리는 더러운 도로를 건너 맞은편 버스 정류장으로 갔다. 레니를 도린으로 다시 데려다줄 버스가 서는 곳이었다.

"우리는 변하지 않을 거야, 찰리 형."

"누가 변하래?" 찰리가 흥분한 목소리로 말했다. 하지만 벌써 버스가 와서 레니가 차에 오르고 있었다. "힘든 일이 생기면 편지로 알려줘." 레니가 말했다. 그리고 종소리가 나면서 레니의 얼굴이 사라졌다. 불을 밝힌 버스가 가랑비 내리는 어둠 속으로 흡수되는 것 같았다.

런던행 기차가 올 때까지 30분이 남아 있었다. 찰리는 어깨에 빗물을 매단 채로 주머니에 양손을 넣고 서서 동생을 뒤따라가 해명해야 하는지 고민했다. 하지만 무엇을 해명한단 말인가? 찰리는 도로를 뛰어서 건너, 역 근처 주점으로 갔다. 찰리와 레니를 모두 잘 아는 아일랜드 사람이 경영하는 술집이었다. 이제 막 문을 열었기 때문에 아직은 손님이 한 명도 없었다.

"너구나." 술집 주인 마이크가 이쪽에서 청하지도 않았는데 맥주잔을 건네며 말했다. "네, 저예요." 찰리는 등받이 없는 의자에 걸터앉았다.

"그래, 공부는 많이 했어?"

"세상에, **설마요**!" 찰리가 말했다. 마이크가 어리둥절해서 눈을 깜박거리자 찰리는 재빨리 말을 이었다. "여길 왜 이렇게 화려하게 꾸몄어요?"

원래 주점 내부는 어두운색 나무로 마감되어 있었다. 볼품없지만 편안했다. 하지만 지금은 밝은색 벽지 여섯 종류와 빛나는 페인트가 벽을 장식하고 있었다. 찰리의 위장이 다시 꿈틀거리고 눈에 빛이 가득해졌다. 그는 팔꿈치에 힘을 줘서 몸을 지탱하며 두 주먹 위에 턱을 내려놓았다.

"젊은 애들이 이런 걸 좋아해." 마이크가 말했다. "하지만 이 옆집은 옛날 모습 그대로 남겨뒀어."

"그럼 간판이라도 하나 붙여두어야죠. '나이 먹은 사람은 이쪽으로'라고. 그래야 나도 어느 쪽으로 가야 하는지 알 것 아니에요." 찰리는 조심스레 고개를 들고 눈을 가늘게 떴다. 서로 전혀 어울리지 않는 색깔의 벽지들과 반짝이는 페인트를 시야에서 몰아내기 위해서였다.

"너 안색이 나쁘네." 마이크가 말했다. 그는 작고, 둥글둥글한 사람이었다. 성격은 술에 적당히 취해서 유쾌해진 사람 같았고, 찰리처럼 두 종류의 목소리를 낼 수 있었다. 적들에게, 그러니까 그가 친구로 생각하지 않는 모든 영국인(이 주점의 단골이 아닌 사람들)에게 그는 아일랜드 사투리를 일부러 과장되게 사용했다. 그가 이런 태도를 고집할 때마다 정치적인 논쟁이 벌어졌고, 그는 그것을 즐거워했다. 하지만 찰리처럼 친구라고 생각하는 사람들에게는 굳이 골치 아프게 굴지 않았다. 그가 말했다. "놀지는 않고 너무 공부만 하는 것 아니야?"

"맞아요." 찰리가 말했다. "그렇지 않아도 병원에 갔어요. 의사가 강장제를 처방해주면서, 나더러 기본적으로 건강한 몸이라고 하더라고요." 찰리가 상류층 영국인인 의사의 목소리를 흉내 내자 마이크가 즐거워했다.

마이크는 찰리의 장난을 인정한다는 뜻으로 한쪽 눈을 찡긋했지만, 직업상 항상 즐거운 표정을 지어야 하는 그의 얼굴은 여전히 심각했다. "너무 한꺼번에 기운을 다 쓰려고 하지 마." 그가 진심으로 주의를 주었다.

찰리는 웃음을 터뜨렸다. "의사랑 똑같은 말을 하시네요. 너무 한꺼번에 기운을 다 쓰지 말라고 했거든요. 의사가."

이번에는 그가 앉은 의자와 의자 밑의 바닥이 그에게서 멀어지고, 반짝이는 천장이 아래로 늘어졌다. 그리고 그의 눈앞이 캄

캄해지더니 다시 밝아지지 않았다. 찰리는 눈을 꾹 감고 바를 꽉 잡았다. 그리고 여전히 눈을 감은 채로 농담처럼 말했다. "문화 충돌 때문이에요. 그래서 그래요. 현기증이 나네요." 하지만 눈을 뜨고 마이크의 얼굴을 보니, 자신이 이 말을 실제로 입 밖에 내지 않았음을 알 수 있었다.

그가 소리 내어 말했다. "사실 의사 말이 옳았어요. 좋은 뜻에서 한 말이니까. 그런데요 마이크, 난 해내지 못할 거예요. 실패할 것 같아요."

"뭐, 그런다고 세상이 끝나는 건 아니잖아."

"**세상에**, 내가 그래서 아저씨를 좋아한다니까요. 인생을 넓게 바라보시니까."

"금방 올게." 마이크가 손님을 맞으려고 가면서 말했다.

일주일 전 찰리는 등사기로 찍은 전단을 손에 쥐고 의사를 찾아갔다. 전단에는 '학부생들의 신경쇠약 증가에 대한 보고서'라는 제목이 적혀 있었다. 찰리는 제목 아래의 본문 중 다음 부분에 밑줄을 그었다.

노동계층과 중하층 가정 출신으로 장학금을 받는 학생들이 특히 취약하다. 그들에게 학위는 몹시 중요하다. 또한 그들은 낯선 중산층 관습에 적응하느라 끊임없이 스트레스를 받는다. 그들은 기준의 충돌과 문화적 충돌의 희생자이며, 자신의 출신 계급과 새로운 환경 사이에서 갈팡질팡하고 있다.

서른 살 안팎의 젊은 의사는 대학 당국이 학업과 개인적인 고민, 그리고 문화적 충돌 문제(찰리의 냉소적인 제2의 자아가 이 부분을 지적하며 즐거워했다)에 대해 조언해줄 수 있는 아버지 같은 인물이라며 추천해준 사람이었다. 그는 찰리가 들고 온 전단지를 흘깃 훑어보고는 다시 건네주었다. 그 전단지는 그가 작성한 것이었다. 물론 찰리도 그 사실을 알고 있었다. "시험이 언제죠?" 의사가 물었다. '바로 본론으로 들어가는구나. 어머니랑 똑같아.' 찰리의 어깨 뒤에서 악의적인 목소리가 말했다.

"다섯 달 남았습니다. 그런데 공부도 안 되고, 잠도 안 와요."

"언제부터요?"

"조금씩 증세가 나타났습니다." '태어났을 때부터 줄곧.' 어깨 뒤의 목소리가 말했다.

"물론 내가 진정제와 수면제를 처방해줄 수 있습니다만, 그것으로는 진짜 문제를 건드릴 수 없습니다."

'그러니까, 여러 계층이 이렇게 부자연스럽게 뒤섞여 있는 것 말이지? 이런 건 소용없어. 사람이란 모름지기 자기 분수를 알고 자기 자리에 딱 붙어 있어야 돼.' "그래도 수면제가 좀 필요할 것 같습니다."

"여자친구가 있습니까?"

"두 명 있습니다."

의사는 세속적인 사람처럼 공감하는 기색을 조금 보여주다가 미소를 싹 지우고 말했다. "한 명만 사귀는 게 낫지 않을까요?"

'둘 중 누구를? 엄마 같은 여자, 아니면 사랑스럽게 섹스하는 여자?''그래야 할 것 같기도 하네요."

"내가 정신과의사를 소개해줄 수도 있습니다…… 그러니까, 학생이 싫어하지 않는다면요." 의사가 황급히 덧붙였다. 찰리의 제2의 자아가 찰리의 입술을 통해 폭발하듯 박장대소하며 이렇게 말했기 때문이다. "그 돌팔이들이 아는 건 나도 다 압니다." 그는 포효하듯 웃어대며 양다리를 위로 차올렸다. 그 서슬에 재떨이가 빙글빙글 돌았다. 찰리는 웃으면서 재떨이를 지켜보았다. '그래, 내 어깨 뒤에 앉아 있는 게 역시 유령이었어. 난 절대 저 망할 재떨이를 건드리지도 않았다고.'

의사는 재떨이가 빙글빙글 돌면서 가까이 올 때까지 기다리다가 발로 재떨이를 멈추고 손으로 들어 다시 책상 위에 올려놓았다. "그런 기분이라면 정신과의사를 만나는 의미가 없겠군요."

'나한테는 이미 미지의 영역 같은 건 존재하지 않아.'

"자, 그럼, 어디 보자, 최근에 가족을 만난 적이 있습니까?"

"지난 크리스마스 때요. 가족을 만나기 싫어서가 아니라, 거기서는 공부를 할 수 없기 때문입니다." '노조 회합과 텔레비전 소리와 돈커스터의 영화관들 속에서 한번 공부해봐요. 직접 해보시라고, 의사선생. 게다가 식구들이 마음을 상하지 않게 조심하는 데 가진 기운을 죄다 써야 하는 판인데. 실제로 나 때문에 식구들 마음이 상하니까. 이봐요, 의사선생, 나처럼 장학금을 받고 대학에 온 사람들이 계층을 뛰어넘을 때 고통받는 건 내가 아니라 식구들이에요. 나는 돈 덩어리거든. 게다가…… 당신이 논문을 하나 써봐요. 나도 읽고 싶으니까…… 제목은 "노동계층이나

중하층 출신 장학금 학생의 존재가 식구들에게 항상 그들이 무지하고 문화도 모르는 시골뜨기들이라는 사실을 일깨워주는 현상의 장기적인 효과"라고 하면 되겠네. 그거 논문 주제로 어때요, 의사선생? 이런, 나도 그런 논문을 하나 쓸 수 있겠는걸.'

"나라면 며칠 집에 다녀오겠습니다. 거기서는 절대 공부하려고 하지 마세요. 영화관에도 가고, 잠도 자고, 맛있는 것도 먹고, 식구들이 호들갑을 떨게 내버려두세요. 이 처방을 실천한 다음에 다시 오세요."

"감사합니다, 선생님. 그렇게 할게요." '당신도 좋은 뜻에서 하는 말이지.'

마이크가 돌아와 보니 찰리가 동전 하나를 빙빙 돌리고 있었다. 너무 열심히 돌리느라 마이크가 돌아온 것을 알아차리지도 못했다. 찰리는 먼저 오른손을 이용해서 동전을 시계 반대 방향으로 돌리다가, 그다음에는 왼손을 이용해서 시계 방향으로 돌렸다. 오른손은 야유를 퍼부어대는 제2의 자아를 대변했다. 왼손은 합리적인 잔소리를 늘어놓는 내면의 목소리였다. 왼손이 오른손보다 훨씬 더 오랫동안 동전을 반짝반짝 돌릴 수 있었다.

"양손잡이야?"

"네, 처음부터요."

마이크는 찌푸린 얼굴로 이를 악물고 동전 돌리기에 집중하는 청년을 지켜보았다. 그리고 얼마 뒤 손도 대지 않은 맥주잔을 치우고 위스키 더블 한 잔을 따라주었다. "이거 마시고 기차에서 한숨 자."

"고마워요, 마이크. 고마워요."

"지난번에 데려온 여자친구 괜찮던데."

"그녀랑은 싸웠어요. 아니, 그녀한테 절교당했죠. 그럴 만도 했고요."

의사를 만난 뒤 찰리는 제니를 곧바로 찾아갔다. 그가 의사와 나눈 이야기를 조롱하듯 말해주는 동안 제니는 가만히 앉아서 심각하게 들었다. 찰리는 이어서 계급에 대해 자신이 가장 좋아하는 이론을 늘어놓으며, 어디서든 중산층으로 태어난 사람은 그 무신경함과 둔감함을 도무지 고치지 못한다고 역설했다. 그가 이 이론을 들려준 사람은 제니가 유일했다. 그녀가 한참 만에 말했다. "가서 정신과의사를 좀 **만나봐**. 모르겠어? 이건 너무하잖아."

"누구한테? 나한테?"

"아니, 나한테. 나한테 그런 얘기를 고래고래 떠들어봤자 무슨 소용이야? 그런 얘기는 정신과의사한테 가서 해."

"**뭐**?"

"봐, 이제 너도 알겠지? 넌 항상 나한테 네 이론을 쏟아놓기만 하잖아. 넌 나를 이용하고 있어, 찰스." (그녀는 그를 항상 찰스라고 불렀다.)

그녀가 진짜로 하고 싶은 말은 이거였다. "넌 나랑 사랑을 나눌 생각은 안 하고 왜 만날 이론만 이야기해?" 찰리는 제니와 사랑을 나누는 것을 별로 좋아하지 않았다. 그녀가 점점 신랄하게 비난하는 듯한 태도를 보이면 의무감에 억지로 할 뿐이었다. 그의 다른 여자친구도 그는 별로 좋아하지 않았다. 키가 크고 산뜻한 중산층 출신 여자 샐리. 그녀는 그를 놀리듯이 '우리 찰리'라고 불렀다. 그는 제니의 방을 나와 문을 쾅 닫은 뒤 샐리에게 가서 억지로 그녀의 침대로 기어 들어갔다. 샐리와의 섹스는 매번 그가 그녀를 천천히 차갑게 굴복시키는 행위였다. 그날 밤 그녀가 마침내 얌전히 그의 밑에 눕게 되었을 때 그가 말했다. "힘든 노동으로 굳은살이 박인 노동계급의 아들이 결코 억누를 수 없는 사내다움으로 유복한 계급의 아름다운 딸을 얻는다. 그녀 또한 그것을 좋아하지 않는가."

"그럼, 나도 좋아하지, 우리 찰리."

"난 기가 막힌 섹스 심벌일 뿐이야."

"음." 벌써 침착해진 샐리가 찰리에게서 몸을 빼내며 중얼거렸다. "나도 너한테는 섹스 심벌일 뿐이잖아." 그리고 그녀는 반항적으로 말을 덧붙였다. "나야 전혀 상관없지만." 그녀가 사실은 그 점에 신경을 쓰고 있으며, 이 모든 것이 찰리의 잘못임을 드러내는 말이었다.

"샐리, 난 너의 그 아름다운 솔직함이 좋아."

"나한테서 마음에 드는 점이 그거야? 날 억눌러서 굴복시킬 때의 짜릿함을 좋아하는 줄 알았는데."

찰리는 마이크에게 말했다. "지난 몇 주 동안 나는 주위의 아는 사람들과 전부 싸웠어요."

"식구들하고도 싸웠어?"

"**아니요**." 찰리는 그럴 리가 있느냐는 얼굴로 대답했다. 아직도 주위 풍경이 빙빙 도는 것처럼 느껴졌다. "설마요." 찰리의 말투가 변했다. 고마워하는 말투였다. 그가 성급하게 말을 이었다. "어떻게 그럴 수가 있어요? 식구들한테는 내가 생각하는 걸 그대로 말할 수 없어요." 그는 자기가 이 말을 정말로 소리 내어 말했는지 확인하려고 마이크를 바라보았다. 그렇게 말한 모양이었다. 마이크가 말했다. "그럼 너는 내 기분을 이해하겠구나. 난 이 더러운 나라에서 30년 동안 살았어. 건방진 네놈들이 내 생각을 절반이라도 알아차린다면……."

"거짓말. 아저씨는 언제나 생각을 그대로 말하잖아요. 크롬웰에서부터 맥주와 여닫이창에 이르기까지. 아저씨는 그냥 넘어가는 법이 없어요. 하지만 그런 말을 해도 아저씨가 손해를 볼 건 없으니까."

"너는 다르다고?"

"네. 이 세상은 정상이 아니에요. 얼마나 황당한지 아세요, 마이크? 우선, 우리 아버지는 노동계급의 기둥이에요. 노동당, 노조 등등. 그래서 나는 지난 학기에 내가 어떤 운동에 동참했는지 말하지 않으려고 조심했어요. 아버지는 영국이 유색인종 외국인들을 멋대로 휘두르는 걸 **지금도** 당연하다고 생각해요."

"너희는 대단한 민족이야." 마이크가 말했다. "하지만 그게 너 개인의 잘못은 아니지. 그러니까 그거 쭉 마셔. 한 잔 더 줄게."

찰리는 스카치를 마시고, 두 번째 잔을 잡아당겼다. "내 말이 무슨 뜻인지 모르겠어요?" 흥분해서 그의 목소리가 점점 높아졌다. "세상이 **정상이 아니라는 걸** 모르겠느냐고요? 우리 어머니

얘기를 해볼까요? 이모가 편찮으셔서 아무래도 돌아가실 것 같 대요. 이모네 애들이 둘인데 어머니가 그 애들을 다 데려올 거예 요. 말썽쟁이들이에요. 세 살이랑 네 살. 애들을 처음부터 키우는 거나 마찬가지라고요. 어머니는 그게 무슨 대수냐는 식이에요. 누구든 곤란한 사람이 생기면, 어머니는 항상 호구처럼 굴죠. 그 러면서 뭐라고 하는지 아세요? '저 청소년 범죄자들은 정신을 잃 을 때까지 흠씬 패줘야 돼.' 신문에서 읽은 그대로 말하는 거예 요. 어머니가 나한테 그런 소리를 해도 나는 아무 말도 안 해요. 전부 똑같은 사람들이에요."

"그래, 그렇지만 네 힘으로 세상을 바꿀 수는 없잖아, 찰리. 그 러니 술이나 마셔."

바를 따라 몇 피트 떨어진 자리에 서 있는 남자의 주머니에서 신문이 삐죽 나와 있었다. 마이크가 그 남자에게 말했다. "신문 좀 잠깐 빌려 봐도 되겠습니까?"

"좋을 대로 하세요."

마이크는 신문을 돌려 뒷면을 살폈다. "오늘 내가 5파운드를 걸었거든. 그런데 잃었어. 아주 멋진 말이었는데 돈을 잃었다고."

"잠깐만요." 찰리가 신문을 돌려 앞면이 나오게 하면서 들뜬 목소리로 말했다. '옷장 살인사건 재검토'라는 제목이 보였다. "보셨죠?" 찰리가 말했다. "내무부 장관이 범인한테 한 번 더 기 회를 주겠대요. 사건을 재검토하겠다면서."

마이크가 차가운 얼굴로 말했다. "그렇군."

"그러니까 내 말은, 아직은 인간적인 품위가 조금 남아 있다는 거예요. 이 사건을 재검토해볼 수 있다는 건, 사람들이 적어도 어떤 부분들에 대해서는 아직 **신경을 쓰고 있다**는 증거라고요."

"내 눈에는 전혀 그렇게 보이지 않는데. 이건 영국과 영국이 대립하고 있는 거야. 다들 공정한 규칙을 말하지만, 그래도 평소처럼 가난한 놈들을 정해진 날짜에 목매달아 죽일걸." 마이크는 신문을 뒤집어 경마 소식을 유심히 살폈다.

찰리는 시야가 맑아지기를 기다리면서 바를 한 손으로 짚고 몸을 지탱했다. 그리고 두 번째 스카치 더블을 마셨다. 그는 1파운드 지폐를 바 위에 놓고 밀면서, 원래 이것으로 사흘을 버텨야 한다는 사실을 떠올렸다. 게다가 제니와 싸웠으니 런던에는 그가 머무를 집도 없었다.

"아냐, 내가 너한테 한턱내는 거야." 마이크가 말했다. "내가 술을 권했잖아. 널 만나서 반가웠다, 찰리. 세상의 죄를 너 혼자 어깨에 짊어지려고 하지 마. 그래봤자 아무 소용이 없으니까. 그렇지?"

"크리스마스 때 봐요, 마이크. 고마워요."

찰리는 조심스레 빗속으로 걸어 나갔다. 그날 밤 기차에서는 혼자 고독을 즐길 여건이 되지 않았으므로, 그는 승객이 한 명만 앉아 있는 객실을 골라 구석에 앉았다. 그러고 나서 같은 객실에 있는 승객이 누군지 살펴보았다. 여자였다. 예쁜 여자라는 사실이 먼저 눈에 들어오고, 그다음에는 상류층 출신이라는 사실이 보였다. 또 다른 샐리였다. 찰리는 냉정하고 오만한 그 작은 얼굴을 보며 위험을 느꼈다. 어이, 이봐, 찰리. 그는 속으로 자신에게 말했다. 얌전히 있어. 큰일이 날지도 모르니까. 찰리는 조심스레 자리를 골라 앉았다. 위스키로 따뜻하게 달랜 속이 벌써 조금 메스꺼워지는 것 같았다. 배 바로 위쪽에, 소리 없는 스피커처럼, 허세를 부리며 을러대는 목소리가 자리 잡고 있었다. 어깨 뒤에서도 또 다른 목소리가 사역마使役魔처럼 씩 웃고 있었다. **이 둘을 반드시 서로 떼어놓아야 했다.** 찰리는 설교를 늘어놓는 목소리를 시험해보았다. '저 가엾은 여자는 아무 잘못이 없어. 저 여자는 계급제도의 희생자일 뿐이야. 자기보다 아래에 있는 사람을 먼지처럼 바라보는 걸 저 여자 본인도 어쩔 수 없다고……' 하지만 술기운이 강한 힘을 발휘하고 있었고, 사역마는 열심히 계산 중이었다. '예쁜 여자이긴 한데, 날 동하게 만들 정도는 아니야. 내 옷차림도 아무 문제없고, 머리도 단정하지. 그래도 저 여자를 경계하게 하는 분위기가 있어. 저 여자는 내가 입을 여는 걸 본 뒤에야 마음을 정할 거야. 하지만 나는 먼저 저 여자를 손에 넣은 뒤에 말을 해야지.'

찰리는 그녀와 눈을 마주치며 신호를 보냈다. 하지만 공격적인 표정이라서 그녀가 받아들이기 힘들었다. 조금 시간이 흐른 뒤 그녀가 그에게 미소를 지었다. 그는 알아들을 수 없을 정도로 거친 말투를 쓰며 그녀에게 말했다. "거 창문 올릴까요? 비며 바람이며 거 참."

"네?" 여자가 날카로운 목소리로 말했다. 놀란 표정이 너무 솔직하게 드러난 얼굴이 우스워서 찰리는 웃음을 터뜨렸다. 그러고는 흠잡을 데 없는 말투로 물었다. "날이 좀 춥지요? 창문을 닫는 게 좋지 않겠습니까?" 여자는 잡지를 집어 들고 그를 무시했다. 하지만 그는 계속 그녀를 지켜보며 히죽거렸다. 그녀의 깔끔한 옷깃 아래에서부터 머리카락 뿌리까지 피가 슬금슬금 몰려 올라갔다.

문이 열리더니 두 사람이 들어왔다. 부부였는데, 둘 다 얼굴과 몸이 구겨지기라도 한 것처럼 자그마했고, 런던 여행을 위해 가장 좋은 옷을 차려입고 있었다. 두 사람은 끙끙거리며 여행가방을 끌고 들어와 소란을 피워서 미안하다고 중얼거렸다. 두 젊은이가 자기들보다 우월해 보였기 때문이다. 부인이 구석에 자리를 잡은 뒤 찰리를 흔들림 없이 바라보았다. 찰리는 속으로 생각했다. '속이 깊은 사람이 속이 깊은 사람을 알아보는 법이지. **저 여자**는 내 됨됨이를 알아봤어. 번드르르한 겉모습에 속지 않아.' 그의 생각이 옳았다. 곧 그녀가 친숙한 사람에게 하듯이 말을 걸어왔다. "창문 좀 대신 닫아주실래요? 확실히 보기 드물게 추운 밤이네요."

찰리는 창문을 위로 올려 닫으며 상류층 아가씨에게는 눈길을 주지 않았다. 그녀는 잡지 뒤에 몸을 숨기고 있었다. 부인이 빙긋 웃었다. 남편도 빙긋 웃었다. 그녀가 청년을 편안하게 대했기 때문이다.

"편안해요, 아빠?" 부인이 물었다.

"괜찮아." 남편이 평소에 불평을 많이 하는 사람처럼 냉정한 목소리로 말했다.

"발을 내 옆으로 올려요."

"괜찮다니까." 남편이 대범하게 말했다. 하지만 곧 아내의 호의를 받아들여, 구두끈을 풀고, 지나치게 새 것인 구두 안에서 발을 편안하게 됐다가 아내 옆 좌석에 올려놓았다.

아내는 모자를 벗고 있었다. 볼품없는 회색 펠트 모자로, 앞에 분홍색 장미가 달려 있었다. 찰리의 어머니도 딱 저렇게 생긴, 점잖음의 상징 같은 모자를 갖고 있었다. 대략 1년에 한 번씩 할인 행사 때 그런 모자를 구입했다. 어머니의 모자는 항상 파란빛이 도는 펠트에 리본 조각이나 거친 망사가 장식된 형태였다. 어머니는 그 모자를 쓰지 않고 밖에 나가느니 차라리 죽는 편이 낫다고 생각하는 사람이었다.

부인이 손가락으로 머리카락을 만졌다. 반백으로 변하고 있는 가느다란 머리카락이었다. 그 머리카락 사이로 분홍빛을 띤 깨끗한 두피가 들여다보이는 것을 보고 찰리는 이유를 알 수 없는 격렬한 분노를 느꼈다. 찰리 본인도 깜짝 놀라서 다시 자아의 목소리를 불러내, 설교를 늘어놓게 했다. '이 섬나라의 노동계급 여자들은 가정 내에서 중산층 여자들보다 지위가 높다. 어쩌고저쩌고⋯⋯.' 그가 얼마 전에 읽은 기사의 내용이었다. 그는 그 기사 내용을 계속 떠올리다가, 자아의 목소리가 노골적으로 이죽거리고 있음을 깨달았다. '노동계급 아내들은 가정의 감정적인 보루일 뿐만 아니라, 생계 또한 책임지고 있는 경우가 많지. 밤에 과자를 포장하는 일 같은 걸 하면서. 스스로 즐기기 위해서 땀 흘려 노동하는 거야. 몇 시간 정도 그 행복한 가정에서 벗어날 수만 있다면 뭐든 좋으니까.'

안에서 잔소리를 늘어놓는 목소리와 밖에서 위험하게 이죽거리는 목소리가 이렇게 하나로 합쳐진 것에 찰리는 겁을 먹고 황급히 혼잣말을 했다. "이건 술 때문이야. 그러니 제발 입 좀 닥치고 있어."

부인이 그에게 물었다. "괜찮아요?"

"네, 괜찮습니다." 그가 조심스럽게 말했다.

"런던까지 가나요?"

"네, 런던까지 갑니다."

"긴 여행이네요."

"네, 긴 여행이죠."

이렇게 찰리가 상대의 말을 그대로 받는 대화가 이어지자 상류층 아가씨가 잡지를 내리고 경멸이 섞인 날카로운 시선으로 찰리를 훑어보았다. 얼굴이 이제는 매끈한 분홍색을 띠고 있었고, 작은 분홍색 입술은 그에게 판정을 내리고 있었다.

"입술이 장미 봉오리 같네요." 찰리는 자기 입에서 이런 말이 나왔다는 사실에 경악했다.

아가씨가 잡지를 홱 올렸다. 남편이 날카로운 시선으로 찰리를 바라보았다. 자기가 그의 말을 제대로 들은 건지 확인하려는 것 같았다. 그러고는 어떻게 하면 좋겠느냐는 듯이 아내를 바라보았다. 아내가 미심쩍은 표정으로 찰리를 바라보았다. 찰리는 그녀에게 천천히 필사적으로 윙크를 했다. 부인은 그것을 받아들이고 남편에게 고개를 끄덕였다. '남자들은 철이 들 줄 모른다'는 뜻이었다. 두 사람 모두 잡지의 반짝이는 표지를 조심스레 흘깃 보았다.

"우리도 런던까지 가요." 부인이 말했다.

"런던까지 가시는군요."

그만해. 찰리는 속으로 말했다. 자기 얼굴이 멍청하게 히죽 웃고 있는 것이 느껴졌다. 입안의 혀도 둔해졌다. 그는 눈을 꾹 감고, 또 다른 자아를 불러내려고 애썼다. 하지만 배 속이 꾸르륵거리고 있었다. 그는 마음을 진정시키려고 담배에 불을 붙이면서 자신의 손을 지켜보았다. "학식 높은 청년의 하얗고 섬세한 손이 많이 상했구나." 귓가에서 어떤 목소리가 부드럽게 말했다. 찰리는 니코틴 물이 든 손가락 사이에 천박한 사람들의 버릇을 흉내 내듯이 끼워져 있는 담배를 보았다. 찰리는 그 자세로 담배를 피우며, 정중하고 냉소적인 미소를 내내 짓고 있었다.

그는 겁에 질렸다. 이러다 의자에서 미끄러져 떨어질 것 같다. 더 이상 자신을 어쩔 수 없었다.

"런던은 큰 도시죠. 그곳에 익숙지 않은 사람들한테는." 부인이 말했다.

"그래도 기분전환에는 좋습니다." 찰리는 엉뚱한 말을 하지 않으려고 안간힘을 썼다.

부인은 마침내 정상적인 대화를 할 수 있게 된 것이 기뻐서 추레하고 늙은 머리를 가죽 머리받이에 기대며 말했다. "그래요, 기분전환에는 좋죠." 반짝이는 가죽 표면이 찰리의 시야를 혼란스럽게 만들었다. 그는 잡지 쪽을 흘깃 보았지만, 역시 반짝이는 잡지 표지가 그의 눈동자를 공격하는 것 같았다. 그는 더러운 바닥을 내려다보며 말했다. "사람이 가끔 기분전환을 하는 건 좋은 일이죠."

"맞아요. 내가 남편한테도 항상 그런 말을 한다니까요. 그렇죠, 아빠? 가끔 일상에서 벗어나는 게 우리한테 좋다니까요. 우리 딸이 결혼해서 스트레텀에 살아요."

"가족의 유대라는 건 위대하죠."

"맞아요. 하지만 귀찮을 때도 있지." 남편이 말했다. "누가 뭐라든, 그래요. 결국 따지고 보면 그렇다고." 남편은 말을 멈추고 고개를 한쪽으로 기울이며 토론을 할 때처럼 찰리의 반응을 기다렸다.

찰리가 말했다. "그건 부정할 수 없는 사실이죠. 누가 뭐라든, **그건** 의심의 여지가 없는 사실입니다." 찰리는 남편이 어떤 대답을 할지 흥미롭게 기다렸다.

부인이 말했다. "맞아요. 하지만 내가 보기에는 가끔 평소의 자신에서 **벗어나야** 할 것 같아요."

"다 좋은 말이야." 남편이 만족스럽지만 툴툴거리는 것 같은 말투로 말했다. "하지만 그러려면 우선 돈이 있어야 돼."

"힘들게 번 돈을 기분 좋게 쓰지 않으면 무슨 소용이겠습니까?" 찰리가 현명하게 말했다.

"바로 그거예요." 부인이 들뜬 목소리로 말했다. 늙은 얼굴에 생기가 돌았다. "내가 아빠한테 말하는 게 그거예요. 가끔 자신을 풀어줄 줄 모른다면, 열심히 사는 게 무슨 소용이겠어요?"

"그렇죠. 안 그래도 힘든 인생인데." 찰리는 잡지가 천천히 아래로 내려가는 것을 지켜보았다. 이제 잡지가 좌석 위에 깔끔하게 놓여 있었다. 아가씨는 갈색 장갑을 낀 작은 두 손을 황갈색 트위드 천으로 덮인 무릎에 놓고 찰리를 빤히 바라보고 있었다. 그녀의 파란 눈이 그를 향해 반짝이자 그는 재빨리 시선을 피했다.

"음, 그 말이 옳다는 건 나도 알아." 남편이 말했다. "하지만 자신을 풀어줄 때 풀어주더라도, 멈출 때를 알아야 되는 법이야."

"맞습니다." 찰리가 말했다. "정말 옳은 말씀이에요."

"어떤 사람들은 걱정할 필요 없겠지." 남편이 말했다. "그건 나도 알지만, 가끔 자신을 풀어주기 전에 먼저 생각을 해봐야 돼. 내 생각은 그래요."

"하지만 아빠, 당신도 그런 걸 즐거워하잖아요. 조이스의 집에 도착해서 항상 앉던 의자에 앉아 항상 쓰던 잔을 손에 쥐면."

"아." 남편이 무겁게 고개를 끄덕였다. "하지만 그건 그렇게 간단한 문제가 아니야, 그렇지? 내 말은, 거기에 일리가 있다고."

"아." 찰리는 고개를 저었다. 목이 무겁게 흔들리는 것 같았다. "하지만 미리 생각하고 움직여야 한다면, 굳이 그럴 필요가 있겠습니까? 제 말은, 우선, 의심의 여지가 없다는 겁니다."

여자는 머뭇거리며 뭔가 말하려다가 반짝이는 눈을 다른 곳으로 돌렸다. 얼굴이 차츰 붉어지고 있었다.

찰리는 강박적으로 말을 이었다. 머리가 시계인간의 두뇌처럼 돌아갔다. "당신들은 그런 생활에 익숙하죠. 제가 말하려는 게 그겁니다. **음**, 다른 문제가 하나 더 있어요. 따지고 보면, 그러니까, 둘 다 가지려면……."

"그만해요." 아가씨가 날카롭고 높은 목소리로 말했다.

"이건 원칙 문제예요." 찰리가 말했다. 이제는 머리가 빙빙 돌지 않았고, 눈에도 초점이 돌아왔다.

"당장 그만하지 않으면, 경비원을 불러서 당신을 다른 객실로 보내라고 할 거예요." 아가씨가 말했다. 그리고 터무니없는 일을 당해서 분개한 목소리로 부부에게 말했다. "이 사람이 당신들을 비웃고 있다는 걸 모르겠어요? 모르겠냐고요." 그녀는 다시 잡지를 들어 올렸다.

부부는 찰리를 미심쩍은 시선으로 바라보다가, 잘 모르겠다는 시선으로 서로를 보았다. 부인의 얼굴은 선명한 분홍색이었고, 눈은 뜨겁게 빛났다.

"난 잠이나 좀 자야겠어." 남편이 대체로 적대적인 태도로 말했다. 그러고는 발을 내리고, 고개를 젖히고, 눈을 감았다.

찰리는 "실례합니다"라고 말하고는 남자와 여자의 다리를 차례로 넘어 재빨리 통로로 나갔다. 그러면서 계속 중얼거렸다. "실례합니다, 실례합니다, 죄송합니다."

그는 통로에서 객실 벽의 나무 마감재에 등을 기댄 채 살짝 흔들리며 서 있었다. 꼭 감긴 눈에서 눈물이 흘러내렸다. 더 이상 알아들을 수 없는 단어들이 그에게서 흘러나왔다. 그의 마음속 어딘가에서 뒤엉킨 문장들이 겁에 질려 반발하듯이 줄줄 흘러나왔다.

그의 귓가에서 나무와 나무가 서로 마찰했다. 옷을 걸친 그의 살이 나무에 닿는 부드러운 소리가 들려왔다.

"그 망할 놈의 계집 때문이야. 죽여버릴 거야." 그의 횡격막에서부터 작고 조용한 목소리가 솟아났다.

그는 부인을 향해 살기를 띤 눈을 떴다. 그녀는 걱정스러운 표정이었다.

"죄송합니다." 그가 뻣뻣하게 굳어서 무뚝뚝한 얼굴로 말했다. "죄송합니다. 그런 말을 할 생각은⋯⋯."

"괜찮아요." 부인은 팔짱을 긴 채 가늘게 떨고 있는 그의 팔뚝을 빨간 두 손으로 잡았다. 그리고 그의 두 손목을 잡아 팔을 양쪽 옆구리에 부드럽게 내려놓았다. "진정해요. 괜찮아요, 괜찮아." 그녀가 말했다.

그의 살이 거부감으로 딱딱하게 굳은 것을 느낀 부인은 한 걸음 뒤로 물러섰다. 하지만 더 이상 물러나지 않고 말했다. "자, 봐요, 그렇게 흥분할 필요가 없어요, 그렇죠? 내 말은, 힘든 일도 의연하게 받아들여야 한다는 뜻이에요. 다른 방법은 없어요."

그녀는 걱정스러우면서도 확신이 있는 표정으로 그를 마주보며 기다렸다.

얼마 뒤 찰리가 말했다. "네, 맞는 말씀인 것 같아요."

그녀는 고개를 끄덕이고는 빙긋 웃으며 객실로 돌아갔다. 곧 찰리도 그 뒤를 따랐다.

두 도공

이 나라에 내가 아는 도공은 딱 한 명, 메리 토니시뿐이다. 그녀는 런던 외곽의 마을에서 교사인 남편과 함께 살고 있다. 그녀가 시내로 들어오는 일은 거의 없고, 나는 시 외곽으로 나가는 일이 거의 없으므로, 우리는 서로에게 편지를 쓴다.

도자기를 만드는 일은 내가 자주 생각하는 주제가 아니다. 그래서 늙은 도공이 나오는 꿈을 꿨을 때 내가 메리를 떠올린 것은 자연스러운 일이었다. 하지만 그녀에게 말하기가 힘들었다. 세상에는 두 종류의 사람이 있다. 꿈꾸는 사람과 꿈꾸지 않는 사람. 그런데 양쪽 모두 상대를 경멸하거나, 간신히 참아주는 경향이 있다. 메리 토니시는 다른 사람들에게서 꿈 이야기를 들을 때 이렇게 말한다. "난 평생 꿈 같은 건 꿔본 적이 없어." 그러고는 분위기를 좀 누그러뜨리려는 건지 이렇게 덧붙인다. "적어도 내가 기억하는 한은 그래. 꿈을 꿔도 원래 기억이 안 나는 거라며?"

나는 메리 토니시가 꿈을 많이 꾸는 사람인 줄 알았다. 이유는 모르겠다.

키가 크고 몸집도 큰 편인 그녀의 머리카락은 밝은 갈색이고 숱이 많으며, 눈동자도 갈색이다. 그 눈동자가 실제로는 빛나지 않는데도 왠지 빛이 머물러 있는 것 같은 느낌을 준다. 그녀의 시선은 '밝다'거나 '눈부시다'고 표현할 수 없다. 사람을 바라보는 그녀의 시선은 미소를 지을 때든 아니든 언제나 차분하며, 빛이 머물러 있는 것처럼 보인다. 홍채의 색깔 속에 빛이 붙잡혀 있는 것 같아서, 가끔 눈이 노란색으로 보일 때가 있다. 매끈한 갈색 눈썹이 그 눈을 더욱 돋보이게 한다.

커다란 몸으로 천천히 움직이는 그녀는 크고 하얀 손도 천천히 움직인다. 그녀는 또한 조용한 사람이다. 자신이 말하기보다는 남의 말을 들어주는 편이므로.

그녀의 인생은 극적인 사건의 연속이었다. 어렸을 때는 변덕스러운 부모와 수시로 이사를 다녔고, 첫 결혼은 형편없었으며, 아이는 세상을 떠났다. 그 뒤로 여러 연인을 사귀었지만 오래가지는 않았다. 그리고 물리와 생물을 가르치는 교사 윌리엄 토니시와 두 번째 결혼을 했다. 그는 행동이 빠르고, 신랄하고, 가차없고, 몸집이 작은 남자다. 메리가 이 결혼으로 낳은 세 아이는 지금 청소년기를 보내고 있다.

나는 내 의견을 전혀 끼워 넣지 않고 그녀의 사연을 여러 번 사람들에게 이야기했다. 그들이 말없이 어떤 판정을 내리는지 보기 위해서였다. 그녀가 불행한 사회부적응자일 것이라고 판단했던 사람들은 그녀를 직접 만나면 혼란에 빠진다. 그녀만큼 천성적으로 불화나 불행이 어울리지 않는 여자가 없기 때문이다.

어쨌든 겉으로는 그렇게 보인다. 그녀 본인도 그렇게 생각하는지, 다른 사람들이 자아와 충돌하는 것을 못마땅한 눈으로 바라본다. 마치 자신의 인생은 별개의 것이라는 듯이.

처음으로 도공이 등장했던 내 꿈은 간단하고 짧았다. 옛날 옛적에…… 마을 또는 정착지가 있었다. 영국은 아니었다. 그건 확실하다. 주위에 온통 햇볕에 익은 빨간 흙으로 뒤덮인 황무지만 보였으니까. 진흙을 구워서 나지막한 직사각형으로 만든 건물들 역시 불그스름한 갈색을 띠고 일정한 간격으로 서 있었다. 하지만 개중에는 지붕이 없는 건물도 있고, 무너질 것 같은 건물도 있고, 반쯤 짓다 만 건물도 있었다. 그곳에는 무엇이든 완성된 것이 하나도 없는 것 같았다. 어디를 봐도 보이는 것은 불그스름한 흙으로 뒤덮인 벌판뿐이었다. 그 벌판 한복판에 어떤 위대한 손이 젖은 진흙을 빚어 급히 세워놓은 것 같은 정착지가 방치되어 있었다. 사람이 살고 있는 것 같지 않았지만, 건물들 사이의 공터에서 어떤 노인이 혼자 발로 원시적인 물레를 돌리며 도자기를 빚고 있었다. 누런 피부에 흙먼지가 달라붙은 팔다리 위에는 거친 천으로 만든 옷이 축 늘어져 있었다. 한쪽 맨발은 나와 가까운 흙바닥 위에 놓여 있었는데, 갈라진 발가락들이 구부러진 모양으로 쫙 벌어져 있었다. 반백의 짧은 머리카락에는 노란 지푸라기 몇 개가 섞여 있었다.

이 꿈에서 깬 뒤 나는 푹 자고 일어난 개운함과 더불어 마음이 들뜨는 것을 느꼈다. 완전히 말라붙은 벌판과 흙먼지로 돌아가기 직전인 텅 빈 마을을 보고 왔는데도 그랬다. 결국 나는 자리를 잡고 앉아 메리 토니시에게 편지를 썼다. 그녀의 단조로운 목소리가 선명하게 들리는 듯했다. "음, 그것 참 흥미롭네요." 우리의 편지는 대체로 그냥 '서로 연락을 주고받는' 용도였다. 먼저나는 메리의 아이들 안부, 윌리엄의 안부를 물은 뒤 꿈 이야기를 시작했다. "이유는 잘 모르겠지만 당신이 생각났습니다. 아프리카에서 도자기를 만드는 남자를 만난 적이 있긴 합니다. 그에게 일을 맡긴 농부는 그의 재능을 알아보았습니다(그의 부족이 전통적으로 도자기 만드는 일을 했던 것 같습니다). 사람들이 농장에서 쓸 벽돌을 만들 때, 엘리야라는 이 도공은 접시와 보시기(반찬 그릇 중 하나)를 벽돌과 함께 가마에 넣었습니다. 농부는 그에게 매주 2실링쯤 추가로 보수를 주고, 그가 만든 접시들을 도시의 상인에게 팔았습니다. 엘리야는 당신과 달리 간단한 것들만 만들었습니다. 물론 물레도 없었지요. 채색도 하지 않았습니다. 그가만든 물건들은 어두운 노란색이었습니다. 그 농장에서 사용하는 흙의 색깔이 그랬으니까요. 조금 보다 보면 살짝 단조롭게 느껴집니다. 게다가 그 그릇들은 쉽게 깨졌습니다. 런던에 올 일이 있으면 전화를 주세요……."

메리는 오지 않았다. 하지만 곧 내게 도착한 편지에는 이런 추신이 붙어 있었다. "정말 흥미로운 꿈이네요. 자세히 얘기해줘서 고마워요."

늙은 도공이 또 꿈에 나왔다. 흙먼지가 날리는 불그스름한 벌판이 있고, 저 멀리서 푸르스름한 안개에 둘러싸인 산들이 벌판을 에워쌌다. 거리가 너무 멀어서 신기루나 구름이나 나지막하게 깔린 연기처럼 보일 정도였다. 정착지도 있었다. 그리고 늙은 도공이 자신이 만든 도자기 하나를 뒤집어놓고 앉아서 한 발로 흙바닥을 단단히 디딘 채, 다른 발로는 물레를 돌리고 있었다. 한 손은 진흙을 다듬어 형태를 만들고, 다른 손은 물을 뿌렸다. 나지막하게 가라앉아 무뚝뚝하게 이글거리는 햇빛 속에서 물방울들이 젖은 진흙을 향해 날아가며 반짝거렸다. 그는 지독히 나이가 많아 보였다. 색 바랜 눈동자는 저 멀리 보이는 산들과 똑같이 파란색을 띠었다. 사방에 얄팍하게 흩어놓은 노란색 지푸라기 위에서는 제각기 크기가 다른 도자기들이 줄지어 늘어서서 건조되고 있었다. 모두 둥글었다. 집들은 직사각형이고, 도자기들은 둥글었다. 나는 땅 위의 이 두 가지 형태를 바라보았다. 그러다가 집에 난 구멍을 통해 벌판을 바라보았다. 아무도 보이지 않았다. 이곳에 아무도 살지 않는 것 같았다. 그런데도 이 노인은 거기 앉아서 지푸라기 위에 수백 개나 되는 그릇들을 늘어놓고 말리면서, 커다란 물항아리에 손을 넣어 물을 흩뿌리고 있었다. 흙바닥에 떨어져 작은 곰보자국을 만드는 물방울에서 달콤한 냄새가 났다.

나는 또 메리를 떠올렸다. 하지만 이 도공과 메리 사이에는 공통점이 전혀 없었다. 이 늙고 가난한 도공 옆에는 그의 작품을 사줄 사람이 하나도 없었지만, 메리는 기묘한 색채를 띤 그릇과 물병을 런던의 대형 상점들에 팔았다. 이 늙은 도공이 메리의 작품을 보면 무슨 생각을 할지 궁금했다. 특히 내가 그녀에게서 구입한, 초록빛이 도는 노란색의 납작한 정사각형 접시에 대한 의

견이 궁금했다. 그 접시는 사실 정확한 정사각형이 아니었고, 손
가락 자국이 그대로 남아 있어서 표면도 거칠었다. 나는 치즈를
담아 내놓을 때 그 접시를 사용했다. 늙은 도공의 항아리들은 기
장이나 시큼한 우유를 담아두려고 만든 것이었다. 나는 그것을
알 수 있었다.

나는 메리에게 두 번째 꿈 이야기도 편지로 알려주었다. '뭐,
메리가 이 꿈 이야기를 듣고 지루해하거나 짜증을 낸다면, 유감
스럽지만 어쩔 수 없지.' 속으로는 이런 생각을 했다. 이번에는
메리가 전화를 걸었다. 그리고 내게 새 도자기 주문을 넣는 속도
가 느려진 상점들 중 한 곳에 직접 가주었으면 한다고 말했다.
자신의 작품이 잘 팔리지 않는 건지 알고 싶다고 했다. 메리는
또한 그 늙은 도공에게 동질감을 느낀다고 말했다. 그렇게 많은
작품이 쌓여 있는 것을 보니, 자신과 마찬가지로 작품을 사주는
사람이 없는 모양이라면서. 하지만 내가 가서 알아보니, 그 상점
은 이미 메리의 작품을 모두 판매한 뒤였다. 단지 새로 주문을
넣는 것을 깜박했을 뿐이었다.

나는 들뜬 마음으로 참을성 있게 다음 꿈을 기다렸다.

이번에는 정착지에 사람들이 있었다. 북적거릴 정도였다. 게다
가 마을의 크기도 훨씬 더 커졌다. 흐릿한 색깔의 흙으로 만든
나지막한 방들이 몇 마일이나 늘어서 있었다. 이제는 서로 독립
된 건물이 아니라, 연결된 모습이었다. 나는 연결된 방들을 돌아
다녔다. 방마다 크기가 대략 비슷했지만, 모두 비스듬한 각도로
붙어 있어서 방에 난 문 한 개, 두 개, 세 개를 열면 그만큼의 진

흙 방들이 또 나타났다. 나는 나지막하고 어두운 방들을 반 마일(약 800미터)쯤 돌아다녔다. 지붕이 없는 공간으로는 단 한 번도 나갈 필요가 없었다. 그러다 마침내 햇빛 속으로 나오자, 도공이 있었다. 그의 등 뒤에는 시장도 있었다. 하지만 빈곤한 시장이었다. 그와 똑같이 누르스름한 옷을 입은 여자들이 그가 만든 커다란 항아리에 곡식과 우유를 담아놓고, 흙먼지로 뒤덮인 사람들에게 팔고 있었다. 몸집이 작은 편인 사람들은 다소 의욕이 없어 보였다. 도공은 쨍쨍한 햇볕을 받으며 일을 계속했다. 줄줄이 늘어선 질그릇들이 반짝이는 노란색 지푸라기 위에서 말라갔다. 아주 작은 소년이 도공 옆에 웅크리고 앉아 그의 일거수일투족을 지켜보았다. 도공의 늙은 손가락이 빙빙 돌아가는 질그릇에 뿌린 물방울들이 질그릇을 지나쳐, 눈을 가늘게 뜨고 열심히 그를 지켜보는 그 작고 가난한 얼굴에 흩뿌려지는 것이 보였다. 하지만 그 작은 얼굴은 꿈쩍도 하지 않았다. 아무래도 물이 떨어진 사실을 알아차리지도 못한 것 같았다.

정착지 너머로 벌판이 펼쳐져 있었다. 그리고 그 너머로 환상처럼 흐릿하게 보이는 산이 있었다. 붉은 벌판 위에 작은 그림자들이 떠돌았다. 공중을 빙빙 돌고 있는 커다란 새들의 그림자였다.

나는 메리에게 또 편지를 썼다. 메리는 답장에서 그 노인에게 드디어 고객이 생겨서 기쁘다며, 그동안 그 노인을 걱정하고 있었다고 말했다. 그리고 이제 그가 색을 사용할 때가 된 것 같다는 말도 했다. 온통 빨간 흙만 있으니 우울하지 않겠느냐면서. 메리는 정착지에 물이 부족할 것 같다고 말했다. 내 이야기에 강은커녕 우물도 등장하지 않기 때문이었다. 물이 찰랑찰랑한 도공의 커다란 항아리에 파란 하늘과 태양과 커다란 새들이 비친다는 얘기뿐이었다. 우유와 기장만 먹는 것은 건강에 나쁘지 않을까? 메리는 여기서 엉뚱한 소리를 했다. 내가 타고난 천성 때문에 어쩔 수 없는 것 같다고. 그리고 편지는 이렇게 이어졌다. "말이 난 김에, 이제는 그 가난한 마을에도 이야기꾼이 한 명 정도 있어야 하지 않을까요? 그 가엾은 사람들의 삶이 얼마나 지루하겠어요!"

나는 이 정착지에 책임을 질 필요가 없다고 답장에 썼다. 내가 마음대로 꿈을 바꿀 수 있었다면, 마을을 에워싼 과실나무 숲과 옥수수밭, 갈색 피부의 아이들이 물장구를 치는 강을 만들어 넣었을 것이다. 그건 나도 어쩔 수 없는 일이었다. 어디든 이런 마을의 풍경이 원래 그런 법이니까.

어느 날 가게에 간 나는 메리의 작품이 진열된 선반에 둔탁하게 반짝이는 매끈한 갈색 물병과 납작하고 둥근 접시 등이 섞여 있는 것을 보았다. 윤기 나는 피부 같았다. 내 꿈속의 도공이 잘 아는 작품들이었다. 그는 이 작품들을 보더라도 전혀 놀라지 않았을 것이다. 하지만 의식적으로 단순함을 겨냥한 메리의 그릇들과 늙은 도공의 단순한 작품들은 서로 달랐다. 나는 그 작품들을 보며 생각했다. '이런 작품들은 별로일 텐데……' 하지만 이 말이 정확히 무슨 뜻이냐고 묻는다면 나는 설명하기 힘들었을 것이다. 사실 나는 그날 접시 하나와 물병 하나를 사고 몹시 기뻐했다. 메리와 늙은 도공이 내 손안의 이 작품들 속에서 하나로 연결되어 있는 것 같았다.

상당히 오랜 시간이 흘렀다. 내 꿈에 다시 나타난 그 벌판에는 사람들이 가득했다. 산들도 더 가까워졌다. 산들은 파란 하늘을 향해 더 높이 파랗게 뻗어서, 벌판을 에워쌌다. 높은 산 위에서 바라본 정착지들은 땅바닥이 살짝 융기한 곳처럼 보였다. 나는 어떻게 된 일인지 알아차렸다. 빗방울이 마른 땅에 떨어지면 땅이 살짝 패면서 흙이 솟아올라 흐릿한 무늬가 생겨난다. 그러고는 곧바로 해가 나오면 마른 흙이 작고 연약한 무늬를 만들게 된다. 내가 산에서 그것을 바라보고, 정착지라고 생각한 것이다. 융기한 채로 마른 부분들은 직사각형이었다. 벌판 전체에 작은 직사각형들이 무늬처럼 흩어져 있는 것이 보였다. 나는 산을 내려와 커다란 새들이 공중에서 빙빙 돌고 있는 곳을 지나서 내가 아는 정착지로 왔다. 도공이 앉아서 왼손으로 진흙을 둥글게 다듬고, 오른손으로는 물을 뿌리고 있었다. 모두 평소와 같았다. 나는 그곳에 앉아 도자기를 만드는 그를 보고 마음이 놓였다. 변한 것은 별로 없었다. 그렇게 오랜 시간이 흘렀는데도. 나지막하고 납작하고 단조로운 집들도 똑같았다. 하지만 사실은 내가 이곳을 마지막으로 다녀간 뒤 몇 번이나 흙으로 부서져 다시 세운 건물들이었다. 초록색 식물이나 강은 여전히 보이지 않았다. 더껑이가 앉은 개울 옆에서는 염소들이 풀을 뜯고, 드문드문 보이는 밭에서는 기장이 자랐다. 가뭄 때문에 높게 자라지 못하고, 갈색으로 시든 모습이었다. 시장에는 기장 더미와 분홍색이 도는 과일 더미가 짚으로 짠 돗자리 위에 나란히 늘어서 있었다. 내가 모르는 과일이었다. 서양자두처럼 작은 크기에 껍질이 매끈했으며, 걸쭉한 과육에서는 알싸한 맛이 났다. 분홍빛이 도는 노란색 껍질들이 흙바닥 여기저기에 흩어져 있었다. 어떤 남자가 내 옆을 지나갔다. 자루 같은 옷의 옆구리를 팔꿈치로 눌러 고정하고 살금살금 움직이며 앞에 있는 분홍색 과일을 바라보다가, 날카로운 노란색 이를 거기에 박았다.

나는 메리에게 보낸 편지에서, 그 벌판에 사람들이 더 많아졌지만 과일이 등장한 것을 빼면 상황이 그리 나아지지는 않았다고 썼다. 하지만 그 과일도 맛이 알싸해서 내 입맛에는 맞지 않았다.

메리는 답장에서 자신이 아주 숙면하는 사람이라 다행이라면서, 자기라면 그런 꿈을 꾸고 나서 우울해졌을 것이라고 썼다.

나는 전혀 우울하지 않다고 썼다. 마치 이야기꾼의 이야기를 듣는 것처럼 즐거운 마음으로 그 꿈의 세계에 들어가기 때문이다. 옛날 옛적에……

하지만 그다음 꿈은 우울했다. 나는 시장에서 늙은 도공의 옆에 서 있었다. 그런데 이번에는 그의 손도 물레도 쉬고 있었다. 그의 눈이 물건을 사고파는 사람들의 움직임을 좇았다. 그의 입에는 쓴맛이 돌았다. 그가 만든 그릇들이 그의 옆에서 따뜻하게 반짝거리는 짚자리 위에 줄줄이 놓여 있었다. 가끔 여자들이 와서 눈을 가늘게 뜨고 허리를 숙여 그릇들을 살펴보았다. 그러다 마음에 드는 그릇을 하나 골라 도공의 손에 동전을 건넨 뒤, 그릇을 어깨에 메고 갔다.

나는 도공의 마음속에 들어가 있었으므로 그의 생각을 알 수 있었다. '딱 한 번만, 신이시여, 딱 한 번만, 딱 한 번만!' 그는 물레 아래의 뜨거운 그늘 속으로 한 손을 뻗어 진흙으로 빚은 작은 토끼 하나를 꺼내놓았다. 그리고 하늘을 바라보며 꼼짝도 하지 않고 앉아 있다가, 토끼를 보면서 기도했다. '부탁입니다, 신이시여, 딱 한 번만.' 하지만 아무 일도 일어나지 않았다.

　나는 메리에게 보낸 편지에서, 그 노인이 수명이 너무 짧은 그릇들을 너무 오랜 세월 동안 만들어서 이제 지쳐버렸다고 말했다. 정착지 건물들 밑에 깔린 사금파리 조각들 덕분에 마을 지면이 20피트(약 6미터)나 높아졌을 정도였다. 모두 그의 물레에서 만들어진 그릇들이었다. 그는 진흙으로 빚은 토끼에 생명을 불어넣어 달라고 신에게 빌었다. 그 토끼가 빨간 핏줄들이 내비치는 긴 귀를 쫑긋 세우는 모습, 복슬복슬한 앞발을 그의 손바닥에 올리는 모습, 수많은 질그릇들 사이를 깡충깡충 뛰어다니며 코를 킁킁거리고 귀를 쫑긋거리는 모습을 보고 싶었다. 진흙으로 빚은 형체들 사이에서 살아 움직이는 것을.

　메리는 노인이 자기 분수를 모른다고 말했다. 그녀의 말은 거기서 끝나지 않았다. "왜 하필 **토끼**죠? 나는 **이유**를 모르겠는데요. 토끼를 어디에 쓰려고요? 염소(편지에서 그 마을에 우유가 있다고 썼죠?)와 머리 위를 맴도는 커다란 새들 외에는 그 마을에 동물이 전혀 없는 것 아세요? 토끼보다는 소가 낫지 않았을까요?"

　나는 이렇게 썼다. "꿈속에서 내가 그 마을을 마음대로 바꿀 수는 없습니다. 하지만 깨어난 뒤에는 안 될 것도 없죠. 그래요,

토끼가 노인의 손에서 흙바닥으로 깡충 뛰어내렸습니다. 코를 쫑긋거리고 온몸을 떨면서 앉아 있었죠. 토끼들이 흔히 그러잖아요. 그러다가 천천히 뛰어가서 지푸라기를 갉아먹기 시작했습니다. 노인은 너무 행복해서 울었죠. 이런 건 어떤가요? 나는 거기에 토끼가 있었기 때문에 토끼가 있었다고 말한 겁니다. 게다가 그 가엾은 노인은 그렇게 오랜 세월을 보냈으니, 토끼 한 마리쯤 누릴 자격이 있어요. 신도 그 정도는 해줄 수 있을 겁니다. 그리 힘든 일이 아니니까요."

답장이 오지 않았다. 그 정착지 꿈도 더 이상 나타나지 않았다. 내가 파렴치하게 그 토끼를 만들어낸 탓이라고 확신했다. 나 자신을 이야기 속에 끼워 넣은 탓이었다. 좋아, 그렇다면…… 나는 메리에게 편지를 썼다. "그동안 생각을 해봤습니다. 그 도공이 나오는 꿈을 꾼 사람이 당신이라면 어떨까요? 그래요, 그래요, 그냥 상상해보는 겁니다. 자, 꿈을 꾼 다음 날 아침 당신은 식탁에 앉습니다. 윌리엄도 한쪽에 앉아 있고, 아이들은 콘플레이크를 먹으면서 우유를 마시고 있죠. 당신은 별로 말이 없습니다(물론 평소에도 당신은 그런 편이죠). 당신은 남편을 보면서 생각합니다. '내가 이제부터 무엇을 할 생각인지 말해주면 저 사람은 무슨 말을 할까?' 당신은 식탁 상석에 앉아서 아무 말도 하지 않습니다. 곧 아이들은 학교로, 남편은 학생들을 가르치러 집을 나섭니다. 이제 혼자가 된 당신은 그릇들을 씻어 정리한 뒤 물레와 가마가 있는 방으로 몰래 들어갑니다. 그리고 진흙을 좀 가져다가 작은 토끼를 빚어서 높은 선반에 있는 완성된 화병들 뒤에 놓고 건조시킵니다. 다른 사람에게 그 토끼를 보이고 싶지 않거든요. 일주일 뒤 어느 날 그것이 다 마르면, 당신은 식구들이 모두 집을 비울 때까지 기다렸다가 토끼를 손바닥에 얹고 들판으로 나가 한쪽 무릎을 땅에 대고 앉아서 풀을 향해 토끼를 내밉니다. 그리고 기다리죠. 기도를 하지는 않습니다. 신을 믿지 않으니까요. 하지만 만약 토끼가 차츰 코를 쫑긋거리며 길고 부드러운 귀를 세우기 시작한다 해도 당신은 전혀 놀라지 않을 겁니다……."

메리의 답장이 왔다. "이제 토끼는 한 마리도 존재하지 않습니다. 점액종증(토끼에게 치명적인 병)을 잊었나요? 사실 최근 내가 우리 아이들을 위해 작은 토끼를 몇 마리 만들기는 했습니다. 파란색과 초록색으로 색칠도 했죠. 맨 아래 두 녀석은 토끼를 그림책에서만 봤다는 사실이 문득 떠올랐기 때문입니다. 하지만 일부 지역에 토끼가 다시 나타나고 있다고 들었습니다. 농부들이 또 화를 내겠군요."

나는 답장을 썼다. "그러게요, 내가 잊고 있었네요. 그렇다면…… 저녁때 당신이 들판을 걸으면서 이런 생각을 합니다. 토끼가 앞발을 들고 서서 우리를 바라보는 모습이 보인다면 좋을 텐데. 몇 년 전 토끼들의 작은 시체가 썩어가던 모습이 떠오릅니다. 그래서 당신은 생각하죠. '**다시 시도해봐야겠어.**' 하지만 윌리엄이 뭐라고 할지 불안합니다. 윌리엄은 대단히 합리적인 사람이니까요. 물론 우리도 그렇습니다만, 윌리엄은 놀이를 조금도 허용하지 않을 것 같습니다. 내 생각이 틀렸을 수도 있지만, 당신은 윌리엄에게 들킬까 봐 걱정스러워서 주의를 기울입니다. 어느 화창한 아침에 당신은 그것을 들판으로 가지고 나가서……
그래요, 그래요, 좋습니다. 토끼가 깡충깡충 뛰어가지는 **않는** 걸
로 하죠. 진흙으로 빚은 토끼를 따뜻한 풀밭(화창한 날씨입니다)
에 내려놓아 그것이 부스러져 흙으로 돌아가게 할지, 아니면 가
마에서 그것을 구울지 당신은 마음을 정하지 못합니다. 당신은
아직 그것을 굽지 않았습니다. 사실 그것이 아직 바짝 마르지도
않았습니다. 늙은 도공의 토끼도 축축했죠. 도공이 그것을 햇볕
에 내어놓기 직전에 물을 뿌렸거든요. 내가 봤습니다.

　시간이 조금 흐른 뒤 당신은 남편에게 털어놓기로 마음을 정
합니다. 호기심 때문일까요? 아이들이 마당에 나가서 떠들어대
는 소리가 들립니다. 윌리엄은 당신의 맞은편에 앉아서 신문을
읽고 있습니다. 당신은 미친 짓인 줄 알면서도 그에게 이렇게 말
하고 싶은 충동을 느낍니다. '내 토끼를 오늘 밤 들판으로 가지
고 나가서 신에게 생명을 불어넣어 달라고 기도할 거야. 토끼가
없는 들판은 공허해.' 하지만 당신이 실제로 한 말은 이렇습니다.
'윌리엄, 내가 어젯밤에 꿈을 꾸었는데…….' 윌리엄이 가장 먼저
보인 반응은 미간을 찌푸리는 것입니다. 순식간에 지나간 표정
이죠. 그다음에는 모래 빛깔 속눈썹 아래의 지적인 눈으로 당신
을 바라봅니다. 놀랍게도 윌리엄은 '난 당신이 꿈꾸는 걸 본 적이
없는데'라고 말하지 않고, '메리, 농부들이 토끼를 모조리 죽여버
린 것에 당신이 반대하는 줄은 몰랐는데'라고 말합니다. 당신은
이렇게 대답합니다. '반대하지는 않았어. 나도 농부였다면 똑같
이 했을걸.' 어쩌면 윌리엄이 냉소를 보내거나 짜증스러운 반응

을 보일 수도 있었는데 그렇지 않았다는 사실에 당신은 죄책감을 느끼며 진흙으로 빚은 토끼를 들고 들판으로 나가 산울타리 속에 놓습니다. 코가 신선한 풀밭 쪽을 향하도록. 그날 밤 윌리엄이 아무렇지도 않게 말합니다. '토끼가 다시 나타났다는 걸 알면 당신이 기뻐하겠군. 배질 스미스가 자기 밭에서 토끼 한 마리를 총으로 쐈대. 8년 만에 처음 본 토끼라고 하던데. 사실 나도 반가워. 그 작은 녀석들이 보고 싶었거든.' 당신은 몹시 기뻐합니다. 안개가 낀 차가운 달빛 속으로 몰래 나가 산울타리까지 뛰어갑니다. 물론 토끼는 사라지고 없습니다. 당신은 추워서 덜덜 떨면서 두툼한 초록색 겉옷을 단단히 여밉니다. 하지만 기쁜 마음을 주체할 수 없습니다! 당신의 아이들 중 누군가가, 또는 다른 집 아이가 산울타리에서 토끼를 발견하고 장난감으로 가져갔을 수도 있다는 사실을 잘 알고 있는데도 기쁩니다."

메리에게서 답장이 왔다. "그래요, 좋습니다. 당신이 그렇게 말한다면 그런 거겠죠. 하지만 혹시 당신이 '사실'에 관심이 있을 수도 있으니 이건 분명히 말해야겠습니다. 우리 둘째인 데니스가 자신이 갖고 있던 파란 토끼를 장난삼아 스미스의 출입문 근처 산울타리에 내놓았습니다. 그런데 배질 스미스가 어스름 녘에 그걸 진짜 토끼로 착각하고 총으로 쏴서 산산조각을 냈죠. 옛날에 토끼들 때문에 매년 적잖은 손해를 봤거든요. 그래서 그런 장난을 결코 그냥 웃어넘길 수 없었습니다. 어쨌든, 주말에 한번 오지 않겠어요?"

토니시 일가의 집은 마을 경계선 가까운 곳의 낡은 농가다. 넓은 마당에는 과실나무와 장미 등 없는 것이 없다. 집이 크고 아들만 셋이라서 할 일이 아주 많지만, 메리는 원래 낙농장으로 쓰이던 헛간에서 최대한 많은 시간을 보내며 도자기를 만든다. 내가 갔을 때 그 집 식구들은 부엌에서 점심을 먹고 있었다. 메리가 내게 고갯짓으로 의자를 권했다. 윌리엄은 둘째 아이인 데니스와 싸우는 중이었다. 다른 두 아이가 계속 주장하는 것처럼, 데니스가 "눈에 띄는 행동"을 하기 때문이었다. 아니, 달리 표현하자면, 데니스는 어린 소년들에게 가끔 찾아오는 자의식의 고통으로 몸부림치면서 눈을 이리저리 굴리고, 말을 더듬고, 몸을 꼼지락거리고 있었다. 주근깨가 난 그의 모래 빛깔 얼굴 전체가 새빨갛게 달아올라서 비참한 표정을 짓고 있었다.

"그래요 내가 했어요 내가 했어요 내가 했어요 내가 했어요……." 데니스는 숨을 고르느라 잠시 말을 멈췄다. 눈알이 그대로 튀어나올 것 같았다. 그러자 데니스의 형이 읊조리듯이 말했다. "아냐 네가 한 거 아니야 아니야 아니야."

"내가 했어 했어 했어 했어……."

아이들의 아버지가 활기차면서도 짜증스럽게 말했다. "데니스, 머리를 좀 써. 네가 했을 리가 없잖아. 넌 할 수 없는 일이었어."

"아니에요 내가 했어요 했어요 했어요……."

"그럼 여기서 나가라. 합리적인 사람들과 한자리에 있을 수 있을 만큼 정신을 차린 뒤에 다시 들어와." 아버지가 말했다. 지당한 말이라는 자신감이 넘치는 태도였다.

아이는 숨이 가빠서 컥컥거리다가 울부짖으며 마당으로 뛰어나갔다. 그리고 1분쯤 뒤 그 아이 형이 따라 나갔다. 흥분한 아이를 가라앉히려는 것 같았다.

"저 애가 뭘 했는데 그래요?" 내가 물었다.

"그걸 누가 알겠어요?" 메리가 말했다. 메리는 식탁 상석에 앉아서 웃는 얼굴로 눈을 반짝이며 사과파이와 커스터드를 내놓고 있었다. 빨간 머리와 주근깨가 서로 닮은 식구들 사이에서 그녀만 가무잡잡하게 변신한 것 같은 모습이었다.

그녀의 남편이 딱딱하게 말했다. "그게 무슨 소리야? 그걸 누가 알겠느냐니? 당신도 잘 알잖아."

"배질 스미스랑 저 애가 다투는 것 때문이에요." 메리가 내게 말했다. "배질 스미스가 데니스의 파란 토끼를 쏴서 부순 뒤로, 둘이 서로 원수가 됐거든요. 데니스는 어젯밤에 자기가 스미스의 집에 불을 질렀다고 주장하고 있어요."

"네?"

메리가 나지막한 창문을 가리켰다. 밭 두 개를 사이에 두고 스미스의 집이 액자 속 사진처럼 창문을 통해 보였다.

윌리엄이 말했다. "저 애는 히스테리를 부리고 있어. 그만두게 해야 돼."

메리가 말했다. "글쎄, 만약 배질이 쏜 파란 토끼가 내 것이었다면, 나도 저 집에 불을 지르고 싶었을걸. 내가 보기에는 아주 합리적인 반응인데."

윌리엄은 화가 나서 소리를 질렀다. 그러고는 나를 의식해서 분노를 억제하며, 불같은 시선으로 사방을 쏘아보다가 막내를 데리고 밖으로 나갔다.

"이런." 메리가 말했다. "이런……." 그녀는 미소를 지었다. "내 작업실로 가요. 당신한테 보여줄 것이 있어요." 메리가 돌로 지은 통로를 앞장서서 걸어갔다. 키가 큰 몸이 나른하게 움직이고, 밝은 갈색 머리카락에 햇빛이 부딪혔다. 열린 창문 앞을 지나는데, 무시무시한 비명소리, 고함소리, 주먹질소리가 들렸다. 세 아이가 풀밭에서 드잡이짓을 하고 있고, 윌리엄은 그 주위에서 이리저리 움직이며 "멈춰, 당장 멈춰"라고 고함을 질러댔지만 별로 소용이 없었다. 아이들의 엄마는 전혀 관심이 없다는 듯, 자신의 작업실로 들어갔다.

도자기를 만드는 도구들이 갖춰져 있고, 수많은 종류와 색깔의 항아리, 접시, 물병이 선반에 줄줄이 놓여 있었다. 메리는 높은 선반에서 어떤 동물 모양을 하나 들어 내 앞에 놓았다. 그러고는 가마 쪽으로 가서 허리를 숙이고 뭔가 작업을 했다.

그것은 노란색이 섞인 갈색 토끼였다. 하지만 귀는 진짜 토끼의 것보다 더 좁고, 뾰족하고, 짧았다. 이제 막 돋아난 뾰족한 새싹 같았다. 주둥이도 토끼보다는 개를 더 닮은 형태였다. 풀을 먹는다기보다…… 곤충과 딱정벌레를 먹는 짐승? 노란빛이 도는 눈은 머리 앞쪽에 있고, 뒷다리는 진짜 토끼의 것만큼 힘이 있어 보이지 않았다. 나는 이 녀석이 힘차게 도약해 적에게서 도망치기보다는 숨는 데에 재주가 있음을 깨달았다. 녀석의 뒷다리는 짧고 뭉툭했다. 앞발은 이상하게 뒤틀려서 거의 부자연스럽게 보이는 자세를 하고 있었으며, 고개는 한쪽으로 돌리고 있었다. 두 귀는 서로가 서로를 감싼 형태였다. 녀석의 몸을 누가 스프링처럼 둘둘 감았다가 반쯤 다시 풀어놓은 것 같았다. 이상한 모양의 바위, 또는 가끔 바위에서 비틀린 모양으로 자라는 식물과 비슷했다.

메리가 다시 와서 내 옆에 섰다. 고개를 살짝 한쪽으로 기울이고, 특유의 참을성 있는 미소를 살짝 띠고 있었지만, 그럼에도 강한 분노가 거기에 숨겨져 있었다.

"이게 그거예요." 그녀가 말했다.

나는 머뭇거렸다. 내가 늙은 도공의 손바닥에서 본 것은 이렇게 생긴 생물이 아니었다.

"거기에 영국 토끼가 왜 있었을까요?" 메리가 물었다.

"난 그것이 영국 토끼라고 말한 적이 없어요."

하지만 메리의 말이 옳았다. 내가 꿈에서 본 예쁘고 복슬복슬한 토끼보다는 이 녀석이 진흙으로 지은 집과 흙먼지 날리는 벌판에 훨씬 더 잘 어울렸다.

나는 메리에게 미소를 지었다. 그녀가 남편과 아이들을 살살 달래듯이, 나를 달래고 있었으니까. 무슨 이유에서인지 나는 메리의 전남편과 애인들을 떠올렸다. 그중 두 명은 나도 아는 사람들이었다. 고통스러운 위기의 순간, 이별의 순간에도 그녀는 이렇게 서 있었다. 차분하고 예쁜 모습으로, 그 다정하고 냉소적인 미소를 지으면서. 마치 "뭐, 법석을 피우고 싶으면 피워. 나랑은 상관없는 일이니까"라고 말하는 것 같았다. 정말로 그런 미소였다면, 메리의 애인들 중 누군가가 그녀를 죽여버리지 않은 것이 놀랍다.

내가 한참 만에 말했다. "고마워요. 내가 이걸 가져가도 될까요? 정체가 뭔지는 모르겠지만."

"당연하죠. 당신을 위해서 만든 건데요. 솔직히 예쁘지는 않지만, 그래도 **진실**에 더 가까울걸요."

나는 이 말을 인정했다. 그럴 수밖에 없었다. 그리고 말을 이었다. "음, 일부러 우리 같은 사람들 수준으로 내려와서 우리랑 함께 놀아줘서 고마워요."

이 말을 들은 그녀의 눈에서 노란빛이 번득였다. 하지만 그녀의 얼굴은 계속 진지한 표정이었다. 그녀의 얼굴에서 재미있다는 표정이나 **진실**을 인정하는 표정은 오로지 홍채의 색깔 변화로만 나타나는 것 같았다.

몇 분 뒤, 세 아이가 아버지와 함께 헛간 쪽으로 다가오면서 싸움의 에너지 또한 소용돌이처럼 몰고 왔다. 데니스는 속이 상해서 눈물을 글썽거렸고, 아이들 아버지는 거의 제정신이 아니었다. 그때까지 식구들과 거리를 유지하던 메리는 탄성을 지르더니 겉옷을 걸치며 말했다. "더 이상 참을 수가 없네요. 배질 스미스랑 얘기를 좀 해봐야겠어요."

메리는 밖으로 나갔다. 나는 그녀가 밭을 가로질러 스미스의 집으로 가는 모습을 지켜보았다.

그동안 데니스가 속이 상해서 진홍빛으로 달아오른 얼굴로 작업실에 들어와 엄마를 찾았다. 소용돌이처럼 사방을 뒤지다가, 이제 내 것이 된 동물을 움켜쥐고 말했다. "이거 내 거예요?" 아이가 정말로 제 것처럼 그것을 냉큼 가져가는 것을 보고 내가 말했다. "아니, 내 거야." 내가 내려놓으라고 하자, 데니스는 그 동물을 내려놓고 용광로처럼 푹푹 숨을 쉬며 서 있었다. 주근깨가 찻잎처럼 보였다.

"네 엄마는 스미스 씨를 만나러 갔어." 내가 말했다.

"그 아저씨가 내 토끼를 쐈어요."

"진짜 토끼는 아니잖아."

"하지만 그 아저씨는 진짜인 줄 알고 쏜 거예요."

"그렇지. 하지만 너도 아저씨가 그렇게 생각할 줄 알았잖아. 아저씨가 총으로 쏠 것도 알았지?"

"아저씨가 그걸 죽였어요!"

"그건 네가 원한 일이야!"

이 말에 데니스는 비명처럼 소리를 지르고는, 미친 사람처럼 오락가락하며 소리쳤다. "아니야 아니야 아니야 아니야 아니야……"

아이 아버지가 들어오다가 이 광경을 보고 마구 버둥거리는 아이의 팔을 움켜쥐었다. 그리고 억지로 아이를 움직여 얌전한 자세를 취하게 하더니, 믿을 수 없을 만큼 상식적인 목소리로 말했다. "내 평생 그런 미친 소리는 들어본 적이 없어!"

이때 메리가 스미스 씨와 함께 들어왔다. 스미스 씨는 몸집이 크고, 금발이고, 다소 젊어 보이는 남자였다. 다정하고 솔직한 얼굴이 지금은 메리와 한 약속 때문에 불편한 표정을 짓고 있었다.

"아이를 놔줘." 메리가 남편에게 말했다. 데니스는 바닥으로 쓰러져서 몸을 돌려 엎드린 채 어깨를 들썩이며 흑흑 울었다.

"다른 애들도 불러!"

윌리엄은 완전히 체념한 표정으로 창가로 다가가 소리쳤다. "해리, 존, 해리, 존, 당장 이리 와라. 엄마가 부르신다." 그리고 나서 그는 패배한 철학자 같은 표정으로 팔짱을 끼고 섰다. 두 아이가 들어와 문 옆에 서는 동안 그는 성난 표정으로 히죽 웃고 있었다.

"이제 일어나, 데니스." 메리가 말했다.

데니스가 일어섰다. 괴로움으로 엉망이 된 얼굴에 희망을 담고 엄마를 바라보았다.

메리가 배질 스미스를 보았다.

그는 단어를 조심스레 고르며 입을 열었다. "네 토끼를 죽여서 정말 미안하다."

아이들 아버지가 화를 내며 짧게 훅 하고 숨을 내쉬었지만, 아내의 시선 한 방에 침묵을 지켰다.

데니스의 가슴이 부풀어 올랐다가 꺼졌다. 그리고 순식간에 눈물이 폭풍처럼 흘러내렸다.

"데니스." 메리가 말했다. "내 말 따라해. 스미스 아저씨, 아저씨 집에 불을 질러서 정말 죄송해요."

데니스는 서둘러 말을 따라했다. "스미스 아저씨, 아저씨 집에 불을 질러서 정말…… 정말…… 정말……." 아이는 코를 훌쩍이며 어깨를 들썩거렸다. 메리가 단호히 말했다. "**죄송해요**, 데니스."

"죄송해요." 데니스가 통곡하며 말했다. 그러고는 엄마에게 달려가 허리에 얼굴을 묻고 울부짖으며 몸부림쳤다. 메리는 아이의 빨간 머리에 커다란 두 손을 얹고 웃으며 배질 스미스 씨를 바라보았다.

"세상에." 메리의 남편이 팔짱 낀 팔을 과장되게 떨어뜨리며 말했다. 우스꽝스러운 연극은 이제 끝났다. "가서 술이나 한잔하세, 배질."

두 남자가 사라졌다. 다른 아이 두 명은 곤혹스러운 표정으로 말없이 서 있었다. 데니스가 격렬하게 감정을 터뜨린 데에 자기들도 일부 책임감을 느끼는 모양이었다. 그러다가 두 아이는 살짝 빠져나갔다. 집은 다시 조용해졌다. 점점 잦아드는 데니스의 울음소리만 들릴 뿐이었다. 곧 메리가 아이를 재우려고 방으로 데리고 올라갔다. 나는 바닥이 돌로 되어 있는 커다란 작업실에 남아, 이상하게 뒤틀린 내 동물을 바라보았다. 사방의 벽을 초록색과 파란색으로 채운 메리의 작품들도 보았다.

저녁식사는 일찌감치 시작돼서 금방 끝났다. 아이들은 조용했다. 데니스는 기운이 다 빠져서 식사도 제대로 하지 못했다. 모두 가서 침대에 누우라는 명령이 떨어졌다. 윌리엄은 계속 아내를 보았다. 빨간색 콧수염 아래에 입이 굳게 다물어져 있었다. 그가 무슨 생각을 하는지 귓가에 생생히 들리는 것 같았다. '나는 저 아이들을 합리적인 인간으로 키우려고 이렇게 애쓰는데, 이런 터무니없는 생각을 잔뜩 불어넣다니!' 하지만 메리는 남편의 시선을 피하며 차분하고 초연하게 앉아 으깬 감자와 갈색 스튜를 식탁에 내놓았다. 나와 함께 설거지를 마친 뒤에야 메리는 남편

에게 웃어주었다. 다정하고 즐거운 미소였다. 두 사람만 있게 해
줄 필요가 있었다. 나는 일찍 자고 싶다고 말하면서 자리를 피했
다. 내가 방을 다 나서기도 전에 윌리엄이 메리에게 다가가 손을
뻗었다.

　다음 날은 따뜻한 여름 날씨의 일요일이었다. 모두 편안히 늘
어져 있어서 낡은 농가는 평화로웠다. 나는 그날 저녁 진흙으로
빚은 그 동물을 들고 그 집을 나섰다. 메리는 미소를 지으며 말
했다. "당신의 그곳이 어디인지는 모르지만, 하여튼 그쪽 사정을
알려줘요." 나를 달래는 듯한 말투였지만, 그녀가 만든 아름다운
동물이 내 가방 안에 있었으므로 나는 개의치 않았다.

　그날 밤 집에 돌아온 뒤 나는 꿈속의 시장으로 들어갔다. 늙은
도공은 내가 다가오는 것을 보고 물레를 멈췄다. 작은 소년은 도
공의 손을 열심히 바라보던 눈을 들어 나를 향해 웃어주었다. 나
는 메리가 만든 동물을 내밀었다. 노인은 그것을 받아 눈을 가늘
게 뜨고 살펴본 뒤 고개를 끄덕였다. 그는 그것을 왼손에 들고,
오른손으로 물을 뿌렸다. 그리고 지저분한 흙바닥을 향해 손을
내렸다. 짐승이 훌쩍 뛰어내려 실룩실룩 사라졌다. 집들을 지나
정착지를 완전히 벗어날 때까지 한 번도 멈추지 않았다. 깔쭉깔
쭉하게 튀어나온 작은 갈색 바위 앞에서 녀석은 앞발을 들고, 메
리가 만들어준 자세 그대로 얼어붙었다. 머리 위에서는 독수리
인지 매인지 알 수 없는 새가 아래를 내려다보았지만, 메리의 피
조물을 찾아내지 못하고 계속 날아갔다. 바짝 마른 벌판을 지나
산을 향해 광대한 창공으로 사라졌다. 물레가 삐걱삐걱 돌아가

는 소리가 들렸다. 노인이 다시 일하고 있었다. 작은 소년은 웅크리고 앉아 그것을 지켜보았고, 도공이 오른손으로 뿌린 물이 물레 위의 그릇과 아이의 얼굴에 떨어지며 아름답게 휘어져 반짝이는 빛의 곡선을 만들어냈다.

남자와
남자 사이

문을 마주 보는 자리에 놓인 의자는 커피색 새틴 커버로 덮여 있었다. 모린 제프리스는 몸에 꼭 붙는 어두운 갈색 비단바지와 러플이 달린 하얀 셔츠 차림이었다. 양편에 커다란 날개가 달린 의자에 앉으면, 그녀는 즐겁고 매력적인 사람처럼 보일 것 같았다. 하지만 그녀는 그 의자에 앉자마자 다시 일어나(자신이 애잔한 미소를 짓고 있다는 사실을 그녀는 몰랐을 것이다) 노란색 긴 의자 구석에 눈에 덜 띄는 모습으로 앉았다. 그렇게 몇 분 동안 앉아서 그녀는 생각했다. 자신의 초대장에 담긴 말은 사실상 농담처럼 던진 "새로운 나를 만나러 오세요!"였다고(그녀는 이 말이 짓궂게 보이는 것 같아서 별로 마음에 들지 않았다).

새로워진 것은 그녀의 머리모양이었다. 몸무게도 14파운드(약 6킬로그램)쯤 줄었고, 우아해진 얼굴은 자연(그녀는 이 단어를 좋아했다)이 그녀에게 새로이 부여해준 것이었다. 이 모든 변화가 커다란 갈색 의자에 앉으면 틀림없이 더 돋보일 것이다. 그녀는 다시 자리를 옮겼다.

그녀가 노란색 긴 의자로 또 옮겨간 것은 품격을 지키기 위해서였다. 진정으로 계산된 친절을 보이기 위해서. 페기 베일리를 초대한 것 자체가 그녀에게는 용감한 일이었다. 이를 위해 그녀는 자존심을 굽혔다. 하지만 페기는 러플이 달린 레이스 셔츠를 비롯해서 그 셔츠에 어울리는 다른 모든 것과 견줄 만한 옷차림을 할 수 없을 것이다. 이것은 순전히 페기의 유리한 위치…… 즉 베일리 교수(모린은 4년 동안 그의 정부였다)와 안락한 결혼생활을 하고 있다는 현실 때문이었다. 그렇다 해도 모린의 새로운 매력, 믿을 수 없을 만큼 대단한 매력을 자꾸 상기시킬 필요는 없을 텐데, 이미 '**새로운 나**'라는 말이 그것을 강조하고 있었다.

게다가 매력은 모린이 세상 앞에 내놓을 수 있는 유일한 무기였다. 그러니 베일리 교수의 아내에게 그것을 내보이지 못할 이유가 없지 않은가? 교수가 그녀 대신 결혼상대로 선택한 페기에게. 만약 그녀가 페기처럼 톰 베일리에게 술수를 부려 압박을 가했다면(그녀는 이 말을 사납고 쓸쓸하게 혼자 중얼거렸다), 틀림없이 베일리 부인이 될 수 있었을 것이고…… 그 갈색 의자로 돌아갈 수 있었을 것이다.

만약 **그녀**가 톰에게 술수를 부렸다면, 자신도 페기와 같은 결과를 얻었을 것이다. 그리고 톰 베일리는 결혼 초기부터 혼자 있을 곳이 필요하다며 따로 아파트를 사서 모린의 출입을 금했을 것이다. 지금 페기에게 하고 있듯이. 모린은 그런 조건을 내건 결혼을 거부했을 것이다. 그 점에 대해서는 스스로 확신할 수 있었다. 사실 타고난 바람둥이인 톰에게 모린이 정절을 강요한 것이 그가 그녀를 버리고 페기를 선택한 이유임이 분명했다. 그래서 전체적으로 봤을 때 모린은 페기가 부럽지 않았다. 마흔 살이 가까운 나이에 페기는 저명하고 매력적인 교수와의 결혼이라는 성과를 올렸지만, 자신이 그의 유일한 여자가 아니라는 사실을 신혼 초부터 알고 살아야 하는 대가를 치렀다. 게다가 그녀는 자신이 세상에서 가장 유구한 역사를 지닌 술수로 이 결혼을 성취했다는 사실 또한 마음에 품고 살아야 했다…….

여기까지 생각하던 모린이 세 번째로 갈색 의자에서 일어났다. 하지만 노란색 긴 의자에 앉는 것은 너무 뻔한 행동 같아서 자기혐오에 휩싸인 채 바닥에 앉았다. 그녀는 자신의 성격이 점점 나빠지는 것을 지켜보았다. 하지만 페기에 대한 모진 생각이 계속 흘러나오는 것을 막을 길이 없었다. 자신을 또렷한 시각으로 바라보는 일은 반쯤 은둔하다시피 한 지난 6개월 동안 그녀의 직업이나 마찬가지였다. 그동안 그녀는 살이 빠지고 아름다움을 되찾았다.

지금 그녀는 서른아홉 살이고, 평생 지금만큼 매력적이었던 적이 없었다. 자유로운 뉴욕을 향해 고향 아이오와를 떠난 선머슴 같은 소녀는 모든 어여쁜 소녀들이 그렇듯이 사랑스러웠다. 하지만 지금의 모습은 20년 동안 스스로 갈고 닦은 결과물이었다. 그리고 다른 사람들의 노력도 들어가 있었다……. 그녀는 작고 동글동글했으며, 하얀 피부와 커다란 갈색 눈과 검은 머리카락을 지닌 미인이었다. 하지만 그녀의 연민과 부드러움, 자석 같은 매력은 지적인 남성 10여 명의 사랑이 만들어준 것이었다. 그

래, 그녀는 열여덟 살 때의 자신이 전혀 부럽지 않았다. 하지만
그 소녀의 진정한 독립성, 관대함, 생각의 폭, 용기는 부러웠다.
날이 갈수록 점점 더 사무치게 부러웠다.

　그녀가 가장 최근에 사귄 애인(그녀는 이 사람이 마지막 애인이기
를 바랐다)인 잭 볼스가 6개월 전 그녀를 버리고 가버렸을 때 그
녀는 산산이 부서졌다. 그리고 20년, 아니 겨우 10년 전만 해도
자신이 애인을 버리는 쪽이었음을 떠올렸다. 잭이 그랬듯이 당
혹스럽고 미안한 표정으로 "미안해. 용서해줘. 난 가볼게"라고
말하는 사람은 **그녀**였다. 중요한 것은, 그런 이별이 자신에게 어
떤 영향을 미칠지 그녀가 계산한 적이 없고, 마땅히 자신의 몫이
라고 생각한 돈 외에는 남자에게서 돈을 받은 적이 없으며, 언제
나 자신을 잃지 않았다는 점이었다. (잭과 함께 지낼 때 그녀는 그를
기쁘게 해주려고 자신의 것이 아닌 의견을 피력했다. 잭은 여자들이 자
기 말에 반박하는 것을 좋아하지 않는 남자였다.) 무엇보다도 그녀는
다른 사람들이 뭐라고 할지 조금도 걱정한 적이 없었다. 하지만
잭이 몇 달 동안 신문기사로도 날 만큼 떠들썩하게 사귀다가('유
명 영화감독과 화가 모린 제프리스가 칸에서 동거') 그녀를 차버렸을
때, 그녀가 가장 먼저 생각한 것은 이거였다. '난 웃음거리가 될
거야.' 그녀는 그때까지 그가 자신과 결혼할 것이라고 모두에게
말했다. 그렇게 생각할 만한 이유가 있었다. 하지만 그가 떠난 뒤
그녀는 생각했다. '잭이 나랑 사귄 지 1년도 안 됐어. 지금까지 나
한테 이렇게 빨리 싫증을 낸 사람은 처음이야.' 그다음에 든 생각
은 이거였다. '잭이 날 버리고 만나는 여자는 나랑 비교도 안 돼.

요리도 할 줄 모르는 여자라고.' 그러고는 다시 처음으로 돌아갔다. '사람들이 날 비웃을 거야.'

자조가 독처럼 그녀를 오염시켰다. 그녀가 잭을 놓지 못하고, 전화와 편지로, 비난과 그의 결혼약속을 상기시키는 말로, 그를 쫓아다닌 것이 오염을 더욱 부추겼다. 그녀는 자신이 그에게 해준 것을 입에 담았다. 사실상 자신이 경멸하던 여자들의 행동을 모두 그대로 따라했다. 무엇보다도 그가 최근 향후 5년치 세를 지불해둔 이 아파트를 그녀는 떠나지 않았다. 다시 말해서, 그가 이 아파트를 뇌물처럼 그녀에게 빌려주었다는 뜻이었다.

그녀는 옷가지를 꾸려서 당장 이 아파트를 떠나지 않고(옷가지는 확실히 그녀의 것일까?), 계속 여기 남아서 외모를 가꾸며 두려움을 억눌렀다.

우체국 직원이던 아버지의 집을 떠난 열여덟 살 때 그녀는 성性이라는 무기와 용기를 지니고 있었다. 미모는 없었다. 직업적으로 미모를 가꾸는 여자들처럼, 남자들과 삶을 함께하는 많은 여자들처럼 그녀는 전혀 아름답지 않았다. 그녀가 지닌 것은 강렬한 성적 매력, 성에 대한 인식으로 날카롭게 다듬어진 매력뿐이었다. 그 덕분에 그녀는 아름답게 보였다. 그 뒤 20년 동안 그녀는 남자 열한 명의 정부로 살았다. 모두 저명인사거나 유명해질 잠재력이 있는 사람들이었다. 그녀에게는 성이라는 무기와 용기가 있었다. **하지만** 그녀는 자신의 재능, 자신의 그림을 한 번도 첫 번째로 두지 못했다. 누가 됐든 그녀가 함께 살고 있는 남자의 일이 먼저였다. 아마도 그녀의 최고 장점이라고 할 만한 너그러운 성격만으로는 이제 먹고 살기가 힘들었다. 적어도 그녀에게 익숙한 세련된 생활을 하기는 힘들었다.

집을 떠난 뒤 그녀는 자신의 재능, 따뜻한 성격, 상상력을 미술교사 한 명(그녀의 첫 번째 연인), 배우 두 명(당시에는 무명이었지만 지금은 세계적인 명성을 누리고 있다), 안무가 한 명, 작가 한 명, 또 다른 작가 한 명, 그리고 대서양을 넘어 유럽으로 가서 영화감독 한 명(이탈리아), 배우 한 명(프랑스), 작가 한 명(런던), 톰 베일리 교수(런던), 영화감독 잭 볼스(런던)에게 모두 바쳤다. 그녀가 그렇게 끊임없이 자신을 내어주고 그들의 일을 위해 헌신한 것이 그들의 성공에 얼마나 기여했는지 정확히 말할 수 있는 사람이 있을까? (그녀는 어두운 마음으로 울면서 격렬하게 자문해보았다.)

이제 그녀는 연민, 매력, 패션과 실내장식에 대한 재능, 그리 크지 않은 화가의 재능(그렇다고 해서 그녀가 다른 사람들의 작품을 평가하는 재능이 없는 것은 아니다), 자신이 완벽한 요리사라는 사실, 스스로 뛰어나다고 확신하는 잠자리 기술을 버렸다.

그녀가 이 아파트를 떠나는 순간, 여러 나라를 돌아다니며 부와 특권을 누릴 수 있는 세계와도 작별하게 될 것이다. 그러면 어디로 가지? 시카고에서 하숙집에 살고 있는 아버지에게로? 아니, 그녀에게 남은 희망은 다른 남자들만큼 유명하고 빛나는 남자를 새로 찾는 것뿐이었다. 지금 그녀가 기다리는 것이 바로 그런 남자였다. 이제 그녀는 무명의 천재, 잠재력이 있는 예술가를 사귈 여유가 없었다. 이 호화로운 아파트에 남아 있는 이유도 그거였다. 이곳을 기지로 삼아야 하니까. 또한 이것은 그녀가 고통스럽게 자신을 경멸하는 이유이기도 했다. 페기 베일리를 일부러 초대한 이유이기도 했다. 첫째, 그녀는 그 여자를 만나 자신을 다그치고 기운을 낼 필요가 있었다. 페기는 모린과 비슷하게 유명한 남자들의 정부로 살아왔으면서도 지금은 훌륭한 결혼생활을 하고 있었으니까. 둘째, 그녀는 페기에게 도움을 청할 생각이었다. 그녀는 예전 애인들의 명단을 공들여 살펴본 끝에 세 명에게 편지를 썼으나, 돌아온 것은 다정하기만 할 뿐 전혀 도움이 되지 않는 답장이었다. 그녀는 공식적으로는 아직 톰 베일리의 '친구'였다. 하지만 그녀는 그의 아내의 승인 없이 그에게 접근해서 그 아내의 심기를 거스르면 안 된다는 사실을 알고 있었다. 그녀는 좋은 남자를 만날 수 있는 일자리를 얻을 수 있게 톰이 힘을 써주기를 바란다고 페기에게 부탁할 생각이었다.

초인종이 울리자 그녀는 문을 열어준 뒤 서둘러 커다란 갈색 의자로 갔다. 이번에는 허세를 위해서였다. 솔직한 마음도 섞여 있었다. 그녀는 자신이 정부로서 떠들썩하게 사귀었던 남자의 아내에게 호소할 참이었다. 하지만 자신의 매력을 일부러 덜어내서 일을 쉽게 만들고 싶은 생각은 없었다. 비록 페기는 미모를 모두 잃어버린 모습으로 나타날 테지만, 달라지는 것은 없었다. 베일리 교수와 결혼한 지 3년 만에 그녀는 현명하고 보기 좋은 여자로 변했다. 별로 유명하지 않은 여배우였던 그녀를 케이프타운에서 유럽까지 이끌어준 매끈한 고양이 같은 매력은 이제 없었다. 그녀는 자신의 타고난 운명을 위해 배우 일을 포기했다. 옳은 결정이었다.

하지만 페기 베일리는 4년 전 모습 그대로 나타났다. 모린이 작고 섬세하고 관능적이라면, 페기는 세이렌(그리스 신화에 나오는 바다의 요정) 같았다. 모린은 벌떡 일어났다. 페기가 반지를 낀 하얀 손으로 갈색 뺨에서 밝은 머리카락을 쓸어올리고, 초록색 눈에 조롱을 담아 빙긋 웃으며 모린을 훑어보는 모습이 눈에 들어왔다. 모린은 자기도 모르게 소리쳤다. "톰이 당신을 버렸군요!"

페기는 웃음을 터뜨렸다. 모린과 마찬가지로, 그녀 또한 야한 여자답게 허스키한 목소리를 지니고 있었다. 그녀가 말했다. "그걸 어떻게 알았어요!" 이 말과 함께 그녀는 몸을 틀어, 마네킹처럼 엉덩이를 비스듬히 내밀었다. 금발의 머리카락이 얼굴로 흘러내리고, 일자형의 초록색 마 원피스가 한층 더 돋보였다. 순전히 도발적인 매력을 새로이 되찾은 그녀의 몸매 덕분이었다. 지난 3년 동안 그녀가 보여준, 현명하고 건강한 가정주부의 모습은 흔적도 없었다. 그녀도 모린처럼 다시 성적인 매력에 초점을 맞추고 있었다. 성적인 매력이 그녀와 함께 진동하고 있었다.

그녀가 말했다. "우리 둘 다 차인 사람들치고 훨씬 더 좋아 **보이는데요!**"

그녀는 자신의 외모를 뚜렷이 의식하며, 여성성을 몸에 둘둘 감고 노란색 긴 의자를 평가하듯 바라보았다. 그리고 입을 열었다. "술이나 한잔 줘요. 그렇게 놀란 얼굴 하지 말고. 사실 이렇게 될 줄 어느 정도 예상하지 않았어요?" 이것은…… 공모자에게 던지는 질문일까? 아니었다. 그럼 피해자에게 던지는 질문? 아니었다. 동료 기술자에게 던지는 질문이었다. 모린은 페기가 톰 베일리와 함께 살던 시절 그녀에게서 느껴지던 '간신히 숨긴 적의'가 모두 사라졌음을 깨달았다. 하지만 이 새로운 동료의식이 그저 반갑기만 한 것은 아니었다. 모린은 인상을 찌푸리며 갈색 의자에서 일어났다. 담배 한 개비가 입술에 서투르게 물려 있었다. 그녀는 찌푸린 표정과 대롱대롱 매달린 담배가 **남자에게 자신 있는 여자**의 모습임을 떠올렸다. 그녀는 본능적으로 폐기에게 거짓말을 하고 싶은 충동을 느꼈다. 이미 시간이 많이 흘렀는데도, 자신이 얼마나 고독한지 인정하고 싶지 않아서일까? 그녀는 커다란 잔에 브랜디를 따르며 물었다. "톰이 누구 때문에 당신을 버린 거예요?"

폐기가 말했다. "내가 그 사람을 버렸어요." 그녀는 자신의 말이 진실이라는 듯, 초록색 눈으로 모린의 얼굴을 흔들림 없이 바라보았다. 하지만 모린은 여전히 경악하고 있었다.

"아니, 진짜, 그렇죠…… 언제나 여자들이 있던 건 사실이니까. 그래서 톰이 첼시의 그 은신처를 고집한 거잖아요……." 이제 모린은 분명히 미소를 짓고 있었다. 자신이 그 은신처의 존재 이유를 받아들이지 않은 적이 아주 많았음을 떠올렸기 때문에. 그 은신처는 "그가 따분한 가정생활에서 도망칠 수 있는 곳"이었다. 폐기는 과거를 되새겨주는 그녀의 말을 받아들였다. 솔직한 미소를 살짝 짓고 있었지만, 짜증을 숨기지 않았다. "물론 나도 거짓말을 하면서 자신을 속였죠. 다들 그러지 않나요?" 그 미소는 이렇게 말하고 있었다. 모린은 속으로 폐기에게 악의적인 비난을 퍼붓던 자신이 싫어져서 소리 내어 말했다. "뭐, 그렇다면 좋

아요. 하지만 톰에게 결혼을 강요한 건 당신이잖아요." 그녀는
브랜디를 세 번이나 길게 마신 참이었다. 잭에게 버림받은 뒤 몇
달 동안 술을 아주 많이 마시기는 했지만, 몇 주 전부터는 다이
어트를 위해 술을 일절 마시지 않았기 때문에 지금은 알코올에
익숙하지 않았다. 이미 술기운이 도는 것을 느끼면서 그녀가 말
했다. "나만 취할 수는 없어요."

"난 두 달 동안 밤낮으로 술을 마셨어요." 페기가 말했다. 이번
에도 초록색 눈은 평온했다. "하지만 미모를 유지하고 싶다면,
술을 마시면 안 되죠."

모린은 다시 갈색 의자에 앉아, 구불구불 올라가는 파란색 연
기 사이로 페기를 바라보며 말했다. "나는 항상 취해 있었어
요…… 옛날 옛적부터. 정말 싫었는데, 멈출 수가 없더라고요."

페기가 말했다. "이제는 다 끝난 일이니까 괜찮아요. 중요한
건 다른 여자들이 아니에요. 결혼할 때 우리는 톰의 성격에 대해
철저히 의논했어요……." 여기서 그녀는 말을 멈추고, 다소 심술
궂은 미소를 짓고 있는 모린을 바라본 뒤 다시 입을 열었다. "남
자들의 성격에 대해 철저히 토론하는 건 우리 역할 중 일부잖아
요, 안 그래요?" 이 말 끝에 두 여자 모두 눈물이 글썽해졌지만,
눈을 깜박여서 눈물을 없애버렸다. 두 사람 사이의 장벽 하나가
또 무너졌다.

페기가 말했다. "내가 여기 온 건 내 모습을 과시하기 위해서
예요. 당신도 초대장에서 자랑을 했으니까. 나는 톰과 결혼한 뒤
로 줄곧 당신이 내게 선심을 베푸는 듯이 구는 걸 지켜봤어요.

재미없고 평범한 모습이었죠. 난 당신에게 새로운 나를 보여주고 싶어요……! 남자와 안정적인 생활을 하기 시작하면 왜 여자라는 성性을 잃어버리는지는 하느님만 아실 거예요."

두 사람은 갑자기 배를 쥐고 쿡쿡 웃어댔다. 페기는 노란색 마 커버로 덮인 긴 의자에서, 모린은 반짝이는 갈색 새틴 커버로 덮인 의자에서. 그러다가 동시에 눈물이 나오려는 것을 억지로 참았다.

"안 돼." 모린이 허리를 세우며 말했다. "난 울지 않을 거예요. 절대! 이젠 안 울어요. 그건 아무 의미도 없는 일이니까."

"그럼 술을 좀 더 마실까요?" 페기가 자기 잔을 건넸다.

두 사람 모두 벌써 조금 취한 상태였다. 어쨌든 두 사람 모두 다이어트 때문에 신경이 날카로운 상태이기도 했다.

모린은 두 잔에 브랜디를 반쯤 채우면서 물었다. "정말로 톰을 버렸어요?"

"네."

"그럼 나와는 달리, 당신 자신을 좋아할 수 있겠네요. 나는 반항도 해보고, 소란도 피워봤지만, 지금 생각하면……." 그녀는 브랜디를 한 모금 꿀꺽 마시고, 집세가 비싼 방을 둘러보며 말했다. "지금도 그 남자의 돈으로 살고 있어요. 그게 정말 끔찍해요."

"이런, 울지 말아요." 페기가 말했다. 술기운 때문에 말이 어눌하고 나른해졌다. 모린은 다정한 말투에 몸을 움츠렸다. 연극계와 영화계 사람들이 아무 의미 없이 잘 쓰는 말투였다. 연극계와 영화계 사람들은 이런 말투를 아무렇지도 않게 받아들이면서 때로는 즐기기도 했지만, 여기서 한 걸음만 더 나아가면…….

"**그만둬요.**" 모린이 날카롭게 말했다. 페기가 초록색 눈을 '매력적으로' 크게 뜨더니, 본성을 솔직히 드러내며 눈을 다시 가늘게 뜨고는 웃음을 터뜨렸다.

"무슨 말인지 알겠어요." 페기가 말했다. "그래도 인정할 건 인정해야죠. 우리는 아직 거기서 멀리 벗어나지 못했어요. 그렇죠?"

"**맞아요.**" 모린이 말했다. "내가 그동안 열심히 생각해봤는데, 만약 우리가 그 남자들과 결혼했다면, 그 결혼증서 때문에, 그러니까, 그렇게 되면 우리는 돈을 받는 걸 아주 당연하게 생각했을 거예요. 모든 걸 해주는 대가로. 모든 걸, 모든 걸!" 그녀는 고개를 숙이고 울음을 터뜨렸다.

"시끄러워요." 페기가 말했다. 하지만 술기운 때문에 "시그러어요"처럼 들렸다.

"싫어요." 모린이 코를 훌쩍거리며 허리를 세웠다. "그게 사실이잖아요. 난 한 번도 돈을 받은 적이 없어요…… 그러니까 생활비랑 옷 선물 외에는 받은 적이 없다는 뜻이에요……. 당신은 어때요?" 페기는 그녀에게 시선을 주지 않았다. 그래서 모린은 말을 이었다. "좋아요. 내 짐작에, 당신이 위자료나 이혼수당을 받은 건 톰 베일리가 처음일 것 같은데, 맞아요? 그 돈을 받을 수 있었던 건 당신이 톰과 결혼했기 때문이죠."

"맞는 것 같아요. 돈을 안 받겠다고 속으로 다짐했으면서 결국 받았어요."

"그리고 그걸로 인해 속이 상하거나 하지도 않죠. 순전히 결혼했었다는 이유로. 맞죠?"

페기는 길고 부드러운 손가락으로 잔을 빙빙 돌리다가 한참 만에 고개를 끄덕였다. 그런 것 같다고.

"맞아요. 당연하죠. 게다가 우리가 사귈 때 결혼증명서를 얼마나 놀림거리로 삼았는데요. 하지만 중요한 건, 결혼한 상대에게서 돈을 받을 때는, 창녀가 된 것 같은 **기분**이 들지 않는다는 거예요. 나는 남자를 사귈 때마다 나 자신과 논쟁을 벌여야 했어요. 내가 저 남자를 위해 해주는 일에 대해 저 남자가 얼마를 지불하면 될까? 요리와 살림과 실내장식과 조언의 대가가 얼마지? 한 재산을 줘야지! 그러니 내가 저 남자의 아파트에 살면서 옷을 선물받는 걸 비참하게 생각할 필요는 없어. 하지만 나는 항상 비참했어요. 그래도 잭과 내가 결혼했다면, 이 망할 아파트에 산다는 이유로 내가 망할 창녀가 된 것 같은 기분을 느끼지는 않았을 거예요." 그녀가 갑자기 울분과 격정의 눈물을 터뜨리더니 심호흡을 하며 자신을 억제했다. 그렇게 심호흡을 하며 조용히 앉아 있다가 일어나서 자신과 페기의 잔을 다시 채워 의자에 앉았다. 두 여자는 말없이 앉아 있었다. 얼마 뒤 모린이 입을 열었다. "왜 톰을 버렸어요?"

"결혼할 때는 우리 둘 다 내가 임신한 줄 알았어요……. 아니, 진짜예요. 다들 뭐라고 떠들어댔는지 알지만, 정말 그렇게 생각했어요. 석 달 동안 생리가 없었거든요. 그러다 내가 심하게 아팠는데, 사람들이 유산한 거라고 했어요."

"톰이 아이를 원해요?"

"당신한테는 그런 소리 안 했어요?"

"네."

"그럼 그 사람이 변한 모양이네요. 아이를 엄청 원해요."

"잭은 아이들 이야기는 들으려고 하지 않았어요. 말도 못 꺼내게 했는데, 날 버리고 선택한 그 년이…… 당신이 그 둘과 아주 친하다면서요?" 여기서 '그 둘'은 잭이 그녀를 버리고 선택한 여자와 잭이었다.

페기가 말했다. "잭은 톰이랑 아주 친해요." 몹시 건조한 말투였다. 모린이 말했다. "맞아요, 맞아요! 잭의 친구들은 전부……. 내가 그 사람들한테 요리를 대접했어요. 그런데 잭이랑 헤어진 뒤로 나한테 연락한 사람이 그중에 단 한 명도 없는 것 알아요? 그 사람들은 **잭의** 친구였던 거예요. 내 친구가 아니라."

"맞아요. 나도 톰과 헤어진 뒤로 잭도, 잭의 새 여자친구도 본 적이 없어요. 두 사람은 톰을 만날 뿐이에요."

"혹시 톰의 애인 중에 누가 임신한 거예요?"

"네. 톰이 나한테 직접 그렇게 말했어요. 그래서 내 마음이 시키는 대로 했어요. 이혼해주겠다고 말했다는 얘기예요."

"그렇게 해서 적어도 자존심은 지켰네요."

페기는 잔을 빙빙 돌리며 그 안을 바라보았다. 의자의 노란색 마 커버 위로 술이 튀었다. 두 여자 모두 오렌지색 얼룩이 번지는 것을 가만히 지켜보기만 했다. 미학적으로 흥미로운 현상을 바라보듯이.

"아뇨, 그렇지 않아요." 페기가 말했다. "내가 이렇게 말했거든요. '이혼해줄게. 하지만 나한테 돈을 아주 많이 줘야 할 거야. 그렇지 않으면 내가 부정을 저지른 당신에게 소송을 제기할 거니까. 나한테는 증거가 아주 많거든.'"

"돈이라면 얼마나요?"

페기는 얼굴을 붉히며 브랜디 한 모금을 꿀꺽 삼키고 말했다. "이혼수당으로 매달 40파운드를 받을 거예요. 톰한테는 큰 돈이죠. 그 사람은 대학교수지 영화감독이 아니니까요."

"그 돈을 줄 여유가 없어요?"

"네. 자기 은신처를 포기할 수밖에 없겠다고 나한테 말했어요. 그래서 내가 '그것 참 안 됐네'라고 해줬죠."

"그 여자는 어떤 사람이에요?"

"스물일곱 살, 미대 학생이에요. 예쁘고 사랑스럽고 멍청해요."

"하지만 임신했죠."

"네."

"당신은 아이를 낳은 적이 없어요?"

"없어요. 낙태랑 유산은 여러 번 있었지만."

두 여자는 솔직하게 서로를 바라보았다. 둘 다 씁쓸한 표정이었다.

"맞아요." 모린이 말했다. "난 낙태를 다섯 번 했어요. 그중에 한번은 그런 일을 해주는 나이 많은 여자를 찾아갔고요. 이제 난 피임을 전혀 안 하는데도 임신이 안 돼요……. 당신이 보기에 잭의 새 애인은 어때요?"

"난 괜찮은 여자라고 생각했어요." 페기가 미안한 표정으로 말했다.

"똑똑한 여자죠." 모린이 말했다. "또또한 여자"처럼 들렸다.

"맞아요."

"아주 영리하고 아는 것도 많아요." 모린은 한동안 자신의 양심과 씨름하다가 승리했다. "하지만 **왜죠**? 매력적이긴 하지만, 지금도 여학생처럼 구는 여자잖아요. 착하고 똑똑하고 영리하고 어린 학생이에요. 밝은색 옷을 입는 학생."

페기가 말했다. "그만해요. 당장."

"알았어요." 모린은 이렇게 말하고서도, 마음속 깊은 곳의 고뇌를 이기지 못하고 말을 덧붙였다. "게다가 요리도 못해요!"

이번에는 페기가 웃음을 터뜨렸다. 그녀가 고개를 뒤로 홱 젖히며 웃어대는 서슬에 술 취한 손으로 들고 있던 잔에서 브랜디가 또 밖으로 튀었다. 얼마 뒤 모린도 웃음을 터뜨렸다.

페기가 말했다. "내가 생각을 해봤어요. '페기는 정말 따분한 여자야'라든가, '모린은 너무 뻔하잖아' 같은 소리를 얼마나 많은 아내들과 정부들이 얼마나 많이 했을까."

"그 사람들이 말하는 소리가 지금도 들리는 것 같아요. 그래, 아주 예쁘긴 하지. 옷도 잘 입고. 요리도 엄청 잘해. 아마 잠자리 기술도 좋을걸. 하지만 그래서 지금 그 여자들이 뭘 **갖고 있는데**?"

"그만해요." 페기가 말했다.

두 여자 모두 이제 취한 상태였다. 점점 날이 저물고 있었다. 방에는 그림자가 가득해서, 하얀 벽이 파르스름하게 변했다. 반들거리는 의자, 탁자, 융단 등이 빛을 반사했다.

"불을 켤까요?"

"조금 있다가요." 페기가 잔을 새로 채우려고 일어서며 말했다. "그 여자는 일을 그만두는 멍청한 짓을 하지 말아야 할 텐데요."

"누구요? 잭의 빨간 머리 그 년?"

"누구겠어요? 톰의 애인은 괜찮아요. 정말로 임신했으니까."

"맞아요. 잭의 그 여자도 그 정도 머리는 있겠죠. 잭이 일을 그만두게 만들려고 애쓰겠지만요."

"내가 알기로도 그래요. 톰이랑 헤어지기 직전에…… 톰이 날차기 직전에…… 당신의 잭이 그 여자랑 같이 우리 집에 와서 저녁식사를 함께 한 적이 있어요. 잭이 그 여자의 칼럼을 공격하더라고요. 저녁 내내 그 여자를 공격했어요……. 좌익 사교계 여왕의 정치적 견해를 보여준다나. 좌익 조감도라고 말했어요."

"잭은 내가 그림 그리는 걸 아주 싫어했어요." 모린이 말했다. "내가 아침시간에 그림을 그리고 싶다고 말할 때마다 잭은 그림을 취미로 그리느냐면서 비웃었어요. 나는 잭에게 아침식사를 차려주고 스튜디오로 올라가곤 했죠……. 사실 스튜디오라기보다는 그냥 남는 방이에요. 먼저 잭은 나한테 들리도록 큰 소리로 웃기지도 않는 말을 해대다가 나중에는 직접 올라와서 배가 고프다고 말해요. 오전 11시부터 배가 고파지는 사람이에요, 잭은. 그래도 내가 내려가서 음식을 만들지 않으면, 잭은 섹스를 하죠. 그러고 나서 나랑 같이 자기 일에 대해 이야기했어요. 잠자는 시간만 빼고 하루 종일 잭의 그 망할 영화 얘기만 했다고요……." 모린의 목소리가 갈라져서 울음소리로 변했다. "너무 불공평해요, 불공평해, 불공평해……. 남자들은 다 똑같아요. 내가 무슨 위대한 화가라고 말하는 게 아니에요. 하지만 뭔가 나름대로 성취할 수는 있었을 텐데. 나만의 것을……. 하지만 남자들은 하나같이 놀리기만 하거나, 나한테 아주 선심을 쓰는 것처럼 굴었어요…… 하나같이 전부. 물론 나는 항상 내 뜻을 꺾었죠. 왜냐하면 나한테 더 중요한 것이……."

반쯤 잠에 빠져 긴 의자에 늘어져 있던 페기가 일어나 앉으며 말했다. "그만해요, 모린. 그런 게 무슨 소용이에요?"

"사실을 말하는 거예요. 나는 20년 동안 하루에 18시간씩 남자들의 포부를 지지해주면서 살았다고요. 내 말이 맞지 않아요?"

"맞아요. 하지만 그만해요. 우리가 그런 인생을 선택한 거니까."

"그렇죠. 만약 그 멍청한 빨간 머리 여자가 일을 포기한다면, 결국 응분의 결말을 맞겠죠."

"지금 우리처럼 될 거예요."

"하지만 잭은 그 여자랑 결혼할 거라고 했어요."

"톰도 나랑 결혼했어요."

"잭은 그 빨간 머리 여자의 영리한 머리에 흥미를 느끼고 있었어요. 정치에 대해 똑똑한 소리를 늘어놓는다면서. 하지만 지금은 그 여자가 칼럼을 중단하게 하려고 온갖 방법을 동원하고 있죠. 그런다고 이 나라가 큰 손실을 보는 건 아니지만, 그 여자도 조심해야 할 거예요. 그럼요, 그 여자도……." 모린은 최면에 걸린 것 같은 눈앞에서 브랜디 잔을 앞뒤로 흔들었다.

"그게 내가 당신을 만나러 온 이유 중 하나예요."

"새로운 나를 보러 온 게 아니에요?"

"같은 소리예요."

"그래요?"

"당신 돈이 얼마나 있어요?"

"한 푼도 없어요."

"이 아파트 임대가 언제까지죠?" 모린은 한 손의 손가락을 펴서 들었다. "5년? 그럼 그 임대권을 팔아요."

"아, 그건 안 돼요."

"아니, 돼요. 그럼 아마 2천쯤 돈이 생길 거예요. 그걸로 우리가 이보다 싼 아파트를 구하는 거예요."

"우리가?"

"난 한 달에 40파운드를 받으니까, 알겠죠?"

"알다니, 뭘요?" 모린은 커다란 의자에 사실상 누워 있다시피 했다. 하얀 레이스 셔츠가 가슴 언저리에 주름처럼 모여 있어서, 몸에 꼭 끼는 갈색 바지 위로 날씬한 갈색 허리와 명치가 드러났다. 그녀는 브랜디 잔을 눈앞에 들고 앞뒤로 움직이며, 호박색 액체가 잔에서 출렁거리는 모습을 지켜보았다. 가끔 그녀의 갈색 배 위로 브랜디가 몇 방울 떨어지면, 그녀는 키득키득 웃었다.

페기가 말했다. "어떻게든 하지 않으면 나는 오츠호른〔남아프리카공화국의 도시〕의 부모님 집으로 돌아가야 해요. 부모님은 거기서 타조를 기르고 계세요. 나는 똑똑한 머리 덕분에 거기서 탈출했죠. 하지만 이제 내가 배우가 될 일은 없잖아요? 그러니 다시 거기로 돌아가서 사탕단풍나무 숲과 타조들 사이에서 평생을 보내는 수밖에요. 당신은 어떻게 될 것 같아요?"

"나도 마찬가지예요, 마찬가지." 모린은 갈색 머리를 옆으로 비틀어 입을 벌리고, 브랜디를 한 방울씩 입으로 떨어뜨렸다.

"우리 같이 옷 가게를 열어요. 우리 둘이 아주 잘 아는 걸 하나 꼽는다면, 바로 옷 입는 법이잖아요."

"좋은 생각이에요."

"어느 도시가 좋아요?"

"난 파리가 좋아요."

"파리에서는 우리가 경쟁력이 없어요."

"그렇죠, 경쟁력이……. 로마는 어때요? 로마에 내 전 애인 세 명이 있어요."

"그 사람들은 별로 도움이 안 될 거예요."

"전혀 안 되죠."

"런던이 나아요."

"런던이 나아요. 한 잔 더 할래요?"

"네, 네에."

"내가 가져, 가져올게요."

"앞으로 결혼증명서를 받기 전에는 절대 남자랑 자면 안 돼요."

"그럴 듯하네요."

"하지만 밀코 탕기는 건 내 원칙에 어긋나는데."

"아, 알죠, 알죠."

"네에."

"우리 그냥 레쥬비안이 되까요? 어때요?"

폐기가 힘들게 일어나서 모린에게 다가와 맨살이 드러난 모린의 명치에 손을 얹었다. "구러면 당신한테 좋아요?"

"전혀요."

"나도 남차가 좋아요." 폐기는 긴 의자로 돌아가 쿵 하고 부딪히듯이 주저앉았다. 그 바람에 술이 튀었다.

"나도요. 그래봐짜 우리 둘 다 이 꼴이지만."

"다음에는 일을 그만두지 말고, 우리 옷 가게를 지켜요."

"네에……."

잠시 침묵이 흐른 뒤 폐기가 일어나 앉았다. 다시 정신이 또렷해진 얼굴이었다. 엄청난 열정이 솟아올랐다. "있죠." 그녀가 말했다. "아냐, 젠장, 이죠, 내가 첨부터 하코 싶던 말이 그거예요. 진심이에요."

"나도요."

"맞아요. 나-나-남차가 나타나쟈마쟈 일을 그만듀면 안 돼요. 젠장, 내가 취했네. 하지만 내 말은 진심이에요……. 그래요, 모린, 첨부터 이 원칙을 세우지 않으면 난 오까게 쉬작 안 해요. 우리가 반드시, **반듀쉬** 그걸 세워야 돼요. 일이 먼처, 아니면, **아니면**, 켤국 우리가 무슨 꼴이 될지 알자나요." 폐기는 마지막 문장을 급히 내놓고는 만족한 얼굴로 드러누웠다.

이제는 모린이 열성적인 얼굴로 일어나 앉아, 발음을 똑바로 하려고 애쓰며 입을 열었다. "하지만…… 우리가…… 둘 다 잘하는 건, 크건, 어떤 망할 전재, 천재를 뒤빠침해쥬는 거예요."

"이젠 아니에요. 안 돼요. 약쏙해요, 모린, 약쏙해요. **아니**

면……."

"알았어요. 약속해요."

"좋아요."

"한 잔 더?"

"브랜디 조아, 조아, 조아, 조아, 브랜디."

"브랜디 조아……."

목격자

아침마다 브룩 씨는 책상 위의 못에 모자를 조심스레 걸고, 파이프와 담배를 팔꿈치 옆에 정리해둔 뒤, 다른 사람들을 바라보며 기대를 품은 얼굴로 이렇게 말하곤 했다. "오늘 트위스터가 어땠는지 모두 봤어야 합니다. 내 신문을 문간에서부터 한 번도 떨어뜨리지 않고 내게 가져왔어요." 그러고 나서 그는 예의 바르면서도 적대적인 얼굴들을 바라보며 짧게 웃었다. 빠르게 튀어나오는 신경질적인 웃음소리였다. 웃음이 끝나면 그는 서류를 향해 시선을 내렸다.

사장의 개인비서인 미스 젱킨스는 달링이라는 발바리를 한 마리 길렀는데, 그녀가 그 이름을 입에 담기만 하면 다들 열심히 귀를 기울이다가 웃어주었다. 한편 리처즈는 약혼했다는 이유로 사람들의 놀림감이 되었다. 매번 그는 얼굴이 시뻘겋게 달아올라서, 책상 밑에서 기쁨에 겨워 몸부림쳤다. 경리 담당인 미스 아이브스는 신랄한 노처녀였다. 도도하고 반항적으로 자기만의 삶을 꾸려나가는 그녀의 집에는 정원이 있었다. 그녀가 집에서 기르는 나무 이야기를 하면, 사무실 사람들이 모두 예의 바르게 침묵했다. 미스 아이브스는 꽃박람회에서 상을 탄 적도 있었다. 그녀는 놓치는 것이 없었다.

8시가 되면 모두들 하루 일과를 시작할 준비가 되었고, 11시가 되면 찻잔이 받침접시와 함께 나왔다. 오후 3시에는 크림케이크를 먹었다.

브룩 씨는 집에서 기르는 테리어인 트위스터를 데려왔다. 순전히 가끔 사람들에게 자신의 존재를 알리기 위해서였다. 처음에는 카나리아를 데려왔지만, 그는 한참 만에 카나리아로는 흥미를 끌 수 없다는 결론을 내렸다. 미스 젱킨스의 발바리는 먹는 것 외에 하는 일이 없는데도, 매일 그녀가 떠들어대는 달링 이야기에 사람들이 귀를 기울였다. 하기야 그녀가 매우 매력적인 여성이기는 했다. 미인이 아니었다면, 사장의 개인비서가 되지도 못했을 것이다. 브룩 씨의 개는 못하는 것이 없었다. 브룩 씨는 밤에 자기 방에서 개에게 애원하는 법, 균형 잡는 법, 설탕을 줄 때까지 기다리는 법을 가르쳤다. 그는 만족스럽게 녀석의 귀를 문질러주며 속으로 생각했다. '내가 근속 20년 기념으로 받은 손목시계로 쟀을 때 꼬박 10분 동안 이 녀석이 꼼짝도 하지 않고 자세를 유지할 수 있다고 말하면 다들 놀라서 벌떡 일어날 거야.' 그는 직원들의 주의를 끄는 것을 포기한 지 오래인데도 혼자서 이런 말을 중얼거리곤 했다.

사실 그는 혼자가 아니었다. 30년 동안 오전 8시부터 오후 4시까지 숫자 다루는 일을 하면서, 자신의 삶을 지탱해줄 자기만의 것을 전혀 만들지 못한 것은 아니었다. 그는 카나리아를 계속 기르기로 했다. 공간이 별로 필요하지도 않고, 그가 녀석이 내는 소리를 좋아하게 되었기 때문이다. 개도 길렀다. 녀석이 일종의 말동무가 되어주었으므로. 그가 둘을 모두 기르기로 한 진짜 이유는, 집주인 아주머니가 녀석들에게 짜증을 낸다는 점이었다. 그는 그녀와 항상 싸움을 벌였다. 퇴근길에 그는 집까지 걸어가면서, 저녁식사를 마치고 개를 짖게 만들어야겠다고 생각하곤 했다. 그러면 집주인 아주머니가 나타나 소란을 피울 것이다. 그녀는 대개 마지막에 울음을 터뜨리곤 했다. 그러면 그는 그녀에게 이렇게 말할 수 있었다. "나도 이 세상에 혼자랍니다, 아주머니." 때로는 그녀가 잠자리에 들기 전에 그에게 차를 한 잔 끓여주며, 독한 표정으로 말했다. "당신이 스스로를 돌보지 않으면, 누구 다른 사람이라도 당신을 돌봐줘야겠죠. 제발 저 망할 개가 바닥에 온통 차를 엎지르게 하지만 말아요."

그녀가 잠자리에 들고 나면, 복도에서 그녀와 마주칠 위험이 없어졌다. 그는 잡지에서 사진을 오려, 호기심 많은 그녀의 눈에 띄지 않게 조심스럽게 감춰두었던 주소로 우편주문서를 보냈다. 스스로 창피하다는 생각은 조금도 들지 않았다. 오히려 자랑스러웠다. 그것은 매주 금요일에 술에 취하는 것과 마찬가지로, 반항의 몸짓이었다. 그가 금요일을 선택한 것은, 토요일 아침에 전혀 일할 수 없는 상태가 되어 "내가 어젯밤에 좀 놀았어요"라고 말하면 미스 아이브스가 짜증을 내기 때문이었다. 그러고 나서 그는 근무시간을 어떻게든 견뎌냈다. 남자라면 뭔가 자기만의 것이 필요한데, 정원 가꾸기는 별로 마음에 들지 않았다.

토요일을 제외한 다른 날에는 언제나 책상에 조용히 앉아, 직원들이 마치 그가 그 자리에 존재하지 않는 것처럼 자기들끼리만 떠들어대는 모습을 지켜보았다. 미스 젠킨스의 개가 아프기라도 하면, 그녀가 그에게 와서 조언을 구할 텐데. 아니면 미스 아이브스가 "장부 정리 좀 도와주세요. 브룩 씨만큼 계산이 빠른 사람이 없어요"라고 말해주면 좋을 텐데. 아니면 리처즈가 여자친구와 싸웠다며 그에게 속내를 털어놓으면 좋을 텐데. 그는 리처즈에게 이렇게 대답하는 상상을 했다. "여자들이란! 정말이지! 자네가 말 안 해도 다 아네."

창가에 서서 밖을 내다보며, 등 뒤에서 직원들이 떠드는 소리를 안 듣는 척, 무심한 척 들을 때도 있었다. 두 층 아래의 거리에서 사람들이 바삐 오갔다. 브룩 씨 자신은 언제나 창가에서 밖을 내다보기만 하는 것 같았다. 그는 저 아래 도로를 달리는 자동차가 서로 충돌하는 상상, 그리고 자신이 그 광경을 본 유일한 목격자가 되는 상상을 자주 했다. 경찰이 수첩을 들고 계단을 쿵쿵 올라오면, 사무실의 타이피스트들이 그에게 게걸스레 물을 것이다. "도대체 무슨 일이 있었던 거예요, 브룩 씨?" 사장도 그의 어깨를 철썩 치며 말할 것이다. "자네가 현장을 봤으니 다행이군. 자네가 없으면 내가 어떻게 되려나 몰라." 그는 법정에 나가 증언하는 상상도 했다. "네, 재판장님, 저는 매일 그 시각에 창밖을 내다봅니다. 습관이에요. 제가 보지 못하는 것은 없습니다……."

하지만 사고는 한 번도 일어나지 않았고, 경찰은 딱 한 번 찾아왔다. 미스 젱킨스가 발바리를 잃어버렸을 때였다. 사장인 존스 씨는 고개 숙여 인사할 때를 빼고는 거의 본 적이 없었다. 그의 진짜 상사는 미스 아이브스였다.

그는 타자실 문틈으로 안을 들여다보곤 했다. 여직원 여섯 명이 일하는 그 방을 사장이 매일 아침 지나갈 때. 부러워서 미칠 것 같았다.

존스 씨는 덩치가 크고, 얼굴이 붉었으며, 하얀 머리카락이 귀를 덮었다. 매일 점심시간 뒤에는 그의 몸에서 맥주 냄새가 났다. 그런데도 여직원들은 그를 위해 무엇이든 해주었다. 존스 씨는 기운찬 목소리로 이렇게 말하곤 했다. "그래, 요즘 살기가 괜찮은가?" 때로는 가장 예쁜 여직원에게 한 팔을 두르고 이렇게 말했다. "너무 예뻐서 오래 일할 것 같지 않은데. 금방 결혼하겠어……." 마치 자기 직무의 일환으로 직원들에게 메달을 나눠주는 듯한 태도였다. 이런 말을 들으면 직원들이 오히려 더 열심히 일하는 것 같다고, 브룩 씨는 생각했다. 그는 씁쓸한 기분으로 타자실 문을 몰래 닫고, 존스 씨가 사라지자마자 미친 듯이 타닥거리기 시작하는 타자기 소리에 귀를 기울였다. 그러다가 화장실에 가서 거울로 자신의 얼굴을 보았다. 그는 흰머리가 전혀 없었다. 자기가 보기에는 얼굴도 꽤 잘생긴 것 같았다. 하지만 그가 여직원의 어깨에 팔을 둘렀다가는 뺨을 맞을 터였다. 확실했다.

그가 정년퇴직 연령인 쉰다섯 살이 되던 해에, 학교를 갓 졸업한 마니 드 콕이 신입직원으로 사무실에 들어왔다. 브룩 씨는 일을 그만두고 싶지 않았다. 저축한 돈으로는 살기가 힘들었다. 게

다가 이 사무실은 그의 모든 것이었다. 몇 주 동안 그는 걱정에 지쳐 쭈글쭈글해졌지만, 존스 씨는 아무 말도 하지 않았다. 얼마쯤 시간이 흐른 뒤 그는 다시 자신감을 얻었다. 퇴직에 대해서는 생각하고 싶지 않았다. 게다가 마니가 들어온 뒤로 모든 것이 바뀌었다. 사무실의 분위기가 하루아침에 달라졌다.

마니는 열여덟 살로, 사무실에서 몇 마일 떨어진 작은 마을 출신이었다. 십남매 중 막내라고 했다. 살짝 통통하고 생기 있는 얼굴에서는 항상 즐거운 기대가 엿보이고, 새된 목소리는 감정을 풍부하게 표현했으며, 몸매는 호리호리하고, 동작은 물고기처럼 재빨랐다. 그녀는 사무실 안을 이리저리 쏜살같이 뛰어다니며 직원들에게 말을 걸었다. 사람들이 자기 때문에 시간을 낭비했다며 언짢아할 수도 있다는 생각을 단 한 번도 해보지 못한 것 같았다. 마니는 식구들에 대한 소소한 이야기로 사무실의 신성한 침묵을 산산조각 내고, 책상 위에 걸터앉아 다리를 흔들고, 전화기 사이에 꽃병을 놓았다. 심지어 미스 아이브스조차 안경을 벗고 그녀를 지켜볼 정도였다. 모두들 마니를 지켜보았다. 자리를 비울 핑계를 얼마든지 만들어낼 수 있는 존스 씨가 특히 그랬다. 그는 아이들을 바라보면서 저 무모함과 귀여움이 결국 어떻게 되었는지 기억을 더듬는 사람처럼 너그럽고, 즐겁고, 살짝 얄궂은 미소를 지으며 마니를 지켜보았다. 브룩 씨 역시 마니에게서 눈을 뗄 수 없었다. 얼마 동안 그는 말을 하기가 무서웠다. 다른 사람들과 마찬가지로 마니 역시 그의 존재를 눈치채지 못한 것 같았기 때문이다. 그가 입을 열어 말을 하면, 마니는 화들짝 놀란 얼굴로 못마땅하게 그를 바라보았다. 그에게는 익숙한 표정이었지만, 속으로는 자신이 그런 시선을 받을 사람이 아니라고 생각했다. 저 애는 내 딸뻘이야. 브룩 씨는 변명하듯 속으로 중얼거렸다. 그는 마니에게 누구랑 같이 점심을 먹는지, 전날 밤에 어떤 영화를 보았는지 등을 물었다. 질투심 많은 애인 같았다. 자기 애인의 행동에 대해 이야기하는 것만으로도 거기에 깃든 위험이 사라져, 그녀가 그와는 별개로 즐기고 있는 멋진 삶이 어떤 식으로든 자기 것이 된다고 생각하는 남자. 마니는 콧잔등에 주름을 잡으며 그의 질문에 짧게 대답하거나 아예 대답하지 않았다.

그의 눈에는 그런 행동조차 매력적으로 보였다. 솔직하고 직선적인 반응이 바로 그녀의 매력이었다. 마니는 타이피스트들이 존스 씨를 대할 때와 미스 아이브스 씨를 대할 때 각각 다른 목소리를 내게 만드는, 이 사무실에 은근히 퍼져 있는 아첨과 아부의 분위기를 전혀 알아차리지 못했다. 그녀는 마치 평생 알아온 사람처럼 모두를 대했다. 아이처럼 솔직해서 자기에게 온 편지를 소리 내어 읽고, 고향에서 소포가 오면 기뻐서 펄쩍펄쩍 뛰었으며, 누군가가 일을 그런 식으로 하면 안 된다고 부드럽게 조언하면 눈물을 터뜨렸다.

그녀는 절망스러울 정도로 일에 요령이 없었다. 원래 서류 정리법을 배워서 맡아야 했지만, 실제로는 차를 타는 일을 맡았다. 그녀는 하루에도 열 번씩 길 건너편의 찻집에 가서 크림케이크를 사오고, 사람들에게 감기를 견디는 법이나 옷을 만드는 법에 대해 조언해주었다.

다른 타이피스트들은 모두 자연스럽게 마니의 적이 되어야 하
는 처지였지만, 그녀의 행동에 깜짝 놀라서 아주 부드럽고 너그
럽게 그녀를 대했다. 모두들 그녀가 한 달을 채 버티지 못할 것
이라고 생각했기 때문이었다. 하지만 미스 아이브스가 험상궂은
표정으로 아주 후한 금액이 적힌 급료 수표를 그녀에게 두 번째
로 내어주는 날이 왔다. 미스 아이브스는 심하게 그녀를 타박해
결국 울리고 말았다.

세상에 무서울 것이 없는 미스 아이브스는 어느 날 마침내 존
스 씨의 사무실로 들어가, 저 아이는 구제불능이니 당장 내보내
야 한다고 말했다. 사실 서류 정리에 앞으로 몇 달이 더 걸릴 판
이었다. 아무도 필요한 서류를 찾을 수 없었다.

미스 아이브스는 어느 때보다 험상궂은 표정으로 입술을 움찔
거리며 자기 자리로 돌아왔다.

그녀가 성난 얼굴로 말했다. "올 3월이면, 내가 일을 한 지 27년
이에요. 난 지금까지 아무것도 얻은 게 없어요. 나만큼 자격요건
을 갖춘 여자가 몇 명이나 되지요? 차라리 얼굴이나 예쁘게 가꿀
걸 그랬네요." 그러고 나서 그녀는 왈칵 울음을 터뜨렸다. 가벼
운 히스테리였다. 브룩 씨가 가장 먼저 일어나서 물과 손수건을
들고 부산스럽게 달려갔다. 미스 아이브스가 우는 모습을 보인
것은 이번이 처음이었다.

하지만 왜? 존스 씨는 마니가 학창시절 친구의 딸이며, 그 아
이를 돌봐주기로 친구와 약속했다고 미스 아이브스에게 말했을

뿐이었다. 마니가 서류 정리에 재주가 없다면, 그냥 잡일을 맡기면 되지 않느냐고.

"여기는 사무실이지 자선기관이 아니에요." 미스 아이브스가 다그치듯이 말했다. "이런 일은 생전 처음이에요." 그러고 나서 그녀는 브룩 씨에게 시선을 돌렸다. 브룩 씨는 그녀를 향해 무력하게 몸을 기울이고 있었다. 그녀가 말했다. "이 사무실에는 그만둬야 하는 사람들이 더 있어요. 당신 아버지도 사장님 친구지요, 아마? 술에 취해서 멋대로 굴고, 책상에 여자 사진을 붙여놓고, 화장실에서 머리에 기름을 바르고……."

브룩 씨는 하얗게 질려서 대답할 말을 찾으며 도와달라는 듯 미스 젱킨스와 리처즈를 무력하게 돌아보았다. 두 사람은 그와 눈을 마주치려 하지 않았다. 그들이 그의 얼굴에 눈에 보이지 않는 주먹을 먹인 것 같았다. 미스 아이브스가 곧 손수건을 얼굴에서 치웠다. 그리고 힘든 일을 참고 견디는 사람 같은 자세로 펜을 들어 다시 장부를 작성하기 시작했다. 브룩 씨에게 시선을 주는 사람은 하나도 없었다.

그는 이 일을 억지로 잊었다. 그녀가 히스테리를 부린 것이라고 속으로 되뇌었다. 그럴 때 여자들은 아무 말이나 한다고. 그는 여자들의 말에 신경을 쓰지 말아야 할 때가 있다는 남자들의 말을 들은 적이 있었다. 노처녀도 마찬가지야. 그는 앙심을 품은 사람처럼 속으로 중얼거리면서, 이 말을 소리 내서 할 수 있으면 좋겠다고 생각했다. 미스 아이브스 또한 자신의 약점을 강점으로 만든 사람이며, 그가 그녀의 말에 오랫동안 상처받지 않듯이 그녀도 그의 말에 오랫동안 상처받지 않는다는 사실을 그는 생각하지 못했다.

하지만 히스테리 발작은 그때 한 번만이 아니었다. 이 사람들이 오랫동안 똑같은 농담을 주고받고, 서로의 건강에 대해 안부를 묻고, 소소한 물건들을 빌리며 함께 일했는데 하루아침에 모든 것이 틀어져버렸다는 사실이 놀라웠다.

예를 들어, 타이피스트 한 명이 어느 날 아침 벌컥 화를 내며 울음을 터뜨렸다. 존스 씨가 다시 타이핑하라며 서신을 돌려보낸 것이 이유였다. 처음 있는 일이었다. 존스 씨는 워낙 매너가 좋은 사람이라서, 질책을 할 때도 거의 칭찬만큼 따스한 태도를 보이는 것이 보통이었다.

한편 마니는 자기가 왜 뺨을 맞았는지 모르는 아이 같았다. 그녀는 조금 훌쩍거리며 불쌍한 표정으로 사무실 안을 돌아다녔다. 그러다 존스 씨가 우연히 그녀를 보고 무슨 일이냐고 물었다. 마니가 울음을 터뜨리자, 존스 씨는 그녀를 자기 방으로 데려갔다. 고객들이 기다리고 있는데도, 사장실 문은 한 시간이 넘도록 열리지 않았다. 마니가 풀이 좀 죽기는 했지만 그래도 명랑해 보이는 얼굴로 그 방에서 나오자, 타이피스트들은 그녀를 냉대했다. 마니는 미스 아이브스에게 달려가, 자기 책상을 타자실에서 이곳으로 옮겨도 되느냐고 물었다. 다른 여직원들이 "자신에게 고약하게" 군다면서. 미스 아이브스는 당연히 그녀의 말에 전혀 공감하지 못했고, 그녀는 또 울었다. 브룩 씨의 책상에 쌓인 서류들 사이에 고개를 파묻고서. 브룩 씨의 책상이 가장 가까이에 있던 것은 우연이었다.

점심시간이었다. 마니와 브룩 씨를 제외한 모두가 점심을 먹으러 나갔다. 마니가 이 나이 많은 남자의 색 바래고 기름 바른 머리, 주름진 하얀 손, 불쾌하게 친밀한 척하는 눈에 대해 느끼던 혐오감은 그녀의 격렬한 자기연민 속에서 녹아 없어졌다. 그녀는 자신의 머리를 쓰다듬는 그의 손길을 막지 않았다. 그날 아침 존스 씨의 어깨에 기대어 울었던 것처럼, 지금은 브룩 씨의 어깨에 기대어 울었다.

"모두 날 싫어해요." 그녀가 흐느끼며 말했다.

"아냐, 다들 널 좋아해."

"존스 사장님만 날 좋아해요."

"하지만 사장님은 사장님이고……." 브룩 씨는 말을 더듬었다. 그녀가 이렇게까지 천진난만하다니, 믿을 수가 없었다. 가슴이 아팠다. 그는 눈물에 젖어 자기 책상 위에 웅크리고 있는 그녀를 아버지처럼 부드럽게 쓰다듬었다. 그녀를 위로하고 싶은 생각밖에 없었다. "여기가 사무실이라는 사실만 잊지 않으면 돼, 마니."

"난 사무실에서 일하고 싶지 않아요. 집에 가고 싶어요. 엄마가 보고 싶어요. 존스 사장님이 날 집으로 보내주면 좋겠는데, 안 된대요. 사장님이 날 보살펴주겠다고……."

계단에서 발소리가 들려오자, 브룩 씨는 죄 지은 사람처럼 물러나 자신의 구석자리로 돌아갔고, 마니는 뚱하고 반항적인 표정으로 일어나 미스 아이브스를 정면으로 바라보았다. 미스 아이브스는 그녀를 무시했다. 마니는 발을 질질 끌며 타자실로 갔다.

"당신은 아마 저 아이를 격려하고 있었겠죠." 미스 아이브스가 말했다. "하지만 저 애는 제대로 혼날 필요가 있어요. 내가 곧 직접 혼내줄 거예요."

"저 애는 고향을 그리워해요." 브룩 씨가 말했다.

"저 안에 있는 의붓아버지는 어쩌고요?" 미스 아이브스가 존스 씨의 사무실 문을 고갯짓으로 가리키며 쏘아붙였다.

"사장님은 저 애를 안쓰럽게 생각하는 거예요." 브룩 씨는 자신이 마니에게 새로이 느끼게 된, 지켜주고 싶다는 감정을 이런 식으로 변호했다.

"가끔 보면 눈이 없는 사람들이 있다니까요." 미스 아이브스가 불쾌하다는 듯이 말했다. "저 애를 데리고 영화를 보러 가고, 매일 식당에서 함께 저녁을 먹어요. 그것도 저 애가 안쓰러워서 하는 행동인가요?"

"네, 그럼요." 브룩 씨가 열렬히 말했다. 하지만 당혹감과 분노로 속이 뒤집히는 것 같았다. 미스 아이브스를 한 대 때리고 싶었다. 존스 씨의 사무실로 뛰어 들어가 그를 한 대 때리고 싶었다. 뭔가 필사적인 행동을 하고 싶었다. 하지만 그는 그냥 자기 자리에 앉아 숫자 계산을 시작했다. 언제나 그렇듯이 오늘도 그는 일이 예정보다 밀려 있었다. "느리지만 확실하게, 그게 바로 나야." 그는 일이 점점 쌓이기만 하는 것을 보고 언제나 그렇듯이 이렇게 중얼거렸다. 하지만 그날 오후에 미스 아이브스가 그가 계산한 서류 세 장을 돌려주며 말했다. "좀 더 정확히 해봐요, 브룩 씨. **제발** 부탁이니까."

4시에 존스 씨가 퇴근하려고 사무실을 가로지르자, 마니는 기다리고 있다가 그와 시선을 마주치려고 했다. 존스 씨는 미소를 지으며 걸음을 멈췄다가, 전 직원이 지켜보고 있음을 깨닫고 얼굴을 붉히며 그냥 걸어갔다.

마니의 입술이 또 파르르 떨렸다.

"또 비가 내리겠네." 미스 아이브스가 신랄하게 말했다.

"내가 버스 정류장까지 바래다줄까?" 브룩 씨가 미스 아이브스에게 반항하듯이 말했다. 타자실의 열린 문에서 웃음소리가 들려왔다. 브룩 씨가 방을 나선 뒤에 워낙 자주 들리던 웃음소리라서, 이제 와서 신경 쓸 생각은 들지 않았다. 마니가 고갯짓으로 미스 아이브스를 가리키며, 우아하게 말했다. "그래주시면 감사하죠."

두 사람은 계단을 내려갔다. 그녀가 앞에서 질주하듯 뛰어가고, 그는 보조를 맞추려고 애썼다. 계단을 내려가는 그녀의 발걸음이 춤을 추는 것 같았다. 햇살이 그녀의 밝은색 머리카락에 부딪혀 눈부시게 빛났다. 브룩 씨는 숨을 헐떡이면서도 미소를 지으며 이야기를 하기 위해 애써 숨을 골랐다. 저 위에서 미스 아이브스와 다른 직원들이 창문 밖으로 고개를 내밀고, 경멸과 혐오의 표정으로 두 사람을 지켜보고 있다는 것을 그는 알고 있었다. 그래도 신경 쓰지 않았다. 하지만 존스 씨가 마치 마니를 기다렸다는 듯이 어떤 상점에서 나오는 것을 봤을 때는, 죄 지은 사람처럼 걸음을 멈추고 말했다. "안녕하십니까, 사장님."

존스 씨는 그를 거들떠보지도 않고 고개만 끄덕였다. 그리고 부드러운 미소를 지으며 마니에게 말했다. "기분이 좀 나아졌니? 걱정마라. 사무실에서 오래 일할 필요 없어. 어떤 행운아가 곧 너랑 결혼할 테니까." 그가 타이피스트들에게도 늘 하는 말이었지만, 지금은 말투가 달랐다.

마니가 웃음을 터뜨리며 그에게 달려가 뺨에 입을 맞췄다.

"이런!" 존스 씨는 얼빠진 바보처럼 기뻐했다. 그가 마니의 머리 너머로 브룩 씨를 노려보았다. 브룩 씨는 마치 사장에게서 지시가 떨어지기라도 한 것처럼 한 번도 뒤돌아보지 않고 서둘러 걸어갔다. 곧 마니가 뒤에서 타다닥 달려오는 소리가 들렸다.

"그런 짓을 하면 안 돼." 브룩 씨가 질책하듯이 말했다.

마니는 순진한 얼굴로 기뻐하고 있었다. "아빠 같은 분인데요."

버스 정류장에서 브룩 씨는 갑자기 마니를 이대로 보내는 것을 참을 수 없어졌다. 그는 마니의 팔을 잡고 말했다. "우리 집에 오면 우리 개 트위스터를 보여주마. 너도 그 녀석을 좋아할 거야."

마니가 말했다. "있잖아요, 처음에는 제가 아저씨를 안 좋아했거든요. 그런데 지금은 좋아요."

"트위스터는 아침에 나한테 신문을 가져다줄 줄도 알아." 브룩 씨가 말했다. "한 번도 신문을 찢은 적이 없어."

"저는 개를 좋아해요." 마니가 비밀을 털어놓듯이, 세상에서 가장 놀라운 소식을 들려주듯이 말했다.

마니와 함께 집에 돌아온 브룩 씨는 너무나 자랑스럽고 너무나 당황해서, 그녀를 바라보며 싱글벙글 웃기만 했다. 그는 떨리는 손으로 자물쇠를 열었다. 하지만 집주인 아주머니가 창문에서 내다보는 것을 보고 열쇠를 떨어뜨렸다. 마니가 열쇠를 주워 먼저 안으로 들어갔다. 마치 이 집을 자기 것으로 만들려는 사람처럼.

"좋은 집이네요." 그녀가 말했다. "하지만 너무 작아요. 침대를 이렇게 옮기면……."

그녀는 브룩 씨가 침대로 사용하는 긴 소파로 달려가 한쪽 귀퉁이 너머로 밀었다. 그리고 쿠션을 팡팡 두드리고, 의자를 옮긴 뒤 그를 돌아보았다. "이게 훨씬 낫죠? 저는 이런 거 잘해요. 가정적인 여자거든요. 엄마가 저보고 그랬어요. 엄마는 저를 사무실에 보내고 싶어 하지 않았는데, 아빠랑 존스 사장님이 결정해 버렸어요."

"네 엄마 말씀이 옳아." 브룩 씨가 열렬하게 말했다.

그때 마니가 말을 멈추고 주위를 둘러보았다. 그녀의 표정이 변하는 것을 보며 브룩 씨는 천천히 피가 식는 것 같았다. 그는 그녀의 눈으로 이 집과 자신을 바라보았다. 그녀가 앞으로 자신을 어떻게 바라볼지 상상하면서.

작은 집이었다. 벽지에는 장미와 리본 무늬가 가득했다. 카나리아 새장이 창가에 걸려 있고, 개가 잠자는 바구니는 침대 밑에 있었다. 브룩 씨 이전에 많은 사람들이 살다 간 이 방에 브룩 씨다운 물건은 그것뿐이었다. 새장과 개 바구니 외에 벽지를 대부분 뒤덮은 사진들뿐.

마니가 어깨를 이상하게 웅크리고 천천히 움직였다. 마치 그 어깨에 바람 한 줄기가 닿은 것 같았다. 브룩 씨는 그녀에게 호소하듯이 자기도 모르게 그녀의 등을 향해 앞으로 양손을 내밀고 그녀의 뒤를 따랐다.

"사진을 좀 사야 하는데." 브룩 씨는 아무렇지도 않은 목소리를 내려고 애썼다.

영화배우, 수영복 차림의 미인, 반쯤 벌거벗은 여자의 사진 수십 장이 벽을 뒤덮고 있었다.

그는 그녀가 그에게 동정을 구했듯이, 자신도 그녀에게 동정을 구해야 한다는 사실을 본능적으로 깨달았다. 그가 말했다. "사진을 살 여유가 없어."

하지만 그녀가 마침내 그를 향해 돌아섰을 때, 그는 자신이 틀린 표정을 짓고 있음을 깨달았다. 그녀는 탐색하듯 그의 얼굴을 살펴보다가, 뭔가 불쾌한 것을 밟은 사람 같은 표정을 지었다.

"저런 사진이 있다는 걸 까맣게 잊어버렸어." 브룩 씨가 필사적으로 진실을 외쳤다. "난 그런 사람이 아니야, 마니. 그렇지 않아."

그녀의 손이 휙 뻗어 나와 그의 뺨을 찔렀다. "더러운 늙은이. 더럽고 더러운 늙은이."

마니가 밖으로 달려 나가는 순간, 집주인 아주머니가 들어왔다.

"어디서 애를 붙잡아 왔어요? 이 집에 여자를 데려오면 안 된다고 했잖아요."

"저 애는 내 딸이에요." 브룩 씨가 말했다.

문이 쾅 닫혔다. 브룩 씨는 침대에 앉아 벽을 바라보았다. 순간적으로 자신이 비열하고 하찮은 늙은이가 된 것 같았다. 하지만 곧 자신을 회복하고 소리 내어 말했다. "그래, 어쩔 수 없이 혼자 사는 사람한테서 뭘 기대한 거야?" 이것은 마니와 집주인 여자뿐만 아니라, 거리에서 지나치거나 영화에서 보거나 식당 옆자리에서 만난 모든 여자들에게도 하는 말이었다.

"어차피 네가 여기 오래 있지 않을 줄 알았어." 한참 만에 그가 투덜거리듯이 말했다. 그리고 벽에서 사진들을 뜯어내기 시작했다. 하지만 곧 천천히 사진들을 다시 붙였다. 심지어 그가 어떤 광고를 보려고 구한 신문 〈파리지안 팬시즈〉에서 새로 사진을 오려내 침대 바로 위에 붙이기까지 했다. "이걸 보면 당신도 생각을 좀 하게 되겠지." 이것은 집주인 여자에게 하는 말이었다. 옆방에서 그녀가 쿵쿵거리며 돌아다니는 소리가 들렸다. 브룩 씨는 밖으로 나가 술을 잔뜩 마시고 고주망태가 되었다.

다음 날 아침 그가 목욕하는 동안 집주인 여자가 그 사진을 보고는, 그에게 집을 비우지 않으면 경찰을 부르겠다고 말했다. "이건 음란사진이에요." 그녀가 말했다.

"그런다고 내가 겁먹을 것 같아요?" 브룩 씨가 말했다.

사무실에 도착했을 때도 그는 아직 조금 취한 상태였다. 그가 공격적으로 걸어 들어가자, 미스 아이브스가 곧바로 코를 쿵쿵거리며 그를 노려보았다. 그리고 그대로 일어서서 존스 씨의 방으로 들어갔다. 존스 씨가 미스 아이브스와 함께 나와서 말했다. "브룩, 한 번만 더 이런 짓을 하면 해고하겠네. 뭐든 정도가 있는 법이야."

열린 문을 통해 마니가 존스 씨의 커다란 의자에 앉아 빙글빙글 돌면서 과자를 먹고 있는 모습이 보였다.

오전 중반쯤에 미스 젱킨스가 울음을 터뜨리며 말했다. "저 애가 그만두든지 내가 그만두든지 해야겠어요."

"걱정 말아요." 미스 아이브스가 말했다. 그리고 의미심장하게 고개를 위아래로 끄덕거렸다. "오래가지 않을 거예요. 어떤 식으로든 일이 터질 테니까. 이런 상황이 계속될 리가 없어요." 미스 젱킨스는 머리가 아프다면서 조퇴했다. 리처즈가 존스 씨의 방에 들어갔다가 말도 제대로 못할 정도로 화를 내며 나왔다. 옆방 타자기들이 조용했다. 미스 아이브스만 빼고 모두들 일을 제대로 하지 않았다. 다들 뭔가를 기다리는 것 같았다.

점심시간이 되자 모두 일찍 밖으로 나갔다. 브룩 씨는 사무실에 남았다. 머리가 아프고, 팔다리가 뻣뻣해서 계단으로 두 층을 내려갈 엄두가 나지 않았다. 그는 샌드위치를 먹은 뒤, 책상에 머리를 대고 잠들었다. 깨어났을 때도 여전히 혼자였다. 머릿속이 몽롱해서 그는 순간적으로 여기가 어딘지 알 수 없었다. 그러다 서류 위의 빵 부스러기에 파리들이 몰려든 것을 보고, 먼지떨이를 가져오려고 뻣뻣하게 일어섰다. 타자실 문이 닫혀 있었다. 브룩 씨는 그 문을 살짝 열고 조심스레 들여다보았다. 순간적으로 자신이 아직도 꿈을 꾸는 건가 하는 생각이 들었다. 마니와 존스 씨가 보였기 때문이다. 존스 씨가 마니의 머리카락에 얼굴을 묻고 이렇게 말하고 있었다. "제발, 마니, 제발, 제발, 제발……." 술취한 사람 같았다.

브룩 씨는 힘겹게 눈의 초점을 맞추며 계속 바라보았다. 마니가 작게 비명을 지르자, 존스 씨가 벌떡 일어나서 다가왔다. "염

탐꾼!" 그가 화를 내며 말했다.

브룩 씨는 숨이 막혔다. 그는 힘없이 입을 벌리고, 양손을 무기력하게 양쪽으로 펼쳤다. 한참 만에 그가 마니에게 말했다. "왜 **사장님 뺨**을 때리지 않았어?"

마니가 소리를 지르며 브룩 씨에게로 달려왔다. "더러운 늙은이, 더러운 늙은이!"

"사장님이 나보다 나이가 많아."

"닥쳐, 브룩." 존스 씨가 말했다.

"사장님한테는 장성한 자녀들이 있어. 손주들도 있어, 마니."

존스 씨가 주먹을 들어 올렸다. 하지만 그 순간 마니가 의기양양하게 말했다. "난 사장님과 결혼할 거예요. 결혼할 거라고요. 그러니까!" 존스 씨가 팔을 내렸다. 화가 나서 붉게 달아오른 그의 얼굴이, 천천히 만족스럽고 고마운 표정으로 바뀌며 그녀를 사랑스럽게 바라보았다.

브룩 씨는 그녀가 이 말을 처음으로 했음을 깨달았다. 자기가 들어오지 않았다면, 아마 그녀가 이 말을 하는 일이 결코 없었으리라는 것도 깨달았다.

그는 존스 씨를 보았다. 그가 미우면서도, 부럽고 감탄하는 마음도 조금 있었다. 혼란스러운 그의 머릿속에 떠오른 생각은 이랬다. '사장님은 사진을 갖고 있더라도, 조심스럽게 숨겨두겠지.'

얼마 뒤 그가 연민과 악의가 반씩 섞인 목소리로 마니에게 말했다. "어리석은 아이 같으니. 나중에 후회할 거다." 그러고 나서 그는 돌아서서 벽을 잡고 더듬더듬 밖으로 나왔다.

목격자 259

그날 오후 늦게 미스 아이브스가 그에게 수표를 가져다주었다. 보너스 10파운드와 함께 그는 해고되었다. 30년 동안 일했는데 10파운드라니! 머리가 멍해서 정신이 없었다.

"두 사람이 결혼하는 것 알고 있었어요?" 그는 미스 아이브스가 화내는 모습을 보고 싶어서 이렇게 물었다.

하지만 그녀는 기쁜 목소리로 말했다. "조금 전에 존스 씨가 우리에게 알렸어요."

"존스 씨는 나보다도 나이가 많아요……."

"그 애한테 딱 맞죠." 미스 아이브스가 쏘아붙였다. "그런 멍청한 여자애한테는 딱이에요. 그 애가 할 줄 아는 거라고는 결혼밖에 없잖아요. 그런 애들이 생각하는 건 결혼뿐이죠. 그 애도 이제 남자에 대해 알게 될 거예요."

미스 아이브스는 브룩 씨에게 모자를 건네주고는, 그를 문 쪽으로 부드럽게 밀기 시작했다. "당신은 이제 가보는 게 좋을 거예요." 그녀가 말했다. 매정하기만 한 목소리는 아니었다. "존스 씨는 당신을 다시 보고 싶지 않다고 하시니까. 직접 그렇게 말했어요. 이제 몸 좀 돌보면서 살아요. 그 나이에 술을 그렇게 마시면 안 돼요."

그리고 나서 미스 아이브스는 문을 닫아버렸다. 브룩 씨는 복도에 혼자 남은 것을 확인하고 웃음을 터뜨렸다. 한동안 히스테리 환자처럼 웃어댔다. 그리고 나서 천천히 조심스럽게 계단을 내려갔다. 한 손에는 모자를, 다른 손에는 만년필을 들고서. 그는 거리를 걷다가 모퉁이에서 되돌아와 계단 발치에서 기다렸다.

오랫동안 함께 일한 사람들에게 작별인사를 하고 싶었다. 타자실 사람들이 이렇게 말하고 있을 것 같았다. "뭐! 브룩 영감이 그만뒀다고? 가기 전에 인사도 미처 못 했네. 아쉬워라."

20년

커다란 방…… 아니, 방이라기보다 작은 홀이라고 해야 할 공간…… 틀에 찍어낸 뒤 황금을 뿌린 푸딩을 연상시키는 모습의 석고 장식이 지나치게 많이 붙어 있고…… 지나치게 많은 사람이 각자 유리잔을 하나 들고 서서 한입 크기의 카나페를 입에 넣으며 대화를 하고 있는…… 이게 뭐지? 칵테일 파티였다. 이 자리의 사람들 중 누구도 "아이고, 적어도 30분은 들렀다 가야겠네"라고 미리 말하고 들어오지 않았다. 지금 그들은 대화 상대의 머리 너머를 힐끔거리며, 자신이 말을 걸어야 하는 사람이 또 있는지, 아니면 최소한 아는 척이라도 해야 하는 사람이 있는지 살펴보고 있었다. 그들은 손목시계를 확인하지 않으려고 애썼다. 식당에서 약속이 있거나, 늦게라도 교외에 있는 집으로 돌아가야 하는 사람들인데도. 집이 아예 다른 도시에 있는 사람들도 마찬가지였다. 이 자리는 어떤 회사의 창립 50주년을 기념하는 파티였다. 이렇게 화려한 호텔을 빌려도 될 만큼 사업상 중요한 행사.

구석에 놓인 의자 두 개에 사람들이 잠깐씩 앉아서 발을 쉬며 다시 기운을 차렸다.

한 여자가 다소 오랫동안, 아마도 15분쯤 그 의자에 앉아서 사람들을 빤히 쳐다보고 있었다. 사람들의 머리와 어깨가 불쑥불쑥 끼어들었기 때문에, 어느 한 사람만 줄곧 시야에 담기는 쉽지 않았다. 그녀가 시선을 집중하고 있는 듯이 보이는 그 사람이 꼬박 1분이나 2분 동안 아예 시야에서 가려져 보이지 않을 때도 있었다. 하지만 그녀는 의도를 분명히 드러내며 계속 앉아 있었다.

그녀는 그 자리에 있는 대부분의 사람들과 달랐다. 우선 나이가 많았다. 쉰 살? 60대 초반? 그녀의 옷차림은…… 뭐, 확실히 우아하기는 했다. 생생해 보이기도 했고. 사무실에서 하루 종일 일하다 나온 사람이 아니었기 때문이다.

그녀가 계속 바라보려고 애쓰는 남자는 중년이었으며, 곱게 나이를 먹은 미남이었다. 십중팔구 디자인 계통에서 일하는 사람 같았다. 어두운 초록색 재킷과 검은 실크 터틀넥이라는 옷차림에서 개성이 넘쳤다.

사람들이 조금씩 줄어들고 있었다. 남의 눈에 띄지 않게 살짝 빠져나가는 사람들이 있는 모양이었다. 이제 그녀는 남자를 잘 볼 수 있었으므로, 그에게서 시선을 떼지 않았다. 미간을 찌푸린 채였다. 남자가 그녀의 존재를 알아차렸을까? 그가 한두 번 그녀를 흘깃 바라보기는 했지만, 앞에 있는 다른 남자와 이야기를 계속했다. 그러다가 또 이야기하는 상대 너머로 그녀 쪽을 바라보았다. 생각에 잠긴 남자의 표정이 그녀와 다르지 않았다. 하지만 일종의 무례함 또는 불만이 섞여 있다는 점이 달랐다. 그는 그녀와 마주볼 수 있게 일부러 돌아섰다. 두 사람의 시선이 마주쳤다. 그렇게 한참 동안 서로를 바라보면서 둘 다 그 사실을 감추려고 하지도 않았다. 여전히 의자에 앉은 그녀는 이제 인상을 폈지만 그렇다고 미소를 짓지는 않았다. 남자는 그대로 자리를 뜰 것처럼 보였으나, 이제 듬성듬성해진 사람들 사이를 성큼성큼 걸어 곧 그녀 앞에 섰다.

"이런, 당신을 여기서 볼 줄은 몰랐는데요."

"왜 그런 생각을 했는지 모르겠네요."

이번에도 그는 얼마든지 그대로 자리를 뜰 수 있었지만, 그녀 옆의 의자에 앉았다. 붉은색과 노란색 포도주를 들고 돌아다니는 웨이트리스에게서 여자는 백포도주를, 남자는 적포도주를 집어 들었다.

"20년인가요?" 여자가 세련되게 물었다. 하지만 인상을 조금 찌푸리고 있었다.

"20년에서 크게 어긋날 것 같지는 않군요."

그러나 두 사람이 서로를 바라보는 시선은 그 20년의 세월을 부정하고 있었다.

그래도 두 사람의 시선에는 경계심 또한 존재했다. 그의 경계심이 그녀보다 컸다. 여자는 이 점을 알아차리고 빙긋 웃었다. 일부러.

"뭘 기대하세요? 설마 내가 포도주를 당신 얼굴에 끼얹기를 기다리는 건 아니겠죠?" 여자가 웃음을 터뜨렸다.

"**당신**이 포도주를……." 남자는 진심으로 놀란 얼굴이었다. 비난하는 표정도 있었다.

"그렇게 하고 싶다는 생각이 얼마나 자주 들었는지 몰라요…… 뭐, 대략 그런 행동을 하고 싶었죠. 아니 그보다 훨씬 더 심한 일도…… 예를 들면, 당신을 죽인다든지."

남자는 마치 존재하지도 않는 구경꾼을 의식하기라도 한 것처럼, 비이성적인 여성을 대하는 남성의 전형적인 반응을 보여주었다. 입을 벌리고, 눈썹을 치뜬 것이다. 말하자면, 초연하게 조롱하는 듯한 표정으로.

"**당신**이 **나**를 죽여요?" 그가 차가운 미소를 지으며 간단히 말했다.

"뭐, 그런 생각이 점점 흐려지기는 했지요. 그래도 그 흔적이 상당히……. 내 생각에는 세월이 모든 걸 그렇게 누그러뜨리지는 않는 것 같아요."

이번에는 남자가 일부러 짓고 있던 과장된 표정이 사라졌다. 그는 진지한 표정으로 여자를 훑어보더니, 포도주 잔을 절반쯤 비우고 고개를 절레절레 저었다. 마치 "포도주가 너무 시큼해!"라고 말하는 것 같았다. 그는 지나가는 쟁반 위에 잔을 내려놓았다.

남자가 말했다. "누가 보면 내가 당신한테 뭘 잘못한 줄 알겠네요."

이번에는 여자가 조금 전의 남자처럼 과장된 표정으로 그에게 코웃음을 쳤다.

뭔가가 맞아떨어지지 않았다. 두 사람 모두 그 사실을 깨달았다. 그리고 그 사실을 깨달았음을 드러낼 작정이었다.

"난 하루 내내 당신을 기다렸어요." 남자가 한참 만에 신중하게 말했다. "그 망할 호텔의 정원에 하루 종일 앉아 있었단 말입니다. 저녁식사를 한 뒤에 또 그 정원에 가서 한밤중까지 앉아 있었어요. 비가 내리는 날씨에."

여자는 다리를 움직였다. 남자의 말을 부정하며 일어나서 가버릴 것 같았다. 현재와 과거의 불화로 인해 충동적으로. 하지만 그녀는 한숨을 내쉬며…… "나도 당신을 기다렸어요. 난 한 번도 자리를 비우지 않고 한밤중까지 그곳에 있었죠. 그러고는 호텔에 투숙해서 아침 5시에 일어났어요. 나는 기다렸어요. 우리가 말한 그 정원에서. 비는 내리지 않았고요."

남자가 성난 얼굴로 짧게 웃었다.

그녀도 똑같이 웃었다.

"당신은 하나도 변하지 않았군요." 여자가 짜증스럽게 말했다.

"내가 낮에도 밤에도 당신을 기다렸다는 말이 사실이 아니라는 겁니까?"

"공교롭게도 그래요. 내가 하고 싶은 말이 그거예요."

"아, **정말이지**." 남자가 폭발했다. 여자는 입술을 꼭 다문 채로 빙긋 웃었다. 그에게 익숙한 표정이었다. 그는 점점 치솟는 분노를 느끼며 이렇게 말했다. "당신이야말로 변한 것이 없군요. 한 번도 날 믿어준 적이 없어."

"아마도 우리가 같은 시간에 같은 장소에서 기다린 게 아닌가 보죠."

이번에는 두 사람의 눈이 후회로 불타올랐다. 도저히 감정이 죽어버렸다고 볼 수 없었다.

"**세상에.**" 여자는 자리를 뜰 것처럼 움직였다. 남자가 여자를 잡으려고 손을 내밀었다. 여자는 맨살이 드러난 팔뚝을 붙잡은 크고 섬세한 손을 보고 누그러졌다. 그리고 숨을 참으며 눈을 감았다.

"세상에." 남자가 부드럽게 말했다.

"그래요."

그의 손이 머뭇거리듯이 여자의 팔에서 떨어지고, 두 사람 모두 한숨을 내쉬었다.

"당신이 결혼했다는 소식을 들었어요." 여자가 말했다.

"물론 당신도 결혼했겠지요."

"물론이라니, 왜요?"

남자는 이 말을 그냥 넘겼다. "우리 둘 다 결혼했어요." 남자는 입술을 꾹 다물고 재미있다는 듯한 표정을 지었다. 인생이 원래 그런 것이라는 듯이.

"**난** 결혼했어요."

"나도 그렇다고 할 수 있어요." 남자가 고백했다.

"정말 당신답네요." 여자가 신랄하게 비난했다.

"아냐, 그런 게 아니에요. 잘못 생각한 겁니다. 공교롭게도 그녀는……. 아냐, 관둡시다."

"그래요, 관둬요."

"아이는?"

"둘이에요." 여자가 말했다. "딸은 열여섯 살, 아들은…… 열다섯 살."

"다 컸군. 난 아이가 셋입니다. 셋 다 딸이에요. 집에 여자가 가득하죠."

"딱 당신 스타일이네요." 이번에는 상당히 상냥한 말투였다. 여자가 웃음을 터뜨렸다. 불쾌하지 않은 웃음이었다.

"그래, 그날 어떻게 된 겁니까?" 남자는 초연하게 재미있다는 듯한 표정을 짓는 데 성공했다.

"그 먼 과거의 그날."

"그렇게 먼 과거는 아니에요." 남자가 말했다. 두 사람의 눈이 또 서로를 향해 불타올랐다.

이제는 방 안에 사람들이 거의 없었다. 마지막까지 남아 있던 손님들이 뒤를 돌아보다가, 두 남녀가 자기들만의 강렬한 감정에 묻혀 있는 것을 보았다. 한 여자는 웃음을 터뜨리고 어깨를 으쓱하며, 부러운 표정으로 일행에게 두 사람을 가리켰다. 그녀의 일행인 남자는 인상을 찌푸렸다.

"난 당신을 기다렸어요." 남자가 고집스럽게 말했다.

"정말로요?"

"그래요, 정말로. 왜 의심하는 겁니까?"

여자는 진지하게 생각해본 뒤 입을 열었다. "내가 의심하는 건…… 내가 아주 오래 기다렸기 때문이에요……. 그게, 그게 전부 평소 패턴과 일치하는 것 같아서……."

"그래요? 정말로 그렇게 생각했어요? 내가 무슨 짓을 했기에……. 난 당신을 정말 좋아했어요." 남자가 여자를 비난했다. 사납게. 그의 얼굴이 친밀한 표정을 짓고 그녀에게 다가왔다.

"당신도 알 겁니다."

"그럼 어째서……?"

"**난 거기에 있었어요.**" 남자가 말했다.

여자는 눈을 감았다. 그렇게 눈을 감고 앉아 있는 그녀의 속눈썹에 눈물이 맺혔다.

그것을 보고 남자가 신음했다.

여자가 눈을 떴다. "그럼 날짜가 달랐나 보네요. 우리가 날짜를 잘못 안 거예요."

"설마 호텔이 다른 건 아니었겠죠."

"네."

"난 지금도 그 호텔 앞을 지날 때마다 속이 뒤집혀요."

"맞아요. 사실 나는 그 호텔 근처에도 가지 않아요."

"그린스완 호텔?"

"그린스완 호텔."

"그럼 왜 나한테 전화를 걸지 않았어요?"

"그건…… 그 일이 나한테는 마지막 타격이었으니까요. 당신은 왜 내게 전화하지 않았어요?"

"했어요. 두 번이나. 그러고는 그런 여자, 이제 알게 뭐냐고 생각했죠."

"나한테 전화했다고요?" 여자가 웃기지 말라는 듯이 말했다. 하지만 그 말이 사실이기를 바라는 희망 또한 섞여 있었다.

"그래요."

여자가 예쁘게 소리를 질렀다. "뭐, 이미 다 지난 일이죠." 여자가 일어섰다. 이번에는 남자가 그녀를 막지 않았다. 어쩌면 여자는 남자가 자신을 붙잡아주기를 바랐는지도 모른다. 남자는 여자가 일어나서 머뭇거리는 모습을 지켜보았다. 맨살이 드러난 그녀의 팔을 바라보았다. 아직도 자신이 그 팔을 붙잡고 있는 것처럼. 그리고 나서 남자가 일어섰다.

"난 그런 생각이 들지 않는 것 같은데." 남자가 말했다. 일종의 유혹이었다.

여자는 아랫입술을 깨물며 살짝 고개를 저었다. 그리고 출구를 향해 걸었다. 앞이 보이지 않는 사람처럼 서투른 걸음이었다.

남자는 그녀의 뒤를 바짝 따라갔다. "달링." 그가 나지막한 목소리로 말했다.

여자는 고개를 젓고 걸음을 더욱 빨리했다.

"이 멍청이." 여자가 작은 목소리로 거칠게 비난하듯 말하는 소리가 들렸다. "이 한심한 멍청이."

남자가 말했다. "내가 그날 기다렸다는 말을 믿지 않는다는 뜻입니까? 아, 달링, 이럴 수가."

하지만 여자는 가버렸다. 남자는 방 안에 남은 마지막 손님이었다. 방을 정리하는 웨이트리스들은 그를 무시했지만, 그의 존재를 의식하고 있었다. 그는 그들이 두 사람을 계속 지켜보고 있었음을 깨달았다. 그들은 두 사람 사이에 뭔가 사연이 있다는 사실을 알고 있었다. 우리 둘의 모습이 상당히 볼만했겠네. 그는 속으로 생각했다.

　그는 재빨리 그 방을 벗어나 복도를 걸어서 호텔 쪽문을 통해 거리로 나갔다. 어두운 거리에서 빗줄기 때문에 불빛들이 번져 보였다. 남자는 호텔을 등지고 서 있었다. 거리에는 아무도 없었다. 그때 젊은 여자가 빗속에서 그를 향해 다가왔다. 검은 우산에 얼굴이 가려져 있었다. 그는 오래전 그날 그랬던 것처럼 그녀를 빤히 바라보았다. 그녀일까? 마침내 그녀가 온 걸까? 하지만 여자는 그를 지나쳐 갔다. 남자는 그녀가 온 방향으로 주의를 돌렸다. 과거의 그날처럼, 잿빛 수의 같은 빗줄기 속에서 앞을 빤히 바라보았다. 아무도 오지 않았다. 아무도. 남자는 추레한 거리에 계속 서 있었다. 쓸쓸함이 목구멍을 가득 채우고, 앞으로 살아가야 할 20년이 공허한 세월이 될 것 같았다. 그날 그녀가 오지 않았기 때문에 그의 인생에는 그림자가 생겼다. 그는 사랑도 기쁨도 전혀 느낄 수 없었다. 그는 앞으로 살아가야 할 세월을 정면으로 마주볼 수 없었다. 모든 것이 그녀의 잘못이었다.

　그때 갑자기 이런 생각이 들었다. 그녀가 이 빗속에 서서 날 위해 슬퍼하는 일은 절대 없겠지. 그녀는 그동안 나를 생각한 적도 없을 거야. 그녀가 언제 나한테 신경이라도 쓴 적이 있었나…… 없어……. 난 이렇게 바보처럼 서서 그녀 생각을 하고 있는데 그녀는…….

　선명하고 차가운 분노가 전기처럼 그의 몸을 훑고 지나갔다. 그는 방금 결단을 내린 사람답게 힘찬 발걸음으로 자신의 인생을 향해 걸어갔다.

19호실로
가다

이것은 지성의 실패에 관한 이야기라고 할 수 있다. 롤링스 부부의 결혼생활은 지성에 발목을 붙잡혔다.

　결혼했을 때 두 사람은, 결혼한 다른 친구들보다 나이가 많은 편이었다. 세상물정을 알 만큼 아는 20대 후반. 두 사람 모두 씁쓸하기보다는 달콤한 연애를 여러 번 겪었다. 두 사람이 사랑에 빠진 것은(두 사람은 정말로 사랑에 빠졌다) 서로 알고 지낸 지 조금 되었을 때였다. 두 사람은 "진짜 연애"를 위해 서로를 아껴두고 있었다고 농담을 주고받았다. 이 진짜 사랑을 위해 그토록 오래(하지만 너무 오래는 아니었다) 기다렸다는 사실이 바로 자기들의 현명한 분별력을 보여주는 증거라는 말도 했다. 두 사람의 친구들 중에는 일찍 결혼한 사람이 많았는데, (두 사람이 느끼기에는) 그로 인해 잃어버린 기회들을 아쉬워하는 것 같았다. 반면 아직 결혼하지 않은 친구들은 스스로를 믿지 못하고 황량한 삶을 사는 것 같았으며, 필사적인 마음 또는 낭만적인 사랑에서 우러난 결혼을 할 것 같았다.

두 사람 본인뿐만 아니라 다른 사람들도 두 사람이 잘 어울린다고 생각했다. 기뻐하는 친구들의 반응 또한 두 사람의 행복을 확인해주는 증거였다. 두 사람은 이 집단 또는 무리에서 똑같이 남성과 여성의 역할을 했다. 서로 느슨한 관계를 유지하며 항상 변화를 보이는 이 사람들의 집단을 '한 무리'라고 표현해도 되는지는 모르겠다. 두 사람은 고통스러운 경험을 삼가는 태도와 겸손함, 유머 덕분에 다른 사람들이 조언을 구하며 찾아오는 대상이 되었다. 두 사람은 믿어도 되는 사람들이었다. 두 사람은 아무도 생각하지 못한 방식으로 결합된 남녀였다. 십중팔구 두 사람 사이의 공통점 덕분일 것이다. 모두들 이렇게 외쳤다. "당연하지! 바로 이거야! 왜 우리는 이런 걸 생각하지 못했지!"

이렇게 해서 두 사람은 모두가 기뻐하는 가운데 결혼했다. 선견지명과 현실적인 분별력 덕분에 두 사람에게 놀라운 일이란 존재하지 않았다.

두 사람 모두 벌이가 좋은 일을 하고 있었다. 매슈는 런던의 대형 신문사 차장급 기자였고, 수전은 광고회사에서 일했다. 그는 유명한 기자가 되거나 부장급으로 올라설 수 있는 기질은 갖추지 못했지만, 단순한 '차장급' 기자를 훨씬 넘어서는 인물이었다. 다른 사람들을 뒤에서 꾸준히 지탱해주고 영감을 불어넣어서 주목받게 해주는 중요한 사람들 중 하나. 그는 자신의 이러한 위치에 만족했다. 수전은 상업미술에 재능이 있었다. 그녀는 자신이 맡은 광고들을 익살스러운 태도로 대했지만, 어떤 식으로든 그들에게 강한 애정을 품지는 않았다.

결혼 전 두 사람은 각자 쾌적한 아파트를 갖고 있었으나, 둘 중 한 곳을 신혼집으로 삼는 것은 현명하지 못하다는 생각이 들었다. 자신의 아파트를 포기하고 상대의 아파트로 들어와야 하는 사람이 개인적으로 굴복한 것처럼 보일 우려가 있기 때문이었다. 그래서 두 사람은 사우스 켄싱턴에 새 아파트를 마련했다. 그 바탕에는 결혼생활이 안정되면(두 사람은 여기에 시간이 오래 걸리지는 않을 것이라고 확신했다. 사실 이런 생각 자체가 그들 본인의 것이라기보다는 일반적인 인식을 장난처럼 받아들인 것에 더 가까웠다) 주택을 구입해서 아이를 낳자는 분명한 합의가 깔려 있었다.

그 뒤로 일어난 일을 이야기하자면 이렇다. 두 사람은 새로 마련한 멋진 아파트에서 2년 동안 살면서 인기 좋은 젊은 부부로서 파티를 열기도 하고 남의 파티에 참석하기도 했다. 그러다 수전이 임신하면서 직장을 그만두었고, 두 사람은 리치먼드에 주택을 구입했다. 첫째는 아들, 둘째는 딸, 그다음에 아들딸 쌍둥이를 낳은 것은 정말이지 이 부부다운 일이었다. 모든 것이 매끄럽고 흠잡을 데 없이 굴러갔다. 누구라도 스스로 선택할 수만 있다면 선택하고 싶은 삶이었다. 사람들은 이 두 사람이 실제로 이런 삶을 선택했다고 보았다. 두 사람이 언제나 단 한 번의 실수도 없이 옳은 길만을 **선택하는** 감각을 갖고 있기 때문에, 이렇게 균형 잡히고 현명한 가정생활을 누리는 것도 당연한 일이라고 본 것이다.

두 사람은 정원이 딸린 리치먼드의 집에서 네 아이와 함께 행복하게 살았다. 두 사람은 일찍이 바라던 것, 계획했던 것을 모두 손에 쥐고 있었다.

하지만…….

그래, 심지어 이것조차 미리 예상한 그대로였다. 어쩔 수 없이
어느 정도 단조로운 생활을 할 수밖에 없다는 것…….

그래, 그래, 두 사람이 가끔 이런 생각을 하는 것은 당연한 일
이었다. 그러니까 구체적으로 무슨 생각?

두 사람의 삶은 자기 꼬리를 문 뱀과 같았다. 매슈는 수전, 아
이들, 집, 정원을 위해 일했다. 이 쉼터를 유지하려면 보수가 좋
은 일자리가 필요했다. 수전은 매슈, 아이들, 집, 정원을 위해 실
용적인 지혜를 발휘했다. 그녀가 없었다면, 이 모든 것이 일주일
만에 무너져버렸을 것이다.

하지만 두 사람이 "다른 것은 모두 **이것**을 위해서"라고 말할
만한 것이 없었다. 아이들은 생활의 중심이자 존재의 이유가 될
수 없었다. 아이들이 부모에게 헤아릴 수 없는 기쁨과 재미와 만
족을 안겨줄 수는 있지만, 삶의 원천이 될 수는 없는 법이다. 그
래서도 안 되고. 수전과 매슈는 이 점을 잘 알고 있었다.

그렇다면 매슈의 일이 '이것'일까? 말도 안 되는 소리였다. 흥
미로운 일이긴 해도, 존재의 이유라고 할 수는 없었다. 매슈는 자
신의 일솜씨에 자부심을 느꼈지만, 신문 그 자체를 자랑스러워
하지 않았다. 그가 **자신의 것**으로 여기며 애독하는 신문은 그가
일하는 곳의 신문이 아니라 다른 신문이었다.

그렇다면 서로를 사랑하는 두 사람의 마음일까? 음, 그나마 이
마음이 '이것'에 가장 가깝기는 했다. 사랑조차 삶의 중심이 아니

라면, 무엇이 중심이 될 수 있겠는가? 두 사람의 훌륭한 인생은 분명 사랑을 중심으로 돌아갔다. 그리고 두 사람의 인생은 확실히 훌륭했다. 수전도 매슈도 가끔 이런 생각을 하면서 자신들이 만들어낸 결혼생활, 네 아이, 커다란 집, 정원, 파출부, 친구, 자동차 등을 내심 경이로운 시선으로 바라보곤 했다……. 바로 **이것**, 이 모든 것이 어느 날 갑자기 존재하게 된 것은 수전이 매슈를 사랑하고 매슈가 수전을 사랑하기 때문이었다. 대단한 일이었다. 그러니 사랑이 바로 삶의 중심이자 원천이었다.

그런데 이것이 다른 모든 것을 지탱할 수 있을 만큼 강렬하고 중요하지 않은 것 같은 생각이 든다면, 그것은 누구의 잘못일까? 수전이나 매슈의 잘못은 확실히 아니었다. 원래 세상이 그런 탓이었다. 그래서 두 사람은 현명하게 상대를 탓하지도, 자책하지도 않았다.

오히려 두 사람은 자신들이 만들어낸 생활을 고통스럽고 폭발하기 쉬운 세상으로부터 보호하는 데에 지성을 동원했다. 주위를 둘러보며 교훈을 얻은 것이다. 주위에는 결혼생활이 파탄 난 사람들, 서로를 괴롭히면서 함께 사는 사람들(두 사람은 이편이 더 나쁘다고 생각했다)이 가득했다. 절대로 이런 사람들과 같은 실수를 저지를 수는 없었다. 절대로.

두 사람은 수많은 친구들이 빠진 함정을 피했다. 이를테면 **아이들을 위한답시고** 시골에 집을 사는 일 같은 것. 그러면 남편은 주말남편, 주말아빠가 되고, 아내는 홀아비 아파트라고 농담 삼아 부르는 시내 아파트에서 남편이 혼자 잘 살아가고 있는지 물어보면 안 된다는 생각에 항상 조심하게 된다. 매슈는 매일 가족과 함께하는 남편이자 아빠였다. 밤이 되면 커다란 부부침실(강풍경이 멋지게 보이는 방)의 커다란 부부침대에 아내와 나란히 누워 낮에 있었던 일들을 도란도란 이야기했다. 자신이 어떤 일을 했고, 누구를 만났는지에 대해. 아내도 그에게 낮에 있었던 일들(매슈의 이야기만큼 흥미롭지는 않았지만, 그것은 그녀의 잘못이 아니었다)을 이야기했다. 자기만의 인생을 살아가며 스스로 돈을 벌던 여자가 생계와 바깥세상의 이야기를 모두 남편에게만 의존하게 되었을 때 남몰래 느끼는 분노와 박탈감에 대해 두 사람 모두 잘 알고 있기 때문이었다.

수전은 자신의 독립성을 위해 다시 직장을 구하는 실수를 저지르지 않았다. 그녀가 일자리를 구하려면 얼마든지 구할 수 있었다. 전에 다니던 회사에서 그녀의 유머감각과 균형감각을 아쉬워하며 다시 돌아오라고 자주 연락했기 때문이다. 하지만 매슈와 수전 모두 아이들이 어느 정도 자랄 때까지는 엄마가 필요하다는 데에 동의했다. 네 아이가 건강하고 현명하게 자라서 일정한 나이에 이르면, 수전은 다시 일을 시작할 것이다. 힘과 능력은 아직 한창이지만 아이들이 다 자라서 더 이상 온 힘을 쏟을 곳이 없어진 쉰 살의 여자들이 어떻게 되는지 두 사람 모두 잘 알기 때문이었다.

두 사람은 이렇게 자기들의 결혼생활을 시험하고 돌봤다. 심한 폭풍이 치는 바다에서 무기력한 사람들을 가득 태운 작은 배를 돌보듯이. 물론, 그러니까…… 세상의 폭풍이 심하기는 했지만 위태로울 정도는 아니었다. 두 사람이 이기적으로 굴었다는 뜻은 아니다. 수전과 매슈는 모두 아는 것이 많고 책임감 있는 사람들이었다. 자기 내면에 존재하는 폭풍과 모래 구덩이에 대해서도 잘 알고 있었다. 그러니 아무 문제도 없었다. 모든 것이 질서 있게 잘 굴러갔다. 그래, 모든 것이 그들의 손안에 있었다.

그러니 두 사람이 삶을 건조하고 단조롭게 느낀다고 해서 무슨 문제가 되겠는가? 두 사람처럼 수많은 책(심리학, 인류학, 사회학)을 읽은 사람들은 지적인 결혼생활의 뚜렷한 특징인 건조하고 통제된 동경에 대해서도 대체로 준비가 되어 있다. 교육수준이 높고, 안목이 있고, 판단력을 갖춘 두 사람이 자의로 하나가 되어 서로를 위해 유용한 일을 하면서 행복하게 살아가기로 하는 것은 어디서나 볼 수 있는 일이다. 우리는 그런 사람들을 알고 있고, 심지어 우리 자신도 그런 생활을 하고 있다. 그래도 슬픔을 느끼는 것은 수많은 노력이 낳는 결과가 보잘것없기 때문이다. 수전과 매슈는 어떤 일에도 놀라지 않고, 훨씬 더 예의 바르고 부드럽고 애정 어린 태도로 서로를 대했다. 이런 것이 인생이었다. 아무리 신중하게 선택할 줄 아는 사람들이라 해도, 두 사람이 서로에게 전부가 될 수는 없다는 것. 사실 이런 말을 하고 생각을 하는 것조차 진부해서 두 사람은 창피해졌다.

어느 날 밤 매슈가 집에 늦게 돌아와 파티에 갔다가 어떤 아가씨를 집에 데려다주는 길에 함께 자고 왔다고 고백한 것 역시 진부했다. 수전은 당연히 그를 용서해주었다. 다만 '용서'라는 말이 적합한 표현이 아니었을 뿐. '이해'라고 하는 편이 옳을 것이다.

하지만 뭔가를 이해한다면 그것을 용서할 수는 없다. 용서는 자신이 이해할 수 **없는** 일에 대해 하는 것이다. 게다가 매슈의 이야기도 **고백**은 아니었다. '고백'이란 과연 무슨 단어란 말인가?

이 모든 것이 중요하지 않았다. 사실 오래전 두 사람은 이런 농담을 나눴다. "내가 당신한테 부정을 저지르는 건 당연한 일이지. 한 사람이 다른 한 사람에게 평생 충실할 수는 없어." (**충실하다**'라는 단어도 그렇다. 모두 어리석은 단어들이다. 야만적인 구세계에 속한 단어들.) 하지만 그 일로 두 사람 모두 쉽게 짜증을 내게 되었다. 이상한 일이었지만, 두 사람 모두 성격이 나빠졌다. 왠지 그 일을 완전히 소화할 수 없을 것 같은 분위기가 있었다.

그날 밤 황홀한 사랑을 나누면서 두 사람은, 그가 파티에서 만난 예쁜 아가씨인 마이라 젱킨스가 중요한 존재가 될 수 있을지도 모른다는 생각 자체가 웃기지도 않는다고 생각했다. 두 사람은 10년이 넘도록 서로를 사랑했으며, 앞으로도 오랫동안 서로를 사랑할 것이다. 그러니 마이라 젱킨스 따위……

하지만 수전은 왠지 모르게 기분이 나빠져서, 그녀가 첫 번째라고 생각했다. 10년 만에 처음이라고. 그러니 10년에 걸쳐 정조를 지켰다는 사실과 마이라 젱킨스 둘 중 하나만 중요하게 여겨야 했다. (아니, 아니, 이런 사고방식은 옳지 않은 것 같다. 틀림없이.) 하지만 만약 마이라 젱킨스가 중요하지 않다면, 매슈와 내가 처음으로 잠자리를 함께한 그날도 중요하지 않다고 봐야 돼. 그날 오후에 느낀 기쁨이 지금도 (해 질 녘의 긴 그림자처럼) 우리 두 사람 위에 마법의 지팡이처럼 길게 드리워져 있는데도. (내가 왜 해질 녘이라는 말을 썼지?) 만약 그날 오후에 우리가 느낀 기쁨이 중요하지 않다면, 중요한 것은 하나도 없지. 그날의 기쁨이 없었다면, 우리는 롤링스 부부가 되어 네 아이를 낳지 않았을 테니까. 이런 식으로 생각이 계속 이어졌다. 전부 말이 안 돼. 매슈가 집에 와서 그 이야기를 털어놓은 것도 웃기는 일이야. 나한테 이야기를 털어놓지 않았다면, 그것도 웃기는 일이고. 내가 그 일에 신경 쓰는 것도, 신경 쓰지 않는 것도 모두 웃기는 일이야……. 마이라 젱킨스가 누구야? 아무도 아니잖아.

할 일은 하나뿐이었다. 따라서 이 현명한 부부는 당연히 그 일을 했다. 그날의 일을 잊기로 하고, 결혼생활의 또 다른 단계를 향해 의식적으로 나아가는 일. 그러면서 두 사람은 지금까지 누린 행운에 감사했다.

매력적이고 남자다운 금발 미남 매슈 롤링스가 간혹 수전이 아이들 때문에 참석할 수 없는 파티에서 매력적인 여자들에게 유혹(세상에, 이런 단어라니!)을 받는 것은 불가피한 일이었다. 그리고 그가 간혹 유혹에 굴복(훨씬 더 혐오스러운 단어)하거나, 리치먼드에서 정원이 잘 가꿔진 큰 집에 사는 미인인 수전이 가끔 하늘에서 날아온 화살에 맞은 것처럼 분한 마음을 느끼는 것도 불가피한 일이었다. 하지만 그 분한 마음은 두서가 없어서 일고의 가치도 없었다. 오다가다 만난 그 여자들이 결혼생활을 건드렸는가? 그렇지 않았다. 잘생긴 매슈 롤링스의 몸과 영혼이 결혼을 통해 수전 롤링스에게 묶여 있기 때문에 패배를 맛본 것은 오히려 그 여자들이었다.

그렇다면 수전은 왜 인생이 사막이 된 것 같은 기분을 느끼는 가?(이런 기분이 한 번에 몇 초 이상 지속되지 않는 것이 다행이었다.) 왜 중요한 것은 하나도 없고, 아이들도 자신의 것이 아닌 듯한 기분을 느끼는가?

이런 생각을 하는 동안에도 그녀의 지성은 계속 아무 문제가 없다는 결론을 내렸다. 매슈가 간혹 달콤한 오후를 보낸다 한들, 그것이 어쨌다고. 분해서 마음이 바짝 마를 때만 빼면, 수전은 자기들이 행복한 생활을 하고 있으며, 매슈의 바람은 중요한 일이 아니라는 사실을 아주 잘 알고 있었다.

혹시 그것이 문제일까? 많은 손길이 필요한 커다란 집과 네 아이 때문에 이제 모험과 기쁨이 그녀의 몫이 아니게 된 것은 세상의 이치가 그런 탓이었다. 어쩌면 그녀 자신도 야성과 아름다움이 그의 몫이 되기를 남몰래 바라고 있는지도 몰랐다. 하지만 그는 그녀와 결혼한 몸이었다. 그녀도 그와 결혼한 몸이었다. 두 사람은 결혼했으므로 서로에게서 떨어질 수 없었다. 그러니 신들이 매슈에게 진정한 마법을 걸 수는 없을 터였다. 그렇다면, 매슈가 모험을 즐긴 뒤 집으로 돌아왔을 때 만족했다기보다는 괴롭힘을 당한 것 같은 표정을 지은 것은 수전의 잘못일까? (사실 그 표정 덕분에, 그러니까 그의 부루퉁한 표정과 그녀를 힐끔거리는 시선 덕분에 그녀는 그의 **부정**을 알아차렸다. 그의 시선은 그를 힐끔거리는 그녀의 시선과 비슷했다. 내게서 모든 기쁨을 차단하고 있는 이 사람과 내가 공유하는 것이 무엇인지 궁금해하는 시선.) 하지만 그 모든 것은 누구의 잘못도 아니었다. (그렇다면 마땅히 누군가의 잘못이 되어야 하는 것은 무엇인가?) 누구의 잘못도 아니고, 잘못된 것은 하나도 없고, 탓할 사람도 없고, 내 잘못이라고 나설 사람도 없고…… 아무것도 잘못되지 않았다. 다만 매슈가 원하는 만큼 진정한 기쁨을 느끼지 못했을 뿐. 수전이 위험할 정도로 공허할 때가 늘어났을 뿐. (그녀가 이런 기분을 느끼는 것은 대개 정원에 있을 때였다. 그래서 아이들이나 매슈가 함께 있을 때가 아니면, 정원을 피하게 됐다.) '부정'이라든가 '용서' 같은 극적인 단어를 사용할 필요는 없었다. 지성이 그런 단어들을 금지했다. 지성은 싸움, 삐치기, 분노, 속으로 침잠한 침묵, 비난, 눈물도 금지했다. 특히 눈물을 금지했다.

정원이 있는 커다란 하얀 집에서 건강한 네 아이를 기르며 행복한 결혼생활을 하려면 많은 대가를 치러야 한다.

두 사람은 이런 사정을 다 알고서, 기꺼이 그 대가를 치르는 중이었다. 거칠고 더러운 강이 내다보이는 크고 세련된 침실에서 나란히 또는 가슴과 가슴을 맞대고 누워 있을 때, 두 사람은 이렇다 할 이유 없이 자주 웃음을 터뜨렸다. 하지만 두 사람은 수전과 매슈라는 보잘것없는 두 사람이 지적인 사랑으로 이런 대단한 생활을 떠받치고 있다는 사실이 바로 웃음의 원인임을 알고 있었다. 그 웃음이 두 사람에게 위안이 되었다. 두 사람을 구원해주었다. 하지만 무엇으로부터 구원해주는 건지는 두 사람 모두 알지 못했다.

이제 두 사람은 40대였다. 위의 두 아이는 각각 열 살과 여덟 살로 학교에 다니고 있었다. 아래의 쌍둥이는 여섯 살이라 아직 집에 있었다. 수전은 아이들을 돌봐줄 보모나 베이비시터를 고용하지 않았다. 유년기는 짧았으므로, 그녀는 혼자 힘들게 아이들을 돌보는 것에 아무런 유감이 없었다. 자주 지루해지기는 했다. 어린아이들은 때로 지루한 존재가 되기도 하니까. 피곤할 때도 많았다. 그래도 그녀는 전혀 후회하지 않았다. 이제 10년만 더 지나면, 그녀는 자기만의 삶이 있는 여성으로 되돌아갈 것이다.

쌍둥이도 곧 학교에 들어가 아침 9시부터 오후 4시까지 밖에서 시간을 보낼 터였다. 수전은 그 시간 동안 가정의 중심에서 자기만의 삶이 있는 여성으로 서서히 해방될 준비를 할 생각이었다. 그녀는 아이들이 모두 '엄마의 손을 떠난 뒤' 자유로워질 시간을 어떻게 보낼지 벌써 계획을 짜고 있었다. '엄마의 손을 떠난다'는 표현은 매슈도 수전도 두 사람의 친구들도 모두 막내가 학교에 들어가는 순간이라는 뜻으로 사용하는 말이었다. "아이들이 당신 손을 떠나면, 당신도 자기만의 시간을 갖게 될 거야, 수전." 매슈는 이렇게 말했다. 지적인 남편인 그는 수전에게 자주 찬사를 보내며 그녀를 위로해주었다. 그녀의 표현처럼, 그녀의 영혼이 그녀 자신의 것이 아니라 아이들의 것이 되어버린 세월 동안 그의 위로는 정신적으로 그녀를 지탱해주었다.

그 결과 수전은 결혼하지 않은 스물여덟 살 때의 모습과 쉰 살 언저리에 다시 꽃피울 자신의 모습을 생각하게 되었다. 그녀는 20년 전 자신의 모습을 뿌리로 삼아 꽃을 피울 것이다. 수전의 본질이 일시정지 상태로 차가운 창고에 들어가 있는 것 같았다. 매슈도 어느 날 밤 수전에게 비슷한 말을 했다. 수전은 맞는 말이라고, 자기도 그렇게 생각한다고 맞장구를 쳤다. 그렇다면 수전의 본질이란 무엇일까? 그녀도 알 수 없었다. 표현이 우스꽝스러운 것 같았고, 그녀도 이렇다 할 느낌이 없었다. 어쨌든, 두 사람은 서로의 품에 안겨 잠들기 전에 이런 주제들에 대해 한참 동안 이야기를 나눴다.

마침내 쌍둥이가 학교에 들어갔다. 밝고 사랑스러운 두 아이는 아무 문제도 겪지 않았다. 위의 두 아이가 이미 그 길을 아주 훌륭하게 걸어갔기 때문이다. 이제 수전은 학기 중이면 매일 이 큰 집에 혼자 있게 되었다. 날마다 청소를 해주러 오는 파출부만 있을 뿐이었다.

두 사람의 결혼생활 중에 처음으로 누구도 예측하지 못한 일이 벌어진 것이 바로 이때였다.

그 일을 설명하자면 이렇다. 수전은 쌍둥이를 차에 태워 학교에 데려다준 뒤, 일곱 시간 동안 황홀하고 자유로운 시간을 보낼 기대에 부풀어 9시 30분에 집에 도착했다. 첫날 오전에는 도무지 마음을 놓을 수 없었다. 처음으로 학교에 간 쌍둥이를 '아주 자연스럽게' 걱정했기 때문이다. 수전은 아이들이 학교에서 돌아올 때까지 진정할 수 없었다. 아이들은 학교라는 새로운 세상을 보고 신이 나서 다음 날을 기대하며 즐거운 기색으로 돌아왔다. 다음 날 수전은 아이들을 학교에 데려다주고 돌아와서, 크고 아름다운 집에 들어가기가 싫다는 사실을 깨달았다. 자신이 대면하고 싶지 않은 뭔가가 거기서 기다리고 있는 것 같았다. 하지만 그녀는 분별 있는 사람이었으므로 차고에 차를 세우고 집에 들어가 파출부인 파크스 부인에게 지시를 내린 뒤 침실로 올라 갔다. 하지만 열에 들뜬 사람처럼 방을 나와 계단을 내려가서 부엌으로 들어갔다. 파크스 부인이 케이크를 만들고 있었지만, 수전의 손길은 필요하지 않았다. 수전은 정원으로 나가서 벤치에 앉아 언뜻 보이는 갈색 강물과 나무들을 보며 마음을 가라앉히려고 애썼다. 하지만 긴장만 가득해서 공황상태에 빠질 것 같았다. 마치 이 정원 안에 적이 도사리고 있는 것 같았다. 수전은 자신에게 엄격하게 말했다. "이건 모두 아주 자연스러운 일이야. 처음에 나는 어른이 된 뒤 12년 동안 일을 하면서 **나만의 인생**을 살았어. 그리고 결혼했지. 처음 임신한 순간부터 나는, 말하자면 나 자신을 다른 사람들에게 넘겼어. 아이들에게. 그 후 12년 동안 나는 단 한순간도 혼자였던 적이 없어. 나만의 시간이 없었어. 그러니까 이제 다시 나 자신이 되는 법을 배워야 해. 그뿐이야."

수전은 요리와 청소를 하는 파크스 부인을 도우려고 안으로 들어갔다가, 아이들의 옷에서 바느질거리를 찾아냈다. 그녀는 매일 바쁘게 할 일을 찾아냈다. 한 학기가 끝날 무렵, 수전은 자신이 두 가지 상반된 감정을 느끼고 있음을 이해했다. 첫째, 집에 아이들이 없는 시간 동안, 그녀는 아이들이 항상 옆에 있을 때보다 더욱더 바쁘게 지냈다는(일부러 자신을 바쁘게 만들었다는) 사실에 남몰래 경악하며 당황했다. 둘째, 이제 앞으로 5주 동안 집에 아이들이 가득할 테니 그녀가 혼자 있을 수 없게 됐다는 사실에 분개하고 있었다. 그녀는 앞으로 5주 동안 자유를 잃게 되었다고 생각하며, 벌써부터 (혼자서) 바느질과 요리를 하던 시간을 되돌아보았다. 5주 동안의 방학 뒤에 이어질 두 달 동안의 새로운 학기가 그녀를 유혹하며 자유를 말했다. 하지만 무슨 자유인가? 사실 그녀는 지난 학기 동안 사소한 집안일에서 자유로워지지 **않으려고** 그렇게 애를 썼는데. 그녀는 침실 창가의 커다란 의자에 앉아 셔츠나 원피스를 바느질하는 자신의 모습, 수전 롤링스를 바라보았다. 바느질하는 대신 그 옷들을 그냥 새로 사도 될일이었다. 커다란 부엌에서 몇 시간 동안 케이크를 만드는 자신의 모습도 생각해보았다. 하지만 보통 그녀는 케이크를 사서 먹는 편이었다. 그녀의 눈에 보인 것은 외로운 여인이었다. 확실했다. 하지만 그녀는 외롭다고 느끼지 않았다. 우선 파크스 부인이 언제나 집 안 어딘가에 있었다. 그리고 그녀는 적이 가까이 있는 것 같은 느낌 때문에 정원에 나가는 것을 전혀 좋아하지 않았다. 그 적의 정체가 짜증이든 초조감이든 공허함이든, 손을 바삐 놀리고 있으면 왠지 적이 덜 위험해 보였다.

수전은 매슈에게 이런 이야기를 하지 않았다. 이런 감정은 현명하지 않았다. 그녀답지 않은 감정이었다. 소중한 친구이자 남편인 매슈에게 뭐라고 말할 수 있겠는가? "정원으로 나가면, 그러니까 아이들이 없을 때 정원으로 나가면 꼭 거기서 적이 나를 공격하려고 기다리고 있는 것 같아." "적이라니, 무슨 적, 수전?" "글쎄, 나도 잘 모르겠어……." "당신 병원에 한번 가보는 게 낫지 않겠어?"

그렇다, 절대로 이런 대화를 나눌 수는 없었다. 수전은 방학이 반가웠다. 기운이 넘치고 똑똑한 네 아이는 요구하는 것도 많았다. 그래서 수전은 하루 중 단 한순간도 혼자 있을 수 없었다. 수전이 방에 있을 때에도 아이들은 바로 옆방에 있었다. 아니면 수전이 자기들을 위해 뭔가 해주기를 기다리고 있기도 했다. 그러다 보면 점심때나 차 마실 시간이 되고, 아이들 중 한 명을 치과에 데려가야 하는 일도 생겼다. 뭔가 할 일이 있었다. 5주 동안. 천만다행이었다.

이토록 반가운 방학이 시작된 지 나흘째 되던 날, 수전은 쌍둥이에게 폭풍처럼 화를 내고 있는 자신을 깨달았다. 아름다운 두 아이는 잔뜩 움츠러든 채 서로 손을 잡고 서서 (이 광경을 보고 수전은 퍼뜩 정신이 들었다) 당혹스러움과 경악이 담긴 시선으로 엄마를 바라보고 있었다. 언제나 차분하던 엄마가 이렇게 고함을 지르다니. 무엇 때문에? 아이들이 엄마한테 간단한 장난을 치려고 한 것이 이유였다. 그냥 터무니없는 장난. 두 아이는 서로를 바라보며 마음의 위안을 얻으려는 듯 가까이 붙어 서더니, 손에 손을 잡고 가버렸다. 수전은 거실에 혼자 남아 창턱을 매달리듯 붙잡고 심호흡을 했다. 속이 뒤집어지는 것 같았다. 수전은 위의 두 아이에게 머리가 아프다고 말하고는 방에 들어가서 누웠다. 큰아들 해리가 동생들에게 말하는 소리가 들렸다. "괜찮아. 엄마가 머리가 아프셔서 그래." '**괜찮아**'라는 말이 수전에게 고통스럽게 들렸다.

그날 밤 수전은 남편에게 말했다. "오늘 내가 쌍둥이한테 말도 안 되는 일로 고함을 질렀어." 비참한 표정이었다. 매슈가 부드럽게 말했다. "뭐, 그럴 수도 있지."

"아이들이 학교에 입학하는 건 내가 생각한 것보다 더 적응이 필요한 일이었나 봐."

"수지, 수지……." 수전은 침대에서 웅크린 채 울고 있었다. 매슈는 그녀를 위로했다. "수전, 왜 그래? 아이들한테 소리를 질렀다고? 그게 뭐 어때서? 당신이 하루에 50번씩 애들한테 소리를 지른다 해도, 그 어린 악마 녀석들한테는 모자라." 그래도 수전은 웃지 않았다. 계속 울었다. 곧 매슈는 몸으로 그녀를 위로해주었다. 수전이 차분해졌다. 차분해진 수전은 자기가 왜 그런 짓을 했는지, 자기가 딱 한 번 아이들에게 부당한 행동을 한 것에 대해 왜 그렇게 고민했는지 생각해보았다. 그게 뭐 어때서? 아이들은 그 일을 이미 한참 전에 잊어버렸다. 엄마가 머리가 아파서 그랬다고 했으니, 아무 문제가 없었다.

한참 시간이 흐른 뒤에야 수전은 울고 있는 자신을 매슈가 그 크고 단단한 몸으로 위로하며 비참한 마음을 씻어준 그날 밤이 결혼생활에서 두 사람이 함께한(두 사람이 공통으로 쓰는 용어) 마지막 시간이었음을 깨달았다. 게다가 심지어 그 시간조차 거짓이었다. 그녀가 진심으로 두려워하는 일에 대해서는 남편에게 한마디도 하지 않았으니까.

5주가 지났다. 수전은 다시 마음을 가라앉히고, 상냥한 사람이 되었다. 방학이 곧 끝날 것을 생각하면, 두려움과 갈망이 동시에 느껴졌다. 앞으로 어떻게 될지 알 수 없었다. 수전은 쌍둥이를 학교에 데려다준 뒤(위의 두 아이는 알아서 학교에 갔다), 집으로 돌아왔다. 집 안에 있든 정원에 있든 문제의 적과 대면해야겠다고 굳게 결심하고 있었다. 그런데 그 적은 도대체 어디 있는 거지?

수전은 다시 초조해졌다. 초조감이 그녀를 사로잡았다. 수전은 예전처럼 날이면 날마다 요리를 하고, 바느질을 하고, 이런저런 일을 했다. 파크스 부인이 반발했다. "롤링스 부인, 그건 왜 하세요? 내가 할 수 있어요. 그러라고 나한테 돈을 주는 거잖아요."

수전도 자신이 지나치게 비이성적으로 굴고 있다는 사실을 알아차리고 자제했다. 아이들을 학교에 데려다준 뒤 자동차를 차고에 세우고 자기 방으로 올라가 양손을 무릎에 놓고 앉아서 차분해져야 한다고 억지로 자신을 몰아붙였다. 파크스 부인이 집 안을 돌아다니는 소리에 귀를 기울였다. 정원을 내다보면, 가지들이 나무를 흔들어대는 것이 보였다. 수전은 그렇게 앉아서 적을 물리쳤다. 초조감. 공허함. 자신의 인생에 대해 생각해야 마땅한데도 수전은 그러지 않았다. 어쩌면 그럴 수 없는 것 같기도 했다. 그녀가 억지로 수전이라는 사람에 대해 생각해보려는 순간(이런 생각을 할 것이 아니라면, 도대체 왜 혼자 있고 싶어 했겠는가?), 아이들이 학교에 입고 갈 옷이나 버터 쪽으로 생각의 방향이 확 바뀌어버렸다. 파크스 부인을 생각할 때도 있었다. 수전은 자신이 가만히 앉아서 파크스 부인의 일거수일투족에 귀를 기울이며, 그녀의 모든 움직임과 생각을 뒤쫓고 있음을 깨달았다. 수전은 부엌에서 욕실로, 식탁에서 오븐으로 움직이는 파크스 부인을 머리로 뒤쫓았다. 마치 먼지떨이, 걸레, 소스팬 등을 자기 손으로 직접 쥐고 있는 것 같았다. 수전 본인의 목소리도 들려왔다. "안 돼, 그렇게 하면. 그건 거기 넣지 마……." 파크스 부인이 하는 일에 수전은 전혀 관심이 없었다. 그런데도 매분, 매초 그녀의 움직임을 의식하게 되는 것을 막을 수 없었다. 이것은 수전 자신의 문제였다. 혼자 있을 때는, 옆에 아무도 없이 정말로 혼자가 될 필요가 있었다. 10분이나 30분쯤 뒤에 파크스 부인이 계단 아래에서 "롤링스 부인, 은그릇 광택제가 다 떨어졌어요. 밀가루도 없고요"라고 소리칠 것임을 알고 있는 이 상태를 견딜 수가 없었다.

그래서 수전은 정원으로 나갔다. 나무들이 집과 자신 사이에서 차단막 역할을 해주었다. 수전은 악마 같은 적이 나타나기를 기다렸지만, 적은 나타나지 않았다.

수전이 악마가 다가오는 것을 막고 있었다. 아직 자신을 정돈하는 일을 마치지 못했으니까.

수전은 파크스 부인이 찻잔을 들고 쫓아오거나 전화를 써도 되느냐고 묻거나(수전은 파크스 부인이 누구한테 전화를 걸든, 얼마나 자주 전화를 걸든 전혀 개의치 않았으므로 이런 질문에 언제나 짜증이 났다), 그냥 즐겁게 수다를 떨러 오지 않는 곳을 찾아낼 계획을 세웠다. 그래, 그녀에게는 새로운 장소 또는 상황이 필요했다. 하지만 거기서도 그녀는 계속 자신을 일깨워야 할 것이다. 10분 뒤에 매슈한테 전화를 해야 돼…… 3시 반에는 아이들을 데리러 좀 일찍 출발해야지. 가는 길에 세차를 해야 하니까. 내일 10시에는 잊지 말고……. 그녀는 (학기 중의 평일에) 매일 일곱 시간씩 주어지는 자유가 실제로는 자유롭지 않다는 사실 때문에 분노에 휩싸였다. 수전은 시간의 압박으로부터, 잊지 말고 이런저런 일을 해야 한다는 생각으로부터 단 한순간도 자유롭지 못했다. 그녀는 결코 무아無我의 경지에 빠질 수 없었다. 모든 것을 잊고 자신을 내려놓을 수 없었다.

분노가 그녀를 잠식했다. (수전은 이런 감정이 어리석다고 생각하면서도 여전히 분노를 느꼈다.) 그녀는 포로였다. (수전은 이 생각도 살펴보았다. 이것이 우스꽝스러운 생각이라고 속으로 되뇌었지만 소용없었다.) 매슈에게 반드시 말해야 했다. 하지만 뭘? 수전은 우스꽝스럽기 짝이 없는 감정, 그녀 스스로 경멸하는 감정으로 가득 차 있었다. 감정들이 너무나 강렬해서 떨쳐버릴 수 없었다.

방학이 또 다가왔다. 이번에는 거의 두 달이나 되는 방학이었다. 수전은 의식적으로 차분하고 점잖은 태도를 유지하느라 미쳐버릴 것 같았다. 그녀는 욕실 문을 걸어 잠그고 들어앉아서, 욕조 가장자리에 걸터앉아 심호흡을 하며 마음을 차분하게 가라앉히려고 애썼다. 아니면 평소에 비어 있는 여분의 방으로 올라갈 때도 있었다. 그녀가 거기에 있을 거라고는 아무도 생각하지 못할 것이다. 아이들이 "엄마, 엄마" 하고 외치는 소리가 들려도 그녀는 죄책감을 느끼며 침묵을 지켰다. 혼자서 정원 끝까지 갈 때도 있었다. 거기서 그녀는 천천히 흘러가는 갈색 강을 바라보았다. 강물을 바라보다가 눈을 감고 천천히 심호흡을 하며 자신의 존재 속으로, 혈관 속으로 강을 받아들였다.

그러고 나서 수전은 다시 아내이자 엄마가 되어 식구들에게 돌아왔다. 미소를 잃지 않고 책임감 있는 모습으로. 기운찬 네 아이와 남편이 그녀의 피부를 고통스럽게 짓누르고, 뇌를 손으로 눌러대는 것 같았다. 방학 중에 수전은 단 한 번도 짜증을 내며 폭발하지 않았다. 감옥살이를 하는 것 같았다. 아이들이 다시 학교로 돌아간 뒤, 수전은 흐르는 강물 근처의 하얀 돌 벤치에 앉아 생각했다. '쌍둥이가 학교에 간 지 아직 1년도 안 됐어. **그 애들이 내 손을 떠난 지.** (내가 이 웃기지도 않는 표현을 도대체 무슨 뜻으로 썼던 거지?) 그런데 벌써 나는 예전과 다른 사람이 됐어. 이건 내가 아니야. 도무지 이해할 수가 없어.'

하지만 이해해야 했다. 담보대출 상환이 아직 끝나지 않아서 1년에 400파운드씩 나가고 있는 크고 하얀 집, 착하고 생각이 깊은 남편, 아주 잘 자라고 있는 네 아이, 지금 그녀가 앉아 있는 정원, 파출부 파크스 부인, 이 모두가 그녀에게 의존하고 있음을 알기 때문이었다. 하지만 그녀는 그 이유를 알 수 없었다. 자기가 여기에 어떤 기여를 했는지도 알 수 없었다.

침실에서 수전은 매슈에게 말했다. "매슈, 내가 어딘가 잘못된 것 같아."

매슈가 말했다. "그럴 리가 없잖아, 수전. 당신이 얼마나 멋진데. 옛날만큼 사랑스러워."

수전은 금발 미남인 남편을 바라보았다. 푸른 눈이 또렷하고 지적으로 보이는 얼굴을. 그녀는 속으로 생각했다. '왜 이 사람한테 말할 수 없는 거지? 왜?' 수전이 말했다. "지금보다 더 혼자 있을 필요가 있어."

이 말을 들은 매슈가 푸른 눈을 천천히 움직여 그녀를 바라보았다. 수전이 두려워하던 것이 거기 있었다. 그럴 리가 없다는 표정. 경악. 두려움. 그녀의 남편이지만 낯설게 느껴지는 남자가,

그녀의 숨결만큼이나 가까운 사람이 파란 눈으로 믿을 수 없다는 듯 그녀를 쏘아보았다.

매슈가 말했다. "애들도 이제 학교에 다니니까 당신 손을 떠났잖아."

수전은 속으로 말했다. '억지로라도 꼭 말해야 돼. 그 말은 맞지만, 내가 자유를 전혀 느끼지 못한다는 걸 아느냐고. 앞으로 30분 뒤, 한 시간 뒤, 두 시간 뒤에 꼭 이러이러한 일을 해야 한다고 매 순간 계속 생각하고 있다고.'

하지만 수전은 이렇게 말했다. "몸이 좋지 않아."

매슈가 말했다. "당신도 휴가가 좀 필요한 것 같네."

수전은 경악했다. "나더러 혼자 가라는 건 아니지?" 수전은 남편 없이 혼자서 어딘가로 떠나는 것을 상상도 할 수 없었다. 하지만 그의 말은 이런 뜻이었다. 수전의 표정을 보고 매슈가 웃음을 터뜨리며 팔을 벌렸다. 수전은 그 품으로 들어가면서 생각했다. '그래, 그래, 내가 왜 그 말을 못하는 거지? 그런데 내가 해야 하는 말이 도대체 뭐야?'

수전은 자유롭지 못하다는 말을 남편에게 하려고 시도해보았다. 매슈는 그녀의 말을 들은 뒤 이렇게 말했다. "수전, 도대체 어떤 자유를 원하는 거야? 그런 건 죽기 전에는 불가능해! 나라고 자유로운 줄 알아? 나는 매일 10시까지 반드시 출근해야 돼. 그래, 뭐, 가끔 10시 반에 갈 때도 있지만. 어쨌든 나도 이런저런 일들을 반드시 해야 한다고. 그리고 나서 일정한 시간에 집으로 돌아와야 하지. 내 말을 오해하면 안 돼. 알지? 6시까지 집에 돌아오지 못할 것 같으면 당신에게 미리 전화하지. 그러니 나 역시 앞으로 여섯 시간 동안 책임져야 할 일이 하나도 없다고 말할 수 있는 순간이 있겠어?"

이 말을 듣고 수전은 양심의 가책을 느꼈다. 맞는 말이기 때문이었다. 행복한 결혼생활, 이 집, 아이들을 지탱하는 데에는 이곳에 자발적으로 속박된 매슈가 그녀 자신만큼이나 큰 역할을 하고 있었다. 그런데 그는 왜 갑갑함을 느끼지 않는 걸까? 매슈는 왜 초조하게 안달하지 않는 걸까? 이것이야말로 그녀에게 심각한 문제가 있다는 증거였다.

게다가 '**속박**'이라는 단어…… 수전은 왜 이 단어를 썼을까? 그녀는 결혼생활이나 아이들을 단 한 번도 속박으로 생각한 적이 없었다. 그것은 매슈도 마찬가지였다. 그렇지 않았다면, 12년 동안 결혼생활을 한 두 사람이 지금 서로의 품에 안겨 만족스럽게 누워 있지 않았을 것이다.

그녀의 지금 상태가 무엇이든, 그 상태는 가족들과 함께 느끼는 진정한 행복과는 아무런 상관이 없었다. 수전은 자신이 비이성적인 사람이라는 사실을 받아들이고, 견디며 사는 수밖에 없었다. 어떤 사람들이 불구가 된 팔, 말 더듬는 버릇, 청력 장애 등을 견디며 사는 것처럼. 수전도 스스로 인정할 수 없는 자신의 심리상태를 인정하고 견디며 살아가야 했다.

그래도 남편과 이런 대화를 나눈 덕분에 다음 방학에는 새로운 체제를 세울 수 있었다.

맨 꼭대기의 빈방에 '개인시간! 방해하지 말 것!'이라고 적힌 마분지가 붙었다. (매슈와 수전이 토론 끝에 이것이 심리적으로 좋은 방법이라고 결정한 뒤, 아이들이 마분지에 색연필로 이 글자들을 그려주었다.) 식구들과 파크스 부인은 이곳이 '엄마의 방'이며, 엄마도 혼자만의 시간을 보낼 권리가 있음을 인정했다. 매슈와 아이들은 엄마가 해주는 일들을 당연하게 받아들이면 안 된다는 진지한 대화를 여러 번 나눴다. 수전은 처음에 남편과 장남 해리가 나누는 대화를 언뜻 들었을 때, 짜증이 올라오는 것을 깨닫고 깜짝 놀랐다. 이 커다란 집에서 그녀가 자기만의 방을 하나 마련하는 일이 이렇게 호들갑을 떨 일인가? 이렇게 엄숙하게 토론해야 될 일인가? 그냥 수전 본인이 "이제부터 맨 꼭대기의 작은 방을 내 방으로 꾸밀 테니까, 내가 그 안에 있을 때는 방해하지 마. 집에 불이 난 것이 아니라면"이라고 선언하면 안 되나? 이렇게 진지하게 오랜 시간 토론할 것이 아니라, 그런 선언만으로 끝낼 수도 있는 일이었다. 해리와 매슈는 파크스 부인과 함께 들어온 쌍둥이에게 자기들의 토론 결과를 설명해주었다. "그래, 여자가 가정을 감당하기 힘들어질 때가 있어." 수전은 이 말을 듣고 곧바로 정원 끝까지 가서, 혈관 속을 악마처럼 들쑤시는 분노를 가라앉혀야 했다.

하지만 정작 언제든 사용할 수 있는 방이 생기자, 그녀는 그 방에 잘 가지 않았다. 침실보다 그 방이 훨씬 더 갑갑했다. 파크스 부인이 오지 않은 어느 날 수전은 아이들 열 명에게 직접 점심을 요리해준 뒤 그 방으로 올라가, 한참 동안 정원을 바라보며 앉아 있었다. 아이들이 부엌에서 줄줄이 나와, 그녀가 커튼 뒤에 앉아 있는 이 방 창문을 올려다보는 것이 보였다. 수전의 아이들과 그 친구들이 섞여 있는 그 아이들은 모두 '엄마의 방'에 대해 이야기하고 있었다. 몇 분 뒤, 뭔가 놀이를 하며 서로를 뒤쫓던 아이들이 쿵쾅쿵쾅 계단을 올라오는가 싶더니 소리가 뚝 끊겼다. 마치 아이들이 계곡 아래로 떨어져버린 것 같았다. 그만큼 갑작스러운 침묵이었다. 수전이 그 방에 있음을 아이들이 기억해내고, "쉿! 쉬이이이잇! 조용히 해. 방해하면 안 돼⋯⋯"라며 조용해진 탓이었다. 아이들은 범죄를 공모하는 사람들처럼 까치발로 살금살금 계단을 내려갔다. 수전이 아이들에게 차를 끓여주려고 아래로 내려왔을 때, 아이들이 모두 그녀에게 사과했다. 쌍둥이는 앞뒤에서 사랑스러운 팔로 인간 새장처럼 엄마를 끌어안고, 다시는 그런 일이 없을 것이라고 다짐했다. "우리가 깜박했어요, 엄마. 완전히 깜박했어요!"

엄마가 '엄마의 방'에서 혼자 있을 시간이 필요하다는 사실이 아이들에게는 다른 사람들의 권리를 존중해야 한다는 훌륭한 가르침이 된 셈이었다. 곧 수전은 순전히 그 가르침을 그냥 흘려버리기가 아깝다는 이유만으로 그 방에 올라가게 되었다. 그러다 어느새 그녀가 바느질감을 가지고 올라가게 되었고, 아이들과 파크스 부인이 드나들기 시작했다. 그 방은 또 다른 가족실이 되었다.

수전은 한숨을 내쉬고 미소를 지으며 체념했다. 매슈와 그 방을 주제로 자신을 깎아내리는 농담을 하기도 했다. 그녀가 좋아하고 존중하는 자아가 그것을 원했다. 하지만 그와 동시에 그녀

의 내면에서 뭔가가 짜증과 분노로 울부짖었다……. 그래서 수
전은 겁이 났다. 어느 날 수전은 자기도 모르게 침대 옆에 무릎
을 꿇고 기도했다. "주님, 그것이 제게 다가오지 못하게 하소서.
그가 제게 다가오지 못하게 하소서." '그것' 또는 '그'는 악마를
뜻했다. 그녀는 이제 자신의 적을 일종의 악마로 규정하고 있었
다. 이것이 비이성적인 생각이든 아니든 개의치 않았다. 수전은
그것 또는 그를 젊은 남자의 모습으로 상상했다. 아니, 젊은 척
하는 중년 남자일 수도 있었다. 아니면 철이 들지 않아서 젊어
보이는 남자일까? 어쨌든 그 젊어 보이는 얼굴에 가까이 다가갔
을 때, 수전은 입가와 눈가의 건조한 주름을 볼 수 있었다. 몸은
가늘고 빈약했다. 안색은 불그스름했고, 머리카락도 빨간색이었
다. 빨간 머리의 기운 넘치는 남자. 그가 걸친 불그스름한 털 재
킷은 손에 닿는 느낌이 불쾌했다.

　어쨌든 어느 날 수전은 그 남자를 보았다. 정원 끝에서 흘러가
는 강물을 지켜보다가 눈을 들었더니 그 사람이 하얀 돌 벤치에
앉아 있었다. 그는 그녀를 바라보며 환하게 웃었다. 손에는 길고
휘어진 막대기가 있었다. 그가 땅에서 주운 것인지, 머리 위의 나
무에서 꺾은 것인지는 알 수 없었다. 그는 그냥 아무 생각이 없
는 건지 아니면 순간적으로 심술이 난 건지, 하여튼 그 막대기를
멍하니 움직여 바닥에 똬리를 틀고 있는 도마뱀인지 풀뱀인지
알 수 없는 생물(어쨌든 뱀과 비슷한 생물이었다. 하얀 몸이 보기에 건
강하지 못하고 불쾌했다)을 휘저었다. 뱀은 몸을 비틀며 항의의 춤
을 추듯이 좌우로 움직였다.

수전은 그를 바라보며 생각했다. '저 낯선 사람은 누구지? 우리 정원에서 뭘 하는 거야?' 그제야 그 남자의 주위에 그녀의 공포가 결정처럼 뭉쳐 있는 것이 눈에 들어왔다. 그 순간 남자가 사라졌다. 수전은 억지로 몸을 움직여 벤치까지 걸어갔다. 나뭇가지가 드리운 그림자가 얇은 에메랄드색 풀 위에서 이리저리 획획 움직이고 있었다. 자신이 왜 이것을 뱀으로 착각했는지 알 것 같았다. 수전은 다시 집으로 돌아가며 생각했다. '좋아, 그래, 내가 내 눈으로 직접 그 남자를 봤으니, 결국 내가 미친 건 아니구나. 내가 그 남자를 봤으니 정말로 위험이 **있는** 거야. 그 남자는 정원에 숨어 있다가 가끔 집 안까지 들어오고 있어. **내 안으로 들어와서 내 몸을 차지하려는 거야.**'

수전은 어디든 아무에게도 알리지 않고 혼자 조용히 앉아 있을 수 있는 장소를 꿈꿨다.

한번은 빅토리아 근처의 어떤 신문 판매소 건물까지 찾아간 적도 있었다. 신문에 난 셋방 광고 때문이었다. 수전은 아무에게도 알리지 않고, 방을 하나 빌리기로 했다. 가끔 리치먼드에서 기차를 타고 와서 한두 시간 정도 혼자 앉아 있을 수 있는 곳. 하지만 어떻게 그럴 수 있을까? 방을 빌리려면 일주일에 3, 4파운드가 들 텐데, 그녀는 버는 돈이 없었다. 그만한 액수가 필요한 이유를 매슈에게 어떻게 설명할 수 있을까? 수전은 이 방에 대해 매슈에게 말하지 않는 것을 당연한 일로 여기고 있음을 알아차리지 못했다.

어쨌든, 방을 구하는 것은 불가능한 일이었다. 그래도 반드시 방이 필요했다.

학기가 한창이고, 아이들이 모두 건강하고, 주위에 아무런 문제도 없는 것처럼 보이던 어느 날 수전은 일찌감치 장을 보러 나섰다. 파크스 부인에게는 학창시절의 옛 친구를 만나러 간다고 설명했다. 수전은 기차를 타고 빅토리아로 가서, 열심히 찾아 헤맨 끝에 작고 조용한 호텔을 발견했다. 그리고 낮에만 방을 빌리겠다고 말했다. 호텔 측에서는 낮에만 잠깐 방을 빌려주지 못한다고 말했다. 이 말을 하면서 여성 지배인은 수상쩍은 표정이었다. 아무리 봐도 수전이 점잖지 못한 이유로 방을 빌리는 여자 같지 않기 때문이었다. 수전은 몸이 좋지 않아서, 자주 어딘가에 누워 휴식을 취하지 않으면 장을 볼 수 없다고 길게 설명했다. 마침내 지배인은 수전이 하룻밤 숙박료를 모두 지불하는 조건으로 방을 빌려주겠다고 말했다. 지배인과 메이드가 수전을 방으로 안내했다. 두 사람 모두 수전의 건강을 걱정해주었다……. 리치먼드에 산다면서(수전은 숙박부에 자신의 이름과 주소를 정직하게 적었다) 빅토리아에 쉴 곳이 필요하다면, 몸이 정말로 심각하게 좋지 않은 것 같았다.

호텔 방은 평범한 익명의 장소였다. 수전이 원하는 바로 그런 곳. 수전은 가스히터에 1실링을 넣어 작동시킨 뒤, 더러운 창문을 등진 더러운 안락의자에 앉아 눈을 감았다. 그녀는 혼자였다. 그녀는 혼자였다. 그녀는 혼자였다. 자신을 짓누르던 압박이 사라지는 것이 느껴졌다. 처음에는 도로의 자동차 소리가 아주 크게 들리더니 곧 희미하게 사라지는 것 같았다. 어쩌면 그녀가 살짝 잠이 들었던 것 같기도 했다. 문을 두드리는 소리가 들렸다. 지배인인 미스 타운센드가 직접 찻잔을 들고 와 있었다. 수전이 너무 오랫동안 아무 소리도 내지 않아서 혹시 어디가 아픈가 하고 걱정하고 있었다.

미스 타운센드는 쉰 살의 고독한 여성이었다. 최대한 정직하게 이 호텔을 운영하고 있는 그녀는 수전에게서 자신을 이해해주는 동료의 가능성을 보았다. 그래서 방에 남아 수전과 이야기를 나눴다. 수전은 몸이 아프다는 거짓말을 자신이 더욱더 환상적으로 꾸며내고 있음을 깨달았다. 리치먼드의 큰 집, 부자 남편, 네 아이라는 조건에 맞는 이야기를 꾸며내려고 하다 보니 이야기가 점점 황당해졌다. 그 대신 수전이 이렇게 말했다면 어떨까. "미스 타운센드, 저는 몇 시간 동안 혼자 있고 싶어서 이 호텔을 찾아왔어요. **내가 있는 곳을 누구에게도 알리지 않고 완전히 혼자 있고 싶어서요.**" 수전은 머릿속으로만 이 말을 하면서, 노처녀인 미스 타운센드의 얼굴에 필연적으로 나타날 표정을 역시 머릿속으로만 그려보았다. "미스 타운센드, 우리 네 아이와 남편 때문에 미쳐버릴 것 같아요. 이해하시겠어요? 그런데 당신 눈에서 히스테리의 기운이 번들거리고 있네요. 오로지 외로움을 간신히 참고 있는 사람에게서만 나타나는 눈빛이죠. 그걸 보니, 제 삶이 곧 당신이 원하는 이상적인 삶 그대로라는 걸 알겠어요. 하지만요, 미스 타운센드, 저는 그런 삶을 전혀 원하지 않아요. 원하신다면 제 삶을 가져가세요, 미스 타운센드. 저는 당신처럼 이 세상에서 철저히 혼자였으면 좋겠어요. 미스 타운센드, 일곱 악마가 저를 포위하고 있어요, 미스 타운센드, 미스 타운센드, 그 악마가 쫓아올 수 없는 이 호텔에 머무르게 해주세요……." 수전은 이런 말을 모두 털어놓지 않고, 단순히 빈혈이 있다고만 말했다. 그리고 미스 타운센드가 추천한 치료법, 그러니까 생간을 다져서 통밀빵에 끼워 먹는 방법을 시도해보겠다고 약속했다. 본인이 직접 장을 보러 나오지 말고 친구에게 부탁하는 편이 더 낫지 않겠느냐는 말에도, 아마 그편이 좋을 것 같다고 동의했다. 수전은 숙박비를 치른 뒤 좌절감을 느끼며 호텔을 나섰다.

집에 돌아오자 파크스 부인이 말했다. 롤링스 부인이 아침 9시부터 오후 5시까지 집을 비우는 것이 너무, 너무 싫다고. 조앤이 치통으로 고생하고 있다는 전화가 학교에서 걸려왔는데, 파크스 부인은 할 말을 찾지 못하겠다고 했다. 게다가 아이들에게 무슨 차를 끓여주어야 하는지도 롤링스 부인이 알려주지 않아서 모르겠다고 말했다.

물론 모두 말도 안 되는 소리였다. 사실 파크스 부인의 말은 수전이 정신적으로 침잠해서 이 큰 집을 관리하는 짐을 모두 그녀에게 떠맡긴 것이 불만스럽다는 뜻이었다.

수전은 하루 동안의 '자유'를 되돌아보았다. 외로운 미스 타운센드와는 친구가 되었고, 파크스 부인은 불만을 늘어놓았다. 그래도 수전은 정말로 혼자가 되었던 그 짧은 시간 동안의 황홀함을 기억하고 있었다. 수전은 무슨 대가를 치르더라도, 앞으로 그런 고독한 시간을 더 자주 마련하기로 결심했다. 절대적인 고독, 아무도 그녀를 모르고 신경도 쓰지 않는 고독이 필요했다.

하지만 어떻게? 수전은 예전에 다니던 회사의 사장에게 연락해서 "제가 그 회사에서 파트타임으로 일한다고 매슈에게 거짓말을 할 테니 입을 맞춰주세요. 사실 저는 그 시간에……"라고 말할까 생각해보았다. 하지만 그러려면 그 시간에 뭘 하는지에 대해 사장에게 또 거짓말을 해야 했다. 무슨 거짓말을 늘어놓을까? "일주일에 서너 번 방을 빌려서 혼자 앉아 있고 싶어요"라고 말할 수는 없었다. 게다가 사장은 매슈와 아는 사이였다. 그러니 수전이 사장에게 자신을 위해 거짓말을 해달라고 부탁하면, 사장은 틀림없이 그녀에게 애인이 생겼다고 짐작할 터였다.

그렇다면 그녀가 정말로 시간제 일자리를 구하면 어떨까? 수전이 신속하고 능률적으로 처리할 수 있는 일을 고른다면, 자신을 위한 시간을 마련할 수 있을 것이다. 어떤 일이 좋을까? 겉봉에 주소를 쓰는 일? 여론조사원?

일하는 과부인 파크스 부인의 문제도 있었다. 그녀는 자신이 이 집에서 해야 하는 일이 무엇인지 정확히 알고 있었으며, 여주인이 책임을 회피하며 안으로 침잠하려 할 때면 본능적으로 그것을 알아차렸다. 파크스 부인은 훌륭한 일꾼이었지만, 누군가가 그녀에게 지시를 내려주어야 했다. 꼭대기방이든 정원이든 이 집의 여주인인 롤링스 부인이 가까이 있어야만 파크스 부인이 힘을 얻을 수 있었다. "그래요, 그 빵이 내가 어렸을 때 먹던 것과는 다르더라고요……. 그래요, 해리는 먹성이 정말 좋죠. 먹는 게 다 어디로 가는지……. 그래요, 쌍둥이의 체구가 비슷해서 다행이에요. 서로 신발을 같이 신을 수 있으니, 이런 힘든 시기에

절약이 되잖아요⋯⋯. 그래요, 스위스산 버찌잼은 폴란드산 버찌잼과는 비교도 안 돼요. 그런데 값은 세 배라니⋯⋯." 파크스 부인은 매일 반드시 이런 대화를 나눌 수 있어야 했다. 그럴 수 없다면, 본인도 왜 이 일을 그만두는지 모르는 채 일을 그만둘 것이다.

수전 롤링스는 이런 생각을 하다가, 자신이 덤불이 우거진 정원을 들고양이처럼 배회하고 있음을 깨달았다. 그녀는 계단을 올라갔다가, 내려왔다가, 여러 방을 들락거리다가, 정원으로 나갔다가, 갈색 강물 옆을 걷다가, 다시 집 안으로 돌아와서 계단을 올라갔다가, 또 내려왔다가⋯⋯. 파크스 부인이 이상하게 보지 않은 것이 놀라웠다. 하지만 파크스 부인은 롤링스 부인이 무엇을 하든 그녀 마음이라고 생각하는 편이었다. 롤링스 부인이 **집 안**에 있기만 하면, 물구나무서기를 해도 상관이 없다고. 수전 롤링스는 집 안을 배회하며 중얼거렸다. 파크스 부인이 밉고, 가없은 미스 타운센드가 미웠다. 미스 타운센드의 더럽고 점잖은 호텔방에서 혼자 고독하게 시간을 보내는 꿈을 꿨다. 자신이 지금 제정신이 아니라는 사실을 그녀는 아주 잘 알고 있었다. 그래, 그녀는 제정신이 아니었다.

수전은 매슈에게 휴가가 필요하다고 말했다. 매슈도 동의했다. 예전에 이런 이야기를 나눌 때와는 달랐다. 그때는 부부침대에서 서로의 품에 안겨 이야기를 나눴는데. 매슈가 마침내 그녀에게 **비이성적**이라는 진단을 내린 것을 그녀는 알고 있었다. 이제 그녀는 매슈가 감당할 수 없는 사람이 되었다. 두 사람은 이 집에서 서로를 친절하게 참아주는 낯선 사람들처럼 살아가고 있었다.

파크스 부인에게 사정을 말한 뒤, 아니 허락을 구한 뒤, 수전은 웨일스로 휴가를 떠났다. 그녀는 자기가 아는 가장 외진 곳을 골랐다. 아침마다 아이들이 학교에 가기 전에 전화를 걸어 엄마를 격려하고 지지해주었다. 옛날 '엄마의 방' 때 그랬던 것처럼. 수전은 저녁마다 집에 전화를 걸어 아이들 한 명, 한 명과 차례로 이야기를 나누고, 마지막에 매슈와 이야기했다. 파크스 부인에게는 지시나 조언이 필요할 때 전화해도 좋다고 허락해두었으므로, 매일 점심때 전화가 걸려왔다. 롤링스 부인이 산에 나가 있던 적이 세 번 있는데, 파크스 부인은 이러이러한 시간에 자신에게 전화해달라고 부탁했다. 롤링스 부인의 승인을 받지 않는다면, 자신의 일에 만족을 느낄 수 없다는 것이 이유였다.

시골의 거친 풍경 속을 돌아다니는 수전을 전화기가 목줄처럼 붙들고 있었다. 그녀가 걸어야 하는 전화, 기다려야 하는 전화가 그녀를 십자가에 못 박았다. 그녀의 부자유가 산에도 족쇄를 채운 것 같았다. 산속 어디서나 아침때부터 해 질 녘까지 사람이라고는 한 명도 보이지 않았다. 양떼나 양치기와 마주치는 것이 전부였다. 그런 산속에서 수전은 자신의 광기와 마주했다. 넓디넓은 계곡에서 광기가 그녀를 공격한다면, 계곡도 아주 작게 보일 것이다. 수많은 산과 계곡을 바라볼 수 있는 산꼭대기에서 광기가 그녀를 공격한다면, 산과 계곡이 너무나 낮고 작게 보일 것이다. 하늘도 너무 낮고 무겁게 내려앉은 듯이 보일 것이다. 수전은 양치류가 반짝반짝 자라는 산 중턱을 바라보며 서 있곤 했다. 산 속을 흐르는 물이 보석처럼 반짝였다. 하지만 수전의 눈에 보이는 것이라고는 그녀 자신의 악마뿐이었다. 악마는 바위 위에 게 으르게 누워서 이파리가 달린 잔가지로 자신의 못생긴 노란색 부츠를 찰싹찰싹 때리다가, 인간의 것 같지 않은 눈을 들어 그녀를 바라보았다.

수전은 가족이 있는 집으로 돌아왔다. 웨일스의 공허감이 자유의 약속처럼 마음 한구석에 자리 잡고 있었다.

수전은 남편에게 외국인 입주가정부가 필요하다고 말했다.

두 사람은 침실에 있었다. 밤늦은 시각이라 아이들은 이미 잠든 뒤였다. 매슈는 셔츠와 슬리퍼 차림으로 창가의 의자에 앉아밖을 바라보고 있었다. 수전은 머리에 빗질을 하면서 거울로 남편을 지켜보았다. 아주 오랜 옛날부터 이어져온 부부침실의 풍경이었다. 매슈는 아무 말도 하지 않았지만, 수전은 그의 머릿속에서 벌어지는 논쟁이 귀에 들리는 것 같았다. 그는 아마도 사람은 모두 **이성적**이라는 이유로 자신의 논리를 거부할 터였다.

"이제 와서 그런 사람이 필요하다니 이상한걸. 아이들은 학교에서 많은 시간을 보내잖아. 밤낮으로 아이들한테 시달릴 때야말로 일손이 필요했을 텐데. 파크스 부인한테 요리도 해달라고 하지 그래? 부인도 그런 이야기를 한 적이 있잖아. 당신이 6인분 요리를 하는 데 질렸다면, 그건 이해할 수 있어. 하지만 외국인 입주가정부를 들이면 문제가 아주 많다는 걸 당신도 알잖아. 평범한 가정부를 낮에만 잠깐 들이는 것과는 달라……."

한참 만에 매슈가 조심스럽게 말했다. "일을 다시 시작할 생각이야?"

　"아니. 그런 건 아니야." 수전은 일부러 애매하게, 다소 멍청해 보이게끔 말했다. 그리고 검은 머리를 계속 빗질하며 거울 속의 자신을 바라보았다. 매슈가 계속 불편한 얼굴로 그녀를 힐끔거리는 것에 신경을 쓰고 싶지 않았다. "우리한테 그럴 여유가 없을까?" 수전은 계속 애매하게 말했다. 집안의 경제사정을 훤히 알고 있던 과거의 유능한 수전과는 완전히 다른 모습이었다.

　"그런 게 아니야." 매슈는 창밖의 어두운 나무들을 바라보았다. 아내를 보지 않기 위해서였다. 그동안 수전은 선명한 검은 눈썹과 또렷한 회색 눈을 지닌, 둥글고 솔직하고 유쾌해 보이는 자신의 얼굴을 유심히 살펴보았다. 현명한 얼굴이었다. 수전은 풍성하고 건강한 검은 머리를 빗질하며 생각했다. '하지만 이건 미친 여자의 모습이지. 정말 이상해! 거울 속에서 나를 마주보는 존재가 빨간 머리 초록 눈으로 건조하고 빈약하게 미소 짓는 악마라면 훨씬 더 나았을 거야……. 왜 매슈가 그러자고 말하지 않는 거지? 사실 매슈가 달리 할 수 있는 일이 없잖아.' 수전은 자신의 역할을 거부하는 중이었고, 그녀에게 그 역할을 계속 수행하라고 강요할 방법은 없었다. 그녀의 영혼이 이 집에 살아 있어야만, 이 집에 사는 사람들이 물속의 식물처럼 자랄 수 있고 파크스 부인도 만족스럽게 일할 수 있다고 강요할 수 없었다. 그 대가로 매슈는 아내를 사랑하는 착한 남편이자 아이들에게는 책임 있는 아빠가 되어주겠다고 말할 것이다. 하지만 두 사람 모두 이미 오래전부터 이런 역할들을 제대로 수행하지 않고 있었다. 매슈가 형식적으로 자신의 의무를 다하기는 했다. 하지만 수전은 아예 자신의 의무를 수행하는 척 가장하지도 않았다. 그러자 매슈는 다른 남편들과 똑같아졌다. 이제 그의 진정한 삶이 존재하는 곳은 그의 일터였다. 그곳에서 만나는 사람들, 그리고 십중 팔구 진지하게 만나고 있을 애인이 그에게 중요했다. 모든 것이 수전의 잘못이었다.

마침내 매슈가 묵직한 커튼을 쳐서 나무들의 모습을 가린 뒤, 돌아서서 그녀가 억지로 시선을 줄 수밖에 없게 만들었다. "수전, 정말로 그런 가정부가 필요해?" 하지만 수전은 그의 호소를 들어줄 생각이 없었다. 그녀가 빗질을 계속하자, 정전기 때문에 작게 쉭쉭거리는 소리와 함께 검은 머리카락이 구름처럼 일어났다. 수전은 머리카락이 빗을 따라 올라오는 모습이 재미있다는 듯이 빙긋 웃고 있었다.

"응, 그게 좋을 것 같아." 수전은 요점을 살짝 피해가는 미친 여자의 잔꾀를 발휘하고 있었다.

거울을 통해 침대에 누운 매슈의 모습이 보였다. 그는 양손으로 머리를 받치고, 천장을 빤히 바라보았다. 슬프면서도 단단한 표정이었다. 수전의 심장(그 옛날 수전 롤링스의 심장)이 약해져서 그에게 손을 뻗었다. 하지만 수전은 심장에 무심함을 새겨넣었다.

매슈가 말했다. "수전, 아이들은?" 이번 호소는 그녀의 마음에 거의 닿을 뻔했다. 매슈는 손바닥을 위로 한 채 양팔을 옆구리에서 들어 올렸다. 수전이 이대로 달려가 그의 단단하고 따뜻한 가슴에 몸을 던지면, 본연의 모습으로, 그 옛날 수전의 모습으로 녹아 들어갈 수 있을 것이다. 하지만 그럴 수 없었다. 수전은 남편이 들어 올린 팔을 보지 않으려고 애쓰면서 애매하게 말했다. "글쎄, 아이들한테도 훨씬 더 좋지 않을까? 프랑스인이나 독일인을 구하면, 아이들이 그 나라 말을 배울 수 있잖아."

어둠 속에서 수전은 낯선 사람처럼 얼어붙은 채 남편 옆에 누웠다. 누가 옛날의 수전을 어딘가로 채간 것 같았다. 고통스러워하는 남자 옆에 차갑고 무심하게 누워 있는 지금의 자신이 몹시 싫었지만, 그 모습을 바꿀 수는 없었다.

다음 날부터 그녀는 입주가정부를 구하기 시작했다. 곧 함부르크에서 온 소피 트라우브가 나타났다. 잘 웃고, 건강하고, 푸른 눈을 지닌 스무 살의 그녀는 영어를 배우고 싶다고 했다. 하지만 이미 영어 실력이 상당했다. 방('엄마의 방')과 식사를 제공받는 대가로 그녀는 간단한 요리를 하고, 롤링스 부인이 부탁할 때 아이들과 함께 있어주는 역할을 맡았다. 머리가 좋은 아가씨였으므로, 자신이 무슨 일을 해야 하는지 완벽하게 이해했다. 수전이 말했다. "내가 자주 집을 비워. 아침만 비울 때도 있고, 하루 종일 비울 때도 있고. 가끔 아이들이 중간에 학교에서 뛰어오거나 전화를 하기도 하고, 선생님이 전화를 하기도 하지. 원래는 내가 집에 있어야 하는데. 매일 오시는 파출부 아주머니도 있어……." 소피는 독일 아가씨답게 낭랑한 소리로 웃음을 터뜨렸다. 하얀 이와 보조개가 드러났다. 소피가 말했다. "가끔 이 집의 안주인 역할을 대신해줄 사람이 필요한 거죠?"

"그래, 바로 그거야." 수전이 말했다. 자기도 모르게 조금 건조한 목소리였다. 이렇게 쉽게 일이 풀리는 것에, 자신이 생각보다 훨씬 더 끝에 가까이 다가가 있다는 사실에 내심 두려웠다. 건강한 독일 아가씨 트라우브가 자신의 위치를 이렇게 금방 깨달았다는 사실이 수전의 생각을 증명해주는 것 같았다.

이 입주가정부는 본인의 상식 덕분인지, 아니면 수전이 워낙 잘 고른 덕분인지(수전은 혼자 이렇게 중얼거리면서 전에 없이 속으로 부르르 떨었다) 모두에게서 성공적인 반응을 이끌어냈다. 아이들도 그녀를 좋아했고, 파크스 부인은 거의 보자마자 그녀가 독일인이라는 사실을 잊어버렸으며, 매슈는 "집에 두어도 좋을 것 같다"고 말했다. 이제 매슈는 남편이자 아버지라는 역할에서 뒤로 물러나, 그저 닥쳐오는 일들을 피상적으로만 받아들이고 있었다.

어느 날 수전은 소피와 파크스 부인이 부엌에서 함께 웃으며 이야기하는 것을 보고, 외출했다가 차 마실 시간쯤에 돌아오겠다고 선언했다. 그녀는 어디로 가서 무엇을 찾아야 하는지 정확히 알고 있었다. 수전은 디스트릭트 선 열차를 타고 사우스 켄싱턴까지 가서 서클 선으로 갈아타 패딩턴에서 내렸다. 그리고 규모가 작은 호텔들을 바라보며 걷다가 마침내 더러운 유리창에 '프레드 호텔'이라고 적혀 있는 곳을 보고 만족스러운 표정을 지었다. 호텔 전면은 병자의 피부처럼 색 바랜 노란색으로 번들거렸다. 통로 끝에 있는 문에는 노크를 하라고 적혀 있었다. 수전이 노크하자 프레드가 나타났다. 그는 매력과는 거리가 먼 사람이었다. 어느 모로 보나 그랬다. 몸은 뚱뚱한 편이고, 안색은 병자 같았으며, 옷은 촌스러운 줄무늬 양복이었다. 주름진 하얀 얼굴에 눈은 작고 날카로웠다. 존스 부인(수전은 프레드를 빤히 바라보면서 일부러 이런 희극적인 이름을 골랐다)이 일주일에 사흘씩 오전 10시부터 오후 6시까지 방을 빌리겠다고 하자, 그는 기꺼이 받아들였다. 물론 그녀가 올 때마다 미리 숙박비를 지불해야 한다는 조건이 붙었다. 수전은 15실링을 꺼내(프레드는 가격을 제시하지 않았다) 내밀면서 계속 어디 한번 해볼 테면 해보라는 듯이 대담하게 그를 빤히 바라보았다. 자신이 이런 표정을 마음대로 이용할 수 있다는 사실을 그녀도 지금에야 깨달은 참이었다. 프레드도 계속 그녀를 바라보면서, 엄지와 검지로 그녀의 손바닥에서 10실링 지폐를 가져가 만지작거리더니 반 크라운 동전 두 개를 꺼내서 자기 손바닥 위에 얹어 내밀었다. 그리고 고민에 잠긴 사람처럼 시선을 내려 동전을 바라보았다. 두 사람은 통로에 서 있었다. 위에서는 빨간 갓을 씌운 전등이 빛나고, 아래에는 아무것도 덮지 않은 나무바닥에서 바닥광택제 냄새가 강하게 올라왔다. 프레드는 여전히 손바닥을 내민 채로 시선을 들어 수전을 쏘아보며 빙긋 웃었다. 마치 "날 뭘로 보는 거야?"라고 말하는 것 같았다. 수전이 말했다. "나는 돈을 벌 목적으로 이 방을 이용하지 않을 거예요." 프레드는 계속 가만히 있었다. 수전이 5실링을 더 꺼내서 얹어주자 프레드가 고개를 끄덕이며 말했다. "당신은 돈을 내고, 나는 아무것도 묻지 않고." "좋네요." 수전이 말했다. 프레드는 수전 옆을 지나 계단으로 가서 잠시 기다렸다. 거리로 통하는 문에서 들어온 불빛이 눈을 비추는 바람에 수전은 순간적으로 그를 시야에서 놓쳤다. 그러나 곧 얼굴이 새하얗고, 점점 벗겨지고 있는 두피 역시 새하얀 자그마한 남자가 수수한 양복차림으로 웨이터처럼 계단을 뛰어 올라가는 것이 보였다. 수전은 그 뒤를 따랐다. 두 사람은 철저히 침묵을 지키며 계단을 올라갔다. 이 프레드 호텔에서는 손님에게 아무것도 묻지 않았다. 미스 타운센드의 호텔이 제공해주지 못한 자유를 손님들에게 줄 수 있었다. 방은 끔찍했다. 하나뿐인 창문에는 얄팍한 초록색 문직 커튼이 걸려 있고, 크기가 보통 침대의 4분의 3밖에 되지 않는 침대에는 초록색 새틴으로 만든 싸구려 이불이 덮여 있었으며, 가스를 사용하는 벽난로에는 1실링 미터기가 달려 있었다. 서랍장, 초록색 고리버들 안락의자도 보였다.

"고마워요." 수전이 말했다. 프레드(이름이 조지나 허버트나 찰리가 아니라 정말로 프레드인지는 잘 모르겠지만)가 그녀를 빤히 바라보고 있었다. 직업상 호기심은 필요 없다고 생각하는 사람이니, 호기심 때문이라기보다는 무엇이 적절한지에 대한 철학적인 고민 때문인 것 같았다. 수전에게서 돈을 받고 방까지 안내해주고 기타 조건에 모두 동의했으면서도 그는 그녀가 이곳을 찾아온 것이 못마땅한 기색이 역력했다. 그녀는 이곳과 전혀 어울리지 않았다. 그의 표정이 그렇게 말하고 있었다. (하지만 수전은 자신이 이곳과 얼마나 잘 어울리는지 이미 알고 있었다. 이 방이 줄곧 그녀를 기다리고 있었던 것 같았다.) "5시가 되면 내게 알려주겠어요?" 프레드는 고개를 끄덕이고 아래층으로 내려갔다.

낮 12시였다. 수전은 자유였다. 그녀는 안락의자에 앉았다. 그냥 앉았다. 눈을 감고 앉아서 혼자가 되었다. 그녀가 어디에 있는지 아무도 몰랐다. 문에서 노크소리가 나자 그녀는 짜증이 났다. 짜증을 숨길 생각도 없었다. 하지만 문 앞에 서 있는 사람은 프레드였다. 그녀의 지시대로 5시가 되었다고 알리러 온 것이다. 프레드는 날카롭고 작은 눈으로 방을 한번 훑어보았다. 가장 먼저 침대. 흐트러진 흔적이 전혀 없었다. 마치 이 방에 아무도 없었던 것 같았다. 수전은 프레드에게 고맙다고 인사한 뒤, 모레다시 오겠다고 말하고는 그곳을 떠났다. 그녀는 시간에 맞춰 집으로 돌아와 저녁식사를 준비하고, 아이들을 재우고, 남편과 자신이 먹을 저녁식사를 다시 요리했다. 그리고 친구와 함께 영화를 보고 돌아온 소피를 반갑게 맞았다. 이 모든 일을 수전은 유쾌하게, 기꺼이 했다. 하지만 그동안 내내 그 호텔 방을 생각하며, 온 마음으로 그곳을 갈망하고 있었다.

일주일에 세 번. 수전은 10시 정각에 나타나 프레드의 눈을 똑바로 바라보며 20실링을 건네고, 그를 따라 계단을 올라가서 방으로 들어간 뒤 부드럽지만 단호한 태도로 그의 코앞에서 문을 닫았다. 프레드는 그녀가 이곳에 있는 것을 못마땅하게 생각하면서도 우정을 기꺼이 보여줄 태세였기 때문이다. 우정이 안 된다면, 하다못해 말동무라도 되어주려고 하는 것 같았다. 그녀가 허락하기만 한다면. 하지만 그는 그녀가 그만 가보라는 듯이 고갯짓을 하면, 20실링을 손에 쥐고 그 자리를 뜨는 것으로 만족했다.

수전은 안락의자에 앉아 눈을 감았다.

이 방에서 수전이 뭘 **했을까**? 아무것도 하지 않았다. 충분히 쉬고 나면 의자에서 일어나 창가로 가서 양팔을 쭉 뻗고 미소를 지으며 밖을 내다보았다. 익명의 존재가 된 이 순간이 귀중했다. 여기서 그녀는 네 아이의 어머니, 매슈의 아내, 파크스 부인과 소피 트라우브의 고용주인 수전 롤링스가 아니었다. 친구, 교사, 상인 등과 이런저런 관계를 맺고 있는 그 수전 롤링스가 아니었다. 정원이 딸린 크고 하얀 집의 안주인도 아니고, 이런저런 행사에 딱 맞게 차려입을 수 있는 다양한 옷을 갖고 있는 사람도 아니었다. 그녀는 존스 부인이고 혼자였다. 그녀에게는 과거도 미래도 없었다. 오랫동안 결혼생활을 하면서 아이들을 키우고, 여러 책임들을 수행한 내가 지금은 여기에 있어. 그녀는 생각했다. 나는 언제나 똑같아. 하지만 가끔은 매슈 롤링스의 아내로서 수행해야 하는 역할들 외에는 내게 아무것도 존재하지 않는 것 같은 기분이 들어. 그래, 난 지금 여기에 있어. 만약 다시는 식구들을 만나지 못하게 되더라도, 난 여기에 있을 거야……. 정말 이상하지! 그녀는 창턱에 몸을 기대고 거리를 내려다보며 지나가는 사람들에게 사랑을 느꼈다. 모르는 사람들이었으니까. 그녀는 거리 저편의 쓰러져가는 건물들, 축축하고 우중충하지만 가끔 파랗게 개기도 하는 하늘을 바라보았다. 건물이나 하늘을 생전 처음 보는 것 같은 기분이었다. 그녀는 텅 빈 상태로 다시 의자에 앉았다. 머릿속이 하얀 백지 같았다. 가끔은 아무 말이나 소리 내어 말하기도 했다. 아무 의미 없는 감탄사 같은 것. 그다음에는 얄팍한 카펫의 꽃무늬나 초록색 새틴 이불의 얼룩에 대해 한마디

논평을 덧붙였다. 하지만 한없이 공상에 잠기며, 아니 이것을 뭐라고 표현해야 할까, 곰곰이 생각에 잠기고, 방황하고, 깜깜하게 어두워져서 공허함이 피처럼 혈관을 따라 즐겁게 도는 것을 느끼며 보내는 시간이 가장 많았다.

그녀가 사는 집보다 이 방이 더 그녀의 것 같았다. 어느 날 오전에는 프레드가 그녀를 데리고 평소보다 한 층을 더 올라갔다. 그녀는 걸음을 멈추고 더 올라가는 것을 거부하며, 평소에 가던 방, 19호실을 달라고 요구했다. "그럼 30분쯤 기다리셔야 되는데요." 프레드가 말했다. 그녀는 기꺼이 소독약 냄새가 나는 어두운 로비로 내려와 앉아서 기다렸다. 어떤 남녀가 계단을 내려와 무심한 시선으로 그녀를 재빨리 훑어본 뒤 서둘러 밖으로 나가 문 앞에서 곧바로 헤어질 때까지. 그녀는 두 사람이 방금 나온 그 방, 그녀의 방으로 올라갔다. 비록 창문이 활짝 열려 있고, 메이드가 침대를 정리하고 있었지만, 이 방은 여느 때처럼 그녀의 방이었다.

이렇게 고독의 시간을 보내기 시작하면서, 어머니와 아내의 역할을 하는 것이 쉬우면서도 어려워졌다. 너무 쉬워서 마치 자신이 어머니와 아내를 사칭하는 사기꾼이 된 것 같았기 때문이다. 자신의 껍데기만 이리로 옮겨와 식구들과 함께 움직이며 엄마, 어머니, 수전, 롤링스 부인이라는 부름에 응답하는 것 같았다. 아무도 자신의 상태를 꿰뚫어보지 못하는 것이 놀라웠다. 가짜라며 쫓아내지 않는 것이 놀라웠다. 오히려 아이들은 그녀를 더 좋아하는 것 같았다. 매슈와도 기분 좋게 '잘' 지냈으며, 파크스 부인은 소피 트라우브의 지시로(솔직히 대부분의 일이 이렇게 이루어졌다) 일하는 것에 만족했다. 밤이면 그녀는 남편과 나란히 누워 다시 사랑을 나눴다. 두 사람이 정말로 부부이던 시절과 달라진 것이 없는 것 같았다. 하지만 그녀, 수전, 또는 수전이라는 이름에 거짓말처럼 기꺼이 대답하는 존재는 그곳에 존재하지 않았다. 그녀는 패딩턴에 있는 프레드 호텔에서 편안한 고독의 시간이 시작되기를 기다리고 있었다.

곧 그녀는 프레드와 소피를 상대로 새로운 계획을 제시했다. 일주일에 5일씩 집을 비우고 호텔에 가기로. 거기에 필요한 돈 5파운드는 간단히 매슈에게 요구했다. 그녀는 그가 무엇에 쓸 돈이냐고 물어볼지도 모른다는 걱정은 하지도 않았다. 그는 그녀에게 돈을 줄 것이다. 확실했다. 하지만 정말로 그렇게 될지도 모른다고 생각하니 기가 막혔다. 예전에는 두 사람이 서로 몹시 가까운 파트너이자 부부여서, 자기들이 꼭 지출해야 하는 돈의 행방을 1실링도 빼놓지 않고 모두 알고 있었기 때문이다. 매슈는 매주 그녀에게 5파운드를 주겠다고 했다. 그녀는 딱 그 액수만 요구했다. 단 한 푼도 더 요구하지 않았다. 그는 그 돈에 대해 무심한 것 같았다. **마치 그냥 돈을 주고 치워버리려는 것 같았다.** 그래, 바로 그런 거였다. 이것을 알아차렸을 때 순간적으로 다시 눈앞이 깜깜해졌지만, 그녀는 버텨냈다. 지금 와서 그런 감정을 느끼기에는 두 사람이 너무 멀리 와버렸다. 이제 매주 일요일 밤에 그는 그녀에게 5파운드를 주고, 이 거래에 대해 두 사람이 눈을 마주치기도 전에 그녀에게 등을 돌려버렸다. 소피 트라우브는 저녁 6시까지 집 안이나 집 근처에 있기만 하면, 그다음부터는 자유였다. 요리도 청소도 할 필요 없이 그냥 자리만 지키면 되었다. 그래서 소피는 정원을 손질하거나 바느질을 했으며, 친구들을 초대하기도 했다. 워낙 친구를 많이 사귀는 성격이었다. 아이들이 아프면 소피가 돌봤다. 학교에서 선생님의 전화가 오면, 소피가 현명하게 응대했다. 학기 중의 평일 닷새 동안 매일 그녀가 이 집의 안주인이었다.

어느 날 밤 침실에서 매슈가 물었다. "수전, 간섭하려는 건 아닌데…… 부탁이니 그렇게 생각하지는 마……. 당신 정말로 괜찮은 거야?"

그녀는 거울 앞에서 머리를 빗고 있었다. 그녀는 머리 양편을 한 번씩 더 빗어준 뒤 대답했다. "물론이지. 난 아무 문제없어."

매슈는 다시 침대에 누워서 커다란 금발 머리를 양손으로 받치고, 팔꿈치를 세워 얼굴 일부를 가리고 있었다. 그가 말했다. "그럼 수전, 이건 꼭 물어봐야겠어. 내가 당신한테 뭔가 압력을 가하려고 묻는 게 아니라는 건 당신도 알 거야." (수전은 '압력'이라는 말에 당혹감을 느꼈다. 지금 이 일은 필연적이었으니까. 그녀가 이런 생활을 언제까지나 계속할 수는 없었다.) "앞으로 계속 이런 상태인 건가?"

"글쎄." 그녀는 다시 애매하고 밝고 멍청하게 굴었다. 도망치기 위해서. "그러면 안 되나?"

매슈는 짜증 때문인지 통증 때문인지 팔꿈치를 위아래로 펄럭거렸다. 그를 보면서 그녀는 그가 마르다 못해 퀭해졌음을 깨달았다. 저렇게 초조하게 성을 내는 모습은 그녀가 기억하는 그의 모습이 아니었다. 그가 말했다. "이혼하고 싶어? 그래서 이러는 거야?"

이 말에 수전은 웃음이 터지려는 것을 아주 힘들게 참았다. 참지 않았다면, 밝은 웃음소리가 거품처럼 퐁퐁 솟아나왔을 것이다. 그녀는 그 소리가 귀에 들리는 것 같았다. 매슈의 말이 의미하는 것은 하나뿐이었다. 그녀에게 애인이 생겨서 낮에 런던으로 나가 시간을 보낸다는 것. 그녀가 마치 다른 대륙으로 사라져버린 것처럼 남편인 자신에게는 없는 사람이 **되어버렸다**는 것.

그때 두려움이 살짝 다시 몰려왔다. 그는 그녀에게 정말로 애인이 있기를 바라고 있었다. 제발 그렇다고 말해달라고 간청하고 있었다. 그렇지 않다면 지금 상황이 너무 무서우니까.

그녀는 머리를 빗으며 곰곰이 이런 생각을 했다. 가늘고 검은 머리카락이 전기를 띤 작은 구름처럼 빗을 따라 날아올라서 쉭쉭쉭 소리를 냈다. 그녀의 머리 뒤쪽, 맞은편 벽은 파란색이었다. 그녀는 자신이 그 파란색을 배경으로 검은 머리카락이 다양한 형태를 만드는 광경에 푹 빠져버렸음을 깨달았다. 이럴 것이 아니라 매슈에게 대답해야 했다. "이혼을 원하는 건 **당신** 아니야, 매슈?"

그가 말했다. "지금 그 얘기가 아니잖아, 안 그래?"

"당신이 먼저 그 얘기를 꺼냈어. 내가 아니라." 그녀는 의미 없이 팔랑거리는 웃음을 참으며 밝은 목소리로 말했다.

다음 날 그녀는 프레드에게 물었다. "혹시 누가 나에 대해 물어본 적이 있어요?"

그가 머뭇거리자 그녀가 말했다. "내가 여기 오기 시작한 지이제 1년이에요. 그동안 난 아무 문제도 일으키지 않았고, 매일돈도 지불했어요. 그러니까 당신한테서 사실을 들을 권리가 있어요."

"사실, 존스 부인, 어떤 남자가 와서 물어보기는 했어요."

"탐정사무소에서 나온 남자?"

"뭐, 그럴 수도 있겠죠."

"그러니까 내가 그걸 물어본…… 아니, 그 사람한테 무슨 이야기를 해줬어요?"

"존스 부인이 평일 오전 10시부터 5시나 6시까지 19호실에서혼자 있다가 간다고 말했어요."

"내 인상착의도 말했어요?"

"존스 부인, 내가 달리 어쩌겠어요? 부인이 내 입장이라고 생각해보세요."

"그 남자가 정보의 대가로 당신에게 무엇을 줬는지 내가 당연히 생각해봐야겠죠."

프레드는 충격 받은 표정으로 눈을 들었다. 그녀는 이런 농담을 하는 사람이 아니었다! 그래도 그는 웃음을 선택했다. 그의주름진 하얀 얼굴에서 살짝 분홍빛이 도는 젖은 입술이 벌어졌다. 그의 눈은 그녀에게도 함께 웃자고 적극적으로 간청하고 있었다. 그렇지 않으면 그가 돈을 잃게 될지도 모르니까. 그녀는 계속 심각한 표정을 지으며 그를 바라보았다.

그가 웃음을 멈추고 말했다. "지금 올라가실 건가요?" 손님에게 아무것도 묻지 않는 이곳 특유의 친밀감이 다시 나타났다. 그녀는 그 친밀감에 기대고 있었고, 그도 그 사실을 알았다.

그녀는 방으로 올라가 고리버들 의자에 앉았다. 하지만 예전 같지 않았다. 남편이 여기서 그녀를 찾아냈다. (세상이 그녀를 찾아냈다.) 이제 압박이 느껴졌다. 그녀가 이곳에 있는 것은 그의 묵인 덕분이었다. 언제든 그가 이곳, 19호실로 걸어 들어올 수 있었다. 그녀는 탐정이 어떤 보고서를 보냈을지 상상해보았다. "댁의 부인의 인상착의와 일치하는 여성이 존스 부인이라고 이름을 밝히고, 19호실에서 하루 종일 혼자 시간을 보냅니다. 그녀는 특히 이 방을 고집해서, 손님이 먼저 들어가 있는 경우에는 방이 빌 때까지 기다립니다. 호텔 주인이 아는 한, 남녀를 막론하고 그녀를 찾아오는 사람은 전혀 없습니다." 대충 이런 내용의 보고서를 매슈가 받았음이 분명했다.

그의 말은 확실히 옳았다. 계속 이런 식으로 살 수는 없었다. 그는 그녀를 조사하기 위해 탐정을 고용함으로써 이런 생활에 간단히 종지부를 찍어버렸다.

그녀는 껍데기 밖으로 끌려나왔다가 다시 안으로 들어가려고 몸을 움츠리는 달팽이처럼, 이 방이라는 피난처로 다시 움츠리고 들어가려고 애썼다. 하지만 이 방에서 느끼던 평화가 이제는 존재하지 않았다. 그녀는 그것을 되살리려고 애썼다. 이곳에서 느끼던 그 어둡고 창의적인 황홀경(인지 뭔지 하여튼) 속으로 다시 들어가려고 애썼다. 소용없는 짓이었지만, 그래도 그녀는 갈망했다. 갑자기 약을 빼앗긴 약물중독자처럼 몸이 아팠다.

그녀는 여러 번 그 방으로 다시 돌아와 자아를 찾으려 했다. 하지만 그곳에서 찾은 것은 이름을 붙일 수 없는 초조감이었다. 어떻게든 움직이고 싶다는 갈망이 열병처럼 그녀를 쿡쿡 쑤셔대고, 자의식이 파르르 성을 내고 일어나면서 마치 뇌 속에서 색색의 불빛들이 꺼졌다 켜졌다를 반복하고 있는 것 같았다. 예전에 이 방에서 느낄 수 있었던 부드러운 어둠 대신, 이제 이 방이 기다리는 것은 증오의 언어를 토해내며 그녀로 하여금 눈 먼 사람처럼 아무렇게나 사방을 들이받게 만드는 그녀의 악마였다. 그녀는 유리창에 스스로 몸을 부딪혀 바닥으로 미끄러지듯 떨어졌다가 찢어진 날개를 펄럭이며 다시 날아올라 또 보이지 않는 장벽에 몸을 부딪히는 나방처럼, 자신을 몰아붙였다. 몇 번이나, 몇 번이나. 곧 그녀는 탈진했다. 그래서 프레드에게 한동안 이 방을 쓰지 않을 것이라고, 휴가를 떠난다고 말해두었다. 그녀가 간 곳은 집이었다. 강가의 그 크고 하얀 집. 평일 한낮에 연락도 없이 집으로 돌아가는 것에 그녀는 죄책감을 느꼈다. 그래서 아무도 보지 못하는 곳에 서서 부엌 창문으로 안을 들여다보았다. 수전이 버린 꽃무늬 작업복을 입은 파커스 부인이 허리를 굽히고, 뭔가를 오븐에 밀어넣고 있었다. 소피는 팔짱을 끼고 찬장에 등을 기댄 채, 수전의 눈에는 보이지 않는 어떤 여자의 농담에 웃음을 터뜨렸다. 피부가 가무잡잡한 외국인인 그 아가씨는 소피의 손님이었다. 안락의자에는 쌍둥이 중 몰리가 몸을 동그랗게 말고 누워서 엄지손가락을 빨며 어른들을 지켜보았다. 학교에 가지 않은 것을 보니 어디가 아픈 모양이었다. 아이의 멍한 얼굴과 거무스름해진 눈 밑을 보니 수전의 마음이 아팠다. 몰리는 이야기를 나누면서 일하고 있는 세 어른을 바라보았다. 부엌 창문으로 그 네 사람을 바라보고 있는 수전과 똑같이, 그들과는 동떨어져 있는 듯한 시선이었다.

수전은 안으로 들어가서 아이를 품에 안고 함께 안락의자에 앉아 아마도 열이 나고 있을 이마를 쓸어주는 상상을 했다. 그런데 바로 그때 소피가 바로 그런 행동을 했다. 소피는 한쪽 다리로 서서, 반대쪽 발을 벽에 대고 무릎을 굽혔다 폈다 하고 있었다. 하지만 곧 리본으로 묶게 되어 있는 빨간 신발을 신은 발을 벽에서 스르르 아래로 내려 두 발로 단단히 서서 손을 앞뒤로 돌려가며 박수를 치고, 독일어로 두 소절쯤 노래를 불렀다. 그러자 아이가 무거운 눈을 들어 소피를 바라보며 배시시 웃었다. 소피는 아이가 있는 곳으로 걸어가서, 아니 통통 뛰어가서 아이를 획 들어 올린 뒤, 안락의자에 앉으며 동시에 아이를 제 무릎에 올려 놓았다. "어차! 어차! 몰리……" 소피는 이렇게 말하고 나서 헝클어진 검은 머리를 쓰다듬기 시작했다. 몰리는 소피의 어깨에 그 작은 머리를 편안히 기대고 있었다.

'음……' 수전은 작별의 눈물을 참으려고 눈을 깜박거리며, 조용히 집 안으로 들어가 침실로 올라갔다. 그리고 나무들 사이로 보이는 강을 바라보며 앉아 있었다. 평화로웠다. 새로운 형태의 평화였다. 움직이고 싶은 생각도, 말하고 싶은 생각도 들지 않았다. 그 무엇도 하고 싶은 생각이 없었다. 이 집과 정원에 출몰하던 악마들은 보이지 않았다. 하지만 그녀는 자신의 영혼이 프레드 호텔 19호실에 남아 있기 때문에 여기서 악마들이 보이지 않는다는 사실을 알고 있었다. 그녀는 지금 이곳에 실제로 존재한다고 할 수 없었다. 마땅히 겁이 나야 했다. 자기 침실 창가에 앉아 소피가 풍성하고 젊은 목소리로 자신의 아이에게 동요를 불러주는 소리를 듣는 것, 파크스 부인이 아래층에서 시끄럽게 돌아다니는 소리를 듣는 것, 그리고 이 모든 일들이 그녀 자신과는 아무 상관없이 이루어지고 있음을 인식하는 것. 그녀는 벌써 이곳에 속하지 않는 사람이 되어 있었다.

조금 시간이 흐른 뒤 그녀는 억지로 아래층으로 내려가서 집에 돌아왔음을 알렸다. 아무에게도 알리지 않고 집에 있는 것은 정당하지 않았다. 그녀는 파크스 부인, 소피, 소피의 이탈리아인 친구 마리아, 딸 몰리와 함께 점심을 먹었다. 자신이 이 집에 손님으로 와 있는 것 같았다.

며칠 뒤 잠자리에 들기 전에 매슈가 말했다. "자, 5파운드." 그가 돈을 그녀에게 밀어주었다. 그녀가 그동안 줄곧 집에 있었다는 사실을 그도 분명히 알고 있을 텐데.

그녀는 고개를 저으며 돈을 그에게 돌려주고 말했다. 비난이 아니라 설명을 위해서였다. "내가 있는 곳을 당신이 알아낸 순간부터 그건 의미 없는 일이 됐어."

그는 그녀를 외면한 채 고개를 끄덕였다. 기가 막힌 짓들을 저지르는 아내를 어떻게 대하는 것이 최선일지 고민하고 있을 터였다.

매슈가 말했다. "난 그저…… 걱정이 돼서 그런 거야."

"응, 알아."

"솔직히 내가 무슨 생각까지……."

"나한테 애인이 생긴 줄 알았어?"

"응, 그랬던 것 같아."

그는 차라리 그녀에게 애인이 생겼기를 바랐을 것이다. 그녀는 확신할 수 있었다. 무슨 말을 해야 할지 고민스러웠다. "1년 전부터 나는 그 더러운 호텔 방에서 낮 시간을 전부 보냈어. 내가 행복하게 있을 수 있는 곳이야. 사실 그 방이 없으면, 나는 존재하지 않는 사람이야." 이렇게 말하는 자신의 목소리가 그녀의 귀에 들려왔다. 자신이 이렇게 말할까 봐 그가 얼마나 두려워하고 있는지 알 것 같았다. 그래서 이 말 대신 이렇게 말했다. "글쎄, 어쩌면 당신 생각이 아주 틀린 건 아닐지도 모르지."

매슈는 십중팔구 호텔 주인이 거짓말을 했다고 생각할 것이다. 그렇게 생각하고 싶어 할 것이다.

"음." 매슈가 말했다. 그녀는 그의 목소리가, 말하자면 안도감으로 반짝 살아나는 것을 느낄 수 있었다. "그렇다면 나도 솔직히 조금 바람을 피웠다는 사실을 고백해야겠군."

그녀는 초연하면서도 흥미롭다는 듯이 말했다. "진짜? 상대가 누군데?" 매슈가 그녀의 반응에 화들짝 놀라는 것이 보였다.

"필이야. 필 헌트."

그녀는 결혼하기 전에 필 헌트와 잘 아는 사이였다. '아니, 필은 그럴 사람이 아니야. 너무 신경질적이고 까다롭다고. 아직까

지 행복을 느껴본 적도 없을걸. 소피가 훨씬 낫지. 매슈도 현명한 사람이니까 그걸 깨달을 거야.'

머릿속으로는 이런 생각을 하면서, 그녀는 소리 내어 말했다. "당신한테 굳이 내 상대를 말해줄 필요는 없을 것 같네. 당신이 모르는 사람이니까."

빨리, 빨리, 하나 지어내. 그녀는 속으로 생각했다. 미스 타운센드한테는 말도 안 되는 거짓말을 잘도 지어냈잖아.

그녀는 천천히, 조심스럽게, 이야기를 지어내기 시작했다. "그 사람 이름은 마이클이야." (**마이클 뭐?**) "마이클 플랜트." (진짜 웃기는 이름이네!) "당신이랑 조금 비슷해. 그러니까, 외모가." 그녀는 실제로 다른 사람도 아닌 매슈 본인이 자신을 만지는 상상을 했다. "출판사를 경영해." (진짜? 왜?) "벌써 결혼해서 아이가 둘 있어."

그녀는 이 공상을 이끌어낸 자신이 뿌듯했다.

매슈가 말했다. "그 사람이랑 결혼까지 생각하고 있어?"

그녀가 미처 생각하기도 전에 말이 먼저 튀어나왔다. "세상에, **싫어!**"

만약 매슈가 필 헌트와 결혼을 생각하고 있다면 방금 이 대답이 너무 단호하게 들렸을 테지만, 아무 문제도 없는 것 같았다. 그가 안도한 목소리로 말했다. "우리가 다른 사람이랑 결혼한 모습을 상상하는 건 조금 불가능하지?" 이 말과 함께 그는 그녀를 끌어당겨, 그녀의 머리를 자신의 어깨에 기대게 했다. 그녀는 그의 살갗에 얼굴을 묻고, 자신의 귓가에서 혈관이 박동하는 소리

를 들었다. 그 소리가 말했다. '나는 혼자야, 나는 혼자야, 나는 혼자야.'

아침에 수전은 매슈가 옷을 입는 동안 계속 침대에 누워 있었다.

매슈는 밤새 생각을 정리했는지 이렇게 말했다. "수전, 우리 더블데이트를 하는 게 어때?"

그렇지, 매슈는 당연히 저런 말을 할 사람이지. 그녀는 속으로 혼잣말을 했다. 현명하고, 이성적이고, 단 한 번도 저열한 생각이나 시기심을 자신에게 허락하지 않은 사람이라면 당연히 저런 말을 하겠지. 우리 넷이 같이 가자!

"안 될 것도 없지." 그녀가 말했다.

"넷이 다 같이 만나서 점심을 먹어도 괜찮을 거야. 솔직히 좀 웃기잖아. 당신은 더러운 호텔을 몰래 드나들고, 나는 늦게까지 사무실에 남아서 시간을 보내면서 모두에게 거짓말을 해야 한다는 게."

도대체 내가 왜 남자의 이름을 지어냈던가. 그녀는 당황해서 이렇게 말했다. "좋은 생각인 것 같기는 한데, 마이클은 지금 여기 없어. 하지만 마이클이 돌아오면…… 당신이랑 마이클은 틀림없이 잘 지낼 수 있을 거야."

"그 사람이 여기 없다고? 그래서 요즘 당신이……." 매슈는 일종의 남성적인 교태를 부리듯이 넥타이 매듭을 만졌다. 예전 같으면 그가 그런 행동을 할 수 있을 것이라고는 생각하지 못했을 것이다. 그가 허리를 숙여 그녀의 뺨에 입을 맞췄다. '아이고, 이 밝히는 여자야!'라고 말하는 것 같은 표정이었다. 그녀는 그 표정에 응수하듯이, 밝히면서도 짐짓 수줍어하는 듯한 표정이 자신의 얼굴에 나타나는 것을 느꼈다.

하지만 속으로는 남편과 자신 두 사람 모두에 대한 경악으로 무너지고 있었다. 둘 다 정직한 감정에서 얼마나 바닥까지 떨어져버린 건지.

이제 그녀에게는 애인이라는 짐이 생겼고, 매슈도 바람을 피우고 있었다! 이 얼마나 평범하고, 마음 든든하고, 즐거운 일인가! 게다가 이제부터는 넷이 함께 어울리며 극장도 가고 식당도 갈 판이었다. 롤링스 부부는 그런 일을 잘 감당할 수 있는 사람이었고, 출판사를 경영한다는 마이클 플랜트도 그 점은 마찬가지일 터였다. 네 사람이 교양 있게 관용을 발휘하며 몹시 복잡한 관계를 맺는 데에 장애물은 하나도 없었다. 가을로 접어든 열정의 매력적인 잔광이 그들 모두를 에워쌀 것이다. 아예 넷이서 다같이 휴가를 가는 건 어떨까? 그녀가 아는 사람들 중에도 그런 사람이 있었다. 아니면 혹시 매슈가 그 점에 대해서는 선을 그을까? 하지만 애당초 '더블데이트'를 입에 담을 수 있는 사람이 선을 그을 이유가 없지 않나?

그녀는 텅 빈 침실에 누워 매슈가 차를 몰고 출근하는 소리를 들었다. 그다음에는 아이들이 시끄럽게 학교로 출발하는 소리와 소피의 명랑하고 낭랑한 목소리가 들렸다. 그녀는 침대에서 우묵한 곳을 찾아 몸을 굴렸다. 아무런 의미도 없는 사람이 되어버린 자신을 보호하기 위해서였다. 남편의 몸이 누워 있던 자리, 지금은 살짝 꺼진 그 자리로 손을 뻗어보았지만 아무런 위안도 얻을 수 없었다. 그는 그녀의 남편이 아니었다. 그녀는 몸을 작은 공처럼 단단히 말았다. 그런 자세로 하루 종일, 일주일 내내, 아니 평생을 보낼 수도 있을 것 같았다.

하지만 며칠 안에 마이클 플랜트를 만들어내야 했다. 어떻게? 마이클 플랜트라는 출판사 사장을 연기해줄 호감 가는 남자를 찾아내야 했다. 그 남자가 마이클 플랜트를 연기해주는 대가로 그녀는…… 무엇을 해야 할까? 우선 그 남자와 사랑을 나누게 될 것이다. 생각이 여기에 이르자 그녀는 완전히 기진맥진해서 울고 싶어졌다. 아, 안 돼, 그건 이미 내 인생에서 과거의 일인데. '사랑을 나눈다'는 말을 생각하거나 그 행위를 상상하며 애정이나 사랑은 고사하고 관능적인 기쁨만이라도 되살려보려고 열심히 애써보았지만, 너무 힘들어서 그저 도망쳐 숨고 싶다는 생각만 든다는 점, 그것이 바로 증거였다…… 세상에, 도대체 왜 사랑을 나눠야 돼? 상대가 누구든 왜? 아니, 사랑을 나눌 거라면, 상대가 누구인지가 중요한가? 그냥 밖으로 나가서 아무 남자나 골라 격한 정사를 나누면 안 되나? 안 될 것도 없지. 하다못해 프레드하고라도. 상대가 프레드라고 해서 다를 것도 없잖아.

하지만 이것은 그녀가 자초한 일이었다. 마이클이라는 애인과 함께 당당하고 교양 있는 더블데이트를 즐기는 한없이 긴 세월. 그녀는 이런 일을 할 수도 없고, 할 생각도 없었다.

그녀는 일어나서 옷을 갈아입고 아래층으로 내려가 파크스 부인에게 1파운드를 빌려달라고 말했다. 매슈에게 돈을 좀 두고 가라고 했는데 잊어버리고 그냥 갔다면서. 그녀는 파크스 부인과 남편들은 다 똑같다, 생각이라는 게 없다는 주제로 여러 형태의 변주를 주고받았다. 위층에서 통화하고 있는 소피의 목소리가 들려왔지만, 그녀는 소피에게는 아무 말도 하지 않고 지하철역으로 걸어가 지하철로 사우스 켄싱턴까지 간 뒤 이너서클 라인으로 갈아타고 패딩턴에서 내려 프레드 호텔까지 걸어갔다. 그리고 프레드에게 결국 휴가를 가지 않게 됐다면서 방이 필요하다고 말했다. 프레드는 한 시간 동안 기다려야 한다고 말했다. 그녀는 근처의 분주한 찻집 겸 식당으로 가서 드나드는 사람들을 지켜보며 앉아 있었다. 문이 계속 열렸다 닫히고, 그녀는 사람들이 서로 섞이거나 헤어지는 모습을 지켜보며 자신의 존재 또한 그들의 움직임 속으로 흘러들어가는 것을 느꼈다. 한 시간이 다 되자 그녀는 찻값으로 반 크라운을 놓아두고, 한번 뒤돌아보는 법도 없이 찻집을 나섰다. 크고 아름다운 하얀 집, 그녀의 집을 나설 때와 똑같았다. 그때도 그녀는 다시 뒤돌아보지 않고, 말없이 소피에게 그 집을 맡겼다. 프레드 호텔로 돌아온 그녀는 이제 빈방이 된 19호실의 열쇠를 받아 더러운 계단을 천천히 올라갔다. 한 층, 한 층이 아래를 향해 차례로 사라져가는 동안 그녀는 단 한 번도 시선을 떨어뜨리지 않았다. 그래서 각각의 층은 그녀의 시야에서 갑자기 홱 사라져 완전히 보이지 않게 되었다.

19호실은 예전과 똑같았다. 그녀는 눈을 가늘게 뜨고 엄격하게 확인하듯이 모든 것을 둘러보았다. 싸구려처럼 반들거리는 새틴 이불은 이 방에 있던 두 육체가 그 밑에서 경련하다가 일을 다 마치고 나간 뒤 아무렇게나 새것으로 바뀌어 있었다. 서랍장 위에 붙은 거울에는 파우더 자국이 있었다. 커튼 주름 안에는 강렬한 초록색 그림자가 있었다. 그녀는 창가에 서서 저 아래 거리를 지나가고 지나가고 지나가는 사람들을 지켜보았다. 끊임없이 이어지는 그 움직임 때문에 그녀의 마음이 어두워졌다. 그녀는 고리버들 의자에 앉아 몸을 늘어뜨렸다. 하지만 주의해야 했다. 오늘은 5시에 프레드가 문을 두드리는 소리에 깜짝 놀라 깨고 싶지 않았다.

악마들은 여기에 없었다. 영원히 사라져버렸다. 그녀가 그들에게서 자유를 살 생각이니까. 그녀는 벌써 비옥한 열매를 맺을 어두운 꿈속으로 빠져들고 있었다. 그 꿈이 혈관 속을 도는 피처럼 그녀의 내면을 어루만지는 것 같았다……. 하지만 그녀는 먼저 매슈에 대해 생각해야 했다. 검시의 앞으로 편지를 한 통 써야 할까? 하지만 뭐라고 쓰지? 그녀는 그가 오늘 아침의 그 표정을 짓기를 원했다. 확실히 진부한 표정이기는 했지만, 적어도 자신 있고 건강해 보이기는 했으니까. 하지만 그것은 불가능한 일이었다. 아내가 자살했는데 그런 표정을 짓는 사람은 없었다. 하지만 어떻게 하면 그녀가 남자 때문에, 그 매혹적인 출판사 사장 마이클 플랜트 때문에 죽는다는 인상을 그에게 남길 수 있을까? 아, 정말 웃기는 일이지! 터무니없어! 굴욕적이야! 하지만 그녀는 그 일에 대해 고민하지 않기로 했다. 산 사람들에 대해서는 그냥 생각하지 않기로 했다. 그가 그녀에게 애인이 있다고 믿고 싶다면, 그렇게 믿을 것이다. 실제로 그는 그렇게 믿고 싶어 했다. 런던에 마이클 플랜트라는 출판사 사장이 존재하지 않는다는 사실을 알게 되면 그는 이렇게 생각할 것이다. '아, 가엾은 수전, 나한테 그 남자의 본명을 밝히는 게 두려웠구나.'

그가 필 헌트와 결혼하든 소피와 결혼하든 무슨 상관일까? 이미 아이들의 엄마 노릇을 하고 있는 소피가 마땅히 상대가 되어야 하겠지만……. 더 이상 살아갈 기운이 없다는 이유로 아이들을 떠날 생각이면서 이렇게 앉아 아이들 걱정을 하다니, 이렇게 위선적일 수가.

그녀에게 남은 시간은 약 네 시간이었다. 그녀는 즐겁게, 어둡게, 달콤하게 그 시간을 보내며 아주아주 부드럽게 강변을 향해 미끄러졌다. 그러다 딱히 의식을 차리지 않은 상태로 의자에서 일어나 얄팍한 카펫을 문으로 밀고, 창문이 단단히 닫혔는지 확인하고, 벽난로 미터기에 2실링을 넣은 뒤 가스 밸브를 열었다. 그녀는 처음으로 이 방의 딱딱한 침대에 누웠다. 침대에서는 퀴퀴한 냄새, 땀과 섹스의 냄새가 났다.

초록색 새틴 이불 위에 똑바로 누워 있다 보니 다리가 싸늘해졌다. 그녀는 일어나서 서랍장 맨 아래 칸에서 개켜져 있는 담요를 찾아내 꼼꼼히 다리를 덮었다. 그렇게 누워서 가스가 작게 쉭쉭거리며 방 안으로, 그녀의 허파 안으로, 뇌 안으로 쏟아져 들어오는 소리를 듣고 있자니 꽤나 만족스러웠다. 그녀는 어두운 강물로 떠갔다.

작품 해설

도리스 레싱의 1960년대 단편소설:
성, 자유, 그리고 불안

민 경 숙[*]

1960년대 시대적 이슈를 다룬 도리스 레싱

도리스 레싱의 단편소설들은 대표작《황금 노트북》과 5부작《폭력의 아이들》을 비롯한 기라성 같은 장편소설 때문에 관심에서 멀어지는 경향이 있다. 그러나 단편소설도 장편소설만큼, 혹은 더 강렬하고 신선하게 가끔은 충격적일 정도로 깊은 인상을 남긴다. 짧은 지면에서 기승전결을 거치며 독자들의 흥미를 한껏 끌어올려야 하는 단편소설의 장르 속성 때문에 꿈, 정신분열증, 판타지 등이 가미된 레싱의 이야기들은 장편소설보다 단편

---

* 이화여자대학교 영어영문학과를 졸업하고 프랑스 파리 제3대학에서 비교문학(영문학과 불문학 비교)으로 DEA와 박사학위를 받았다. 이화여대, 한국외대, 경원대에서 강의했으며 현재 용인대학교 교수로 재직 중이다.

소설에서 더욱 강력한 힘을 발휘한다.

2007년 노벨문학상을 수상하면서 레싱은 "여성 고유의 경험을 서사시처럼 묘사하였다"는 칭송을 받았으나 레싱의 소설들을 흔히 말하는 페미니즘 작품으로 국한시키기에는 주제나 소재의 스펙트럼이 대단히 넓다. 레싱의 소설은 아프리카, 제1·2차 세계대전의 후유증, 성性의 전쟁, 붕괴되는 결혼제도·가정·모성, 계급사회, 문학을 포함한 예술의 문제, 노화, 공산주의 대 자본주의, 개인 대 사회 등 다양한 주제를 다루고, 사실주의적 표현뿐 아니라 판타지를 혼합했으며, 60여 년간의 집필활동 후반부에는 과학소설, 우화, 사변소설로까지 사색의 범위를 넓혔다. 특히 《19호실에 가다》에 수록된 단편소설들은 1960년대 런던을 배경으로 삼아 혼란스러웠던 1960년대 유럽을 잘 보여주고 있으며 당시 가장 큰 이슈였던 여성해방운동, 즉 페미니즘의 특징도 잘 구현하고 있다.

유럽은 제2차 세계대전이 끝난 후 비약적인 경제성장을 이룩하였고 그에 따라 중산층이 급격하게 증가하였다. 이는 전쟁으로 인한 굶주림이나 공포에서 벗어난 개개인이 피폐한 사회 속에서 억누를 수밖에 없었던 개인적 요구를 다양하게 표출하기 시작하였으며, 그 부작용으로 심한 정신적 혼란을 겪었고, 그 과정 속에서 사회적 관습들이 무너지게 되었음을 의미한다.

영국에서는 19세기 빅토리아 시대에 중산층이 형성되면서 여성들의 행동범위가 가정에 국한되었다. 이른바 '가정 속의 천사'로 남도록 강요된 것이다. 여성들이 지적知的인 바깥일을 하거나

자신의 욕구를 표출할 때에는, 산드라 길버트와 수잔 구바의
《다락방의 미친 여자: 19세기 여성 작가의 문학적 상상력》의 '다
락방의 미친 여자'라는 표현이 보여주듯이, 이들은 미친 여자로
간주되어 다락방에 갇힐 수도 있었다. 그러나 20세기인 1960년
대는 두 번의 세계대전을 겪고 기존 사회규범에 대해 재고하게
된 시대로, 특히 인종차별이나 성차별과 관련된 사회적 터부taboo
를 타파하는 계기를 제공하였다. 즉, 긍정적으로 보면 혁신 혹은
혁명이 범람하는 활기찬 시대였지만, 부정적으로 보면 무책임한
과잉, 현란함, 사회질서 붕괴의 시대였다. 이 책의 서문에서 레싱
이 냉소적으로 표현했듯, 이 시대는 "성적인 관습의 코미디 같은
시기"였고 "예의 바른 행동이 무엇인지" "규칙 같은 것도 없던"
시대였다.

성, 자유, 그리고 불안

단편집 《19호실로 가다》를 아우르는 이 글의 부제는 '성性, 자
유, 그리고 불안'이다. 책에 수록된 11편의 단편소설을 읽으며 가
장 먼저 떠오른 생각은 '성의 자유'보다는 '성의 문란함'에 대한
불편함이다. 소설의 등장인물들은 한결같이 성에 대한 자유를
누리고 싶어 하지만 결과적으로 행복하기보다는 불안감을 떨치
지 못한다. 특히 〈최종 후보명단에서 하나 빼기〉, 〈옥상 위의 여
자〉, 〈한 남자와 두 여자〉, 〈남자와 남자 사이〉, 〈목격자〉, 〈19호
실로 가다〉 등에 등장하는 인물들은 바람을 피우거나 잘 모르는
사이인데도 성행위를 하는 것을 당연시하는, 이른바 '쉬운 성'이

라는 인식에 빠져 있다.

〈최종 후보명단에서 하나 빼기〉의 그레이엄 스펜스는 성공한 작가가 되지 못하고 비평가로 일하는 자신의 불만족스러운 처지를, 성공한 무대디자이너 바버라 콜스와의 인터뷰 기회를 이용하여 동침을 강행함으로써 보상받으려 한다. 반면 자신의 실패를 성공한 여자와의 성행위로 보상받으려는 남자에 대해, 일에 전념하는 여자인 바버라 콜스는 성행위 따위는 빨리 해줘버리고, 그다음 날 할일을 위해 일찍 휴식을 취해야겠다고 생각한다. 레싱은 이처럼 바버라 콜스를 성보다는 일을 더 중요시하는 여자로 설정해 남녀관계와 성, 일에 대한 기존 관념을 전복시키고 있다.

〈한 남자와 두 여자〉, 〈남자와 남자 사이〉, 〈19호실로 가다〉에서는 결혼을 한 사이든 애인 사이든 남자나 여자나 바람을 피우고, 표면적으로는 그것을 당연시하고 있다. '성의 자유'를 누릴 권리가 누구에게나 있다고 생각하기 때문이다.

그러나 그 이면에는 남녀를 불문하고 모두들 '성의 자유'로 인한 불안증을 겪고 있다. 〈20년〉은 과거 20년 전의 약속이 어긋나면서 진실한 사랑과의 결혼이 아닌 차선의 결혼생활을 하는 한 쌍의 남녀를 보여주는데, 상대방에 관한 믿음이 굳건했더라면 이들이 그렇게 쉽게 헤어지지 않았을 것임을 알 수 있다. '쉬운 성'이 그들을 헤어지게 한 것이다. 〈옥상 위의 여자〉의 스탠리는 갓 결혼한 상태인데도 옥상 위의 여자가 자신을 무시하자 짜증을 넘어 히스테릭한 불안감까지 보이고, 〈한 남자와 두 여자〉의

도로시는 출산 후 남편의 외도 사실을 알게 되었음에도 그것에 신경 쓰지 않는 스스로에게 불안을 느끼며 히스테리에 빠진다. 또 〈남자와 남자 사이〉에서 모린과 페기는 각각 남자친구와 남편이 바람을 피우자 그들을 위해 헌신했던 과거청산을 선포하며 새로운 삶을 살 것을 결심한다. 〈목격자〉의 브룩 씨는 퇴임을 앞둔 가난한 경리로, 젊은 여자와 바람을 피우는 늙은 사장과 대조적으로 여자와 사귀는 호사를 누리지 못해 벽에 붙여놓은 사진으로 만족한다. 〈19호실로 가다〉에서도 남편 매슈의 바람은 수전이 방황하고 자살까지 이르도록 하는 데 일조한다.

결국 '성의 자유'는 결혼이라는 제도를 위협하고 여성의 본성이라고 간주되던 모성에 대해서도 재고하도록 한다. 〈남자와 남자 사이〉에서 모린과 페기는 결혼 전에는 애인에게서 돈을 받으면 매춘부처럼 여겨졌지만, 결혼 후에는 당당히 돈을 받는다고 말한다. 결국 여기서 성은 상품이고 결혼은 계약이다. 또 결혼은 〈남자와 남자 사이〉의 페기가 보여주듯이 여성을 안주하게 하고 결혼 전의 매력을 잃게 한다. 뿐만 아니라 〈19호실로 가다〉의 수전처럼 자신의 일도 버린 채 가정을 가꾸고 아이들의 교육에 온 힘을 쏟다 보면, 여성은 어느새 자신의 정체성까지 잃게 된다. 직장을 그만두는 희생을 감수하며 완벽한 가정을 만들기 위해 최선을 다한 결과는 남편에 대한 경제적 의존뿐이다.

한편 결혼생활은 자식들을 전제로 이루어진다. 그러나 〈한 남자와 두 여자〉의 잭과 도로시 부부는 기다리던 아기가 태어나면서 그동안 누리던 '완전한 결혼생활'이 위기에 처한다. 도로시는 아기에게 전념하는 자신에 대한 죄책감으로 남편과 스텔라가 부정을 저지르도록 부추기지만, 스텔라는 남편의 잦은 출장과 부정 때문에 외로움을 느끼면서도 자제한다. 이런 자제력이 레싱이 말하는 '예의 바름', 즉 'decency'로 인간과 인간 사이에서 기본적으로 지켜야 하는 덕목이다. 〈19호실로 가다〉에서 수전은 네 아이를 키우고 있으나 입주가정부 소피를 고용하면서 양육을 일임한다. 그리고 아이들이 그 가정부의 양육에 완전히 적응했음을 목격한다. 수전이 모든 것을 희생하며 열중했던 일이 사실은 타인이 대체할 수 있는 일임이 판명된 것이다. 레싱은《폭력의 아이들》이나《생존자의 회고록》, 제인 서머스라는 필명으로 발표한 2부작 소설(《어느 좋은 이웃의 일기》,《만약 노인이 할 수 있다면…》) 등 여러 작품에서 친부모보다 혈연으로 얽히지 않은 타인이 아이들을 더 잘 교육시킬 수 있음을 반복해 주장하였다. 그러므로 수전이 〈최종 후보명단에서 하나 빼기〉의 바버라 콜스와 달리, 결혼 후 직장을 그만둔 것은 어리석은 짓이었다. 〈남자와 남자 사이〉에서 모린과 페기는 잭의 새 애인이 임신을 했지만 결혼 후 일을 그만두지 않기를 기원한다. 이처럼 레싱은 결혼이든 모성이든, 이 모든 것은 사회가 여성에게 일방적인 희생을 강요하기 위한 제도일 뿐이라고 생각한다.

불안의 치유방법: '예의 바름'

결국 사랑도, 성도, 결혼도, 가정도, 여성에게는 불안증을 갖게 한다. 사랑이란 만기가 있는 어음 같아서 어느 기간이 지나면 그

동안의 즐거움에 대한 보상을 치러야 한다. 〈내가 마침내 심장을 잃은 사연〉에서 주인공은 이전 애인들과의 가슴 아픈 이별을 떠올리며 '또다시 사랑을 해야 하는가'의 고민에 빠진다. 그러다 보니 심장이 빠져나와 자신의 손 위에 붙어 있는 것을 발견한다. 심장은 손에서 떨어지지 않는다. 주인공이 지하철에서 미친 여자를 만나게 되자 심장이 떨어지고 주인공은 그녀에게 그 심장을 줘버린다. 그 미친 여자도 애인에게 버림받은 상태이다. 주인공은 자신이 억누르고 있는 감정을, 그 미친 여자가 광기로 발산하고 있음을 본 것이다. 주인공은 그 여자에게서 카를 융의 심리학에서 말하는 '자신의 적敵'과의 대면을 경험하고 치유의 씨앗도 발견한다.

정신병에 시달리고 있는 또 다른 등장인물은 〈영국 대 영국〉의 찰리이다. 그는 부모가 광산에서 일하는 노동계층 출신이지만 가족의 헌신적인 희생으로 옥스퍼드 대학교에서 공부하며 중산층과 어울려야 하는 자신의 이중적인 처지 때문에 정신분열증을 앓고 있다. 〈19호실로 가다〉의 수전도 그동안 자신이 생각했던 수전, 즉 자신의 정체성이 사라져버렸음을 깨달으며 우울증 속으로 침잠한다.

그러나 레싱은 우울증이든 정신분열이든 그것을 깨고 나올 수 있음 또한 암시한다. 〈내가 마침내 심장을 잃은 사연〉에서 심장을 미친 여자에게 주고 해방을 얻는 주인공이 그 한 예이며, 〈두도공〉 또한 그런 예 중 하나이다. 레싱은 《생존자의 회고록》에서 벽 속의 가상공간을 상상하고, 그 속에서 청소를 하거나 우는 아기를 달래면서 자신의 과거 트라우마를 치유하도록 작품을 구성하였다. 〈두 도공〉에서도 레싱은 꿈속의 어느 마을과 늙은 도공을 불러냄으로써 현실 속 메리의 가정 문제를 해결한다. 즉, 《생존자의 회고록》과 〈두 도공〉에서 레싱은 주인공들이 상상 속 장소를 방문할 때마다 그곳의 모습이 조금씩 변화하고 있음을 보여주는데, 이것은 트라우마를 겪는 주인공 혹은 문제에 봉착해 있는 주인공의 의식이 서서히 변화하고 있음을 나타낸다. 무의식과의 대면을 통해 의식의 변화를 가져오는 것이다. 〈방〉에서도 그 방이 주인공의 무의식임을 판타지를 이용하여 보여주고 있다.

남녀관계에서의 해결방법 중 하나로 '예의 바름'을 제시하였듯, 레싱은 모든 인간의 갈등도 '예의 바름'으로 해결될 수 있음을 암시한다. 〈영국 대 영국〉에서 기차에서 만난 노부부를 조롱하는 찰리를 비난하는 중산층의 여자를 통해 레싱이 말하고자 하는 것도 그것이다.

레싱의 단편소설들은 얼핏 보면 출구가 없는 듯 암울해 보이지만, 실상 레싱은 불안증, 정신분열을 포함한 신경쇠약, 즉 '브레이크다운breakdown'을 부정적으로만 보지 않는다. 자신의 무의식 속 깊은 곳에 있는 적敵과 대면한 후에야 자신의 치유에 이를 수 있고 이 과정을 겪은 사람은 여기에서 더 나아가 남들까지도 치유할 수 있다고 생각한다. 즉, 레싱의 소설은 현실의 문제들을 폭로하는 데 그치지 않고, 치유의 씨앗을 품고 있다.

도리스 레싱 연보

1919년 페르시아 커먼샤(지금의 이란, 바흐타란)의 영국인인 아버지 알
프레드 테일러와 어머니 에밀리 모드 테일러 사이에서 출생.

1925년 영국령 남아프리카 로디지아(지금의 짐바브웨)로 가족이 이주하
여 식민지 원주민들의 삶을 목격하며 유년기를 보냄.

1934년 도미니칸 수도원 고등학교를 중퇴한 뒤 독학으로 학업을 마쳤
으며, 15세부터 집에서 독립해 베이비시터, 타이피스트, 전화
교환원 등으로 일하며 소설을 쓰기 시작.

1939년 프랭크 위즈덤과 결혼.

1943년 두 아이를 출산하고 프랭크 위즈덤과 이혼.

1945년 공산주의자들의 독서모임인 '좌파 북클럽'에서 만난 고트프리
트 안톤 레싱과 재혼하고 아들 피터를 출산.

1949년 두 번째로 이혼하고 영국 런던으로 이주해 본격적으로 창작
활동에 돌입.

1950년 자신의 유년기를 바탕으로 남아프리카의 식민지 사회를 비판
한 첫 소설《풀잎은 노래한다》출간.

1951년 아프리카 이야기를 모은 단편집《이곳은 늙은 추장의 나라였

다》출간.

1952년   5부작 시리즈 소설인《폭력의 아이들》의 1권《마사 퀘스트》를
          출간했으며, 같은 해 영국 공산당에 가입함.

1953년   중편소설《다섯》출간.

1954년   《폭력의 아이들》2권《어울리는 결혼》출간.
          중편소설《다섯》으로 서머싯 몸 상을 받음.

1956년   소설《순수로의 피정》출간.
          소련의 헝가리 침공으로 공산당에 대해 환멸을 느끼고 탈당함.

1957년   단편집《사랑하는 습관》과 회고록《귀가》출간.

1958년   《폭력의 아이들》3권《폭풍의 여파》출간.

1960년   자서전《영국식 따르기》출간.

1962년   소설《황금 노트북》출간.

1963년   단편집《한 남자와 두 여자》출간.

1964년   단편집《아프리카 이야기》출간.

1965년   《폭력의 아이들》4권《육지에 갇혀서》출간.

1966년   단편집《블랙 마돈나》출간.

1967년   자서전《특별히 고양이에 대하여》출간.

1969년   《폭력의 아이들》5권《네 개의 문이 있는 도시》출간.

1971년   소설《지옥으로 떨어지는 것에 관한 요약 보고서》출간.

1972년   단편집《잭 올크니의 유혹》출간.

1973년   소설《어둠이 오기 전의 여름》출간.

1974년   소설《생존자의 회고록》출간.

1976년   《생존자의 회고록》으로 프랑스 문학계에서 가장 영예로운 메
          디치 상 수상.

1979년 공상과학 소설 5부작 《아르고스의 카노푸스》의 1권 《시카스타》 출간.

1980년 《아르고스의 카노푸스》의 2권 《제3, 4, 5지대 사이의 결혼》 출간.

1981년 《아르고스의 카노푸스》의 3권 《시리우스의 실험》을 출간했으며, 같은 해 오스트리아의 유럽문학상을 수상.

1982년 《아르고스의 카노푸스》의 4권 《제8행성의 대표자 만들기》 출간. 이는 미국의 작곡가 필립 글래스에 의해 동명의 오페라로 각색되기도 함.

　　　　독일의 셰익스피어 상 수상.

1983년 《아르고스의 카노푸스》의 5권 《볼린 제국의 감상적인 조원에 관한 서류들》 출간.

　　　　제인 서머스라는 필명으로 소설 《어느 좋은 이웃의 일기》 출간.

1984년 《만약 노인이 할 수 있다면…》도 마찬가지로 제인 서머스라는 이름으로 출간〔제인 서머스라는 필명으로 발표한 작품들은 영국 출판사에서 거절당하고 미국에서 먼저 출간되었으나, 이후 도리스 레싱의 작품임이 밝혀져 영국에서 다시 출간됨〕.

1985년 소설 《선한 테러리스트》 출간. 이 소설로 영국에서 WH 스미스 문학상을 수상.

1987년 에세이집 《우리가 갇혀 살기로 선택한 감옥들》과 《바람이 날려버린 우리의 말》 출간.

1988년 소설 《다섯째 아이》 출간.

1989년 이탈리아의 그린차네 카보르 상 수상.

1992년 회고록 《아프리카의 웃음: 네 번의 짐바브웨 방문》 출간.

단편 연작집《런던 스케치》출간.

1994년   자서전《나의 속마음》출간.

1995년   단편집《내가 알던 스파이들》출간.

1996년   소설《다시 사랑에 빠지다》출간.

1997년   자서전《그늘 밑을 걷다》출간.

1999년   소설《마라와 댄》출간.

          영국 정부의 명예 훈장을 받음.

2000년   소설《세상 속의 벤》출간.

2001년   소설《가장 달콤한 꿈》출간. 같은 해 데이비드 코헨 문학상과
          스페인 최고 권위의 문학상인 아스투리아스 왕세자상을 수상.

2003년   단편집《그랜드마더스》출간.

2004년   에세이집《시간이 깨문다》출간.

2005년   소설《장군 댄과 마라의 딸, 그리오와 백구에 대한 이야기》
          출간.

2007년   소설《클레프트》출간.

          노벨문학상 수상.

2008년   소설《알프레드와 에밀리》출간.

2013년   11월 17일 뇌졸중으로 투병하던 끝에 94세의 나이로 사망.

옮긴이 **김승욱**

성균관대학교 영문학과를 졸업하고 뉴욕시립대학교에서 여성학을 공부했다. 〈동아일보〉 문화부 기자로 근무했으며, 현재 전문 번역가로 활동하고 있다. 옮긴 책으로는 《사형집행인의 딸(시리즈)》, 《먼 북으로 가는 좁은 길》, 《이 얼마나 천국 같은가》, 《50억 년 동안의 고독》, 《스토너》, 《듄》, 《뇌의 문화지도》, 《소크라테스의 재판》, 《톨킨》, 《퓰리처》, 《다이아몬드 잔혹사》, 《살인자들의 섬》, 《파리의 연인들》, 《포스트모던 신화 마돈나》, 《영원한 어린아이, 인간》, 《진화하는 결혼》, 《킨제이와 20세기 성 연구》, 《누가 큐피드의 동생을 쏘았는가》, 《금, 인간의 영혼을 소유하다》, 《자전거로 얼음 위를 건너는 법》, 《신 없는 사회》, 《우아한 연인》, 《신을 찾아 떠난 여행》, 《푸줏간 소년》, 《그들》 등이 있다.

표지 그림 ⓒ우지현

도리스 레싱 단편선

19호실로 가다

1판 1쇄 발행 2018년 7월 5일
1판 12쇄 발행 2024년 10월 30일

지은이 도리스 레싱 | **옮긴이** 김승욱
펴낸곳 (주)문예출판사 | **펴낸이** 전준배
출판등록 2004. 02. 11. 제 2013-000357호 (1966. 12. 2. 제 1-134호)
주소 04001 서울시 마포구 월드컵북로 21
전화 02-393-5681 | **팩스** 02-393-5685
홈페이지 www.moonye.com | **블로그** blog.naver.com/imoonye
페이스북 www.facebook.com/moonyepublishing | **이메일** info@moonye.com

ISBN 978-89-310-1101-2 04840
     978-89-310-1100-5 (세트)